Tina Uebel

Die Wahrheit über Frankie

Tina Uebel

Die Wahrheit über Frankie

Roman

C. H. Beck

Verlag C. H. Beck oHG, München 2009 / Gesetzt aus der Egyptienne, Avenier und Stempel Schneidler bei Fotosatz Amann, Aichstetten / Druck und Bindung: Pustet, Regensburg / Gedruckt auf säurefreiem, alterungsbeständigem Papier / (hergestellt aus chlorfrei gebleichtem Zellstoff) / Printed in Germany / ISBN 978 3 406 59073 3

www.beck.de

Your own personal Jesus, someone to hear your prayers, someone who cares.
Your own personal Jesus, someone to hear your prayers, someone who's there.
Reach out and touch faith.

Depeche Mode

That which is true for you is what you have observed to be true.

Scientology

Yes, I was interested in doing government work like this. Of course I was. It was every schoolboy's fantasy.

Simon Young, Opfer von Robert Freegard

This time we want your brain.

Need New Body

Die Geschichte erzählt sich entlang der wahren Story von Robert Freegard und seinen Opfern, dennoch sind alle Charaktere, Orte, Verstrickungen und Details ganz offensichtlich vollkommen frei erfunden.

Mit dem versprochenen Dank an die BBC/M-Connect, die mir, entgegen jeglichem Usus, freundlich und ausnahmsweise die Dokumentation «The Spy who stole my Life» zukommen ließ, danke.

Dank auch an Wiebke Lorenz, Anja & Bettina Keil und Martin Hielscher.

– Klaus, Lars, Frau K., Schneider und den Machtmachern gewidmet –

CHRISTOPH I / O-TON 32'46"

Sie halten mich sicherlich für einen Vollidioten. Wenn ich jetzt davon erzähle, halte ich mich ja selbst für einen Vollidioten. Es ist schwer zu erklären, aber damals, aus der Situation heraus, schien es mir plausibel. Schien es uns allen plausibel. Sie müssen bedenken, ich war nicht alleine, ich glaube, allein hätte man vielleicht eher zu zweifeln begonnen. Nicht, daß ich nicht gezweifelt hätte, manchmal, aber dann waren da die anderen, und da war Frankie. Auch das können Sie sich vielleicht nicht vorstellen, wenn Sie jetzt die Bilder sehen, vom Prozeß, wie er war, wie er in Wirklichkeit ist, vielleicht kommt er Ihnen lächerlich vor, bestimmt kommt er Ihnen lächerlich vor, ich kann mir das gut vorstellen, es geht mir nicht anders, jetzt, ich kann es selbst inzwischen kaum glauben. Daß ich das gewesen sein soll, all diese Jahre.

Entschuldigung, ich weiß, wir wollen von vorne anfangen. Das Foto? Ja, natürlich erinnere ich mich daran. Das war die Feier zu unserer bestandenen Zwischenprüfung. Judith und ich waren damals ein knappes Jahr zusammen. Ihre Noten waren übrigens besser als meine, aber das interessiert Sie wahrscheinlich nicht. Mich eigentlich ebenfalls nicht, ich weiß gar nicht, wie ich darauf komme, zu dem Zeitpunkt hat mich mein ganzes Studium nicht mehr sonderlich interessiert. Mit meinen Noten lag ich trotzdem gut im Durchschnitt, es ist auch nicht so gewesen, daß ich mir Zukunftssorgen gemacht hätte oder so, ich nahm immer an, ich würde schon irgendeinen Job kriegen, das mit den Zukunftssorgen war eher Judiths Thema, sie hat hart gearbeitet für ihr Studium, ich meine, sie war natürlich durchaus sehr intelligent, aber immer hatte sie ihre Ängste und fühlte sich nicht gut genug, mein Gott, wie lange das alles zurückliegt. Aber Sie sind wahrscheinlich eher an Frankie interessiert. Er steht da links neben uns beiden. Komisch, daß er so klein ist, ich schwöre Ihnen, im Umgang mit ihm hat er viel größer gewirkt. Erst beim Prozeß ist mir wieder aufgefallen, daß er einen halben Kopf kleiner ist als ich. Er ist ja sogar kleiner als seine Anwältin. Im Hintergrund sind ein paar unserer Kommilitonen, der dort, Sven, ist ein Kumpel von mir gewesen, keine Ahnung, was aus ihm geworden ist. An die meisten Namen erinnere ich mich sowieso nicht. Emma ist nicht auf dem Bild, ich weiß nicht mehr, wo sie an diesem Tag war. Sie hing damals schon seit ein paar Monaten mit uns rum, beziehungsweise mit Judith. Sonst hatte sie nicht viele Freunde, soweit ich weiß. Aber ich kannte sie eigentlich nicht sehr gut. Emma war Judiths beste Freundin. Sie hatte eine Eigentumswohnung, Altbau, im Souterrain mit einem kleinen Gärtchen, Judith war begeistert davon, natürlich, wer hat so was schon in unserem Alter. In unserem damaligen Alter. Ich lebte in einer WG in Ottensen, mit zwei anderen Typen, einer studierte Informatik, der andere BWL wie ich, es war eher eine Zweck-WG. Judith wohnte mit einer Freundin zusammen, die sie noch von der Schule her kannte, in Barmbek, da, wo die Straßen alle nach Komponisten benannt sind, ich habe vergessen, ob es die Brahmsstraße war oder die Bachstraße, jedenfalls mit B. Wir überlegten zu der Zeit gerade, uns eine gemeinsame Wohnung zu suchen, Judith und ich, aber dazu ist es dann natürlich nicht mehr gekommen.

Wie lange wir Frankie da schon kannten, schwer zu sagen. Ein oder zwei Monate. Er war Barmann im *Blue Lou's*, das lag gleich um die Ecke von meiner WG, deswegen gingen wir dort ab und zu hin. Ich mochte den Laden nicht mal besonders, zu schickimicki für meinen Geschmack, aber Judith ging gern hin, sie stand auf so was, sie war selbst ein bißchen schickimicki, obwohl sie nicht über sehr viel Geld verfügte, war sie immer sorgsam gestylt. Also, nicht übertrieben, einfach nur gut, auf dem Foto bekommt man vielleicht einen kleinen Eindruck davon. Wie jung wir aussehen, finden Sie nicht? Dabei kamen wir uns schon so alt vor. Das war etwas, was ich an Frankie sehr mochte, obwohl er fast zehn Jahre älter war als wir, hat er mich immer ernst genommen, von Anfang an.

Der eigentliche Beginn unserer Freundschaft, lassen Sie mich überlegen, ich würde sagen, das war diese Nacht, in der ich allein im *Blue Lou's* war, ich hatte mich mit Judith gestritten, keine Ahnung, worum es ging, ich weiß auch nicht mehr, warum ich ausgerechnet im *Blue Lou's* gelandet bin, wahrscheinlich nur, weil es direkt um die Ecke lag, ich schätze, ich hatte einfach keine Lust, weit zu laufen, jedenfalls haben wir uns die halbe Nacht unterhalten, Frankie und ich, wir kannten uns natürlich auch vorher schon, aber nur in dem Sinne, daß man am Tresen ein paar Worte wechselt. Jedenfalls, danach habe ich ihn dann wohl als Freund betrachtet. Vielleicht sogar als eine Art älteren Bruder. Er war sehr intelligent, wissen Sie. Aber nicht auf eine oberlehrerhafte Art, er konnte sehr gut zuhören, und er war ungeheuer charmant, obwohl er nicht danach aussieht, die Frauen flogen auf ihn. Ich konnte das verstehen. Selbst bei Judith, ich habe sie immer irgendwie verstehen können, auch wenn sich das komisch anhören mag.

An den Tag erinnere ich mich sehr gut. Die Sommerferien hatten gerade angefangen, wir wollten eigentlich nur einen Tag an die See, sind dann aber über Nacht geblieben. Der Mini gehörte Emma. Frankie hat das Foto gemacht, deswegen ist er nicht mit auf dem Bild. Warum er überhaupt dabei war, kann ich nicht mehr genau sagen, ob ich ihn eingeladen habe oder Judith, vielleicht hatten wir einfach nur am Vorabend gemeinsam im *Blue Lou's* gesessen und uns spontan zu diesem Ausflug verabredet, wegen des guten Wetters. Es war ziemlich warm, wir haben gebadet. Emma nicht, ich weiß noch, ich wunderte mich, daß sie nicht mal einen Badeanzug anhatte oder einen Bikini, sie trug dieses Schlabberkleid und die Jacke dazu, trotz der Hitze. Später spielten wir Strandvolleyball, ohne Netz, nur so zum Spaß, Frankie hatte sich bei irgendwem den Ball geliehen, wir spielten mit wechselnden Mannschaften. Frankie und ich gewannen haushoch gegen die Mädchen, wir machten Chauvi-Witze darüber. Auf der Ostsee kreuzte eine Unmenge Segelboote, es sah nach Verkehrschaos aus. Auch der Strand war heillos überfüllt. Judith war genervt wegen der vielen Kinder und des Geschreis, sie konnte Kinder nicht besonders gut leiden. Doch gegen Abend wurde es schnell leerer, Vollpensionisten, nannte Judith die Urlauberfamilien, wir saßen gemeinsam im Sand, der noch ungewöhnlich warm war, und tranken eine Flasche Weißwein, die, glaube ich, Frankie mitgebracht hatte. Wir sind immer in St. Peter-Ording gewesen, sagte sie, immer, jeden Sommer, immer in derselben Pension, Haus Düne, bei Familie Eilers, immer Vollpension. Frankie zeigte auf die letzten Segelboote und fragte uns, ob wir schon mal gesegelt wären. Auf der Alster, sagte Emma, als Teenager war ich in einem Segelclub, aber besonders gemocht habe ich es nicht. Ich selbst war noch nie gesegelt. Alster, das ist ja auch kein Segeln, sagte Frankie. Ich besaß ein paar Jahre ein Boot an der Adria, das hätte dir gefallen, Emma. Das hätte euch allen gut gefallen, ich sage euch, nirgends fühlt man sich so frei wie auf einem Segelboot, mit fünf, sechs Windstärken dem Horizont entgegen, kein Land mehr in Sicht, nur die See und die Sonne. Einmal habe ich auch eine Regatta im Nordatlantik gesegelt, nur aus Neugier, ohne große Ambitionen, aber das Lebensgefühl am Mittelmeer, das vermisse ich ehrlich gesagt heute noch. Hast du dort gelebt, fragte Judith; oh ja, ein paar Jahre, sagte Frankie. Warum bist du zurückgekommen, fragte ich ihn; er sagte, berufliche Gründe. Ich erinnere mich so genau daran, weil ich mir bis zu diesem Augenblick nie große Gedanken darüber gemacht hatte, was Frankie beruflich so getan hatte in seinem Leben. Für mich war er einfach der Barmann aus dem *Blue Lou's* gewesen. Nach irgendwas anderem hatte ich ihn nie gefragt. Das kommt Ihnen vielleicht komisch vor, aber Sie müssen bedenken, wir waren alle Anfang Zwanzig, studierten, ein Beruf spielte in unserem Leben und in dem unserer gleichaltrigen Freunde bislang keine große Rolle. Ich kannte auch durchaus einige Leute, die sich konsequent mit Gelegenheitsjobs durchschlugen, mein Mitbewohner fuhr sehr viel mehr Taxi, als daß er an der Uni auftauchte, und meine Exfreundin hatte ihr Pädagogikstudium komplett geschmissen und arbeitete statt dessen in einer Kneipe am Schulterblatt. Ich glaube, ich bin vielleicht selbst nie besonders ehrgeizig gewesen, deswegen hatte sich mir die Frage, was Frankie früher getan haben könnte, nie gestellt. Was für berufliche Gründe denn, fragte ich; ach, so einige, sagte Frankie und fragte, ob noch jemand außer ihm Hunger hätte. Sie habe keinen, antwortete Emma, Emma aß sowieso kaum etwas, damals, sie war spindeldürr, man sieht es nicht so auf dem Foto, wegen des Kleides. Er versuche, etwas zum Essen zu organisieren, ob jemand mitkäme, sagte Frankie, stand auf und klopfte sich sehr sorgfältig den Sand von der Hose. Er legte immer Wert auf sein Aussehen. Ich, sagte Judith, ich brauch' auch Zigaretten. Bring mir welche mit, sagte Emma, die wie ein Schlot rauchte zu der Zeit. Sonst noch jemand irgendwelche Wünsche, fragte Frankie mich; ein Bier oder zwei wären nicht schlecht, sagte ich. Ist vermerkt, sagte Frankie, und meines Erachtens eine ganz ausgezeichnete Idee. Er verschwand mit Judith in Richtung Strandpromenade, ich blieb mit Emma alleine im Sand sitzen. Wir machten wohl ein bißchen Small talk, schätze ich, wir kannten uns eigentlich kaum damals. Ich weiß nicht mehr, worüber wir redeten. Vielleicht über das Studium, so was. Ich erinnere mich, daß die Sonne schon tief stand und sich anschickte, einen postkartenmäßigen Untergang hinzulegen, und ich hoffte, Judith käme rechtzeitig dafür zurück, der Romantik wegen. Ich war immer noch sehr in sie verliebt, trotz unserer gelegentlichen Streits. So ruhig und fast schüchtern Judith normalerweise war, sie konnte gewaltig in die Luft gehen, meistens begriff ich gar nicht, worum es dann genau ging. Inzwischen frage ich mich bisweilen, wie gut ich sie überhaupt gekannt habe. Aber damals, in diesem Sommer, war ich einfach nur verliebt. Ich denke, wir wären im Herbst wahrscheinlich zusammengezogen, das denke ich immer noch. Manchmal frage ich mich, wie mein Leben verlaufen wäre. Ob Judith und ich immer noch zusammen wären, ob wir geheiratet hätten oder so. Nicht daß ich scharf aufs Heiraten gewesen wäre, aber ich glaube, ich hätte es nicht ausgeschlossen. Wenn sie es zum Beispiel unbedingt gewollt hätte. Ob wir irgendwann Kinder gehabt hätten. Jetzt, um diese Zeit, heute, vielleicht. Wenn ich Familie in Erwägung zog, hätte ich sie mir wohl frühestens mit Anfang, Mitte Dreißig vorgestellt. Wenn überhaupt. Früher nicht, man will ja erst noch etwas haben von seinem Leben. Jung sein, was erleben, ausprobieren, Sie wissen schon. Aber geplant habe ich damals nichts. Man hat ja das Gefühl, das Leben ginge gerade erst los und alle Möglichkeiten stünden einem offen. Das kann eine geradezu bedrohliche Vorstellung sein. So viele Möglichkeiten, und vor allem immer die Möglichkeit, sie alle zu verpassen. Ist es nicht komisch, daß man die wichtigsten Entscheidungen ausgerechnet dann treffen muß, wenn man noch gar nicht wirklich weiß, wer man ist oder wer man sein könnte? Vielleicht empfinde ich das aber auch nur rückblickend so. Jetzt, wo ich mich manchmal frage, wer und wo ich heute wäre, hätten wir damals einen anderen Weg eingeschlagen. Jan, der Informatiker aus meiner WG, lieh mir kurz nach meinem Einzug ein Buch, irgendwas mit Schrödingers Katze im Titel, von dem ich, ehrlich gesagt, das meiste nicht verstand, ich erinnere mich aber an einen Gedankengang, daß alles als Wahrscheinlichkeit existiere, solange, bis durch einen Beobachter die Wahrscheinlichkeitswellen kollabierten und nur noch eine der Möglichkeiten sich als real manifestiere. Und daß diese Überlegung aus irgendeinem Grund selbst seriöse Wissenschaftler dazu bringe, ernsthaft an unendlich viele Paralleluniversen zu glauben, in denen jeweils eine andere Entscheidung gefallen ist, eine andere Abzweigung an einer Weggabelung eingeschlagen wurde, Sie wissen schon, ein Paralleluniversum, in dem Hitler den Krieg gewonnen hat, oder eines, in dem er doch Kunstmaler geworden ist, solches Science-fiction-Zeug halt. Irgendwie hing das mit Schrödingers Katze zusammen, wie, weiß ich nicht mehr, aber wenn es Sie interessiert, können Sie es sicher noch nachlesen, wie gesagt, die Katze kam im Titel vor, da bin ich mir sicher. Jedenfalls habe ich in letzter Zeit oft darüber nachgedacht, ob es mich, eine andere Version meiner selbst, in einem parallelen Universum geben könnte, und was für ein Christoph das wohl wäre. Welches Leben ich geführt hätte, wäre ich damals, zum Beispiel an diesem Abend nach dem Zoff mit Judith, nicht ins *Blue Lou's* gegangen, sondern ein paar Straßen weiter in die *Ente*, wo wir ab und zu mit den Jungs aus der WG rumhingen. Vielleicht hat es damals geregnet, und weil es regnete, hatte ich keine Lust, bis zur *Ente* zu laufen, und landete nur deshalb bei Frankie an der Theke. Vielleicht hätte der Regen eine halbe Stunde später aufgehört, und ich wäre zur *Ente* gegangen, wenn ich die Wohnung um diese halbe Stunde später verlassen hätte. Wäre noch ein Bier im Kühlschrank gewesen, hätte ich vielleicht das erst getrunken, nachdem Judith bei mir stinksauer abgerauscht war, dann hätte es nicht mehr geregnet, und ich hätte statt dessen in der *Ente* weitergetrunken. Möglicherweise gibt es tausend Universen mit tausend Gründen, aus denen ich mit Frankie nie ins Gespräch gekommen wäre, eines, in dem einer meiner Mitbewohner aus irgendeinem Grund am Vorabend ein Bier weniger getrunken hätte, das deshalb an dem Abend noch im Kühlschrank gewesen wäre, eines, in dem Jan ein paar Minuten früher nach Hause gekommen wäre und ich mich mit ihm statt mit Frankie unterhalten hätte, eines, in dem ich mich mit Judith nicht gestritten, eines, in dem ich sie nie kennengelernt hätte. Aber wenn man anfängt, so zu denken, wird man wahrscheinlich ganz kirre. Vielleicht gibt es wirklich so was wie Schicksal, wer weiß, glauben Sie an Schicksal? Aber ich schweife ab, entschuldigen Sie.

Es scheint mir, als dauerte es Stunden, bis Frankie und Judith zurückkehrten, vielleicht aber kam es mir nur so vor, weil Emma und ich uns wenig zu sagen hatten. Trotz des flammenden Sonnenuntergangs glaube ich jedenfalls nicht, daß es noch sonderlich romantisch geworden wäre zwischen mir und Judith. Sie trug die Frittenschalen, in Alufolie verpackt, Frankie eine Plastiktüte mit Bierdosen, eine so dünne, daß die Henkel gerissen waren, er trug sie auf beiden Armen wie ein

Baby. Ich konnte Judith über irgendeinen Witz von ihm lachen hören, sie lachte lauter, als sie das meistens tat. Ich glaube, ein bißchen eifersüchtig gewesen zu sein, wegen des vermasselten Sonnenuntergangs vielleicht, aber vielleicht trügt auch meine Erinnerung im nachhinein. Denke ich darüber nach, trügt sie mit ziemlicher Sicherheit, ich hatte damals ja gar keinen Grund zur Eifersucht, ich weiß, wie verliebt Judith in mich war, wie verliebt wir beide waren, und ich kann mir nicht vorstellen, daß ich auf Frankie eifersüchtig gewesen sein könnte, er sah nun wirklich nicht aus wie Brad Pitt oder so, er war nur knapp so groß wie sie, sie haben ein bißchen lächerlich ausgesehen, wie sie nebeneinander durch den Sand stapften, ich bin mir sicher, sie sahen lächerlich aus. Auch wenn sich das jetzt doof anhört oder eitel, aber ich fand mich ganz ansehnlich in diesem Sommer, Sie nicht, ich meine, wenn Sie sich das Foto ansehen? Natürlich, ich bin auch nicht Brad Pitt, ich dachte schon damals, ich sollte mehr Sport treiben, aber ich meine, daß ich zumindest durchschnittlich gut aussah, oder?

Jedenfalls setzten sich die zwei wieder zu uns, sie waren beide barfuß, wir aßen ziemlich kalte Fritten, außer Emma, die rauchte und sich nur zwei, drei Fritten von Frankie nahm. Dann tranken wir Bier. Es war windstill geworden, ich erinnere mich, wie nahezu unbewegt die See dalag. Das Bier schmeckte gut, ich bin kein großer Weintrinker gewesen, bin ich immer noch nicht. Als es langsam dunkler wurde und die Sterne herauskamen, zeigte Frankie uns ein paar Sternbilder und sagte, auf See könne man den Kurs nach ihnen halten, wenigstens ungefähr. Ich lag auf dem Rücken, den Kopf auf irgend jemandes Rucksack, auf meinem wahrscheinlich, und weiß nicht mehr, an was ich dachte, an nichts Bestimmtes wohl.

Später gingen Judith und Emma am Strand entlang, ich nehme an, sie redeten über Frauendinge, über Männer, über mich höchstwahrscheinlich, man fragt sich schon manchmal, was die eigene Freundin über einen erzählt, oder? Jedenfalls gab mir Frankie noch ein Bier und fragte mich, ob es wieder besser laufe zwischen Judith und mir. Ich muß bejaht haben, es lief schließlich nicht schlecht zwischen uns. Sei geduldig mit ihr, sagte mir Frankie, sie ist einfach nur unsicher, weißt du, sie fühlt sich oft minderwertig, wobei und wieso auch immer. Ihr Vater muß ein ziemliches Arschloch sein, nicht wahr? Ich fragte mich, woher er das wußte, aber ich dachte, er hätte recht. Ich dachte damals oft, daß Frankie recht hat, Sie dürfen nicht vergessen, er war zehn Jahre älter als wir. Er reichte mir noch ein Bier, und wir redeten über dies und das. Ich mag die Ostsee nicht sehr, sagte er irgendwann, machte eine Geste mit seiner Bierdose in Richtung der winzigen Wellen, die mit leisen kleinen Geräuschen an den steinigen Strand schwappten, sie ist mir zu brav. Ich finde, ein Meer sollte richtig branden. Oder wenigstens in einer heißen, tropischen Gegend liegen. Meine Eltern sind ein paarmal in der DomRep gewesen, sagte ich, nur so, um irgendwas zu sagen, sie schwören, es gäbe dort auch wunderschöne Ecken, nicht nur diese Billigheimer-Bettenburgen. Oh ja, sicher, sagte Frankie, weißt du, ich finde, das ist das Gute an den Menschen, die allermeisten tun immer nur genau das, was die anderen auch tun, und gehen nur dorthin, wo alle anderen sind, und tun alles, damit sie nicht über irgendwas nachdenken müssen oder selbst etwas entscheiden. Daß gleich nebenan von ihrer hübschen DomRep ein Land im Chaos versinkt, wissen sie gar nicht oder wollen sie nicht wissen. Sie wollen gar nicht wissen, wie es ist, in einer Stadt zu leben, in der du nie weißt, ob sie mitten in der Nacht kommen werden, dich zu holen, ob sie vielleicht, wenn du morgens aufwachst, nur Stunden zuvor deinen engsten Freund mit einer Kugel im Kopf in irgendeinem Straßengraben abgeladen haben wie einen Sack Müll. Hast du schon mal von den Chimären gehört, der Brigade spéciale, den Erben der Tontons Macoutes? Na ja, die meisten Leute wollen sich keinesfalls über irgendwas Gedanken machen, außer darüber, ob sie die Liege direkt am Pool abkriegen. Aber es ist natürlich ganz praktisch so, sie wären ja sowieso überfordert mit zuviel Wissen, und als hübscher Nebeneffekt bleibt in der Welt genug Platz für Leute wie uns.

Ich wußte nicht genau, wovon er redete, also, na ja, von Haiti, so weit kam ich dann doch noch mit, aber was dahintersteckte, blieb mir völlig unklar. Ich wartete, aber er sagte nichts weiter, ich fragte nicht nach, ich hatte vielleicht das Gefühl, er wolle nicht weiter darüber sprechen. Ich nahm aber an, mit *Leute wie uns* war auch ich gemeint, das muß mir geschmeichelt haben. Ich hatte eigentlich nie von mir als etwas Besonderes gedacht. Ich bin immer eher durchschnittlich gewesen, muß man wohl sagen. Natürlich schmeichelte es mir, daß jemand, der anscheinend ziemlich viel vom Leben gesehen haben mußte, wie mir damals klar zu werden begann, der viel älter war als ich, von *uns* sprach. Dabei wäre ich beinahe mitgefahren in die DomRep, ohne mir groß Gedanken um irgendwas zu machen, ich tat's nur deshalb nicht, weil es uncool gewesen wäre, in meinem Alter mit den Eltern in Urlaub zu fahren. Vielleicht fragte ich deswegen nicht nach, weil ich nicht zeigen wollte, wie wenig ich selbst wußte, wie sehr ich eigentlich auch zu den *Allermeisten* gehörte. Vielleicht begann ich zu ahnen, daß ich zwar nicht zu den Allermeisten gehören wollte, aber im Begriff war, genau das zu tun. Frankie wechselte das Thema und sprach von Segelbooten, es hörte sich fachmännisch an, wir sollten mal zusammen segeln gehen, sagte er, wir vier, es würde euch Spaß machen, wir wären sicherlich ein gutes Team. Es kann sein, daß er mich bei dieser Gelegenheit fragte, was ich werden wollte in meinem Leben, und ich darauf keine Antwort wußte, aber möglicherweise war das auch später.

Wir suchten dann noch ziemlich lange nach einer Pension oder einem Hotel, fast alles war ausgebucht in der Hochsaison. Frankie fuhr, wir anderen machten uns Sorgen wegen des Bieres und unserer Führerscheine. Ein kleines Hotel, an dessen Namen ich mich nicht erinnere, hatte noch ein Doppelzimmer frei, bloß wollte die Inhaberin, eine dicke Schreckschraube, es nicht an vier Leute vermieten, ich hätte aufgegeben, aber Frankie schäkerte und plauderte so lange, bis er sie weichgekocht hatte, ich konnte das kaum glauben. Er machte nicht mal einen betrunkenen Eindruck, während ich, wie ich mich erinnere, arg einen im Tee hatte. Wir schliefen dann zu dritt im Doppelbett, Judith, Emma und ich, während Frankie von der fetten Frau ein Klappbett bekam, das kaum noch in den Raum paßte. Er hat bezahlt, er hat damals oft für uns bezahlt, obwohl zumindest Emma und ich ziemlich viel Geld von unseren Eltern bekamen. Am nächsten Morgen weckte er uns früh, und wir gingen schwimmen, im weichgezeichneten Morgenlicht, und hatten den Strand ganz für uns. Wir frühstückten auf einer gräßlichen Autobahnraststätte, wo wir uns danebenbenahmen und eine Menge Spaß hatten, danach forderte Frankie mich auf zu fahren. Wir waren rechtzeitig zurück in der Stadt, Judith mußte nachmittags arbeiten, sie war damals in einem Call-Center, aber auf der Suche nach etwas anderem, weniger Nervigen. Dazu kam es dann aber nicht mehr.

Wir sind noch mehrfach gemeinsam so unterwegs gewesen, es hatte uns Spaß gemacht. Wir waren, wie Frankie gesagt hatte, ein gutes Team. Einmal fuhr er die Nacht durch, um uns Krakau zu zeigen, keiner von uns dreien war zuvor in Krakau gewesen, er hatte dort Freunde, aber wir trafen sie nicht an. Einmal waren wir in Brügge. Emma liebte das Kloster. Sie blieb stundenlang dort und zeichnete. Frankie hatte sie dazu überredet, mehr zu zeichnen. Er mochte ihre Zeichnungen, ich schätze, sie waren wirklich nicht schlecht. Irgendwo kaufte er ihr einen kleinen Aquarellkasten, handtellergroß. Ich weiß noch, sie hat ihn so lange mitgeschleppt, bis die kleinen Näpfchen alle leer waren. Ihre Aquarelle wurden mit der Zeit immer monochromer, je mehr Farben ihr ausgingen. Wir wollten ihr eigentlich neue kaufen, es hat sich dann aber nie ergeben.

An dem Wochenende, das wir auf Amrum verbrachten, war der Kasten noch neu, Emma malte, und Frankie erzählte ihr von einem William Turner, er müsse ihr unbedingt einen Bildband von ihm zeigen. Ich weiß noch, ich wollte nicht zugeben, nie von dem gehört zu haben. Andererseits fühlte man sich nicht dumm, wenn man mit Frankie zusammen war, das nicht. Wir waren so verschworen, es war okay und nur natürlich, wenn man etwas nicht wußte. Erklärte oder zeigte er uns etwas, war er niemals herablassend dabei, das muß man ihm lassen. Nach William Turner habe ich trotzdem nicht gefragt. Das war eben eher so eine Sache zwischen ihm und Emma. Wir hatten auch Gespräche miteinander, die nur zwischen uns blieben, Männergespräche, Gespräche über den Sinn des Lebens, solche Dinge, Sie wissen schon. Er lieh mir Bücher, Thoreau, T. E. Lawrence, Sie kennen den sicher, der von Arabien, *Die Kunst des Krieges*, den *Anhalter durch die Galaxis*, *Alle Menschen sind sterblich* und auch ein paar von Sartre. Sie gefielen mir alle unheimlich gut, ich habe nie jemanden getroffen, der so viele coole Bücher kannte, ich muß zugeben, mich hat das beeindruckt, ich las zwar nicht ungern, aber niemals zuvor derart begeistert. Er konnte einem das Gefühl geben, in jedem Buch, in jedem Ding stecke ein Geheimnis, das nur für einen selbst bestimmt ist, falls Sie verstehen, was ich meine. Ob er Emma je diesen William Turner gezeigt hat, weiß ich nicht. Ich weiß ehrlich gesagt gar nicht, wo er damals wohnte. Komisch, es fällt mir jetzt erst auf, daß wir nie bei ihm gewesen sind. Das klingt sicher merkwürdig für Sie, aber das war es nicht, für uns, damals.

Auf Amrum, ich weiß nicht, kennen Sie Amrum, es hat einen enorm breiten Strand, kilometerbreit, man muß endlos lange laufen, bis man am Gezeitenrand ist, saßen wir am Meer. Judith ging nicht ins Wasser, sie hat Angst vor Quallen, es gab sehr viele Quallen in diesem Sommer, wegen der ungewöhnlichen Wärme, ich nahm eine aus dem Sand und tat scherzhaft so, als wolle ich sie nach Judith werfen, was ich nicht getan hätte, aber Sie glauben nicht, wie Judith deswegen ausflippte, das hatte ich nicht gewußt, wie total phobisch sie auf so eine arme Qualle reagiert, es hat bestimmt zwanzig Minuten gedauert, bis Frankie sie wieder runtergebracht hatte, sie war mordsmäßig sauer auf mich und sagte, sie würde sofort nach Hause fahren, dabei hatte ich doch bloß Spaß machen wollen, es war eine dieser Gelegenheiten, bei denen sie plötzlich ausflippte, ohne daß man es irgendwie böse gemeint hätte, nur um Ihnen ein Beispiel zu geben. Aber sie regte sich letztendlich wieder ab, und es wurde doch noch sehr nett. Judith trug an ihrem Finger ein großes, halb zerbrochenes Schneckenhaus wie einen Ring, sie nannte es einen Nixenring. Frankie erzählte uns von der sagenhaften Stadt Rungholt, die in der Nordsee vor Hunderten von Jahren untergegangen sei, gleich dort draußen, mit all ihren Menschen, sagte er und zeigte auf die See, die ganz bleiern war. Das Licht, ich erinnere mich, war bleich und milchig, wir glaubten, es würde gewittern, aber das tat es nicht. Heute bin ich über Rungholt gefahren, die Stadt ging unter vor sechshundert Jahren, sagte Emma, ich weiß, meine Mutter konnt's auswendig, nur habe ich ihr nie zugehört, aus Prinzip. Wie schade, sagte Frankie, das ist eine schöne Ballade. Ja, vielleicht, sagte Emma. Sie hat auch an diesem Tag nicht gebadet. Der Strand, oder der Sand, wie sie es da nennen, war so groß und weitläufig, daß sich die Feriengäste, die Vollpensionisten, derart verteilten, man konnte sich fast allein vorkommen.

Wir fahren oft nach Sylt, sagte Emma, oder fuhren. Sylt ist okay, sagte Frankie, aber ich mag an Amrum die Überfahrt mit dem Schiff, daß es lange dauert, macht es für mich zu etwas Besonderem, zu einer richtigen Reise. Ich finde Amrum tausendmal geiler, sagte Emma, die Leute auf Sylt sind scheiße. Frankie lachte und sagte, die Leute seien überall scheiße. *A-men*, sagte Emma, sie sprach es amerikanisch aus, sie sprach ein fast perfektes Amerikanisch, sie hatte ein Austauschschülerjahr dort verbracht, wo genau, weiß ich nicht mehr. Ich hatte das nicht getan, obwohl meine Eltern mich ermunterten, ich glaube, ehrlich gesagt, ich bin zu feige gewesen. Ich hätte nicht ein Jahr ohne meine Freunde sein wollen, denke ich. Obwohl ich dann meine Freunde nach dem Abitur ziemlich schnell aus den Augen verloren habe, muß man sagen. Viele sind nach Berlin gegangen. Ich nicht, ich weiß nicht, wieso. Vielleicht mochte ich Hamburg einfach. Oder ich war zu bequem. Manchmal dachte ich damals, ich sei zu bequem für mein Alter. Manchmal machte mir das Sorgen. Zu diesem Zeitpunkt jedenfalls. In diesem Sommer, als wir einfach nur so in der Gegend herumfuhren und ich coole Bücher las und es fast immer sehr warm war. Ich verliebt war, vergessen Sie das nicht. Wir am Rande des verquallten Meeres saßen, auf dem unsinnig breiten Sand. Ich schließlich mit Frankie schwimmen ging, da die Mädchen nicht wollten, wir schwammen um die Wette ziemlich weit hinaus. Ziemlich weit. Ich war ein besserer Schwimmer als er, trotzdem bin ich es gewesen, der schließlich sagte, es sei besser umzukehren. Meine Eltern haben uns als Kinder immer gewarnt vor den tückischen Nordseeströmungen. So was sitzt wohl tief.

Zurück am Ufer küßte mich Judith lange, sie hatte vergessen, daß sie der Qualle wegen sauer auf mich gewesen war, trug ihren Nixenring und sagte, ich schmecke salzig. Später tranken die Mädchen Weißwein und wir Bier, wir gingen ein Stück am Meeresrand, der Mond hatte einen Hof und das Wasser war so spiegelglatt, Frankie ließ einen Stein mehrfach darauf springen, und es ist in diesem Moment gewesen, daß er mir sagte, er wolle mir etwas sehr Wichtiges anvertrauen, aber ich müsse darüber dichthalten, unter allen Umständen, ob er sich darauf verlassen könne, es sei lebenswichtig, daß ich das täte, er ließ mich schwören. Ich war sicherlich etwas verblüfft, ich hatte ihn noch nie so erlebt, aber ich schwor. Mir hatte noch nie jemand etwas Lebenswichtiges anvertraut. Ich war neugierig. Ich war stolz. Ich schwor, und so erfuhr ich die Wahrheit über Frankie.

JUDITH I / O-TON 07'18''

Ich weiß nicht, was Sie von mir hören wollen. Daß er ein Schwein ist? Er ist ein Schwein, ein Monster, ein Schweinepriester, natürlich ist er das. Er hat mir meine Jugend gestohlen, er hat mein Leben zerstört, unser Leben zerstört.

Mein Leben war gut, bevor ich ihn traf, ich hatte gerade meine Zwischenprüfung mit exzellenten Noten hinter mich gebracht, ich war stolz darauf. Das mag Ihnen lächerlich vorkommen, aber ich wollte etwas aus mir machen, und ich hatte es nicht immer leicht, jedenfalls nicht so leicht wie manch andere. Egal, ich sitze hier bestimmt nicht, um Mitleid von Ihnen zu heischen oder von Ihren Zuschauern, das interessiert mich gar nicht, glauben Sie mir. Ich will nur sagen, wie es wirklich war. Ich weiß ja nicht, was die anderen Ihnen so erzählen, aber jetzt, wo wegen des Prozeßbeginns soviel darüber in den Medien erscheint, möchte ich nicht, daß ein falsches Bild entsteht. Ich will, daß die Leute die Wahrheit hören, die Wahrheit über Frankie. Die Welt soll erfahren, was er uns angetan hat. Ich bin stark genug, darüber zu reden. Wissen Sie, ich habe beschlossen, mich von der Sache nicht kaputtmachen zu lassen, denn dann hätte Frankie wirklich gewonnen, und diese Genugtuung will und werde ich ihm nicht geben. Ich bin aus dieser Geschichte herausgekommen, und mich hat die Erfahrung stark gemacht, nicht kaputt. Ich werde ihm bei der Verhandlung entgegentreten und ihm in die Augen sehen, obgleich mein Anwalt mir davon abgeraten hat. Es geht außerdem nicht nur darum, was mir zugestoßen ist, es geht ja auch um das ganze Geld. Den Eltern von Christoph und Emma mag das nicht so wichtig sein, aber meine Eltern haben sich tief verschuldet, haben Kredite aufgenommen, Frankie hat ihr Leben ebenfalls zerstört. Sie sind genauso seine Opfer wie wir. Natürlich, ich weiß, wir stehen in der Öffentlichkeit wie Schwachköpfe da, ich lese auch Zeitung. Das ist der Grund, warum ich mich entschlossen habe, mit Ihnen zu reden. Um das Bild zurechtzurücken.

Für einen Außenstehenden mag sich das ganze hanebüchen anhören, aber Sie müssen bedenken, ich war gerade erst Anfang Zwanzig. Was wußte ich schon. Und es klang alles, also, damals, im Zusammenhang, ziemlich glaubwürdig, es klang zumindest nicht unglaubwürdig. Und ich hatte Angst, verstehen Sie, ich war ein junges Mädchen, ich hatte Angst, ich mußte jemandem vertrauen, also habe ich Frankie vertraut. Frankie war älter als wir, und er hat auf uns immer den Eindruck gemacht, er wüßte, was er täte. Er würde sich um uns kümmern. Er gab uns Sicherheit, dachten wir. Und Christoph, den dürfen Sie nicht vergessen, Christoph war mein Freund, ich habe ihn geliebt, ich habe ihm vertraut. Man will in dem Alter doch jemandem vertrauen, das ist ganz natürlich, und wem sollte man vertrauen, wenn nicht dem eigenen Freund? Ich liebte Christoph. Ich konnte mir ein Leben mit ihm vorstellen. Und zum Dank hat er mich da reingerissen. Frankie und Christoph, gemeinsam waren sie so überzeugend. Es war unmöglich, sich dem zu entziehen. Halten Sie mich nicht für feige, es ging dann ja nicht nur um mich, es ging auch um meine Familie. Sie hätten an meiner Stelle in dieser Situation nicht anders gehandelt. Wer würde schon mutwillig das Leben seiner Familie und seiner Freunde aufs Spiel setzen. Und man hatte eben irgendwann gar keine andere Perspektive mehr als die von Frankie und Christoph. Wenn Christoph nicht gewesen wäre, hätte ich Frankie ja nicht mal kennengelernt. Ich bin nur wegen Christoph damals ins *Blue Lou's* gegangen, weil's bei ihm um die Ecke lag und er meistens zu faul war, woanders hinzugehen. Ich mochte den Laden gar nicht. Ich mochte Frankie nicht. Aber Christoph hat dann angefangen, ihn überall mit hinzuschleppen, die zwei waren unzertrennlich, und irgendwann hat man sich halt an ihn gewöhnt, an Frankie. Er war in diesem Sommer irgendwie immer dabei, und natürlich, er hatte auch nette Seiten, zu Anfang, das will ich gar nicht verschweigen. Ich meine, wäre er einfach bloß ein dummes Arschloch gewesen, dann wäre es ja gar nicht erst soweit gekommen, oder?

Natürlich, lassen Sie mich sehen. Ja, ich erinnere mich an das Foto, das war auf meiner Geburtstagsparty. Da war Frankie schon allgegenwärtig, er steht da links neben mir und Christoph. Wir hatten gerade unsere Zwischenprüfungen bestanden, bei Christoph lief's eher so mit Ach und Krach, wissen Sie, natürlich habe ich ihn geliebt, aber das ist etwas gewesen, was mich an ihm manchmal gestört hat, sein mangelnder Ehrgeiz. Na ja, vielleicht braucht man das nicht, wenn einem die Eltern sowieso den Rücken freihalten. Wußten Sie, daß ich die einzige von uns dreien war, die neben dem Studium gejobbt hat? Emma hatte das natürlich erst recht nicht nötig, wissen Sie, wenn Emma nicht gewesen wäre, hätte die ganze Geschichte vielleicht eher ein Ende genommen. Das meiste Geld kam ja von ihren Eltern. Hätte Emma nicht so bereitwillig mitgemacht, wären wir möglicherweise schon Jahre früher aus dieser Hölle rausgekommen. Warum sie nicht mit auf dem Bild ist, ich kann es gar nicht mehr sagen, möglicherweise hat sie das Foto gemacht? Ist es nicht bezeichnend, daß wir nicht als Pärchen aufgenommen sind, sondern Frankie sich neben uns gedrängt hat? Genau so hat er sich damals in unser ganzes Leben gedrängt. Ich habe manchmal zu Christoph gesagt, mich störe es, immer Frankie dabeizuhaben, aber er wollte nicht hören. Und ich war zu jung und unsicher, mich durchzusetzen. Natürlich, heutzutage würde mir das nicht mehr passieren. Aber damals war ich eben jung. Sehen wir nicht alle sehr jung aus auf diesem Bild?

Wann das war, ich bin mir nicht sicher. Irgendwann in diesem ersten Sommer. Wir waren viel unterwegs. Mir ist das nicht leichtgefallen, ich hatte meinen Job, außerdem pflegte ich, im Gegensatz zu den anderen, auch in den Semesterferien zu lernen. Aber man ist in diesem Alter halt anfällig für alles mögliche, beeinflußbar, ich bin dann meistens doch mitgekommen. Wir waren an der See, ziemlich oft, manchmal an der Ostsee, manchmal an der Nordsee. Natürlich war das nett, ich ahnte schließlich nichts Böses, wie auch. Wir fuhren einfach nur mit ein paar Leuten in Emmas winzigem Mini durch die Gegend und hatten Spaß, daran ist ja nichts Schlechtes. Darauf, meinen Job nicht zu vernachlässigen, habe ich schon bestanden, das können Sie mir glauben.

Übrigens muß ich Ihnen sagen, daß Frankie auf Fotos ganz anders rüberkommt, als er in Wirklichkeit war. Nur falls Sie denken, es sei alles irgendwie absurd, weil er auf Fotos immer einen eher unscheinbaren Eindruck macht, aber ich schwöre Ihnen, wenn Sie ihm gegenüberstehen, ist er ganz anders. Er hat was, das ist leider die Wahrheit, Charisma könnte man es vielleicht nennen, aber das können Sie sich ja sicher selbst zusammenreimen, sonst wäre es wohl kaum soweit gekommen, und Sie wissen natürlich, es betraf nicht nur uns drei, sondern auch diese anderen Frauen, was deutlich zeigt, es lag nicht daran, daß wir besonders blöd gewesen wären. Daran lag es bestimmt nicht, es lag nicht an uns. Es lag an Frankie.

Emma? Nein, wir haben hinterher keinen Kontakt mehr

gehabt. Ich habe keine Ahnung. Ich habe auch Christoph erst beim Prozeß wiedergesehen. Flüchtig, wir haben nicht miteinander geredet. Ich muß leider sagen, ich werde ihm das wohl nicht verzeihen können. Letztendlich war er es, der mich mit reingezogen hat in die Sache, es war sein Einfluß auf mich, im Grunde trifft ihn genausoviel Schuld wie Frankie, das kann ich nicht vergessen, niemals. Ich glaube nicht, irgend jemand könnte mir daraus einen Vorwurf machen. Ich bin eben auch nur ein Mensch. Wissen Sie, ganz ehrlich, ich will das jetzt nur noch hinter mich bringen und dann mit der Geschichte abschließen können und endlich anfangen, mein Leben zu leben.

EMMA I / O-TON 00'57''

Ich werde nicht mit Ihnen reden. Ich höre Sie gar nicht. Sie halten mich wohl für dumm, ich weiß genau, wer Sie sind. Sie können mir nichts vormachen, er hat uns gesagt, daß Sie kommen würden, er hat es gewußt. Selbst Ihre alberne Story ist genau so eine, von denen er sagte, man würde sie uns aufzutischen versuchen. Mich legen Sie damit nicht rein. Ich weiß, daß Sie mich hier unter Drogen setzen, ich nehme an, es sind irgendwelche Wahrheitsdrogen, so was wie Pentothal, Skopolamin, er hat uns davon erzählt. Er sagte, Sie würden es vielleicht damit probieren. Aber mich kriegen Sie nicht weich. Das können Sie vergessen, ich sage Ihnen gar nichts. Ich lasse mir auch keine Angst einjagen, da müssen Sie schon Gewalt anwenden, und er sagte, davor würden Sie vielleicht doch zurückschrecken, das sei immer nur das allerletzte Mittel, und ich glaube Ihnen ehrlich gesagt irgendwie nicht, daß Sie so weit gehen werden. Und ist es nicht sowieso üblich bei Ihnen, einen dafür lieber erst mal außer Landes zu schaffen, oder etwa nicht?

CHRISTOPH II / O-TON 07'32"

Ich weiß, daß es total verrückt klingen muß. Verrückt klingt. Wie aus einem blöden Film. Das habe ich ja selbst erst gedacht. Aber Sie hätten Frankie kennen müssen, dann wären auch Ihnen Zweifel gekommen, ob nicht doch etwas Wahres dran sein könnte. Natürlich habe ich erst mal gestutzt und dachte, was redet er da eigentlich. Aber Frankie hat nie den Eindruck gemacht, als hätte er nicht alle Tassen im Schrank, im Gegenteil. Er ist immer sehr ruhig gewesen, nüchtern, kompetent. Sie müssen sich das jetzt nicht so vorstellen, daß er mir, damals, am Meer, eine James-Bond-Story aufgetischt hätte, darauf wäre ich mit Sicherheit nicht reingefallen. Vielleicht war das Glaubwürdige daran, daß es eben nicht irgendeine Räuberpistole war, die er mir erzählte, daß Frankie kein Actionheldtyp ist. Ich meine, mal andersrum gesehen – es gibt ja Agenten, Spione, es gibt sie wirklich. Und in Wirklichkeit sind das bestimmt keine Typen mit der Kalaschnikow unterm Smoking, nicht wahr? Sie müssen auch die damalige Situation in Betracht ziehen. Die Geschichte mit dem Polonium war erst ein halbes Jahr her, spielte sich in meiner direkten Nachbarschaft ab, in Ottensen, gleich um die Ecke, sie haben die Straße gesperrt deswegen, sieht man es mal so, ist das doch alles vollkommen unwahrscheinlich gewesen. Agenten, die Leuten radioaktives Zeug ins Essen mischen, radioaktives Zeug für ein paar Millionen Dollar, so was würde man inzwischen nicht mal mehr James Bond abkaufen, und trotzdem ist es die Realität. Scotland Yard in Ottensen. Denkt man nicht irgendwie, Scotland Yard gäbe es nur in Sherlock-Holmes- und Miss-Marple-Storys? Und die *Nine/Eleven*-Attentäter kamen aus Harburg, von der TU, mein Gott, ich hatte einen Bekannten, der dort kurz darauf zu studieren anfing, dessen Professoren Mohammed Atta kannten, ich meine, das ist real, das bilde ich mir schließlich nicht einfach so ein. Und vor diesem Hintergrund wurde es, dachte ich darüber nach, immer plausibler, was mir Frankie erzählte.

Er erzählte mir ja erst mal gar nicht soviel. Nur das, wie er sagte, Notwendigste. Nur, daß er seit *Nine/Eleven* in Hamburg sei, man seitdem daran arbeite, die Netzwerke aufzudecken, daß die Öffentlichkeit damals nicht mal über die Hälfte der Hintergründe informiert worden wäre, es kein Zufall sei, daß auch die Litwinenko-Spur nach Hamburg geführt habe und hier, angeblich, versandet sei. Mehr sagte er gar nicht. Mehr zu wissen, würde mich gefährden, sagte er. Und er erzählte das auch nicht, um sich aufzuspielen, sondern weil er mich um meine Hilfe bat. Um einen kleinen, aber wichtigen, lebenswichtigen Gefallen. Weil ich mit der Sache nichts zu tun habe, könne er mir trauen, sagte er, er hege einen Argwohn gegen seine eigenen Leute und fürchte um seine Tarnung, deswegen sei er darauf angewiesen, einen Außenstehenden zu finden, jemanden, von dem er sicher sei, daß der keinesfalls irgendwo involviert wäre. Jemanden wie mich.

Mich. Er zog mich ins Vertrauen. Ich muß zugeben, daß mich das stolz machte. Und er war mein Freund.

Mein Freund, der mich um einen Gefallen bat. Was hatte ich zu verlieren? Er versicherte mir mehrfach, es sei nicht gefährlich, obwohl ich gar nicht danach gefragt hatte. Ich hatte sowieso wenig gesagt, nur zugehört. Fragen stellte ich gar keine, er sagte mir ja, er könne nicht mehr sagen, als er das getan hatte. Und sollte sich das ganze als Hirngespinst entpuppen, na ja, so what. Sie sehen, ich bin durchaus skeptisch gewesen. Als ich mich darauf einließ, spielte Neugier wahrscheinlich die Hauptrolle. Was dahintersteckte, ließ sich anders nicht herausfinden, oder? Als ich zögerte, sagte er umgehend, ich solle die Sache vergessen, er wolle mich in nichts hineinziehen, es sei eine dumme Idee von ihm gewesen, er bitte mich nur, niemandem davon zu erzählen, wir sollten einfach zu den Mädchen zurückgehen, uns noch ein Bier nehmen und die Sache nie wieder erwähnen. Sie sehen, er hat mich zu nichts gedrängt. Hätte er mich gedrängt, wäre ich vielleicht mißtrauisch geworden. Beziehungsweise, ich *war* ja mißtrauisch. Aber weil ich andererseits nichts dabei zu verlieren hatte, sagte ich, ich würde es tun. Was immer es wäre, wozu er meine Hilfe brauchte.

JUDITH II / O-TON 04'51''

Das ist das beste Beispiel, oder, ich meine, das ist doch das allerbeste Beispiel dafür, was sie mit mir gemacht haben, oder? Und vor allem, *wie* sie es gemacht haben. Was hätte ich denn in einer solchen Situation tun sollen? Ich hatte doch gar keine andere Wahl, wie nennt man denn so was, psychologischer Druck, Psychoterror, ich meine, wie perfide ist das denn, was hätte ich anderes tun sollen, was würden Sie tun, wenn Sie dreiundzwanzig sind, verliebt, in einen Mann, von dem Sie denken, er könnte der Richtige sein, mit dem Sie gerade einen wunderschönen langen Sommer verbracht haben, mit dem sie planen, in eine gemeinsame Wohnung zu ziehen, vielleicht das Leben zu verbringen – und dann erfahren Sie, daß er weniger als sechs Monate zu leben hat.

Es brach eine Welt für mich zusammen, sage ich Ihnen. So etwas, denkt man doch, passiert niemals einem selbst. So etwas ist zu schrecklich, als daß es passieren dürfte. Entschuldigen Sie, ich hatte mir eigentlich fest vorgenommen, nicht zu weinen. Aber Sie können sich nicht vorstellen, wie grauenvoll es war, als mir Christoph die Wahrheit sagte. Sechs Monate. Wir hatten unser Leben zusammen verbringen wollen. Und jetzt blieben uns nur noch sechs Monate. Weniger. Ich bin zusammengebrochen. Ich erinnere mich daran, wie er mich tröstete, wo doch eigentlich ich ihn hätte trösten müssen. Aber mir fehlte die Kraft dazu. Er hingegen war ganz ruhig und gefaßt. Ich habe ihn sehr dafür bewundert. Wir sind kurz darauf aufgebrochen, es war Ende Oktober. Ich würde zumindestens den Semesteranfang verpassen, das war mir klar, aber wie unwichtig schienen diese Dinge plötzlich. Es war Christophs letzter großer Wunsch, es war das einzige, was noch zählte, und so brachen wir wenige Tage später auf, zu seiner letzten Reise, er, Frankie, Emma und ich.

EMMA II / O-TON 04’29’’

Sie glauben doch nicht, daß Sie mich damit reinlegen können, oder? Daß ich ernsthaft glaubte, es mache einen Unterschied, ob Sie die Kamera laufen lassen oder nicht? Wahrscheinlich ist das Ding ohnehin nur eine Attrappe, denken Sie nicht, ich wüßte nicht, daß die richtigen Kameras hier überall versteckt sind. Ich weiß, wie mikroskopisch klein und unsichtbar die Dinger heutzutage sind. Warten Sie etwa immer noch darauf, daß ich versehentlich irgend etwas verrate, wenn ich allein bin, wenn ich *angeblich* allein bin? Das können Sie vergessen. Oder auch nicht, es ist mir eigentlich völlig egal, was Sie tun. Hauen Sie ab oder bleiben Sie sitzen, ganz gleich. Sind Sie immer noch da?

Wissen Sie, das interessiert mich gar nicht. Erzählen Sie’s Ihrer Mütze. Ich glaube Ihnen sowieso kein Wort. Und selbst falls das wahr wäre, wissen Sie was? Es würde mich nicht überraschen. Wenn wir die Sache mal analytisch betrachten, bewiese das nichts weiter, als daß Sie die beiden anderen kleingekriegt haben. Womit auch immer. Drogen oder Drohungen oder Versprechungen, ich bezweifle nicht, daß Sie eine ganze Menge Möglichkeiten haben. Vielleicht sind sie unter dem Druck zusammengebrochen und lügen. Oder vielleicht glauben sie tatsächlich, was sie erzählen, auch das ist immerhin vorstellbar, ich weiß, wie Menschen, die einer Gehirnwäsche unterzogen wurden, felsenfest glauben, was man ihnen beigebracht hat. Ist bestimmt sehr praktisch für Sie, nicht wahr? Ich meine, in dem Falle könnten Sie die zwei ja wohl sogar an einen Lügendetektor hängen, ohne irgendwas befürchten zu müssen. Nicht, daß ich Ihnen irgendwas glauben würde, ich wiederhole das. All dieses Zeug hier könnte genausogut gefälscht sein. So was fälscht heute jedes Kind an seinem Computer. Aber ich sage Ihnen was, wenn Sie die beiden wirklich irgendwie kleingekriegt haben, bin ich die letzte, die sich wundert. Wir haben so was fast erwartet. Es ist klar gewesen, die zwei würden brechen, früher oder später. Würden nicht durchstehen, was immer Sie mit ihnen angestellt haben. Frankie hat es geahnt. Deshalb hat er zum Schluß nur noch mir vollkommen vertraut. Er wußte, ich bin härter als die beiden. Ich habe es ihm bewiesen. Er wußte, daß ich niemals unsere Sache verraten würde. Daß ich ganz bestimmt ihn nicht verrate. Und ich sage Ihnen was: Er hat sich darin nicht geirrt. Und mehr habe ich Ihnen wirklich nicht zu sagen.

CHRISTOPH III / O-TON 09'05"

Es ist kein bißchen dramatisch gewesen, das erste Mal. Er hat mir bloß einen Umschlag gegeben, DIN-A4, einen ganz normalen Umschlag. Es stand nichts darauf. Ich habe den Umschlag abgeliefert, in einem ganz normalen Briefkasten, an einem ganz normalen Haus, na ja, vielleicht eher eine Villa, aber eine ganz *normale* Villa, in Potsdam. Am hellichten Tag. Total undramatisch. Er gab mir die Adresse, ich merkte sie mir, ich lieferte den Umschlag dort ab, stieg in die Bahn und fuhr zurück nach Hamburg. Frankie konnte es nicht selbst tun, weil er befürchtete, überwacht zu werden. Er glaubte nicht, man überwache mich, aber er trug mir auf, darauf zu achten und mich sicherheitshalber so zu verhalten, als müsse ich eventuelle Verfolger abschütteln. Er spezifizierte das nicht näher. Er hat mir einfach vertraut, daß ich das schon hinkriegen würde. Obwohl ich bloß ein kleiner doofer BWL-Student war. Ich habe dann auch versucht, das bestmöglich zu tun. Ich kam mir vielleicht ein bißchen lächerlich vor, andererseits, es sah mir ja niemand zu, oder falls doch, dann wäre es plötzlich kein bißchen mehr lächerlich gewesen.

Jedenfalls, ich habe es so ähnlich gemacht, wie man es in den Filmen immer sieht. Ich hatte es mir vorher genau überlegt. Ich tat, als würde ich einen Shoppingbummel machen, es war Samstag vormittag, ich fand das ideal, da ist in der Innenstadt und in den Kaufhäusern immer die Hölle los. Zuerst bin ich aber die Ottensener Hauptstraße entlang, bin immer mal wieder stehengeblieben, vor den Schaufenstern, und versucht, in den Spiegelungen der Fensterscheiben zu erkennen, ob mir jemand folgt. Bin zu *Zardoz* rein, habe im ersten Stock nach Platten gestöbert, bin wieder raus, bin einmal quer durch's Mercado-Center. Wissen Sie, ich glaube, es ist sehr schwer, zu erkennen, ob man verfolgt wird, wenn man nicht darauf trainiert ist. Ich habe zum Beispiel ein schlechtes Gesichtergedächtnis, ein bißchen besser ist das mit den Jahren vielleicht geworden, aber nicht viel. Wenn Sie sich Gesichter nicht merken können, wie wollen Sie dann sagen, ob Sie jemanden vielleicht eine Viertelstunde zuvor bereits gesehen haben? Und überhaupt, haben Sie mal darauf geachtet, wie sehr sich die meisten Menschen eigentlich gleichen?

Das Mercado habe ich durch einen anderen Eingang verlassen, als den, durch den ich reingegangen war. Geht man hinten raus, liegt dort dieses Café, ziemlich versteckt. Der Name fällt mir nicht mehr ein, aber wahrscheinlich gibt es das sowieso längst nicht mehr. Ich trank einen Kaffee. Währenddessen betrat niemand anderes das Café, und auch die Seitenstraße blieb leer. Von der Bedienung ließ ich mir ein Taxi bestellen. Ich vergaß zu erwähnen, mein Handy hatte ich natürlich zu Hause gelassen, logisch, weiß man ja selbst als Laie, daß die Dinger ganz leicht zu orten sind, wenn sie sich ins zelluläre Netz einloggen. Deswegen sagt man auf Englisch *cell phone*, wußten Sie das? Daß das allerdings auch funktioniert, wenn es ausgeschaltet ist, habe ich nicht gewußt, Sie? Nicht mit jedem Modell, mit einigen wohl aber schon, es ist eines dieser Dinge, die sie nicht an die große Glocke hängen, weil sie natürlich damit über ein perfektes Überwachungsinstrument verfügen. Es gibt sogar welche, durch die sie einen abhören können. Frankie hat es mir erklärt, er zeigte mir zusätzlich einen alten Artikel aus der *ZEIT*, in dem erwähnt wurde, es sei deswegen auf wichtigen Firmenkonferenzen manchmal Usus, jeden Teilnehmer den Akku seines Handys entfernen zu lassen. Sehen Sie, auch so was klingt doch zunächst möglicherweise unglaubwürdig, und trotzdem ist es real. Wie das Polonium in Ottensen. Nur ahnen die meisten Menschen nichts davon und zeigen auch keinerlei Interesse, sie wollen sich bloß treiben lassen an der hübschen Oberfläche und gar nicht wissen, was sich darunter abspielt. Frankie hat uns beigebracht, die Oberfläche zu durchschauen. Es konnte einem ein bißchen Angst machen. Schon damals, mit dem DIN-A4 Umschlag in meiner Kuriertasche, hatte ich ein bißchen Angst. Aber es war auch sehr, sehr aufregend. Ich muß zugeben, es hat mir gefallen.

Vom Taxi habe ich mich in die Mönckebergstraße fahren lassen. Ich fand das ganz schön clever von mir, weil die Mönckebergstraße für den normalen Verkehr gesperrt ist, ein anderer Wagen hätte mir also nicht folgen können. Und ein Taxi wäre mir aufgefallen in den kleinen Ottensener Nebenstraßen. Überhaupt, quer durch die Stadt im samstäglichen Shoppingwahnsinn, mir dabei zu folgen, wäre ein Kunststück für sich gewesen.

Auf der Mönckebergstraße war ich mir eigentlich schon fast sicher, daß mir niemand folgt oder daß wenn mir jemand gefolgt wäre, ich ihn ziemlich cool und ziemlich unauffällig abgeschüttelt hätte. Ich bin dann aber doch noch mal zu Karstadt rein. Rolltreppe hoch, sofort die andere wieder runter, solche Spielchen. Auch wenn's völlig überflüssig gewesen ist. Aber es hat mir gefallen. Es hat Spaß gemacht. Ich habe die ganzen armen Shoppingidioten angesehen, ich achtete natürlich bewußt auf ihre Gesichter, ob mir eines bekannt vorkäme, auf diese ganzen traurigen Visagen, die einander so ähneln wie ein Gummibärchen dem anderen, und dachte, ich bin nicht wie sie. Sie haben keine Ahnung. Sie sind die *Allermeisten*, die Oberflächenmenschen. Vollpensionisten, wie Judith sagen würde. Ein jeder mit einem kleinen öden belanglosen Dasein ausgestattet. Und ich war anders. Ich lebte plötzlich in einer anderen, einer parallelen Welt. Ich *lebte*. Ein DIN-A4-Umschlag aus stinknormalem braunen Packpapier hatte alles verändert.

Im zweiten oder dritten Stock, wo der Kaufrausch tobte, bin ich rüber ins hintere Gebäude, dort mit der Rolltreppe runter und raus. Den Ausgang sieht man gar nicht von der Mönckebergstraße. Dieser Karstadt hat so viele Ausgänge, das müßten sie mit einem Dutzend Mann überwachen. Gleich dort ist der Eingang zur U-Bahn, vor dem Thalia-Theater. Da bin ich rein, mit der U2 die Station bis Hauptbahnhof gefahren, dann ganz normal in den ICE nach Berlin. Unterwegs habe ich versucht zu lesen, aber ich war zu aufgeregt. In Potsdam einen Stadtplan gekauft, Adresse rausgesucht, Umschlag abgeliefert, das war's. Aber das sagte ich ja schon. Den Stadtplan habe ich gleich hinterher weggeschmissen, vorsichtshalber. Ich fand, ich hätte an alles gedacht. Ich war stolz auf mich. Und Frankie war auch stolz auf mich. Ich erstattete ihm am nächsten Abend akribisch Bericht, mit jedem Detail und allen meinen Überlegungen. Ich glaube, ich habe ihn ein bißchen beeindruckt, ich hoffe es jedenfalls. Ich denke schon. Sonst hätte er mir ja keine weiteren Aufträge gegeben.

JUDITH III / O-TON 06'19"

Entschuldigen Sie bitte, ich hatte mir wirklich vorgenommen, nicht zu weinen. Mir ist das peinlich, ganz ehrlich. Aber Sie ahnen ja nicht, was ich durchmachen mußte. Wo waren wir stehengeblieben? Richtig, wir brachen auf, gemeinsam, zu viert. Es war Christophs Wunsch gewesen. Eine letzte gemeinsame Reise. Nach Frankreich, ans Mittelmeer, an Orte, die er kannte und liebte, und an Orte, die er noch nie gesehen hatte. Weil es seine letzte Chance wäre, sie jemals zu sehen. Mein Gott, können Sie sich vorstellen, wie furchtbar das ist? Wenn jemand mit vierundzwanzig gesagt bekommt, er hätte nicht mehr Zeit als sechs lumpige Monate, um zu versuchen, all das zu sehen, was er noch nicht gesehen hat, all das zu tun, wovon er glaubte, er hätte noch ein Leben lang Zeit es zu tun? Können Sie sich vorstellen, wie ich gelitten habe? Einen festen Plan hatten wir nicht. Wir fuhren einfach drauflos, nach Süden. Dem verbliebenen Sommer hinterher. Es war immer noch sehr warm für Oktober, erinnern Sie sich an den ungewöhnlich langen, heißen Sommer damals? Nur die Blätter hatten bereits begonnen, sich zu verfärben. Ich mußte immer daran denken, daß Christoph keinen weiteren Sommer erleben würde. Die Vorstellung war entsetzlich. Ich versuchte sie zu verdrängen, eine natürliche Reaktion. Was hätte man sonst tun sollen?

Zuerst fand ich es befremdlich, zu viert zu fahren. Würde man nicht denken, er will seine letzte Reise mit der Frau verbringen, die er liebt? Aber es war Christophs Wunsch, ich akzeptierte das. Ich bin nicht gekränkt gewesen oder so. Nicht im geringsten. Irgendwann war es mir sogar recht, allein hätte ich nicht gewußt, ob ich es hätte ertragen können. Wir redeten dann nicht mehr darüber. Das war eine stillschweigende Abmachung, obwohl wir natürlich alle Bescheid wußten. Wir taten einfach so, als verlängerten wir unseren Sommer, es fühlte sich ganz selbstverständlich an, es war bloß einer unserer kleinen Sommertrips. Christoph hatte zudem darauf bestanden, es unseren Eltern nicht zu sagen, er wollte nicht, daß irgendwer außer uns es erführe. Noch nicht jedenfalls. Es war ja zu befürchten, sein Zustand würde sich irgendwann, nur allzu bald, derart rapide verschlechtern, daß sich nichts mehr verheimlichen ließe und unsere Reise ein Ende finden müsse. Deswegen packte ich nur für zwei, drei, höchstens vier Wochen. Bei meinem Job meldete ich mich ab, ich bin immer sehr zuverlässig gewesen, an der Uni natürlich nicht. Ich zweifelte nicht daran, zwei, drei versäumte Wochen spielend aufholen zu können, ich war eine sehr gute Studentin. Ich hatte allen Grund dazu, optimistisch in die Zukunft zu sehen. Was meine berufliche Karriere anbelangte. Aber ich schweife ab, entschuldigen Sie. Das Ganze nimmt mich doch mehr mit, als ich gedacht hätte. Ich fürchte, ich habe ein posttraumatisches Streßsyndrom, meine Therapeutin denkt das auch. Wo war ich stehengeblieben?

Wir fuhren also zu viert. Ich bin deswegen nicht gekränkt gewesen oder so. Übrigens war es Emma, die den Wagen bezahlt hatte, manchmal dachte ich, das wäre einer der Gründe gewesen, warum sie mitkam, entschuldigen Sie, das klingt jetzt böse, so habe ich es aber ganz ehrlich nicht gemeint. Wir kauften uns also diesen Wagen, einen VW-Bus. Eine längere Reise mit uns vieren und unserem Gepäck im Mini wäre zu quälend geworden. Eigentlich war es schon quälend bei unseren Wochenendtrips gewesen, andererseits war das eines dieser Dinge, die so absurd und komisch waren, wir mochten es und konnten endlos darüber lachen. Auch wenn ich in diesem Sommer eher Mitläufer war, will ich nicht verhehlen, daß es mir gefiel. Wir waren wirklich ein gutes Team, damals noch. Wir hatten unglaublich viel Spaß miteinander. Ich fühlte mich wohl, geborgen. Emma war meine beste Freundin, Christoph der Mann, den ich liebte, und Frankie, Frankie, man muß zugeben, man konnte nicht anders, als ihn zu mögen. Ich erinnere mich, wie wir in der Bretagne auf einem langen Spaziergang ein ganz wunderbares Gespräch miteinander führten, Frankie und ich. Aber ich greife vor, das war natürlich erst später. Übrigens glaube ich, Emma empfand das ganz ähnlich wie ich. Diese Geborgenheit. Emma hatte nie viele Freunde. Sie tat mir vielleicht ein wenig leid, deswegen wohl hatte ich begonnen, mich um sie zu kümmern. Ich muß sagen, sie blühte in diesem Sommer geradezu auf. Und schließlich hat Frankie, das muß man ihm lassen, sie ja sogar dazu gebracht, vernünftig zu essen. Aber ich greife vor. Wo war ich stehengeblieben?

EMMA III / O-TON 06’42”

Sie mit Ihrer Wahrheit, Ihrer sogenannten, merken Sie gar nicht, wie lächerlich Sie sind? Merken Sie nicht, wie lächerlich *ich* Sie finde? Wie durchsichtig Ihr ganzes *Good-Cop*-Spiel in meinen Augen ist? Glauben Sie wirklich, Ihr erbärmliches, geheucheltes, triefendes Verständnis – ich nehme doch an, es soll Verständnis sein, was Sie hier zum besten geben, oder? – ließe mich jetzt irgendwie, ich weiß nicht, zusammenbrechen, mich an Ihren Schultern ausweinen, glauben, ich sei nicht mehr ganz bei Trost? Denken Sie tatsächlich, so liefe das bei mir? Ich meine, ist das schon alles, was Sie draufhaben? Und Sie wollen mir weismachen, mit dieser Nummer hätten Sie die anderen drangekriegt. Entschuldigen Sie, aber das ist grotesk. Selbst ich glaube nicht, daß Ihnen damit auch nur Judith auf den Leim gegangen wäre, und die hielt ich persönlich immer schon für das schwächste Glied in unserer Kette. Das war einer der wenigen Punkte, in dem sich meiner Meinung nach Frankie irrte, von Anfang an. Nicht, daß ich es ihm gesagt hätte. Oder daß es Sie irgend etwas anginge, es geht Sie einen feuchten Kehricht an, einen Scheißdreck, ich weiß gar nicht, warum ich überhaupt mit Ihnen rede. Wahrscheinlich weil ich mich langweile. Sie glauben nicht, wie Sie mich langweilen, manchmal denke ich schon, warum holen Sie nicht einfach endlich Ihre Autobatterie raus oder den unauffälligen Wagen zu dem unauffälligen Flugplatz mit dem unauffälligen Flieger nach Syrien oder Libyen, oder wo fliegen Sie die Leute heutzutage hin? Oder lassen Sie das von Ihren Freunden erledigen, weil Sie selbst sich die Hände nicht schmutzig machen wollen? Sind das nicht Ihre Methoden, ein kleiner Tip hier, eine kleine unauffällige Hilfeleistung dort, ein diskreter Informationsaustausch unter *Freunden*? Na los doch, dann lassen Sie uns endlich anfangen, überspringen wir dieses ermüdende Geplänkel und kommen wir gleich zum häßlichen Teil. Ich bin bereit, also worauf warten wir. Sie werden sich noch wundern. Ich bin härter, als ich aussehe. Ich bin nicht wie die anderen. Frankie wußte das. Ich bin mir sicher, er hat es immer gewußt. Also lassen Sie es uns ausprobieren, hm, was meinen Sie? Wollen wir etwa ewig so sinnlos herumsitzen, Sie können doch nicht wirklich glauben, das bringe Ihnen noch irgendwas? Ich meine, wie lange bin ich jetzt hier an diesem Ort, wie lange spielen Sie mir schon diese ganze Scharade vor? Ein paar Monate, ein halbes Jahr, ein ganzes? Glauben Sie nicht, ich wüßte nicht, daß Sie mich absichtlich darüber im unklaren lassen, ich habe von diesen Techniken gehört, Desorientierung, Deprivation. Die Drogen. Wahrscheinlich rede ich nur deswegen mit Ihnen, weil die verdammten

Drogen mich gesprächig machen. Na gut, machen sie mich halt gesprächig, 1:0 für Sie, Glückwunsch. Aber *erzähle* ich Ihnen irgendwas, habe ich Ihnen irgendwas verraten? Habe ich *uns* verraten? Sehen Sie. Ich würde sagen, 1:1, meinen Sie nicht? Haben Sie es nicht langsam genauso satt wie ich? Also lassen wir die Scheiße doch und machen endlich ernst. Ich warte bereits so lange darauf, ich habe keine Angst mehr davor. Ich bin vorbereitet. Ich werde es Ihnen nicht leicht machen, das schwöre ich Ihnen. Wissen Sie, warum? Ich habe nichts mehr zu verlieren. Mein Leben habe ich ja schon verloren. Das weiß ich, ich kann nichts daran ändern. Die Gefahr hat immer bestanden, die ganze Zeit. Wir haben damit rechnen müssen, daß Sie uns eines Tages kriegen. Wir haben damit gelebt, all diese Jahre, Damoklesschwert, falls Ihnen das was sagt. Auch wenn Frankie alles getan hat, es zu verhindern. Wir haben alle alles getan, selbst Judith, im Rahmen ihrer Möglichkeiten. Aber es ist uns immer klar gewesen, daß es eines Tages vorbei sein könnte. Und dann war es soweit. An wem oder woran es letztendlich gelegen haben mag, werde ich wohl nie erfahren, und kommen Sie mir jetzt bitte nicht mit Ihren Geschichten. Es ist ja auch egal. Es ist vorbei. Wir haben verloren. Aber wissen Sie was? Mein Leben mag ich verloren haben. Aber ich werde es nicht verraten. Nein, ich denke nicht. Lassen wir es drauf ankommen, meinen Sie nicht? Hören wir auf mit diesem unglaubwürdigen Getue, und machen wir endlich ernst. Ich bin bereit. Glauben Sie mir, ich bin bereit zu kämpfen bis zum Letzten.

CHRISTOPH IV / O-TON 16'22"
Einmal hatte ich wirklich Angst. Es ist mitten in der Nacht gewesen, in einer gänzlich leeren Gegend, unten bei Hammerbrook irgendwo, Gewerbegebiet. All diese Bauten aus den Sechzigern oder Siebzigern, ich meine, schon das könnte einem das Fürchten lehren, die schiere Architektur. Nein, war nur ein Witz. Vielleicht kommt Ihnen das alles wie ein Witz vor, aber ich hatte Angst, ganz ehrlich. Ich glaube gefroren zu haben vor Angst, obwohl es Hochsommer war. Ich habe stundenlang dort gestanden und auf meinen Kontakt gewartet. Mitten in der Nacht, in dieser total verlassenen Nichtgegend. Zwei von dreien der Bürobauten sehen unbewohnt aus da unten, heutzutage ist das sicherlich noch extremer. Oder sie haben inzwischen alles abgerissen, könnte ich mir auch vorstellen. Ich bin noch nicht wieder in Hamburg gewesen, wissen Sie. Keine Ahnung, wieso. Es ist ein komischer Gedanke. Ich würde vielleicht glauben, ich könnte mir selbst dort begegnen. Auf dem Campus oder in Ottensen in meiner Lieblings-Tapas-Bar. Meiner damaligen Lieblings-Tapas-Bar. Ich könnte noch in meiner Wohnung wohnen. Wissen Sie noch, was ich vorhin erzählte, die Sache mit den parallelen Universen? Vielleicht bin ich einfach nur noch nicht soweit. Ich habe damals ja nichts wirklich beendet, deswegen möglicherweise diese Vorstellung, meine Wohnung warte immer noch so auf mich, wie ich sie damals verlassen habe. Oder ich hätte sie nie verlassen. Meine Eltern versuchen ständig, mich zu überreden, zumindest zu ihnen zu Besuch zu kommen. Ich sollte das irgendwann tun.

Bald. Noch bin ich wohl einfach nicht soweit. Wenn wir uns sehen, sehen wir uns hier. Mir wird aber auch das schnell zuviel. Ich meine, wir müssen uns schließlich erst mal wieder kennenlernen. Sie glauben immer noch, ich wäre der Christoph von damals, aber das ist natürlich ein Trugschluß. Oder nicht? Ich könnte gar nicht sagen, was für ein Christoph ich bin. Es wäre mir, denke ich, ganz recht, nie wieder nach Hamburg zurückzukehren. Oder meinen Sie, das ist ein Fluchtreflex, so was in der Art, daß ich mich meinen Problemen nicht stellen will? Das möchte ich eigentlich nicht von mir denken. Oder gar Ihre Zuschauer von mir denken lassen. Ich finde nicht, daß ich feige bin. Früher hätte ich das vielleicht nicht verneint. Aber als ich damals den ersten von Frankies Umschlägen annahm, hat sich etwas geändert. Sie können mich naiv nennen, und ich werde nicht widersprechen. Aber nicht feige, nein. Ich habe seitdem oft Angst ausgestanden, aber ich habe nie gekniffen. Im Gegenteil, wäre ich feige gewesen, hätte ich irgendwann vor lauter Angst auf alles geschissen, dann wäre es lange vorher zu Ende gewesen.

In dieser Nacht in Hammerbrook jedenfalls hatte ich mächtig Muffensausen, keine Frage. Dort fahren nicht mal Autos. Stundenlang stand ich da rum, und der verdammte Kontakt kam und kam nicht. Kennen Sie den Film *Der Omega-Mann*? Mit Charlton Heston? Lebt der eigentlich noch? Wir haben so vieles einfach verpaßt in diesen Jahren. Ich fühlte mich wie der Omega-Mann. Wie ich dort stand, in diesen scheußlichen Häuserschluchten an dieser vollkommen toten vierspurigen Straße. Ich stand und wartete auf halbirre Creeps mit blinden Augen. Hinter mir lag ein leerer Verkaufsraum, ich werde das nie vergessen, ständig drehte ich mich um und starrte hinein, ob sich darin etwas bewegte. Immer wieder war ich mir sicher, ich hätte aus dem Augenwinkel eine Bewegung bemerkt. In meiner Tasche brannte einer von Frankies Umschlägen. Ich habe keinen je geöffnet, übrigens. Nicht, daß ich's nicht ums Verrecken gern getan hätte, aber ich tat's nicht. Ich war loyal. Es war zu wichtig. Irgendwo hatte der Spaß aufgehört. Außerdem, hätte Frankie gesagt, war ich sicherer, ein bißchen sicherer, ohne zu wissen, was sich darinnen befand.

Nicht, daß ich mich sicher gefühlt hätte. Nicht in jener Nacht. Ich stand dort auf dem Präsentierteller, Sie glauben nicht, was für Filme bei mir abliefen. Die Mutanten im leerstehenden Erdgeschoß hinter mir. Ein Scharfschütze auf dem gegenüberliegenden Dach. Lachen Sie nicht, warum nicht. Es gibt Leute, die andere Leute mit Polonium vergiften, wenn man sich das klargemacht hat, erscheinen einem Scharfschützen wenig abwegig. Ein Auto. Ein vorbeifahrendes Auto, Schalldämpfer. Ein Auto, das abbremst, wohin hätte ich schon abhauen können, jemand, der mich auf einen Rücksitz zerrt. Mich und meine Kuriertasche und den Umschlag darin. Von dem ich nicht mal wußte, was er enthielt. Das hätte mir niemand geglaubt, oder? Versetzen Sie sich in deren Lage, hätten Sie mir das geglaubt? Ich hätte es mir selbst nicht geglaubt. Was täten sie mit mir, wohin würden wir fahren, nachdem sie mich auf den Rücksitz gezerrt hätten? Und wenn sie mir etwas täten, würden sie mich hinterher laufen lassen? Wohl kaum, oder? Ich wußte doch nicht mal, mit wem ich es zu tun kriegen konnte, Russenmafia, Geheimdienste, Amerikaner, Israelis, FSB, FSK, Terroristen, Kommissar Schimanski, Herrgott, in dieser Nacht wäre ich nicht mal verblüfft gewesen, wenn Osama persönlich mir plötzlich gegenübergestanden hätte. Als irgendwann tatsächlich ein Auto kam, hätte ich mir beinahe in die Hosen gemacht. Weggelaufen bin ich nicht. Nicht, weil ich ein verdammter Held wäre. Oder weil ich daran gedacht hätte, daß das natürlich mein Kontakt hätte sein können. Es gab schlicht auf mehrere hundert Meter rechts oder links nichts, wohin man hätte laufen können. Sie hätten mich so oder so gekriegt.

Es war dann aber nur eine Wagenladung Prolls mit brutal aufgedrehter Anlage. Techno. Natürlich. Ich bekam einen hysterischen Lachkrampf. Irgendwann ging ich heim. Ich wußte nicht, was ich sonst hätte tun sollen. Niemand war gekommen. Frankie konnte ich nicht anrufen, nicht mal von einer Telefonzelle, wir wußten nicht, ob sein Telefon abgehört wurde, wir mußten sicherheitshalber davon ausgehen. Frankie sagte hinterher, ich hätte richtig gehandelt. Mein Kontaktmann sei verhindert gewesen, er sagte nicht weswegen, ich habe nicht gefragt, ich wollte es nicht wissen. Mir war klar, er mußte ernste Gründe gehabt haben. Von meiner Angst habe ich ihm nie erzählt, aber ich denke, er konnte es sich vorstellen. Über viele Dinge mußte man mit Frankie nicht reden. Er wußte es einfach.

Das war eigentlich auch schon die dramatischste Aktion. Das enttäuscht Sie jetzt vielleicht ein bißchen, aber ich hatte damals längst begriffen, daß es eben nicht läuft wie bei James Bond. Ich habe mehr als einmal vergeblich auf den Kontakt gewartet. Beim nächsten Mal ganz prosaisch in einem Innenstadtcafé. Um mich herum Rentner und Mütter und all diese *Allermeisten* mit ihren Gesichtern, die noch leerer sind als Hammerbrook bei Nacht. Das dritte Mal im Stadtpark. Ich bin stundenlang durch den Stadtpark spaziert. Junge Typen spielten Fußball oder Frisbee oder so einen Scheiß, die, die sich's leisten konnten, mit nacktem Oberkörper. Einen glaubte ich aus der Uni vom Sehen zu kennen. Leute mit Hunden an Leinen, knutschende Pärchen, Nordic Walker in idiotischen Nordic-Walking-Hosen. Grillende Türken, sich sonnende Mädchen, Kinder mit Eis am Stiel, Stadtpark im Sommer halt. Ich spazierte einfach nur zwischen ihnen herum, dahingehend hatte mich Frankie gebrieft. Ich nahm an, er würde mich beobachten, oder beobachten lassen, ob mir jemand folgte. Mein Kontakt sollte mich ansprechen. Es war sonnig, wie meistens in diesem Sommer. Ich fühlte mich fabelhaft. Angst hatte ich keine, wer hätte mir etwas tun sollen unter all diesen Menschen. Ich nahm an, deswegen hatten sie den Stadtpark gewählt. Seither fühle ich mich besser, wenn ich mich an belebten Orten aufhalte. Ich schlenderte durch die Menge der halbnackten Vollidioten und fühlte mich großartig. Ich war der König der Welt. Mich trennten Universen von all den anderen, mich trennte ein brauner Umschlag, DIN-A4, wie immer, von ihrem ganzen kläglichen Stadtparkgewese. Der Kontakt übrigens tauchte nicht auf. Aber Frankie versicherte mir, es sei nicht mein Fehler gewesen. Ich hätte nichts falsch gemacht. Im Gegenteil, ich sei gut gewesen. Perfekt. Wissen Sie, was ich damals dachte? Ich dachte, es sei perfekt, so ein durchschnittlicher Typ zu sein, wie ich es nun mal bin. Auf irgendeiner bescheuerten Erstsemesterparty mag man darüber fluchen. Aber wen interessierte das noch. Für das, was wir taten, war es perfekt, durchschnittlich zu sein. Aussehen, durchschnittlich auszusehen. Unauffällig zu sein. Sie wissen, was ich meine.

Nach diesem dritten Fehlschlag gingen wir wieder dazu über, daß ich die Umschläge deponierte. Ich habe den Kontakt letztendlich nie getroffen. Aber nach diesen Geschichten war das reine Deponieren beinahe schon Routine. Mal mehr, mal weniger, je nachdem ob es sich um einen Briefkasten-Briefkasten oder einen toten Briefkasten handelte. Ich machte das ein paarmal, meistens in Hamburg oder im norddeutschen Raum. Nur einmal schickte Frankie mich über die Grenze in die Schweiz. Auf der Fahrt nach Zürich las ich einen John Le Carré aus der Bahnhofsbuchhandlung. Es war, wenn ich ehrlich bin, der beste Sommer meines Lebens. Unsere kleinen gemeinsamen Tages- oder Mehrtagesausflüge ins Blaue, Judith, mit der ich mich immer weniger stritt, vielleicht, weil ich souveräner wurde in diesem Sommer, erwachsen. Und daneben, gleich in der Parallelwelt nebenan, die Aufträge für Frankie. Das gab, ich weiß nicht, wie ich es erklären soll, das war, als hätte alles andere plötzlich eine kristallklare Tiefenschärfe bekommen. Als lebten die anderen in lediglich zwei statt drei Dimensionen. Zu meinen ehemaligen Freunden verlor ich deswegen ein bißchen den Draht. Sie kamen mir albern vor. Kindisch. Saß ich manchmal doch mit Jan in der *Ente*, tat er mir irgendwie leid. Trotz all seiner Schrödingerkatzen war er so beschränkt. Mit seinem Mädchenkram und seinen hippen Konzerten im *Uebel & Gefährlich* oder sonstwo, wo genau dieselben hippen Leute genau denselben hippen Scheiß anhaben und gut finden und sich was drauf einbilden wie er. Ich hatte nicht mehr das Gefühl, wir hätten uns besonders viel zu sagen. Wir sagten uns dann auch nicht mehr viel. Was mich beschäftigte, hätte ich niemandem erzählen können. Ich hatte deren Welt verlassen. Ich hörte auf, mich mit Sven zum Squashen zu treffen. War eh nie mein Ding gewesen, ich hatte es nur aus Gewohnheit getan. Mir war meine Zeit zu kostbar geworden, sie mit Gewohnheiten zu verschwenden. Nichts war mehr gewöhnlich. Ich hatte begonnen, immer auf der Hut zu sein. Defcon 2, sozusagen. Es ist kein schlechtes Gefühl gewesen. Nichts davon. Nicht mal die Nacht in Hammerbrook. Nicht mal, auch wenn das jetzt komisch klingt, als Frankie mich zusammengeschlagen hat. Wollen wir noch mal eine kleine Pause machen? Ich glaube, ich könnte einen weiteren Kaffee vertragen, Sie nicht?

JUDITH IV / O-TON 09'35''

Wir waren dann erst mal unterwegs. Nein, Fotos aus der Zeit gibt es wohl nicht mehr, obgleich ich meine Kamera dabeihatte und viel fotografierte, wissen Sie, ich wollte die Erinnerung behalten, an Christoph, an uns, daran, wie wir waren. Aber wir haben die Fotos später alle vernichtet, als es wichtig wurde, keine Spuren zu hinterlassen, als wir manchmal mitten in der Nacht aufbrechen mußten und nur noch das Nötigste bei uns trugen. Fotos waren entbehrlich, waren irgendwann entbehrlich geworden, ich empfand es selbst so, auch wenn ich heutzutage gerne ein Foto, eine Erinnerung an mich hätte, zumindest aus diesen ersten Wochen.

Wir übernachteten manchmal in kleinen Pensionen, manchmal auch im VW-Bus, er war ja groß genug. Wir hatten Matratzen darin, wir hatten Schlafsäcke und sogar ein Zelt und einen Campingkocher, einen mit einer kleinen blauen Gasflasche, für den es schließlich schwierig wurde, die richtige Sorte Gaskartusche zu bekommen, es gibt da verschiedene Systeme. Frankie hat dann irgendwo einen Spiritusbrenner aufgetrieben. Frankie hat sowieso das meiste gemanagt. Er war darin wirklich bewundernswert gut, wissen Sie. Es konnte einen beeindrucken. Er wußte immer eine Lösung. Nicht so wie Christoph, ich meine, natürlich habe ich Christoph geliebt, über alle Maßen, aber er ist nie sehr durchsetzungsfähig gewesen oder sehr entscheidungsfreudig. Und Emma erst recht nicht, mein Gott, Emma war ein trauriges, trotziges Kind. Und ich bin ja, ich erwähnte das schon, eher nur Mitläufer gewesen. Ich war bloß dabei, weil ich Christoph, den ich liebte, beistehen wollte und ihn glücklich machen, ein wenig jedenfalls, in der kurzen Zeit, die ihm noch blieb.

Ich wünschte, ich besäße diese Fotos, ich würde sie selbst gerne ansehen. Ich kann mich nicht mal erinnern, wo genau es war, daß wir sie loswurden. Während ich mich sehr gut daran erinnere, wie wir Emmas Aquarelle vernichten mußten, es tat mir so leid, mehr noch als ihr, glaube ich. Die Kamera gab ich Frankie, er brauchte sie für seine Aufträge. Doch das war später, in diesen ersten Wochen fotografierte ich, als wären wir im Urlaub, und so fühlte es sich an. Es fühlte sich fast besser an, anders, intensiver, wahrscheinlich, weil es eben kein Urlaub war, weil es diesen unausgesprochenen, tragischen, existentiellen Hintergrund hatte, es war so bittersüß, wissen Sie, damals, im Altweibersommer, in Frankreich, es war alles wie im Kino, wie in einem Roadmovie, es ist ja sozusagen ein Roadmovie gewesen mit uns vieren. Wenn es uns irgendwo gefiel, hielten wir einfach an und blieben dort über Nacht. Oftmals bin ich morgens aufgewacht zu einem Sonnenaufgang über irgendwelchen Feldern oder an der Küste am Meer.

Frankie fuhr mit uns zu den Dolmen und Menhiren in der Bretagne, dort hatte ich immer schon hingewollt, ich besaß früher ein Kinderbuch, es war eine mehrteilige Reihe über zwei verrückte Familien, und diese eine Geschichte spielte in der Bretagne. Seither hatte ich mir die Bretagne verwunschen und mysteriös vorgestellt. Mit Frankie sprach ich in Carnac lange über Sterblichkeit und Ewigkeit. Oh Gott, wie doof das jetzt klingt, wenn ich davon erzähle, wie peinlich. Aber Frankie hörte mir zu, er konnte sehr gut zuhören. Er sagte ein paar wirklich kluge Sachen, das war so seine Art. Dann lieh er mir dieses Buch, *Alle Menschen sind sterblich*, das mich tief beeindruckte. Es ist ein sehr trauriges Buch, aber auch kämpferisch, es machte mir irgendwie Mut, auf eine traurige Art. Ich las damals eigentlich nicht viel, beziehungsweise schon, aber nur für's Studium, daneben blieb mir wenig Zeit. Wissen Sie, jetzt, wo ich davon erzählt habe, versuche ich mich die letzten Minuten verzweifelt daran zu erinnern, wie diese Kinderbücher hießen, und ich komme nicht darauf. Ich weiß noch, der beste Freund des Helden hieß «Eichhörnchen», aber wie war sein Name, der Name der Hauptfigur, er ist weg, einfach weg. Sie hatten alle Spitznamen in diesen beiden Familien. Es waren Familien, wie man sie sich wünschen würde. Sie erlebten lauter Abenteuer, alle zusammen, Eltern und sehr viele Kinder. Die ältere Schwester von Eichhörnchen hieß Immer-ich, es fällt mir wieder ein. Ich bekomme geradezu Sehnsucht nach diesen Büchern. Wäre es nicht schön, wenn man in die Vergangenheit reisen und wieder in seine damalige Haut schlüpfen könnte, zumindest kurzfristig, um wenigstens einen kleinen Urlaub dort zu verbringen? Ich hätte jetzt selbst eine richtige Familie haben können, wenn alles anders gelaufen wäre. Ich sollte rausfinden, ob es diese Bücher noch gibt. Ach, entschuldigen Sie. Aber das können Sie ja rausschneiden. Übrigens, könnte ich von Ihnen eine Zigarette bekommen? Eigentlich rauche ich schon lange nicht mehr, Frankie hat es uns abgewöhnt, ich bin ihm auch durchaus dankbar dafür, aber in der letzten Zeit kommt es manchmal vor, daß ich schwach werde. Das liegt wahrscheinlich am PTS, denke ich. Danke.

Ja, wir waren halt unterwegs. Mit Auto, Zelt, manchmal in Pensionen, kleinen. Nie in großen Hotels. Wir haben immer bar bezahlt, was mir zunächst gar nicht auffiel, aber wir hatten jeder noch in Hamburg möglichst viel Geld abgehoben, bevor wir aufbrachen. Es muß Frankies Idee gewesen sein, aber es schien mir damals einfach nur folgerichtig. Ich habe nicht lange darüber nachgedacht. Ich habe sowieso wenig nachgedacht. Wir ließen uns treiben. Wir telefonierten nicht nach Hause. Ich habe erst nach einiger Zeit bemerkt, daß mein Handy weg war. Als ich es merkte, in Nizza, war ich stinksauer. Es mußte mir geklaut worden sein, dachte ich, aber wir sind nicht zur Polizei gegangen, wäre wohl ohnehin zwecklos gewesen. Frankie hat für mich telefonisch die Karte bei der Telekom sperren lassen. Mehr konnte ich erst mal nicht tun, es war ja auch ganz nebensächlich in unserer damaligen Situation. Das waren Dinge, um die ich mich bei meiner Rückkehr nach Hamburg kümmern wollte. Das waren Dinge, die waren sehr weit weg. Alles geriet immer weiter weg, ohne daß man es merkte. In gewisser Hinsicht war ich vorher nie soweit weg gewesen. Es ist mir im nachhinein schleierhaft, wie ich mich überhaupt darauf einlassen konnte. Es muß an Frankie gelegen haben. Und an Christoph. Aber in erster Linie an Frankie. Wir waren bereits etwa vier Wochen unterwegs, es war in Venedig, ich sehe das immer noch vor mir, als uns Christoph und Frankie endlich die Wahrheit sagten. Ich bin natürlich erst mal ausgeflippt. Natürlich, was denken Sie denn. Wären Sie nicht ausgeflippt? Sicher wären Sie das. Jeder einigermaßen normale Mensch wäre ausgeflippt. Wenn ihm jemand plötzlich den Boden dermaßen unter den Füßen wegzieht, daß man gar nicht mehr weiß, wo oben ist und wo unten. Sie denken jetzt bestimmt, dies wäre der Moment gewesen, wo ich es hätte drauf ankommen lassen sollen und gehen, ich sehe Ihnen an, daß Sie das denken. Aber Sie können es sich auch leichtmachen. Sie sind nicht dabeigewesen. Wären Sie dabeigewesen, wüßten Sie, daß es eben so einfach nicht war.

EMMA IV / O-TON 04'46''

Wissen Sie was? Ich sage Ihnen die Wahrheit über Frankie. Das ist es doch, was Sie hören wollen, nicht wahr? Darum sitzen Sie hier so penetrant rum, oder? Damit ich Ihnen was über Frankie verrate. Ich verrate Ihnen was. Über Frankie. Dann sind Sie happy und zufrieden und lassen mich endlich in Ruhe, wie wäre das. Ich sage Ihnen alles über Frankie, also stellen Sie Ihre gefakete Kamera an, und wir tun so, als würde ich Ihnen das abkaufen. Läuft das Ding? Na schön. Frankie. Frankie ist etwas Besonderes. Er ist nicht wie Sie oder ich, wie Sie schon gar nicht. Und seit wir mit Frankie zusammen waren, waren auch wir etwas Besonderes. Leute wie Sie können sich das nicht vorstellen. Sie fühlen sich wichtig wegen Ihres abgefuckten Jobs, aber so ist Frankie nicht, selbst wenn Sie ja sozusagen in derselben *Branche* arbeiten, sagt man so, oder wie sagt man in Ihrem Metier? Frankie hat es nicht nötig, sich wichtig zu machen. Einen wirklich großen Menschen erkennt man daran, daß er sich nicht wichtig machen muß. Frankie ist in jeder Hinsicht gut für uns gewesen. Er hat uns Dinge *gelehrt*. Unsere Augen geöffnet, uns stark gemacht, uns gezeigt, daß wir nicht klein und gewöhnlich sind. Uns gelehrt, was zu tun ist, uns begreiflich gemacht, wie wichtig ist, was wir tun. Uns wach gemacht. Jemand mit Ihrem beschränkten Horizont vermag sich nicht vorzustellen, über wie viel Wissen Frankie verfügte, und wieviel davon er bereit war mit uns zu teilen. Nach und nach. Nachdem wir ihm bewiesen hatten, daß wir es wert sind. Natürlich war es nicht immer einfach. Nichts, was wirklich wichtig ist, ist einfach. Das habe ich durch Frankie begriffen. Das haben wir alle durch Frankie begriffen. Erst durch die Hingabe an eine wichtige Sache beginnt alles, einen Sinn zu ergeben. An eine größere, höhere Sache. Durchschnittliche Leute, Leute wie Sie, werden das nie verstehen, ihr, die ihr ein Leben lang etwas Nichtiges tut und dann in Rente geht und dann sterbt. Und gar nicht wißt, wie anders alles sein könnte. Ich bin so gewesen wie ihr, so leer und belanglos und unglücklich, ohne das überhaupt zu bemerken. Bis Frankie kam. Frankie hat mir gezeigt, daß ich zur Hingabe fähig sein kann. Frankie hat mir gezeigt, wer ich wirklich bin. Frankie hat uns eine Aufgabe gegeben, die Bedeutung hat. Etwas, wofür sich zu leben lohnt, und ich rede hier nicht von irgendeinem Scheißjob, den man halt macht, weil irgendwer sich das so vorstellt oder weil sich nichts anderes bietet, von irgendwem, den man dann heiratet, weil er grad da ist und einem Kinder macht, die einen nicht wirklich interessieren. Von Ihrer ganzen Scheißwelt halt, die auch mal die unsere war. Wir waren blind und tot, bevor wir Frankie trafen. Begreifen Sie eigentlich irgendwas von dem, was ich sage, wahrscheinlich nicht, wie sollten Sie auch. Egal, wir haben Leute wie Sie vor langer Zeit hinter uns gelassen. Wir haben uns an unsere Aufgabe hingegeben. Ganz und gar. Wir haben gekämpft, wir haben gelernt, wie sich das anfühlt, wir waren Teil von etwas Größerem. Dank Frankie. Wir haben ihn geliebt dafür. Ich weiß nicht, was Ihnen die anderen jetzt erzählen, vielleicht lügen sie, vielleicht haben sie Angst, zur Verantwortung gezogen zu werden, vielleicht verleugnen sie ihn, sobald der Hahn auch nur das erste Mal kräht, falls Sie wissen, was ich meine, vielleicht streiten sie alles ab, aber ich sage Ihnen, wir haben ihn geliebt. Und das ist die Wahrheit, die Wahrheit über Frankie. Na, enttäuscht?

CHRISTOPH V / O-TON 37'41''

Ich glaube, diesen Abend kann ich Ihnen wahrscheinlich wortwörtlich wiedergeben, mit allen Details. Ich glaube nicht, daß ich irgend etwas vergessen habe oder vergessen könnte oder mich meine Erinnerung trügt. Weil, wie soll ich das sagen, ich denke, viele oder die meisten Entscheidungen trifft man in seinem Leben irgendwann ganz unbewußt, ohne überhaupt zu bemerken, daß es sich um eine solche handelt, eine Entscheidung, eine möglicherweise fundamentale. Man tut normalerweise aus der Situation heraus das, was folgerichtig erscheint. Vielleicht übrigens nicht mal das, ich las neulich einen alten Artikel – wissen Sie, seit ich Frankie kennenlernte, begann ich, mehr und mehr zu lesen, und nach all dem zu suchen, was sich unter der Oberfläche abspielen mag – in dem die Frage des freien Willens erörtert wurde, den die Neurowissenschaftler bestreiten, das wäre übrigens so ein Thema für Jan gewesen, was wohl aus Jan geworden ist, ich habe ab und zu erwogen, mich nach ihm zu erkundigen, habe dann aber Abstand davon genommen, wahrscheinlich ist er verheiratet und glücklich und weit weg, oder er könnte mittlerweile schon wieder geschieden sein, wieviel wir verpaßt haben in all diesen Jahren. Jedenfalls gab es in dem Artikel dieses schöne Bild, warten Sie, ich kann es Ihnen zitieren, ich führe ein Tage- und Gedankenbuch, mein Therapeut hat mir dazu geraten, es soll mir helfen, mir meiner selbst bewußt zu werden und mit meinen Gedanken und dem Erlebten bewußt und konfrontativ umzugehen. Mir ist das übrigens schon vorhin aufgefallen, wir haben dasselbe Notizbuch, Moleskine, wie Chatwin und die ganzen anderen, aber ich mag das kleinere Format. Na ja, Sie notieren sich wahrscheinlich auch viel mehr. Hier ist es, es ist auf englisch, aus dem Netzarchiv der New York Times. Es geht so: *Some experiments in recent years suggest that the conscious mind is like a monkey riding a tiger of subconscious decisions and actions in progress, frantically making up stories about being in control.* Wissen Sie, ich sammle Zitate, die mir wichtig erscheinen. Alle möglichen, aus Büchern, aus Zeitungen. Um drüber nachzudenken, und um Ordnungen zu schaffen oder zu suchen. Wie auch immer. Das ist jedenfalls ganz schön, der Affe, der den Tiger reitet, oder? So ist es vielleicht doch gemeinhin im Leben, man reitet seinen Tiger und folgt dem Weg, den der Tiger einschlägt. Nur würde ich das ergänzen wollen und sagen, der Tiger läuft im Kreise einer Manege und macht Männchen auf den Peitschenknall seines Dompteurs. Und der Dompteur, um in der Allegorie oder wie man das nennt zu bleiben, wären dann die Gegebenheiten, die Gesellschaft, die Eltern, das soziale Umfeld, was immer, all diese Umstände, die den eigenen Tiger dressiert haben. Das klingt verquast, nicht wahr, aber Sie können es ja im Zweifelsfall einfach rausschneiden.

Worauf ich hinauswill, ist bloß folgendes, daß man nämlich seine Entscheidungen normalerweise trifft, ohne zu begreifen, daß es solche sind. Entscheidungen. Bei mir war das anders. In dieser Nacht mit Frankie. Es war die erste wirkliche Entscheidung in meinem Leben. Frankie war der erste, der nicht für mich entschied, sondern der mich stoppte, inmitten der Manege, so daß alles zu einem Halt gerann. Und mich meine Entscheidung selbst treffen ließ, in vollem Bewußtsein.

Wir waren hinausgefahren an einen wirklich sonderbaren Ort, ich könnte ihn niemals wiederfinden, Wilhelmsburg, Veddel, so was, jedenfalls südlich der Elbe. Das Taxi fuhr über die Elbbrücken, aber wohin, weiß ich nicht mehr, ich war aufgeregt und abgelenkt, Frankie war so ernst, und er erschien mir besorgt. Erschien mir unsicher, das irritierte mich zutiefst, Frankie war nie unsicher gewesen. Ich glaubte, Frankie hätte Angst. Und wenn Frankie Angst bekommt, kann man sicher sein, irgend etwas stimmt nicht, stimmt ganz und gar nicht. Wir hatten die Taxis zweimal gewechselt, und er ließ mich nicht mit EC-Karte zahlen. Etwas stimmte nicht. Wir fuhren in diese Gegend. Wo auch immer. Ein Gewerbegebiet, aber vom Härtesten. Lagerhallen und Schuppen und auf Kilometer nichts anderes. Und mitten auf einem Gewerbehof gab es diese Wohnung. Es war wie in einem Film. Von einer LKW-Laderampe führte eine Tür, eine kleine Nebentür neben dem großen Rolltor, in die zwei ineinander übergehenden Räume dahinter, irgend jemand wohnte dort. Im nachhinein übrigens denke ich, was für einen lausigen Hilfsagenten ich doch abgegeben habe, in einem solch wichtigen Moment nicht mal wahrzunehmen, wohin genau wir fuhren. Sind es doch exakt diese Dinge, die wichtig sind zu registrieren, zu beobachten, immer, ständig, Frankie hat es mir tausendfach eingeschärft, und immer wieder bin ich zu zerstreut, zu verträumt, zu beeinflußbar und abgelenkt, um auf das Wichtige zu achten. Kennen Sie den Film *Spy Game*? Frankie und ich sahen ihn mehrfach, gemeinsam in meinem WG-Zimmer, währenddessen wies er mich auf solche Dinge hin, wie zum Beispiel Robert Redford jede Bewegung im Café wahrnimmt, selbst hinter seinem Rücken, anhand der Spiegelung im Teekessel, oder war's eine Vase oder eine Kaffeekanne, die auf dem Tisch stand? Wir hatten, wenn es sich nicht gerade um einen wirklichen Auftrag drehte, sowas nachgespielt. Weil Frankie wußte, ich würde Spaß daran haben. Und weil es nützlich war. Wir hatten es geübt, er Redford, ich in der Rolle von Brad Pitt. Da gibt es eine Szene, wo Redford auf ein Fenster im dritten Stock zeigt und sagt, in zehn Minuten will ich dich dort oben winken sehen, und Pitt glaubt's erst nicht und macht einen doofen Witz, Redford guckt nur und sagt, neun Minuten. Dann wetzt Pitt ab, aber wie die gesengte Sau. Wir haben das gemacht, Frankie und ich, ich könnte Ihnen heute noch das Haus zeigen, einen Altbau am Grindelhof. Ich habe natürlich total versagt. Das zweite Mal desgleichen, das war am Pinnasberg, wir hatten in der *Amphore* Kaffee getrunken und nach den Schiffen gesehen, Frankie kannte fast alle Flaggen und konnte Kyrillisch lesen. Ich hab mich wirklich, ganz ehrlich, zum Volldeppen gemacht, ich wäre beide Male nahezu vor Scham gestorben. Erst beim dritten Mal schaffte ich es. Fragen Sie mich bloß nicht, wie. Vereinsstraße. Ich winkte Frankie vom Fenster her zu, ohne Kaffee in der Hand, wie Brad Pitt das tat, aber durchaus so ähnlich, und ich war selten auf irgend etwas in meinem Leben so stolz gewesen. Ich wurde besser. Jeden Tag, den ich mit Frankie verbrachte, wurde ich ein bißchen besser.

Frankie würde mich ohrfeigen, wenn ich ihm gestehen müßte, daß ich die Wohnung in dem Gewerbegebiet niemals wiederfinden könnte. Wir haben solche Dinge exzessiv trainiert, ich hätte damals eigentlich derart drinsein müssen, Sie blind dorthin zu führen, selbst jetzt noch. Aber es herrschte schon im Taxi diese ganz und gar abgründige Atmosphäre zwischen Frankie und mir, ich nahm alles andere kaum wahr.

Die Wohnung, das Loft, wie immer man es nennen soll, nur klingt *Loft* so nach New York oder hochpreisigen Immobilienmaklern, also, dieser Ort gehörte nicht Frankie, das war klar. Es war auch nichts Schickes, wie man beim Ausdruck *Loft* denken könnte, es waren zwei abgewrackte Räume inmitten dieses gespenstischen Gewerbegebietes. Abgefuckt und kaputt. Wer immer dort wohnte, mußte ein Comiczeichner sein, auf zwei Böcken lag eine große MDF-Platte, darauf Bögen von Skizzen und Reinzeichnungen. Sie waren, denke ich, nicht besonders gut. An der Wand gegenüber des Eingangs zwei Matratzen, im rechten Winkel zueinander, Decken darüber, eine orientalisch anmutende, eine aus imitiertem Zebrafell. Dazwischen ein Tischchen, darauf Zeitschriften, Comics, ein voller Ascher und eine große Bong. Neben der Sitzecke stand eine Fünfzigerjahre-Tütenlampe mit einer langen, mehrfach ineinandergesteckten Verlängerungsschnur, die an einer Kabeltrommel verendete. Wir haben sie nicht eingeschaltet, ich erinnere mich nur, daß ich mich fragte, wie die normale Infrastruktur, die man so gewohnt ist, an einem solchen Ort funktioniert. Die Küche zum Beispiel bestand aus einer elektrischen Kochplatte, die auf einer alten, dilettantisch gebeizten oder verbeizten Kommode neben einer Kaffeemaschine und einem Wasserkocher residierte, ein Plastiksieb und ein verkümmertes Gewürzpflänzchen daneben, ich wunderte mich ein wenig schockiert, wie man so leben könne. Es gab keine Spüle, die einzige Wasserinstallation, die ich erkennen konnte, war die Badewanne im nächsten Raum, die zugegeben schon wieder ziemlich cool war. Eine Vorkriegs-Löwenfußbadewanne an der Stirnseite des Raumes auf einem kleinen Podest an der Wand. Die Armaturen mit Gartenschläuchen angeschlossen, aber ehrlich, sehr cool, wie im Film, kennen Sie *Diva*, diesen Achtziger-Kultstreifen? Wer immer hier wohnte, er konnte zwar nicht zeichnen, aber von Badewannen verstand er was. Bloß die Überlegung, daß er wahrscheinlich seine Spaghettisoßentöpfe in ebendieser Badewanne auswaschen mußte und möglicherweise dort sogar hineinpinkelte, wollte ich nicht wirklich weiterverfolgen. Übrigens, nur nebenbei, daß ich so genau beobachtete und Ihnen dies alles derart präzise schildern kann, verdanke ich Frankie. Wir haben es endlos miteinander geübt, das Beobachten, das Erinnern, das Registrieren aller auch noch so belanglos erscheinenden Details. Ich war sein Adept, sein Zauberlehrling, ich war Brad Pitt. Er war der Magier, Redford, nur jünger, viel jünger, Redford ist alt in dem Film, trotz des Weichzeichners, Frankie war Mitte Dreißig, er war keine Vaterfigur oder so, er war mein Freund, und gleichzeitig war er der Zauberer. Nein, ich war längst zu alt, als daß ich für Zauberer empfänglich gewesen wäre. Er war ein Spion. Wie Redford, wie bei John Le Carré, nur in echt. Alles war Film, bloß war es jetzt echt. Ist

Ihnen klar, wie selten sich in einem normalen Leben irgend etwas echt anfühlt?

Wir hatten die Wohnung oder was immer betreten, ich fragte ihn, wer hier wohne, er sagte, ein Freund, und ich solle die Augen schließen, was ich tat, und sagen, was wo stände und wie es aussähe. Dies war eine dieser Übungen zwischen uns, wir trainierten das. Ich schloß die Augen, beschrieb den Zeichentisch, das Küchenensemble, die Badewanne, das ungemachte Bett auf zwei Europaletten im zweiten Raum, ich beschrieb Frankie die Farben und alles, was ich mir in den wenigen Minuten hatte einprägen können. Ich war nicht schlecht. Ich wurde immer besser. Ich erinnerte mich, blind, an das blauorangefarbene Handtuch, das über einem alten hölzernen Kinderschulstuhl zum Trocknen hing, an das Plastiksieb, die kümmerliche Yucca, die sich zur schmalen Fensterreihe hoch unter der Betondecke streckte, das Telefonbuch auf dem Tischchen, zu dem es kein Telefon zu geben schien. Über uns brannten zwei Leuchtstoffröhren. Der Boden war nackter Beton und die Wände roh verputzt. Links von mir, ich zeigte mit geschlossenen Augen in die Richtung, hängt ein Filmplakat, *Aktion Mutante* steht darauf, und dort ist ein Regal mit, glaube ich, einer Reihe Mangas. Okay, sagte Frankie, okay. Du bist gut geworden. Komm, setzen wir uns, wir müssen reden. Ich öffnete die Augen. Im Licht der Leuchtstoffröhren sieht alles egalisiert aus und schattenlos und nicht ganz echt.

Wir sitzen auf den Sitzmatratzen, ich auf der mit dem Zebraüberwurf, Frankie mir schräg gegenüber. Er hat aus der Küchenkommode eine halbvolle Wodkaflasche geklaubt, hat uns in zwei halbwegs saubere Gläser Wodka eingeschenkt, aber trinkt nicht. Ich trinke auch nicht. Er ist mein Freund, und er sieht sorgenvoll aus. Sehr. Um uns herum ist alles Beton und durch und durch ausgeleuchtet.

Ich hätte dich da nicht mit reinziehen sollen, sagt er. Es tut mir leid. Es war ein Fehler. Es war der größte Fehler meines Lebens, es tut mir leid. Ich hoffe, du wirst mir eines Tages verzeihen können.

Ich sage nichts, denn ich wüßte nicht, was ich ihm verzeihen sollte. Daß er mir gezeigt hat, wie man lebendig ist? Daß sich ein Sinn durch meine Tage zieht wie ein unterschwelliger Subwoofer, daß ich zu begreifen beginne, wozu ich in der Lage sein könnte, wie unausgelotet meine Möglichkeiten sind?

Wir werden uns jetzt und hier trennen, sagt er, es ist die letzte Möglichkeit, nein, vielleicht ist es schon zu spät, ich weiß es nicht, und es erschreckt mich, ihn so reden zu hören, so endgültig und verzweifelt und unsicher. Ich habe ihn nie äußern hören, etwas nicht zu wissen. Leuchtstoffröhren machen ein Geräusch, ein schwer wahrnehmbares, man hört es nur, wenn man sehr still ist. Frankie vergräbt das Gesicht in den Händen. Tonlos, oder vielleicht sind die Leuchtstoffröhren zu laut. Dann sieht er mich an.

Ich muß verschwinden, sagt Frankie. Das fiele mir nicht schwer, ich habe das hundertmal getan, ich wäre längst weg, wenn ich mir sicher wäre, daß ihr sicher seid.

Waren wir sicher? Ich hätte nie ein Leben gelebt, in dem sich diese Frage je formuliert hätte. Ich hätte mich nie zu der Vermutung verstiegen, es könne ein Leben denkbar sein, das *nicht sicher* wäre.

Ich wollte dir danken, sagt er, für deine Hilfe. Und weißt du was, du warst gut. Du bist talentiert, wirklich, das bist du. Ich wünschte, wir hätten zusammenarbeiten können. Ich hoffe nur, ihr seid nicht in Gefahr; könnte ich garantieren, daß dem nicht so ist, müßten wir dieses Gespräch nicht führen. Wäre ich einfach weg. Aber sie sind verdammt dicht an mir dran, meine ganze Legende ist aufgeflogen, und ich weiß nicht, ob nicht meine eigenen Leute dafür verantwortlich sind, sagt er. Ich weiß nur, wenn nicht alles umsonst gewesen sein soll, dann muß ich weg und raus, schnell, sofort. Und ich weiß, wir sollten nicht hier sitzen. Du solltest für dein nächstes Semester lernen, mit deinen Eltern über die Finanzierung eurer Wohnung reden, dir mit Judith diese Wohnung suchen, Judith vögeln und mit ihr heute tanzen gehen. Es tut mir leid, ich sollte eigentlich wissen, daß ich zu alt bin, um jemanden wie dich in diese ganze unappetitliche Angelegenheit reinzuziehen, in Gefahr zu bringen, bloß ist es zu spät für meine Gewissensbisse, ihr seid, fürchte ich, in Gefahr. Aber vielleicht bin ich auch bloß paranoid, ist 'ne Berufskrankheit in meinem Metier, vielleicht kann ich einfach gehen, und es ist, sagt er, als wäre ich nie dagewesen, und ihr seid sicher und habt eure Ruhe, und alles ist okay und wie es vorher war.

Ich denke, Frankie wird weggehen, und alles wird sein wie vorher und okay und wie es immer war. Ich kann es sehen, ich kann über Jahre hinwegsehen wie über eine Ebene, ich registriere die Details, weil Frankie mir das beigebracht hat. Ich sehe das Regal mit den CDs von Judith und mir, wir haben sie zusammengestellt, weil wir unser Leben miteinander verbringen werden, und, weil es so viele sind und weil wir beide das sowieso tun, alphabetisch geordnet. Ich sehe die kränkliche Yucca eines chancenlosen Comiczeichners. Ich würde gerne einen Wodka trinken, aber mag das nicht tun, solange Frankie den seinen nicht anrührt.

Ich wollte mit dir darüber reden, sagt Frankie, offen, hier kann ich mir sicher sein, daß sie uns nicht abhören. Ich wollte mich verabschieden. Ich wollte dir danken. Jeeez, wir waren ein gutes Team, oder? Darauf möchte ich mit dir ein letztes Mal anstoßen. Cheerio, Miss Sophie, er erhebt sein Glas.

Ich erhebe meines, stoße mit ihm an und trinke meinen Wodka auf ex. Ich hatte nur Glück in der Vereinsstraße, es war ein WG-Mädel an der Tür, der ich nichts weiter als von einer blöden Wette erzählen mußte, damit sie mich ans Fenster ließ, und trotzdem kostete es mich Überwindung. Ich bin nicht Brad Pitt, sicher nicht. Aber ich war in Zürich gewesen, in Potsdam, ich hatte mich fast naß gemacht in Hammerbrook. Ich hatte Frankie zugewinkt vom Vereinsstraßenzimmer und mich so gut gefühlt. Nie habe ich mich besser gefühlt als mit Frankie. Nie habe ich mich überhaupt gefühlt. Ich will nicht, daß Frankie geht, ich will nicht, daß es aufhört. Frankie, sage ich, geh nicht, ich will nicht, daß es aufhört. Ich bin doch dein Freund, Frankie, dein Partner, oder?

Du weißt nicht, wovon wir reden, sagt Frankie. Er lacht bitter. Du begreifst nicht, worum es geht. Ich will nicht verhehlen, daß du gut bist, du wirklich etwas bewegen könntest und helfen. Du hast es ja schon getan. Ist dir klar, was wir tun, die ganze Zeit, wovon du ein Teil bist? Glaube mir, auch ich mache das nicht wegen des Geldes, ich will nur die Leute nicht sterben sehen, so elendiglich wie bei Nine/Eleven, als sie einfach sprangen, um nicht zu verbrennen. Die Bomben in London und Madrid. Bali. Es sind Menschen, die dort sterben. Wir sind die, die daran arbeiten, daß so was nicht passiert. Hast du Kant gelesen, den Ausgang aus der selbstverschuldeten Unmündigkeit? Hast du je über die Menschenrechte oder auch meinetwegen über's Grundgesetz nachgedacht, je drüber nachgedacht, ob etwas wert wäre, dafür zu kämpfen? Ich hatte gelesen. Ich hatte nachgedacht. Intensiv, ich hatte darüber nachgedacht, ob es was gäbe, das irgend etwas wert sein könnte. Aber, Christoph, ich sage es dir, sagt er, ich sage es aus Erfahrung, dieser Weg ist zu schwer. Das ist der Weg, den du nicht gehen willst, der Weg, dem du nicht gewachsen bist.

Und ich sage, ich bin dem gewachsen.

Frankie sagt, nein, das bist du nicht. Du kokettierst, und das sei dir ungenommen, sagt er, aber du sollst dich nicht unglücklich machen.

Und ich denke, ich will mich unglücklich machen. Fuck, warum nicht?

Glaubst du wirklich, du wärest dem gewachsen, sagt er, ich sage, ja.

Glaubst du wirklich, du willst das, sagt er. Wir müßten weggehen, im Untergrund leben, alles hinter uns lassen, und du würdest keinen Tag mehr erleben, an dem du sicher sein könntest, sicher zu sein, in jeder Hinsicht, und ich sage ja.

Glaubst du, du kannst das? Glaubst du, du könntest es aushalten, wenn sie kommen und uns erwischen und uns versuchen zu brechen, denn das ist es, was sie versuchen werden, glaubst du, sagt er, du wärest dem gewachsen, ich sage dir, sagt er, du bist es nicht, du weißt nicht, wovon du redest, du hast keine Ahnung wie es wird, wenn es ernst wird, und ich sage, probier's, ich kann das, ich schaff das, und weiß nicht, ob dem so ist, aber weiß, daß ich nicht sterben möchte, ohne es herauszufinden. Los doch, Frankie, sage ich, okay, okay, teste mich, los, komm. Okay, sagt Frankie.

Nein, sagt er, ich kann das nicht.

Okay, sagt er. Sie machen das mit uns auch. Du findest dabei Dinge über dich heraus, und ich bin begierig, denn ich habe, bei aller Liebe, nie zuvor irgendwas Relevantes über mich herausgefunden. Ich weiß von mir mein Geburtsdatum, meine Meldeadresse, meine Augenfarbe und mein Sternzeichen. Widder. Blau. Kleine Rainstraße 42, ich weiß meine Telefonnummer, Frankie rückt den Schulklassenholzstuhl in die Mitte des Raumes, das blauorangefarbene Handtuch legt er beiseite. Setz dich, sagt er, ich setze mich. Leg deine Hände auf deinen Rücken. Ich lege meine Hände auf meinen Rükken und weiß, ich bin im Begriff, Schmerz zu erfahren. Ich habe niemals Schmerzen gehabt. Keine wirklichen Schmerzen. So was passiert anderen anderswo. Ich sehe Frankie an, er sieht aus, als hätte er diese Schmerzen bereits, als antizipiere er sie, als hätte er Schmerzen erlitten fern von hier. Ich sitze auf dem Stühlchen und mühe mich, an die Szenen zu denken, in denen Brad Pitt im chinesischen Gefängnis gefoltert wird. Ich denke, es ist wichtig und gehört dazu. Trotzdem bin ich nicht bereit, als Frankies Schlag mich in den Magen trifft.

Frankies Schlag trifft mich in den Magen, und es verschlägt mir die Luft. Man nimmt Atmen ja immer so für selbstverständlich, erst, so kann ich sagen, wenn man's nicht mehr kann, wird einem in Sekundenbruchteilen bewußt, was für eine gute Sache es doch ist. Zu atmen. Laut- und fassungslos schnappe ich nach Luft, bekomme keine, bekomme keine, bekomme keine, nicht atmen ist kein Spaß, in Schmerzen ist man nur noch man selbst, es ist wohl, wer sonst, Frankie, der mir mit der Faust ins Gesicht schlägt, könnte sein, daß ein Geräusch zu hören ist, das den Gesang der Leuchtstoffröhren übertönt, während ich vom Stuhl falle und mir meine gebrochene Nase halte, Blut ist ganz warm und im Überfluß in meinen Händen vorhanden, noch habe, noch habe ich, noch habe ich nicht geschrien, aber als Frankie mir in den Bauch tritt, könnte ich nicht schreien, atmen, wie ginge das, und der Schmerz explodiert mit glorios funkelndem Synapsenhalali und grellem tanzenden Irrsinn auf meiner Netzhaut, und ich schreie mir meine fragwürdige Seele aus dem Leib, sobald ich genug Luft dafür finde und bevor Frankie das zweite Mal zutritt.

Ab dort ist alles leer. Später erst hält mich Frankie, mir ist es nicht peinlich, ich habe nichts mehr in mir, als auf das Verebben des Schmerzes zu warten, wie ein Heide der Gezeiten harrt, so warte ich darauf, daß es aufhört, weh zu tun, in meinem Leib, in meinen Genitalien, daß es aufhört zu bluten und ich aufhöre zu weinen. Frankie hält mich, die Gezeiten ebben und fluten je nach Mond, so halten sie das, es ist ein bißchen wie atmen, es ist sehr bedrohlich, so etwas nicht mehr zu können. Ich drücke mir das blauorangefarbene Handtuch unter die Nase, Frankie hat es mir gegeben, sein Freund wird es hinterher wegschmeißen können, denke ich, als ich wieder soweit bin, denken zu können. Als ich soweit bin, denken zu können, denke ich, ich hätte gern Musik und nicht nur Beton und fange zu lachen an, frage mich dabei, ob meine Zähne noch dort sitzen, wo sie hingehören, und lache noch lauter, sage, *fuck*, machen wir's noch mal, lache und weine und trinke den Wodka auf ex und blute vor mich hin. Lache und erinnere mich, geschrien zu haben. Ich hatte meine Gründe. Mein Körper besteht jetzt versehentlich aus lauter Fasern, und ich bin mittenmang, und jede einzelne will mich umbringen und schafft es nicht und beweist fürderhin daß ich lebe. Wir sagen gar nichts, aber Frankie dreht mir aus den Tabakresten des Comicfreaks eine Zigarette, obgleich er strikter Nichtraucher ist. Ich stecke mir das verkümmerte Ding zwischen die geschwollenen Lippen und fälle meine Entscheidung. Frankie hat mir gezeigt, wie es ist, frei zu sein. In seinen Entscheidungen. Ich huste und bin frei und sage, ich komme mit, wenn du mich mitnimmst.

Frankie sagt, bist du dir sicher.

Ich sage, ich bin mir vollkommen sicher, meine Worte schmecken metallisch und fremd auf meiner Zunge.

Frankie sagt, bist du dir wirklich sicher, und ich denke darüber nach. Und weiß, wie vollkommen irre das alles ist, weiß, daß ich nichts davon glaube, und weiß aber, wie mein Leben verlaufen wird, sobald Frankie mich verläßt, weiß, daß ich nichts mehr sein würde außer irgendwer unter all den anderen, weiß um den Betrug, in diesem luziden Moment nach dem Schmerz, weiß, daß keine Möglichkeit bleibt außer Frankie, weiß darum, nicht zurückzukönnen, weiß um die Wahrscheinlichkeiten, denn wahrscheinlich ist, daß ich ein Durchschnittstyp mit einem Durchschnittsleben bin und sein werde und immer war. Bis dato. Bis hier und jetzt. Bis zu dem Moment, in dem ich meine Entscheidung treffen durfte. Bis ich diese meine Chance bekam. Und sie nutzte. Bis ich den äußerst fragwürdigen Zipfel Reißleine ergriff. Was hätte es gegeben, das ich hätte verlieren können, Leben wie meines sind vorhersehbar und lassen sich durchdeklinieren selbst von unbeteiligten Beobachtern. Natürlich glaube ich ihm nicht. Aber ich entscheide mich, ihm zu glauben. Eine bessere Option hat man mir nie geboten. Eine andere Option habe ich niemals gehabt. Wie könnte ich ablehnen. Das Licht tut weh, und meine Augen schwellen zu, besonders das rechte. Es gäbe niemanden, mit dem ich tauschen wollte. Es gäbe niemanden, mit dem ich weiter gehen würde als mit Frankie, ich ginge mit ihm bis ans Ende der Welt. Ich traf meine Entscheidung, und der Tiger hielt inne, und das Publikum stutzte, und einen Trommelwirbel gab es nicht, nur das leere weiße Rauschen der Lampen über mir. Wußten Sie, daß man im Fernsehgeflimmer auf einem leeren Kanal die kosmische Hintergrundstrahlung sieht, die vom Ursprung des Universums übriggeblieben ist?

JUDITH V / O-TON 27'14"

Es traf mich aus heiterem Himmel. Wie eines dieser riesigen Gewichte, die plötzlich von oben auf eine Comicfigur herabsausen, und darauf steht *100 Tonnen*. So etwa. Wir saßen auf irgendeinem *Campo*, wir saßen draußen vor dem Café, damit Emma und ich rauchen konnten. Es war kühl geworden und die Gassen und Plätze waren zumeist verlassen. Zwischen Rialto und Markusplatz traf man nach wie vor versprengte Touristenherden, aber ein bißchen abseits davon herrschte größtenteils die Leere der Nachsaison. Es konnte ein bißchen gespenstisch werden, wenn es Nebel gab wie in diesem Film mit Donald Sutherland. Wir wohnten im Stadtteil Cannaregio, gleich beim Bahnhof, dort gab es günstige Pensionen mit, ehrlich gesagt, nicht sehr viel mehr Komfort als Jugendherbergsstandard. Unsere hieß *Albergo Adua*. Kommt man aus dem Bahnhof und geht nach links, liegt sie hundert Meter weiter auf der rechten Seite. Wo dieser *Campo* genau lag, könnte ich nicht mehr sagen, ich hatte mich immer, wenn wir von einem der Hauptwege abbogen, umgehend verlaufen. Aber wir waren fast ausschließlich zu viert unterwegs, und Frankie hat einen sehr guten Orientierungssinn.

Es war Frankie, der uns die Wahrheit sagte, nicht Christoph. Der feige Hund saß nur daneben und brachte keinen Ton heraus und starrte seine Füße an, als täten die irgendwas total Faszinierendes. Emma hatte gezeichnet, ließ aber jetzt ihren Block sinken und starrte Frankie genauso blöd an, wie ich das wohl getan haben muß. Ich konnte nicht glauben, was ich hörte.

Wir müssen euch die Wahrheit sagen, sagte Frankie.

Hört bitte einfach nur zu, es ist wichtig, und versucht, euch nicht aufzuregen. Der Witzbold. *Versucht, euch nicht aufzuregen*. Wir haben euch belogen, sagte er; oh ja, das kann man wohl sagen. Es tut uns sehr leid, es tut uns leid, daß ihr euch Sorgen gemacht habt. Sagte er. Aber wir mußten diese kleine Scharade aufführen, eurer eigenen Sicherheit wegen. Wir mußten weg aus Hamburg, wir alle, schnell und ohne Spuren zu hinterlassen. Ihr wart in Gefahr. Wir alle sind immer noch in Gefahr. Und deswegen haben wir uns diese Geschichte einfallen lassen.

Diese Geschichte. Ich denke, der Mann, den ich liebe, ist dem Tode nahe, ich stehe Qualen durch und heule mir die Augen aus, und er nennt es *diese Geschichte*. Und es war alles, alles eine Lüge.

Christoph war nicht krank. Statt dessen war er in diese irre Geheimdienstgeschichte mit Frankie verwickelt. Statt dessen war er mit ihm auf der Flucht. Statt dessen, stellte sich heraus, waren wir alle auf der Flucht. Ich saß da und traute meinen Ohren nicht. Christoph starrte das venezianische Trottoir nieder, als wäre er urplötzlich in Katatonie verfallen, Emma zündete sich eine nach der anderen an. Frankie skizzierte die Situation in groben Zügen, die Leute, die hinter ihm her wären, den Verrat in seinen eigenen Reihen, was mir alles, mit Verlaub, herzlich schnuppe war, die Leute, denen jetzt mit an Sicherheit grenzender Wahrscheinlichkeit klargeworden wäre, daß Christoph mit drinhing, die zwei und zwei zusammenzählten und uns zumindest als Mitwisser in Verdacht haben würden. Wir waren, so erfuhren wir, nicht einfach nur zum Spaß in Krakau und Belgien gewesen. Es sei nicht ausgeschlossen, daß man über unsere Familien Druck auf uns ausüben könnte. Sie seien in

Gefahr. Wir seien in Gefahr. Er kam mit der ganzen Litwinenko-Russen-Araber-Connection, aber ich hörte kaum noch hin. Ich starrte Christoph an. Ich muß mechanisch nach meinem Cappuccino gegriffen haben, der aber kalt und bitter schmeckte, ich habe ihn dann Christoph ins Gesicht geschüttet, bin aufgestanden, habe meine Tasche genommen und bin abgehauen.

Ich dachte, Christoph müßte mir hinterherkommen, das wäre ja nun das mindeste, aber er tat's nicht. Oder vielleicht doch, und er fand mich nur nicht mehr, ich war zweimal in irgendwelche Gassen abgebogen, in die Richtung, in der ich den Canale Grande vermutete, und hatte mich prompt verlaufen.

Ich muß stundenlang durch dieses verschissene, leere Venedig gelaufen sein, ich war fassungslos und achtete kaum darauf, wo ich mich befand. Können Sie sich vorstellen, wie mir zumute war? Ich hätte mich natürlich freuen müssen, daß Christoph gesund war, aber auch wenn es herzlos klingt, ich glaube nicht, daß ich das tat, oder wenn, nur am Rande. Ich war in erster Linie abgrundtief schockiert darüber, wie er mich derart hatte anlügen können, über Wochen hinweg. Frankie hatte ihn dazu gebracht, das war klar. Aber finden Sie nicht, man muß schon reichlich charakterlos, oder von mir aus charakterschwach sein, um sich für so etwas herzugeben?

Ich versuchte, einen klaren Gedanken zu fassen, aber es gelang mir nicht. Ich wußte nicht, was ich tun sollte. Normalerweise hätte ich sofort zu Hause angerufen, aber mein Handy war ja in Nizza geklaut worden, wie ich dachte, auch das ist natürlich eine Lüge gewesen, Christoph hatte es genommen, aus meiner Tasche, irgendwann, es gab unendlich viele Gelegenheiten dazu, niemand denkt doch, der eigene Freund könne einem das Handy stehlen, wer käme denn auf so was. Normalerweise hätte ich mit meinen Freunden reden wollen, bloß, meine besten und engsten Freunde waren eben Christoph, Emma und Frankie. Wären wir in Deutschland gewesen, wäre ich möglicherweise direkt zur Polizei gegangen. Auch auf die Gefahr hin, herzhaft ausgelacht zu werden.

Es klang ja lachhaft. Frankies ganze Story klang durch und durch lächerlich. Glauben Sie nicht, ich hätte ihm einfach so geglaubt. Doch je länger ich durch diese ganzen verdammten kleinen leeren Gassen lief und darüber nachdachte, um so mehr kamen mir Zweifel. Und betrachten Sie die Sache einmal andersherum: Ist es nicht vollkommen unwahrscheinlich, daß sich jemand eine so irrwitzige Geschichte *ausdenkt*? Warum sollte er das tun? Was hätte er davon? Und Frankie ist ganz sicherlich kein durchgeknallter Gestörter gewesen, im Gegenteil. Bei den allerwenigsten Menschen hätte ich überhaupt einen Gedanken an einen möglichen Wahrheitsgehalt solch einer Story verschwendet. Frankie bildete da die absolute Ausnahme. Ich kannte ihn schließlich, wir kannten uns nicht erst seit gestern. Ich hatte ihm immer vertraut.

Während ich verzweifelt versuchte, aus den wenigen mir zur Verfügung stehenden Puzzleteilen ein halbwegs komplettes Bild zusammenzusetzen, begann ich langsam zu begreifen, daß einzelne dieser Teile durchaus wahr und plausibel waren. Denken Sie mal darüber nach. Angefangen mit der Litwinenko-Polonium-Spur in Ottensen, wir hatten, weil Christoph in der Nähe wohnte, unzählige Witze darüber gemacht, wie man eben Witze macht über

Dinge, die eigentlich bedrohlich sind. Die *Nine/Eleven*-Zelle an der TU Harburg, Emma war sogar in der Atta-Wohnung gewesen, ein paar Jahre später inszenierte eine Künstlergruppe dort eine mehrtägige Performance. Die Wohnung hatte in der Zwischenzeit leer gestanden, niemand wollte dort einziehen, verständlicherweise. Sie sagte, die Journalisten hätten geradezu hysterisch Fotos von Original-Terroristen-Zwiebelschalen gemacht, die noch hinter dem Herd lagen, und kaum Fotos der Performance. Wobei die auch nicht besonders gut gewesen sei, laut Emma. Ich dachte darüber nach, über die Zwiebelschalen. Man kann sich Terroristen nicht besonders gut beim Zwiebelschälen vorstellen, oder? Beim Kochen. Aber sie müssen natürlich gekocht haben, es waren ja Studenten, da kann man nicht jeden Tag essen gehen, es sei denn, man hat so reiche Eltern wie Emma. Es waren Studenten, wie wir. Sie haben Zwiebeln geschält, um, vielleicht, Spaghettisoße zu machen, Männer in dem Alter kochen oft Spaghetti. Oder wärmen sich Tiefkühlpizza auf. Denkt man über die Wohnung in Harburg nach, und wie normal es dort sicherlich ist, fängt man plötzlich an, darüber nachzudenken, ob jemand wie Frankie nicht tatsächlich ein Agent oder Spion, oder wie immer man dazu fachmännisch sagt, sein könnte. Ob wir durch ihn nicht vielleicht wirklich ins Fadenkreuz geraten sein konnten. Erst denkt man, wir sind doch bloß eine Handvoll Studenten – nur, mehr waren die Atta-Leute auch nicht, für ihre Nachbarn und Kommilitonen, und offensichtlich für die Geheimdienste ebenfalls nicht, nicht vor dem 11. September.

Und wir waren natürlich gemeinsam mit Frankie in Krakau und Belgien gewesen. In Krakau hatte er sich für einige Stunden, in Brügge sogar für einen halben Tag abgesetzt, er hatte den Mini genommen, während Christoph und ich spazierengingen und Emma stundenlang Skizzen im Kloster machte. Nimmt man mal für einen Augenblick an, Frankie sagte die Wahrheit, Frankie hätte wirklich dort geheime Aufträge erfüllt und wäre unter Beobachtung gestanden – würden diese Beobachter nicht naturgemäß ihrerseits annehmen, wir wüßten über irgend etwas Bescheid? Beziehungsweise, Christoph *hatte* definitiv Bescheid gewußt, so sagte Frankie, während Christoph nicht widersprach. Ich war Christophs Freundin. Christoph war involviert. Als Christophs Freundin befand ich mich, das war mehr als wahrscheinlich, in Gefahr. Wie konnte er mir das antun. Können Sie das verstehen? Erst diese gemeine, grausame Lüge, und dann plötzlich, ohne daß ich je eine Wahl gehabt hätte, stecke ich in dieser Spionagehorrorstory. Glauben Sie mir, ich heulte vor Wut. Ich war hilflos, war vollkommen unschuldig in die Sache reingeraten.

Als es dunkel wurde, bekam ich Angst. Venedig im Spätherbst in der Dämmerung ist sehr gruselig, wenn man allein in diesen verlassenen Gäßchen herumstolpert und plötzlich gar nicht mehr weiß, was aus dem eigenen Leben geworden ist. Ich mußte immer an den schrecklichen Zwerg mit der roten Kapuze und dem Rasiermesser aus dem Film denken. Ich dachte darüber nach, ob mir wirklich irgend jemand folgte. Plötzlich, beginnt man darauf zu achten, ist alles voller Geräusche. Hinter dem leisen Schwappen des Wassers in den Kanälen verbirgt sich das Geräusch von Schritten. Ich ging schneller und rannte schließlich, bis ich eine erleuchtete Trattoria fand. Es saß nur ein Mann an der Theke und redete mit dem Kneipier, ich fragte sie auf englisch nach dem Weg zur Ferrovia, ich spreche kein Italienisch. Ich fühlte mich furchtbar einsam, nicht mal die blöde Sprache beherrschte ich.

Man wies mir die Richtung, und nach nur wenigen Metern stand ich wieder auf einem der Hauptwege, wo Rialto, Accademia, St. Marco und eben auch die Ferrovia an jeder Ecke ausgeschildert sind. Hier waren Menschen, Leben, Licht. Es schien mir wie ein Sinnbild, dieses nächtliche Off-Saison-Venedig, wo alles hell und erleuchtet und normal ist, doch biegt man um die Ecke, befindet man sich auf einmal in einer düsteren, leeren, angsteinflößenden Stadt, die mit der anderen so gar nichts gemein zu haben scheint. Wie Frankie mit uns abgebogen war, aus der Normalität raus in eine Nebenwelt. Ich kannte mich dort nicht aus. Ich wußte nicht, wie man sich dort verhält, wie die Regeln sind, ich wollte es auch gar nicht wissen, ich wollte da nicht sein, ich wollte zurück in meine eigene Welt. Nach Hause. Ich würde nach Hause fahren. Ich lief Richtung Ferrovia, folgte den kleinen gelben Schildern mit den schwarzen Pfeilen, ich würde meine Sachen packen und den nächsten Zug nach Hamburg nehmen. Was tat ich hier überhaupt? Mein Semester hatte längst angefangen. Ich würde mit ein bißchen Glück einen Nachtzug bekommen, und wenn nicht, eben im Bahnhof auf den ersten Zug am nächsten Morgen warten, ich ginge nicht zurück ins *Albergo Adua*. Morgen oder übermorgen wäre ich bereits wieder an der Uni, und all das hier schiene mir lachhaft. Es gäbe keine Gefahr. Nicht für mich, ich hatte mit der Sache schließlich nichts zu tun. Und käme mir doch etwas komisch vor, ginge ich zur Polizei. Ich schuldete Frankie keine Loyalität, und Christoph erst recht nicht, nicht nach dem, was er mir angetan hatte. Man würde uns im Zweifelsfalle Polizeischutz geben, mir und meiner Familie, so, wie man es in Filmen immer sieht. Ob man in Wirklichkeit auch eine neue Identität bekäme? Im Zeugenschutzprogramm? Aber ich war gar keine Zeugin, es gäbe ja nichts, was ich bezeugen könnte. Man würde mir das glauben. Man würde mich trotzdem beschützen. Oder nicht?

Ich lief den langen Weg zur Ferrovia zurück, er kam mir inzwischen bekannt vor und war einigermaßen belebt, aber in all den rechts und links abzweigenden kleinen Gassen sah ich die andere, die dunkle Stadt, mit ihren Messerzwergen und leisen Schritten und unauffälligen Männern mit kalten Augen. Sie saß mir eisig im Nacken, diese Welt nebenan. Ich drehte mich immer wieder um.

Im *Albergo Adua* wollte ich mir den Schlüssel zu unserem Zimmer geben lassen, Christoph und ich teilten uns das eine, Frankie und Emma das zweite Doppelzimmer. Beide waren sehr klein und hatten eine Tür auf denselben langen Balkon. Doch unser Wirt sagte mir, mein Boyfriend sei bereits oben. Ich hatte das befürchtet. Ich wollte nicht mit ihm reden. Ich wollte ihn nicht sehen. Ich hatte Angst, er würde versuchen mich zurückzuhalten, entweder mit Worten oder vielleicht sogar mit Gewalt. Ich hatte Angst vor ihm, glauben Sie mir das. Es war auf einmal, als kenne ich ihn gar nicht, als hätte ich ihn nie wirklich gekannt.

Er saß auf seiner Hälfte des Bettes und sah mich an wie ein getretener Cockerspaniel, aber mich kriegte er nicht weich mit dieser Nummer. Ich begann, wortlos meine Sachen zu packen. Nur das Nötigste. In einer Ecke der winzigen Bude türmten sich Schlafsäcke und Isomatten, wir hatten nichts im Bus lassen wollen, der zwar in Mestre auf einem bewachten Parkplatz stand, aber man weiß ja nie, ob sie einem nicht doch den Wagen aufbrechen, wenn offensichtlich eine Menge Dinge darin liegen. Christoph bat mich, mit ihm zu reden, aber ich ging nicht drauf ein. Ich höre dich gar nicht, sagte ich ihm, du bist gar nicht hier, du liegst schließlich auf der Onkologischen und in den letzten Zügen, *remember*? Also halt deine Klappe, hau ab, geh zu deinem geliebten Frankie und laß mich in Ruhe.

Was er tat. Erst nölte und schmeichelte und jammerte er noch ein bißchen herum, aber ich ignorierte ihn einfach. Dann ist er gegangen. Einfach gegangen. Es hat ihn offensichtlich nicht weiter interessiert. Ich habe ihn nicht interessiert. Was ich jetzt machen sollte. Was ich jetzt machen sollte ganz allein.

Ich fühlte mich schrecklich. Ich hatte Angst, hinauszugehen, es war stockdunkel vor dem Fenster. Was, wenn ich wirklich die Nacht am Bahnhof verbringen müßte? Im Sommer stellte das sicher kein Problem dar, es wäre warm und Dutzende von Backpackern und Interrailern warteten gemeinsam auf die ersten Züge, man unterhielte sich und lachte und teilte eine Flasche Wein. Aber jetzt gäbe es dort nur die andere Stadt, die dunkle Stadt. Und die Leute, die sie bewohnten. Ich wäre ganz allein. Falls ich mich wirklich in Gefahr befände, wäre es doch eine ganz, ganz dumme Idee, da allein rauszugehen, auf dem Präsentierteller sozusagen, nicht wahr? Hätten Sie das getan? Wären sie wirklich hinter mir her, wie leicht könnte ich verschwinden, irgendwo zwischen Venedig und Hamburg. Würde mein Geld überhaupt reichen?

Ich setzte mich neben meine gepackte Reisetasche auf das Bett und begann zu weinen. Ich schäme mich deswegen nicht, ich war noch so jung, verängstigt, aufgewühlt, und ich fühlte mich einsam. Ich wußte nicht, was ich tun sollte. Wie es weiterginge. Selbst zurück in Hamburg, was wäre dort. Kein Christoph, keine gemeinsame Wohnung. Jeden Tag die Angst im Genick, sie beobachteten mich, fingen mich irgendwo ab, fingen meine Eltern oder meine Schwester ab, was weiß ich, was sie tun konnten, ich hatte ja nicht mal einen blassen Schimmer davon, wer *sie* eigentlich waren. Ich war verzweifelt. Ich saß einfach da und weinte, bis Frankie kam.

Frankie ging mit mir in eine kleine Trattoria gleich gegenüber, ich kam mit, ich ließ mich überreden, ich wußte nicht, was ich sonst hätte tun sollen, ich hatte zuviel Angst, allein wegzugehen, und ich wäre wahnsinnig geworden, hätte ich die ganze Nacht auf diesem elendiglichen Scheißzimmer gesessen. Frankie bestellte uns Grappa, das tat sehr gut, und ich beruhigte mich ein bißchen. Er hatte mir eine Schachtel Zigaretten gekauft, meine waren längst alle, er mußte das geahnt haben. Dann unterhielten wir uns lange. Er war ganz ruhig, und er hatte Verständnis für mich, wie ich mich fühlte, welche Ängste mir zusetzten. Natürlich war ich auch sauer auf ihn. Ich haßte ihn, haßte ihn aus ganzer Seele. Aber in meiner Situation brauchte ich jemanden, dem ich vertrauen konnte, jemanden, der sich mit dieser Situation auskannte, der die Regeln verstand, nach denen in den dunklen Städten gespielt wird. Frankie war derjenige, der einzige, der dort zu Hause war in dieser unbegreiflichen, bodenlosen Welt. Ich war allein und mußte irgendwem vertrauen, also vertraute ich Frankie. Es war doch, müssen Sie einsehen, das einzig Vernünftige, was ich tun konnte.

EMMA V / O-TON 05'29''

Sie wollen Beispiele? Oh, ich könnte Ihnen Hunderte von Beispielen geben, Tausende. Er hat für uns gesorgt. Nie hat jemand so für mich gesorgt wie er. Ich wäre zugrunde gegangen ohne ihn, entweder in der geisttötenden Firma meiner geisttoten Familie, oder ich hätte mich vorher umgebracht. Ich war drauf und dran, das zu tun. Mit dem Rauchen. Mit der Magersucht. Sie alle wußten das, daß ich nichts aß, oder wenn, dann nur, um den Schein aufrechtzuerhalten und hinterher auf der nächsten Toilette alles wieder zu erbrechen. Glauben Sie, irgendwen hätte es interessiert außer Frankie? Meine Eltern hätten doch lieber sich selbst das Gedärm rausgekotzt, als zuzugeben, ihre perfekte Infantin könne etwa nicht perfekt sein. Oder sie hätten mich wegsperren lassen in irgendeine Anstalt, ich kenne sie, sie hätten das getan. Und Judith interessierte sich nur für sich selbst, immer schon. Erst Frankie hat mich davon geheilt. Frankie war es nicht egal. Er hat mir gezeigt, daß es selbstzerstörerische Verhaltensweisen sind, und hat mir gezeigt, wie ich sie überwinde. Wissen Sie, mit dem Hungern ist es so, man fühlt sich unglaublich stark. Man fühlt sich in Kontrolle. Man fühlt sich unbesiegbar, weil man sich selbst besiegt, jeden Tag wieder. Deswegen spricht man von *Sucht*. Deswegen wird man rückfällig, wenn es einem schlechtgeht, man sich klein und armselig fühlt, denn man kennt es ja, kennt es so gut, dieses Gefühl, es ist ein richtiges High, das sich sofort wieder einstellen wird, hört man nur auf zu essen. Kaum jemand kommt aus diesem Teufelskreis raus. Aber Frankie hat mir geholfen. Er hat mir begreiflich gemacht, daß Hungern mich nicht stark macht, sondern schwach, daß ich stark *bin,* ich es nicht mehr brauche, das Hungern. Und wissen Sie was, er hatte recht, ich habe es nicht mehr gebraucht. Ich habe es als ganz armselige, alberne, kindische Verhaltensweise erkannt und überwunden. Wie das Rauchen. Frankie haßte unsere Raucherei, es schadete uns, und er wollte nie, daß wir selbst oder andere uns schadeten, er hat uns in jeder Hinsicht beschützt. Sie sehen uns jetzt hier, Ihnen ausgeliefert, aber Sie vergessen, daß es Ihnen all diese Jahre *nicht* gelungen ist, uns zu kriegen. Das haben wir Frankie zu verdanken. Wir haben Frankie alles zu verdanken. Ich habe das gleich gewußt, nein, *gewußt* ist, muß ich zugeben, vielleicht ein zu starkes Wort, sagen wir, ich habe es geahnt. Schon damals in Venedig, als er uns die Wahrheit sagte. Ich bin nicht hysterisch geworden wie die verdammte Judith, ich habe nie begriffen, was Frankie an Judith fand. Ich denke, er hätte sie einfach gehen lassen sollen. Will sie gehen, soll sie doch, soll sie sehen, wie sie alleine klarkommt. Ich glaube nicht, daß sie uns hätte Probleme machen können, wir sind ja bereits am nächsten oder übernächsten Tag untergetaucht. Und Christoph wäre schon darüber hinweggekommen, ich bin mir sicher. Er war es schließlich, der sich lange vorher auf Frankies Welt eingelassen hatte, ein bißchen konnte man ihn dafür bewundern, beneiden. Es muß ihm klar gewesen sein, von Anfang an, daß er damit riskierte, Judith zu verlieren. Warum auch nicht, ehrlich gesagt, es gibt Hunderte wie Judith, wir brauchten sie nicht. Ich nehme an, Frankie machte sich nur deshalb die Mühe mit ihr, weil er sich um sie sorgte, er hat sich immer um uns alle gesorgt. Ich jedenfalls wurde nicht hysterisch. Ich war immer stärker als sie, nur wußte ich das damals noch nicht. Ich hörte mir an, was Frankie zu sagen hatte. Ich blieb nicht, wie Judith, aus Schiß. Ich blieb, weil ich bleiben wollte. Wissen Sie, ob nun eine Killerkolonne meine Eltern abgeknallt hätte, hat mich nicht sonderlich interessiert. Ich entschied mich zu bleiben. Frankie hätte uns nie zu irgendwas gezwungen, er hat mich noch nicht mal überreden müssen. Er bot mir eine Chance, die beste, die mir jemals jemand geboten hatte. Er bot mir die Chance, etwas Sinnvolles zu tun. Etwas Wichtiges. Ich war nicht schockiert, ich blieb ganz ruhig. Und ich traf meine Entscheidung. Ich habe sie keine Sekunde bereut. Da müssen Sie schon tief in Ihre schmutzige kleine Trickkiste greifen, bevor Sie mich sagen hören werden, ich bereute irgend etwas, und selbst wenn, können Sie getrost davon ausgehen, daß ich lüge.

CHRISTOPH VI / O-TON 36'41''

Natürlich fühlte ich mich hundeelend. Ich fühlte mich wie ein Schwein, das können Sie mir glauben. Ich tröstete mich mehr schlecht als recht damit, daß wir nur so handelten, um die Mädchen zu schützen. Frankie und ich hatten uns noch in derselben Nacht in Wilhelmsburg darüber unterhalten, wie wir am besten untertauchen würden und daß wir die Mädchen mitnehmen sollten, um sie nicht unkalkulierbaren Risiken auszusetzen. Frankie sagte, er könne uns nur in seiner unmittelbaren Nähe schützen, es hätte sich gezeigt, daß sich unter seinen Leuten ganz offensichtlich ein Maulwurf befände, selbst wenn er den wenigen seiner Kollegen, denen er noch vertraute, den Auftrag erteilte, die Mädchen diskret zu bewachen, würde er, und das leuchtete ein, damit unsere Gegner erst recht mit der Nase darauf stoßen, daß die beiden mit drinhängen könnten. Wir besahen uns das Problem von allen Seiten, und es half nichts, wir mußten die beiden mit uns mitlocken, und wir waren uns einig, dies müßte am besten zunächst unter einem Vorwand geschehen. Wir konnten nicht riskieren, die zwei stante pede zu den Bullen laufen zu lassen. Es ginge hier möglicherweise durchaus um Leben und Tod. Eine Notlüge fiel da wenig ins Gewicht. Und ich muß gestehen, daß mir der Gedanke vielleicht gefiel, mit Judith gemeinsam abzutauchen. Es war eine romantische Vorstellung. Ein bißchen wie Warren Beatty und Faye Dunaway. Wie Brad Pitt und Catherine McCormack. So kamen wir auf den Plan.

Unseren Plan. Damals, in der unrealen Wohnung dieses merkwürdigen Comic-Freaks. Ich nahm an, der wäre eine von Frankies *Blue-Lou's*-Bekanntschaften, Frankie kannte so viele Leute, er war phänomenal mit Leuten. Einer seiner Agenten war's wohl kaum, oder die Tarnung wäre verblüffend gut gewesen. Außerdem konnte er denen ja nicht mehr trauen. Es war schon hell geworden, mir war schwebend zumute, der Wodka hatte geholfen, die restlichen Schmerzen wegzublenden, auch wenn ich grauenvoll aussah, was ich aber erst später am Vormittag herausfand, als ich meine kaputte Fresse im Badezimmerspiegel unserer WG betrachtete. Und feststellte, es war mir egal. Feststellte, stolz zu sein. Ich log Jan etwas von einem durchgedrehten Typen und einer Kneipenschlägerei im *Lehmitz* auf dem Kiez vor und fühlte mich Lichtjahre überlegen. Dieselbe Story erzählte ich Judith, es dauerte ja noch einige Tage, bis ich wieder präsentabel aussah. Ich kombinierte, weil ich gerade dabei war, diese Lüge mit der anderen und sagte, ich hätte wohl ein Ventil gesucht, um die Nachricht zu verkraften, sie glaubte mir das, mit solchem Psychologenscheiß kriegte man sie umgehend, ich wußte das, ich log mich langsam warm, ich wurde immer besser darin, später bei den Telefonaten mit meinen Eltern verschwendete ich kaum noch einen Gedanken daran.

Judith gegenüber natürlich schon. Es brach mir das Herz zu sehen, wie sie litt. Aber ich hatte keine Wahl, als an unserem Plan festzuhalten. Der Plan, unser Plan, war wichtig, war maßgeblich. Es fühlte sich gut an, einen Plan zu haben. Es fühlte sich gut an, in der Doppelbödigkeit der nächsten Wochen zu leben. Obwohl ich mich manchmal schämte. Wenn ich Judith dabei erwischte, wie sie plötzlich, wenn sie sich unbeobachtet glaubte, so uferlos traurig aussah, und wußte, sie trauerte um mich. Wenn sie mich fotografierte. Dann fühlte ich mich schäbig. Als ich ihr Telefon stahl und Akku und Karte entfernte und wegschmiß, es war eine notwendige Sicherheitsmaßnahme, aber ich habe nie irgendwas gestohlen, nicht mal als Teenager. Ich bin auch nie ein guter Lügner gewesen, ich wunderte mich über mich selbst, wie rasch ich lernte. Ohne Frankie hätte ich das niemals durchziehen können.

Emmas Handy hatten wir lediglich sabotiert, aber ich glaube nicht, daß es ihr je aufgefallen wäre, Emma telefonierte fast nie. Emma ist immer ein bißchen wie ein Gespenst gewesen. Ein Hologramm. Sie aß nicht, sie telefonierte nicht, sie war ein stilles, rauchendes Hologramm. Nur zeichnen und aquarellieren tat sie viel in diesen Wochen. Ich habe sie auch niemals bei offensichtlichem Mitleid mir gegenüber ertappt. Im Gegensatz zu Judith.

Mir drehte sich der Magen um bei dem Gedanken, es werde der Moment kommen, wo wir ihnen die Wahrheit sagen müßten. Ich hätte es gerne aufgeschoben auf den Sankt-Nimmerleins-Tag. Es war großartig, so unterwegs zu sein, auf der Flucht, immer mit diesem Subwoofer-Hintergedanken, mit diesem Gänsehautfaktor, mit diesem Gefühl absoluter Superiorität. Frankie und ich verschworen, die Mädchen ernst und ahnungslos. Ich habe mich als Judiths Beschützer gefühlt, das ist, auch wenn es politisch inkorrekt sein mag, kein schlechtes Gefühl, seine Frau zu beschützen. Ich halte es für einen tiefen, archaischen Trieb, für seine Frau sorgen zu wollen, meinen Sie nicht? Nur vor dem Moment der Wahrheit graute mir, ganz ehrlich. Ich war froh, daß Frankie dabei war. Judith vergötterte Frankie. Ich wußte, wenn ihr überhaupt irgendwer die Sache beipulen könnte, dann er.

Es ist trotzdem die Hölle gewesen. Frankie sagte, wir dürften es nicht weiter hinausschieben. Wir könnten nicht länger nur flüchten und unsere Spuren verwischen, er müsste dringend damit beginnen, den Verräter aufzuspüren, und die Mädchen würden sowieso langsam mißtrauisch werden. Judith hatte morgens beim Frühstück gesagt, sie wolle sich zu Hause melden und bei ihrer Mitbewohnerin, damit niemand in Sorge sei. Wir konnten nicht ewig so weitermachen. Auch wenn ich's gern getan hätte. Es war mir nicht recht, unser Geheimnis zu teilen. Es gehörte Frankie und mir. Ich hatte viel gegeben dafür, dem teilhaftig zu werden. Ich hatte gelitten. Und die beiden bekamen es einfach so geschenkt. Einfach so, draußen vor dem Café auf diesem verlassenen Campo Soundso, wo es scheißkalt war, ich hätte lieber drinnen gesessen, ich hätte es lieber gehabt, unser Geheimnis zu behalten.

Ich konnte Judith nicht ansehen. Ich konnte Frankie nicht ansehen. Es fühlte sich an wie Verrat. Als beginge er Verrat an mir, auch wenn das natürlich Unsinn war, er folgte lediglich unserem Plan. In diesem Augenblick haßte ich den Plan. Ich fand, die anderen hatten kein Anrecht darauf. Ich fand, man müsse es sich verdienen, so, wie ich es mir verdient hatte. Ich haßte Frankie für jedes einzelne Wort, das er zu ihnen sagte. Ich haßte sie dafür, plötzlich in unsere Welt einzudringen. Sie hatten dort nichts zu suchen. Ich wollte sie dort nicht. Sie würden alles kaputtmachen. Und in dem Moment, in dem Frankie im blassen venezianischen Spätsommerlicht all diese Dinge aussprach, hörten sie sich, ich weiß nicht, so *dünn* an und irrational. So vollkommen unglaubwürdig. Es wäre besser gewesen, wäre es schon dunkel gewesen. Es wäre besser gewesen, wir hätten es ihnen nicht sagen müssen, oder erst später. In Krakau oder in Lwiw. Nicht hier, nicht jetzt. Als Frankie anfing zu reden, hätte ich schreien mögen, nicht hier, nicht jetzt, noch nicht, bitte. Erst später begriff ich, daß es auch für mich eine Probe war. Die Proben hatten gerade erst begonnen. Ich begriff, ich durfte nicht wanken, nicht zweifeln. Begänne ich jetzt zu zweifeln, träfe mich jeder Vorwurf Judiths vollkommen zu Recht. Hätte ich mich wirklich benommen wie ein Schwein, wie ein vollkommenes Arschloch. Sie gucken so komisch, glauben Sie nicht, mir fiele das nicht auf, aber ich sage Ihnen, Sie machen sich etwas vor, wenn Sie glauben, Sie verfügten über eine autarke Realität. Kein Mensch schafft das, eine Realität ganz für sich alleine zu finden, die wenigen, die's tun, sitzen wahrscheinlich in der Klapse. Ich sehe, daß Sie sich mir haushoch überlegen fühlen, aber das ist Selbstbetrug. Jeder Mensch formt sich seine Realität zusammen mit jemand anderem, Sie werden auch Ihre maßgeblichen Instanzen haben, Ihre Ehepartner oder Ihre Kollegen in der Redaktion oder vielleicht auch Mutti. Wissen Sie, deswegen ist es ein ebenso brillanter wie perfider Schachzug, Journalisten *embedded* in den Krieg zu schicken. Die werden dort über kurz oder lang die Realität ihrer sozialen Umgebung übernehmen. Niemand ist neutral. Nirgendwo. Ich war es nicht. Ich saß zwischen der Realität Frankies und der Judiths. Ich zweifelte. Ich blieb, letztendlich, standhaft. Die Frankies war tausendmal attraktiver. In der Judiths wäre ich ein Vollidiot gewesen. Kein Mensch glaubt von sich, ein Vollidiot zu sein. Und Judith, übrigens, flippte erst mal erwartungsgemäß aus. Ich war fast ein bißchen erleichtert. Ich war beinahe froh, als sie abhaute. Es wäre mir möglicherweise recht gewesen, wäre sie nicht mehr zurückgekommen.

Zunächst aber wollte ich ihr nachlaufen, ich fühlte mich schuldig. Judith hatte es immer drauf, daß man sich ihretwegen schuldig fühlte. Aber Frankie hielt mich zurück, auch das war mir möglicherweise recht, laß sie, sagte er, laß sie erst mal ein bißchen alleine, sie braucht jetzt eine Weile, das zu verkraften. Laß sie nachdenken, gib ihr Zeit, ihre Gefühle runterkochen zu lassen, war alles ein bißchen viel, es dauert, das zu verarbeiten und auf die Reihe zu kriegen. Gib ihr die Zeit. Er gab mir die dünnen papierenen Servietten von unseren kleinen Tabletts, mit denen ich mir den Cappuccino aus dem Gesicht zu wischen versuchte.

Ich nicht, sagte Emma, und ich fuhr zusammen, ich glaube, wir hatten beide vergessen, daß Emma noch da war. Ich sagte ja schon, sie war ein bißchen gespenstisch, man konnte sie leicht vergessen, auch wenn das jetzt herzlos klingen mag. Wir starrten sie an wie eine Erscheinung. Ich nicht, wiederholte Emma. Ich brauche keine Zeit. Ich brauche höchstens ein paar mehr Fakten und daß ihr mir sagt, was ich tun kann.

Ich war ziemlich perplex. Ich hatte mir so viele Gedanken über Judith gemacht, daß ich mich wohl nie ausführlich damit beschäftigt hatte, wie Emma wohl reagieren würde. Hundeschnauzencool, schien die Antwort zu lauten. Heißt das, du glaubst mir, sagte Frankie. Ich wünschte, er hätte *uns* gesagt, *glaubst uns*.

Ich denke schon, sagte Emma. Das klingt so irre, es ist möglicherweise das erste und einzige, was Sinn ergibt in einer durchgedrehten Welt. Sagen wir, ich werde dir auf Vorbehalt glauben. Bis ich was Besseres zu glauben finde. Sagen wir, meine Arbeitshypothese ist, dir zu glauben. Wie ginge es dann weiter?

Ich fand nicht, sie hätte das Recht, diese Frage zu stellen. Auch mir brannte sie seit Wochen auf den Lippen, aber ich hatte nicht gefragt. Ich wollte Frankies Vertrauen in mich durch bedingungsloses Vertrauen in ihn rechtfertigen. Ich hatte darauf gewartet, daß er selbst soweit wäre, es für richtig zu halten, mir zu sagen, wie es weiterginge. Frankie lächelte Emma an, und ich war eifersüchtig. Ich kann dir nicht viel mehr Fakten geben, sagte er, noch nicht. Zunächst müssen wir unsere Spuren verwischen, was heißt, wir werden Geld brauchen, das man nicht über unsere EC- oder Kreditkarten zurückverfolgen kann. Dann müßt ihr uns eure Eltern so lange wie möglich vom Leibe halten, das letzte, was wir gebrauchen können, solange die Bedrohung akut ist, wäre eine Suchmeldung über Interpol. Ich möchte, daß ihr mir eure Karten und Pässe gebt. Wir werden, solange ich es für sicher halte, mit unseren echten Pässen reisen. Ich bin auf euren Erfindungsreichtum und eure Cleverness angewiesen, was eure Eltern angeht. Und ich möchte euch bitten, er zwinkerte Emma zu, als hätten die beiden Geheimnisse vor mir, nicht zuviele Fragen zu stellen, ich werde euch sagen, was ich kann, okay? Okay, sagte Emma; okay, sagte ich, um nicht gänzlich in Vergessenheit zu geraten, ich hatte Frankie nie Fragen gestellt.

Und ich denke, sagte er, dann muß ich zurück nach Krakau und zusehen, ob ich die Spur dort wieder aufnehmen kann. Ich denke, ich habe vor Ort jemanden, der mir weiterhelfen wird, so oder so. Einiges, glaube ich, könnte sich dort klären. Es ist wichtig, daß ihr tut, was ich sage, das ist unter Umständen lebenswichtig, auch wenn euch manches vielleicht sonderbar erscheint, ist das okay für euch. Es war keine Frage, sondern eine Feststellung. Emma nickte, ich machte mir nicht die Mühe, ich dachte, Frankie sollte inzwischen wissen, was ich bereit war zu tun, für ihn, für die Sache. Okay, sagte Frankie, dann werden wir jetzt erst mal zurück zum Adua gehen und auf Judith warten. Sie wird unsere Hilfe brauchen, und wir sollten zur Stelle sein, ihr diese Hilfe zu geben.

Er bezahlte, wir gingen zurück und schwiegen. Ich ging neben Frankie. Es war schließlich unser Plan. Ich hoffte fast, Judith würde nicht auftauchen. Wir waren in jedem Fall vor ihr im Adua, ihre Sachen lagen noch da, nicht angerührt, und Judith würde nie ohne ihre Habseligkeiten von dannen ziehen, soviel war klar. Frankie schien es gewußt zu haben. Frankie wußte Dinge. Warte du hier auf sie, sagte er zu mir, versuch du, mit ihr zu reden. Wenn du mich brauchst, ich bin im Nebenzimmer, okay?

Okay, sagte ich und wartete auf Judith. Ich wechselte das Hemd, die Kaffeeflecken würden wahrscheinlich nie wieder rausgehen, ich überlegte eine Weile, warf es dann in den kleinen Papierkorb unter dem Waschbecken. Ein Waschbecken hatten wir in unserem Zimmer, Klo und Dusche befanden sich auf dem Flur. Ich hatte noch nie ein Hemd einfach weggeworfen, es widerstrebte mir. Ich setzte mich und wartete. Dann stand ich auf, ging hinunter, holte mir drei Heineken aus dem Lädchen gleich rechts vom Adua-Eingang, ging wieder hinauf und wartete weiter. Dachte nach dem ersten Heineken, all dies wäre grotesk und ich würde, sobald Judith käme, gemeinsam mit ihr packen und zurückfahren nach Hause. Dachte nach dem zweiten Heineken, wäre all dies grotesk, wäre ich der groteskeste Kasper von allen. Dachte nach dem dritten Heineken, ich habe bloß Schiß und das sei unter den Umständen ganz normal, und ging hinunter und kaufte noch ein Sixpack, in der vagen Hoffnung, es mit Judith zu trinken und mit ihr ganz vernünftig zu reden.

Es war schon dunkel, als sie endlich kam, ich hatte mir fast ein bißchen Sorgen gemacht, und es war keine Rede davon, mit ihr vernünftig zu reden. Ich habe ja schon erwähnt, daß sie ausflippen konnte, und zwar nicht zu knapp. Aber diese Szene stellte alles in den Schatten. Sie rauschte rein, sah mich nicht an, trat ans Waschbecken und begann, ihr Geraffel in ihre Kulturtasche zu werfen. Judith, sagte ich leise, Judith, bitte, können wir reden, bitte?

Sie drehte sich um und schmetterte die komplette Kulturtasche nach mir. Ich duckte mich, das Ding klatschte hinter mir an die Wand und ein Haufen Kajals und Aspirins und Mascaras und was weiß ich explodierte um mich herum wie eine Streubombe. Sie schrie mich an, man konnte die maroden Stützpfeiler Venedigs vibrieren fühlen, ich nehme an, die komplette Stadt sank während dieser Szene um eineinhalb Meter. Sie fegte die verbliebenen Sachen von dem kleinen Bord über dem Waschbecken, meine Sachen, Deo und Rasierschaum und so, Sie wissen schon, mit einer großen Geste zu Boden, sie hat immer auf große Gesten gestanden. Dann trat sie in die leeren Bierflaschen, die am Fußende des Bettes standen, es gab eine Menge Scherben, und ich erwartete jeden Moment unseren Hotelier in der Tür, der uns kurzerhand auf die Straße setzen würde. Aber ich habe nie gewußt, wie man Judith in solchen Momenten hätte stoppen können. Ich zog den Kopf ein und ließ es über mich ergehen, wie immer, wie eine Naturgewalt. Was sie schrie, war wenig zusammenhängend und nur ansatzweise verständlich. Sie beschimpfte mich wüst, ich wehrte mich nicht, es wäre ja nicht so gewesen, daß ich sie nicht verstanden hätte. Natürlich war ich ein Schwein. Natürlich hatten wir ein böses Spiel mit ihr getrieben, das allerböseste, sie hatte ja, ausnahmsweise, vollkommen recht. Ich hätte nicht gewußt, wie ich ihr hätte widersprechen sollen. Ich ließ es einfach. Ich ließ es einfach geschehen. Ich weiß nicht, wie es geendet wäre ohne Frankie.

Frankie hat mich gerettet. Er stand plötzlich in der Tür, Judith war zu beschäftigt gewesen, um abzuschließen, als die Tür aufging, erwartete ich den Hotelier mitsamt einem halben Dutzend Carabinieri, es war aber bloß Frankie. Zum Glück. Erst später wurde mir klar, wie knapp Judith daran war, alles aufs Spiel zu setzen. Aber Gott sei Dank war Frankie da. Wir verstanden uns wortlos, und ich verließ das Zimmer. Es gab ja, ganz deutlich, nichts, was ich dort hätte ausrichten können. Ich schloß die Tür hinter mir, dann stand ich auf dem Flur, allein. Wußte nicht, wohin jetzt mit mir. Überlegte, bei Emma zu klopfen, ließ es, ich hatte keinen Bock auf Emma. Ich ging schließlich hinunter und suchte mir eine kleine Bar, setzte mich dort an die Theke und trank. Nach einer Weile begann ich mich besser zu fühlen. Es gehört, glaube ich, auch wenn Sie vielleicht die Augen verdrehen und das klischeehaft finden, zu den guten und wichtigen Momenten im Leben eines Mannes, allein in einer Bar in einer fremden Stadt zu sitzen und zu trinken und wirkliche Probleme zu haben. Wirkliche, kein Studiumsscheiß, keine Gedanken an sinnlose Scheine und idiotische Praktika und die Frage, kaufen wir uns bei Ikea das CD-Regal in weiß oder schwarz oder naturholzgebeizt. Vielleicht ist es ein Klischee, aber es hat sich gut angefühlt. Und traurig. Und einsam. Ich überlegte, wie es wäre, zurückzugehen, und ich hätte es ums Verrecken nicht getan, komme was wolle. Ich hatte keine Ahnung, was käme, und das gefiel mir. Als die Bar schloß und ich ins Adua zurückkehrte, die Hoteliersfrau öffnete mir mürrisch und verschlafen, sie geben einem dort keinen Hausschlüssel, war unser Zimmer leer. Ich machte mir darüber keine Gedanken, obwohl ich jetzt glaube, ich hätte schon damals geahnt, daß Judith in dieser Nacht das erste Mal mit Frankie schlief, aber es war mir in diesem Moment wohl nicht wichtig. Vielleicht meinte ich, sie hätte das Recht, mich zu strafen. Vielleicht war ich zu betrunken. Ich fiel ins Bett und schlief wie ein Stein. Als ich am nächsten Morgen aufwachte, lag sie neben mir, doch es dauerte noch Tage, Wochen, bis sie wieder mit mir sprach. Ich nahm es hin, ich glaubte, es verdient zu haben.

Am nächsten Tag fuhren wir nach Murano und zum Lido. Das Wetter war grau und schwer, und der Lido, mit seinen Badekabinen an dem trüben Meer, gefiel sich in Fin-de-Siècle-Morbidität und deprimierte mich, aber vielleicht lag es bloß an meinem Kater. Emma machte Skizzen und aquarellierte sie hinterher in wüsten Muranoglasfarben. Judith schwieg und auch Frankie sagte nicht viel. Ich war heilfroh, als wir am späten Nachmittag den Zug hinüber nach Mestre nahmen und aus dieser Stadt verschwanden, einen Tag länger und wir hätten uns mit Sicherheit die Pest geholt.

JUDITH VI / O-TON 17'52"

Versetzen Sie sich in meine Situation. Plötzlich, ohne es auch nur eine Minute gewollt zu haben, hatte ich ein Ticket für diesen Höllentrip gebucht, nein, was sage ich, hatte man für mich ein Ticket gebucht, und meine Lage war aussichtslos. Hätte ich mich verweigert, wer weiß, es hätte gutgehen können. Vielleicht. Vielleicht aber hätte ich Leben und Gesundheit meiner Familie aufs Spiel gesetzt. Von meinem eigenen Leben ganz zu schweigen. Ich habe eine drei Jahre jüngere Schwester, Tania, sie hatte gerade ihr Abitur gemacht und absolvierte ein freiwilliges soziales Jahr. Wissen Sie, ich trug Verantwortung. Nicht wie Emma oder Christoph, die es sich leisten konnten, ausschließlich an sich selbst zu denken. Emma ist ein typisches Einzelkind. Und Christoph, Christoph war eben ein Junge, Sie wissen, wie Jungs sind. Und wie lächerlich sie sind, wenn sie sich für Männer halten. Niedlich, irgendwo zwischen niedlich und lächerlich. Sie schmollen dann, wenn man nicht so mit ihren Ritterburgen spielt, wie sie sich das vorgestellt haben. Natürlich war Christoph lieb, aber er war eben so verdammt kindisch. Wir haben erst mal ein paar Tage nicht miteinander geredet, ich muß gestehen, ich bin selbst nicht besonders scharf drauf gewesen. Und Christoph war, so glaube ich, eingeschnappt, daß auf einmal ich und Emma in seine kleine heile Jungenwelt eingebrochen waren. Das, schien es, paßte ihm ganz und gar nicht. Als hätten wir eine Wahl gehabt, als hätten sie nicht alles dafür getan, uns gar keine Wahl zu lassen.

Von Emma war ich, ehrlich gesagt, enttäuscht. Ich meine, sie war meine beste Freundin, von wem, wenn nicht von ihr, hätte ich ein bißchen Rückhalt erwarten dürfen, finden Sie nicht? Ich hatte schließlich am meisten zu leiden unter der ganzen Situation. Aber nein, es war Frankie hier, Frankie da, sie himmelte Frankie an, sie war regelrecht von ihm besessen. Ausgerechnet Emma, ich meine, was ist an Emma schon so Besonderes, außer dem Geld ihrer Eltern vielleicht, wie sie sich aufspielte mit ihren öden talentfreien Zeichnungen und ihrem aufgesetzten Hungermartyrium, na ja, damit hat Frankie schließlich kurzen Prozeß gemacht, er hatte das vermutlich genauso satt wie ich, ich glaube übrigens nicht, daß Frankie sie überhaupt mitgenommen hätte, wenn nicht des Geldes wegen, weil, wir brauchten dann natürlich Geld. Meine Eltern haben sich krummgelegt darüber. Denen fiel das nicht so leicht wie Christophs, von Emmas Eltern ganz zu schweigen. Aber sie haben getan, was sie konnten, meine Eltern, sie lieben mich. Sie hatten Angst um mich. Es hat mir das Herz gebrochen, sie anzulügen. Doch, das muß man sich vor Augen halten, es geschah einzig und allein zu ihrem Schutz.

Das Geld bekamen wir immer über Western Union, ich weiß nicht, sind Sie mit dem System vertraut? Man kann weltweit mit einem Paßwort das Geld abheben, egal von wo, es funktioniert überall, wo es eine Western-Union-Dependance gibt. Wir konnten natürlich nicht hundertprozentig sicher sein, daß sie uns nicht lokalisieren lassen würden, wir hofften, unsere Geschichten wären überzeugend genug, wasserdicht, wir sprachen sie detailliert durch mit Frankie. Wir mußten, wir hatten keine andere Wahl, ihnen, unseren Eltern, gegenüber andeuten, in welcher Gefahr wir uns befänden, nein, nicht in welcher, nur daß. Im nachhinein kann ich es kaum fassen, wie sie gelitten haben müssen. Aber auch ich habe gelitten, glauben Sie mir, all diese Jahre. Die Größenordnung der fraglichen Summen ist mir erst jetzt, wo es im Prozeß zur Sprache kommt, gänzlich klargeworden. Damals, müssen Sie wissen, ging es eben nur darum, weiterzumachen und uns durchzuschlagen. Wir haben nicht aufwendig gelebt, im Gegenteil. Krakau ging noch. Wir wohnten in einer Freaktouristenunterkunft, so kann man es wohl nennen. Einer riesigen Altbauwohnung, nicht weit vom Zentrum, in der vier große Zimmer separat vermietet wurden. Unser Vermieter war ein deutscher Hippietyp, der im Stockwerk darüber lebte, unser Zimmer war nahezu so groß wie meine ganze Wohnung in Hamburg. Es standen vier Betten darin, an jeder Wand eines, in der Mitte ein großer Tisch. Drum herum hätte man immer noch Walzer tanzen können, aber uns war natürlich nicht nach Walzer zumute, und wir sind ja auch nicht sehr lange geblieben.

Beim ersten Mal in Krakau waren wir gemeinsam abends ausgegangen, hatten an einem kleinen Platz, auf dem selbst nachts noch ein paar Marktstände irgendwas feilboten, Imbißkram, Würste, so was, draußen gesessen in der warmen Sommerluft und Bier getrunken und versucht, auf polnisch bis zehn zu zählen. Ein dicklicher nerviger Amerikaner hatte sich an uns gehängt. Emma schleppte uns tagsüber in Synagogen und Kirchen, wir hatten an einem verkaterten Morgen Bagels gegessen in einem winzigen hippen Laden, wir kauften Postkarten. So was, verstehen Sie, so was Normales.

Jetzt war alles anders. Wir saßen in diesem Zimmer, und Frankie trug uns auf, nicht einzuschlafen, unbedingt, unbedingt wach zu bleiben. Dann schloß er uns ein und verschwand. Ich sage Ihnen offen, ich hielt das für Schwachsinn, ganz ehrlich, aber ich wollte, wie wir so dasaßen, nicht diejenige sein, die sich eine Blöße gibt. Und so blieb ich wach.

Wir alle blieben wach. In dieser ersten Nacht war es, daß ich wieder anfing, mit Christoph zu reden. Weil es einfach zu blöd gewesen wäre, gemeinsam darum zu ringen, nicht einzuschlafen, und dabei nicht miteinander zu reden. Ich war irgendwann wirklich sehr müde, aber ich hatte Angst zu schlafen, was wäre, wenn wirklich jemand käme, während wir schliefen? Wobei wir uns natürlich hätten abwechseln können mit Schlafen und Wachen, ich weiß nicht, warum wir's nicht taten, wahrscheinlich weil es nicht das war, was Frankie von uns wollte. Christoph sagte schließlich, hätten wir Karten, könnten wir Skat spielen. Ich spiele ganz gut Skat, mein Vater hat es mir beigebracht. Emma konnte es, natürlich, nicht, in ihren Kreisen spielt man wohl kein Skat, aber sie holte ihren Skizzenblock heraus, riß jedes Blatt mit enervierender Präzision in acht Teile. Sie knickte jeden Falz zweimal hin und zurück, es war kaum mit anzusehen. Die ganze Prozedur viermal. Dann malte sie auf die Blättchen ein Kartenspiel. Allein das schien Tage zu dauern. Sie benutzte die farbigen Jacksonkreiden, mit denen sie sonst selten zeichnete. Dann, als sie endlich fertig war, versuchten wir, ihr Skat beizubringen. Sie ist hoffnungslos untalentiert, fast unmöglich, mit ihr ein halbwegs flüssiges Spiel zustande zu bringen. Mir gingen die Zigaretten aus, es wurde stündlich qualvoller ohne Zigaretten. Erstaunlich, wie Emma das aushielt, sie rauchte sicher doppelt so viel wie ich. In der Dämmerung setzte draußen in Krakau der Regen ein. Wieder bekam ich das Gefühl, in einer Nebenstadt zu sein, einer Stadt, die mit dem sommerlichen Bierkneipenkrakau voller dicker amüsierter Amerikaner an den Nebentischen nicht das geringste zu tun hatte. Es war kalt geworden, die Wohnung ungeheizt. Wir saßen in unsere Bettdecken gewickelt wie in Indianerponchos um den Tisch herum, und als ich einmal die perfekte Hand für einen Grand hatte, versauten mir Emmas Anfängerfehler den sauberen Durchmarsch. Es wurde eine beschissene Nacht, und obwohl wir stundenlang spielten, hatten wir die Lust ziemlich schnell verloren, wir spielten bloß noch, um wach zu bleiben. Aber wir blieben wach.

Irgendwann mußte ich dringend pinkeln, nur Frankie schien daran nicht gedacht zu haben. Christoph hatte bereits zweimal aus dem Fenster gepißt, in den Regen hinein, ich haßte ihn dafür, das einfach so tun zu können. Ich hielt ein bis zum Morgengrauen, dann konnte ich nicht mehr. Ich war ganz verzweifelt, Sie können sich das vielleicht vorstellen, Sie bestimmt nicht, Männer können sich nie vorstellen, wie gräßlich es ist, nicht pinkeln zu können. Bei Männern geht das immer irgendwie, gegen eine Hauswand oder im Zweifelsfalle einfach vom Fensterbrett hinaus. Draußen war das Wetter so dichtgrau geworden, als gäbe es gar keine Stadt. Wir ließen das Licht den ganzen Tag an. Emma schnitt schließlich mit ihrem Schweizer Taschenmesser eine leere Mineralwasserflasche, so ein großes Eineinhalbliterding, mittig ab und gab es mir. Und obgleich ich es als unendlich demütigend empfand, hatte ich ja nicht viele andere Optionen, nicht wahr? Wir hätten die Tür eintreten können, sicher. Klopfen hätte nicht geholfen, die anderen Zimmer waren leer, die Freaks sind offensichtlich im Winter anderswo auf Urlaub. So pinkelte ich in die abgeschnittene Flasche.

Ehrlich gesagt, geht das erstaunlich gut. Man kann sie ein bißchen biegen und anatomisch zurechtformen, es geht, wenn man sich erst überwunden hat. Die beiden guckten in eine andere Richtung, ich tat es einfach, es ist nur in dem Augenblick etwas eklig, wenn die Flasche so körperwarm wird in der eigenen Hand. Entschuldigung, bitte schneiden Sie das raus, das gehört wirklich nicht hierher. Jedenfalls kippte ich's dann raus aus dem Fenster in den Regen. Emma machte es genauso, ich sah weg, aber die Geräusche waren kaum überhörbar, trotz des prasselnden Regens dort draußen.

Es regnete den ganzen Tag. Wir schliefen nicht, obwohl ich mich immer wieder fragte, warum eigentlich nicht. Ich war so müde. Aber Frankie hatte uns gesagt, wir sollten nicht schlafen, und deswegen taten wir's nicht. Die Müdigkeit kommt übrigens in Wellen. Irgendwann am Nachmittag war ich sehr wach und kregel, ich sang Lieder, ich habe eine schöne Stimme, wissen Sie? Erst am frühen Abend wurde es grauenvoll. Die Müdigkeit wird ein festes, solides Ding, wie ein Möbel. Wie der Regen. Wir versuchten, Scharade zu spielen, irgendwas, bei dem man sich bewegen muß, um wach zu bleiben, aber für Scharade waren wir natürlich zu wenige, denkt sich einer einen Begriff aus und der zweite führt ihn vor, bleibt ja bloß einer zum Raten, und Emma und Christoph rieten meine Begriffe aus purer Gehässigkeit nicht, stellten sich dumm, wußten genau, sie können dösen, während ich ihnen den Hampelmann machte. Inzwischen waren wir zudem furchtbar hungrig und durstig. Emma hatte, das muß man ihr lassen, ihre Mineralwasserflaschen, sie schleppte immer Mineralwasserflaschen mit sich herum, immer, hatte sie kein anderes Wasser, hat sie mit denen sogar aquarelliert, mit uns geteilt, aber die waren längst alle. Emma war vielleicht nicht hungrig, die aß ja sowieso nie, aber ich war halb tot vor Hunger. Allein deswegen hätte ich nicht schlafen können.

Die zweite Nacht war gräßlich. Emma hörte irgendwann auf, mit mir zu reden, und zeichnete wie eine Besessene, wie eine Irre. Ich glaube, ich schlief sekundenlang im Sitzen. Ich sah Dinge, in den Ecken, am Fenster. Wissen Sie, daß Schlafentzug eine sehr effektive Folter ist? Christoph lief, so schien es mir, stundenlang um den Tisch, immer in derselben Richtung, ich hätte ihn töten können deswegen, er machte mich wahnsinnig. Ich hätte auch für eine Zigarette getötet. Aus den Ecken flüsterte es und spukte. Der Regen wusch draußen währenddessen die ganze Welt weg, als hielte man ein Aquarell unter den Wasserhahn und sähe Farben und Linien bei ihrer Auflösung zu. Ich sah jemanden durch den Raum gehen, der nicht mehr da war, als ich ein zweites Mal hinschaute. Ich weiß nicht, warum ich mich nicht einfach hinlegte und schlief, Sie fragen sich das bestimmt, auch ich frage es mich jetzt, aber ich tat es nicht. Wir taten es nicht. Als draußen der nächste schwache Morgen dämmerte, hatten wir begonnen, uns Geschichten zu erzählen. Geschichten wie die von dem Irren auf der Landstraße, der mit einem abgeschnittenen Kopf aufs Autodach hämmert. Kindergeschichten, Gespenstergeschichten, Spinne-in-der-Yucca-Palme-Geschichten. Ich war so müde, aber zu stolz, um zu schlafen. Ich war so stolz, nicht geschlafen zu haben, als Frankie an diesem Vormittag endlich zurückkam, sich der Schlüssel im Schloß drehte, er hatte Brötchen mitgebracht und Kaffee und Apfelsaft, ich war derart stolz und erleichtert, daß ich geheult habe vor Freunde, ich habe nie besser geschlafen als an diesem Tag, während der Regen uns von draußen ein Schlaflied sang und Frankie zurück war, um auf uns aufzupassen, solange wir schliefen.

EMMA VI / O-TON 00'48"

In Murano blasen sie Glas. Mir hat das gefallen. Es stand dort ein Mann und blies aus diesem sonderbaren Material Formen. Es schillerte und war sehr heiß, und man konnte es kaum glauben, wie man es kaum glauben kann, daß Glas immer flüssig bleibt. Glas fließt, jede unserer Fensterscheiben, na ja, hier ist grad keine, aber jede Fensterscheibe fließt. Die ganz alten, in alten Kirchen zum Beispiel, sind unten merklich dicker als oben, das kommt, weil das Glas fließt, jederzeit, nur zu langsam, als daß wir es wahrnehmen könnten. Mir gefällt die Vorstellung. Es wird im Verarbeitungsprozeß, um das Glas von Verunreinigungen, Einschlüssen und Gasblasen zu klären, ein Läuterungsmittel hinzugegeben. Ein Läuterungsmittel. Ich finde, das ist ein schönes Wort, Sie nicht? Wünschten Sie sich nicht, insgeheim, mal ein Läuterungsmittel oder auch zwei? Würde uns das nicht allen bekommen? Und fließt nicht alles, falls Sie wissen, was ich meine?

CHRISTOPH VII / O-TON 11'26"

Es ist nicht einfach gewesen, wissen Sie. Ich möchte das dezidiert hier so sagen, ich möchte nicht, daß in der

Öffentlichkeit der Eindruck entsteht, wir hätten es uns leichtgemacht. Umgekehrt wird ein Schuh daraus. Wir machten es uns schwer, sehr schwer. Wir bekamen nichts geschenkt. Sie müssen sich vor Augen halten, wir alle kamen aus behüteten, wohlhabenden Elternhäusern. Wir waren nicht gewohnt, es schwer zu haben. Dafür, so finde ich noch immer, hielten wir uns gut. Wir alle, selbst Judith. Man kann ihr eigentlich keinen Vorwurf machen. Ab Krakau begann sie dazuzugehören zum Team. Frankie ließ uns in Krakau allein, ich war, muß ich gestehen, gekränkt deswegen, aber er redete mit mir darüber, in der Teeküche dieser merkwürdigen Wohnung, er trug mir auf, die Mädchen im Auge und unter Kontrolle zu behalten, es sei wichtig. Wir dürften nicht schlafen. Ich dürfe sie nicht schlappmachen lassen. Ich tat, wie mir geheißen. Nicht, daß es zu diesem Zeitpunkt noch eine einfache Option gewesen wäre, abzuhauen. Frankie hatte immerhin unsere Pässe, alle unsere Unterlagen und Legitimationen. Hätte man einen von uns erwischt, wir hätten nichts am Leibe getragen, das irgend etwas verraten hätte. Dennoch haßte ich jede Minute, die ich eingesperrt mit den Mädchen verbrachte. Ich wußte, währenddessen war Frankie dort draußen, dort, wo sich die Zahnräder und Stellwerke der Welt bewegen, ich hätte bei ihm sein sollen, fand ich, ich hatte mich bewiesen, es war nicht fair, mich in dieser Wohnung zu parken. Erst später begriff ich, daß auch das ein Test war, es eben nichts Einfaches gab in dieser unserer neuen Welt. Jeder Schritt mußte verdient werden. Das war beileibe nicht einfach.

In der dritten Nacht, ich hatte tagsüber sicher nicht

mehr als zwei oder drei Stunden geschlafen, nahm Frankie mich mit hinaus. Ich war unendlich glücklich darüber, wenngleich ich mindestens ebenso unendlich müde war, aber das zählte nicht. Wir liefen im kalten Regen quer durch die halbe Stadt. An einer verödeten Straßenecke ließ er mich allein. Er trug mir auf, den Hauseingang gegenüber zu beobachten, ich solle mir jeden, der käme oder ginge, merken, mit Personenbeschreibung und Uhrzeit, nicht eingreifen, nur beobachten. Ich fragte nicht, warum, aber hoffte, er würde es mir irgendwann erklären. Dann ließ er mich allein.

Ich schmiegte mich in einen Hauseingang. Es war windig und regnete. Ich begann, eine kontinentale Kälte zu spüren, die man aus Hamburg nicht gewohnt ist und die durch Mark und Bein dringt. Meine Jacke war läppisch, wir waren in einem Restsommer aufgebrochen, in dem Kälte unvorhersehbar und unglaubwürdig erschien. Schon in den beiden vorangegangenen Nächten in der ungeheizten Wohnung war es beschissen kalt gewesen. So stand ich und fror, bis zum Erbrechen übermüdet. Wissen Sie, daß Müdigkeit einem zum Halse hereingreift und einem noch die allerletzten Eingeweide herauszerren kann? Nein, woher sollten Sie das auch wissen. Als Frankie mich im Morgengrauen holen kam, hatte ich Schüttelfrost und delirierte. Ich mußte schon seit Ewigkeiten pissen, hatte das versucht, bloß stand ich in meinem Hauseingang, meinen Schwanz in der Hand, und schien mich nicht daran erinnern zu können, welche Nervenreaktionen, welche Muskelkontraktionen für diese Angelegenheit zuständig waren. Es ging nicht, obwohl, so glaubte ich, meine Blase zum

Platzen gefüllt war. In meinen Fingern hatte ich das Gefühl verloren, es muß Stunden gedauert haben, bis ich, unverrichteter Dinge, meinen Reißverschluß wieder zugefrickelt hatte, ich heulte angesichts der Gemeinheit des verfluchten Dinges, es hörte mich ja keiner, ich war ganz allein. Um 2:25 Uhr kam ein älterer Herr nach Hause, er schloß das Tor zur Straße auf und verschwand in meinem Hauseingang, meinem beobachteten Hauseingang, ich vermerkte es akribisch, seinen blauen Anorak, um den ich ihn beneidete, seinen schütteren Haarkranz, seine Brille. Ich vermerkte es für Frankie. Meine verdammten Turnschuhe waren durchweicht, ich hatte mich zu spät auf die Stufen gestellt, alles war durchweicht. Die Schreinerin sagte zu mir, die Berge seien gar nicht fern, sie lägen direkt unter unseren Füßen, nur seien sie so alt, sie wären längst abgeschilfert, erodiert, deswegen könnten wir sie nicht sehen, blieben sie unsichtbar für unsere Augen. Ich gab ihr recht, aber wußte, sie ist nicht real, ich habe Frankie nicht von ihr erzählt. Ich hätte nicht mal sagen können, woher ich gewußt hätte, daß sie Schreinerin ist. Aber eine Katze hatte ich, so glaube ich, in dieser Nacht, sie war naß und roch nach nichts, ich hielt sie an mich gedrückt, wie es mir schien, über Stunden. Krakau weitete sich zu einer undenkbaren Stadt und machte mir Angst, und ich fror. Der Himmel über der Gasse expandierte, stülpte sich über alles, begann dann zu schrumpfen und verdichtete sich in einem grauen Loch, aus dessen Ereignishorizont keine Sekunde mehr entschlüpfte, keine Sekunde, keine Nanosekunde. Nur meine Katze verließ mich irgendwann, so, wie Judith mich verließ, ich war bloß zu müde, als daß mich irgendwas davon geschert hätte. Nachts sind alle schwarzen Löcher grau. Sadness like water, raining down, man sang oder ich sang. Irgendwann glaubte ich, gehustet zu haben und meine Zähne wären mir in der vorgehaltenen Hand verblieben, aber das entpuppte sich als Sekundenschlaftraum. Irgendwann hörte ich Musik und summte zu der Melodie. Alle Schatten flirrten in Muranoglasfarben, bis zum Blödsinnigwerden verpixelt. Als irgendwann Frankie kam, empfand ich ozeanische Dankbarkeit.

Ich erinnere mich, auf dem Fußboden im Badezimmer gelegen zu haben, Galle zu spucken und immer noch nicht pissen zu können. Als Frankie wegging, kam die Katze zurück, sie war rötlich, konnte ich jetzt, bei Licht, erkennen, sie sagte, Berge wie Wasser, die herunterregnen, ich wollte sie streicheln, weil ich es mag, wenn Katzen schnurren, es ist so persönlich. Ein Tisch, sagte die Katze, ein Tisch mit acht Beinen, dann war sie fort. Als Frankie zurückkam, gab er mir Tee, er schmeckte warm. Ich mußte den Tee erbrechen, ich habe Tee auf nüchternen Magen nie vertragen, aber das konnte Frankie natürlich nicht wissen. Ein Typ mit Halbglatze und Anorak um 2 Uhr 25, sagte ich zu Frankie, alt, bebrillt, um 2 Uhr 25. Ich vermißte die Katze, als ich im Bett lag. Ich vermißte Frankie, und alles um mich herum glühte, als bläse man mich am Ende eines langen Blasestockes zurecht, in unangenehm amorphe Formen. Es war mir peinlich, so amorph und hitzig zu sein. Eine Vase zu werden. Es war mir nicht angemessen. Emma legte mir eine kalte Hand auf die Stirn, alles war an Emma damals, bevor sie zu essen anfing, immer eiskalt, sie gab mir Wasser, und ich wollte sie nicht fragen, wo Frankie und Judith und meine Katze seien. Ich wollte ihr nicht gestehen, wie allein ich mich fühlte, ich dachte, es könne sie beleidigen. Sie war nett zu mir, wissen Sie, es war nett, wie sie mir ihre kalte Hand auf die Stirn legte, obwohl in allen Zimmerecken die Katzen saßen, aber davon ließ sich Emma nicht irritieren. Sie war einfach bloß nett und ließ mich schließlich schlafen. Ich träumte von Gewürzpflanzen und dem Anorakmann, und am nächsten Morgen trug mich Frankie mehr, als daß ich ging, hinunter zum Auto, ich kam auf den Matratzen zu liegen und verbrachte die Zeit, bis wir zur ukrainischen Grenze kamen, in einer Art Dämmerschlaf, in der die Katzen erblühten und schmolzen wie geblasenes Glas.

JUDITH VII / O-TON 27'40''

Es ist schon ziemlich aufregend gewesen. Ich meine, mir war mulmig, ich bin nie zuvor so weit im Osten gewesen, und, Ukraine, denken Sie da nicht auch sofort an Tschernobyl, radioaktive Substanzen, Agenten, Mafia? Können Sie sich vorstellen, wie unheimlich es ist, dort plötzlich einfach so hinzufahren und nicht zu wissen warum, nur zu wissen, daß das Kreuzchen auf dem Einreiseformular in der Rubrik *reason of travel: tourism* eine glatte Lüge ist?

Wir überquerten die Grenze in einem winzigen Ort, nein, ein Ort ist es nicht gewesen, es war bloß eine kurvige Landstraße im Nirgendwo, im hügeligen Nirgendwo in strömendem, eisigem Regen. Es hieß Kro´scienko, ich saß auf dem Beifahrersitz und navigierte nach der Straßenkarte, die Gott sei Dank zweisprachig war. Ich strengte mich trotzdem an, das kyrillische Alphabet zu erlernen, denn die Straßenschilder waren später fast ausschließlich auf kyrillisch, und ich wollte nicht versagen mit der Straßenkarte, weil Frankie sie dann vielleicht einem der anderen gegeben hätte. Emma gegeben hätte, Christoph war zu nichts zu gebrauchen, er lag hinten völlig derangiert in seinem Schlafsack, hustete und hatte hohes Fieber. Wir hatten ihm Paracetamol gegeben, mehr konnten wir nicht tun, wir konnten ihn schließlich nicht zu einem Arzt bringen, das wäre zu riskant gewesen. Wir hofften bloß, er würde an der Grenze nicht auffallen. Aber er gab sich, zugegeben, wirklich Mühe und riß sich zusammen, als wir am Grenzübergang standen. Natürlich tat er mir auch leid, ich liebte ihn ja, aber wenn man ehrlich ist, muß man sagen, daß unsere Beziehung sich nie wieder so ungetrübt gestaltete, wie sie vorher gewesen ist, Sie können sich das sicherlich vorstellen.

Die Straße war einspurig, und lange bevor man den Grenzübergang überhaupt sehen konnte, kam der Verkehr zu einem vollständigen Halt. Eine endlose Wagenschlange wand sich um die tristen Hügel, polnische PKWs, kleiner Grenzverkehr, Händler, sagte Frankie. Er stellte den Motor aus, und wir warteten. Liefen die Scheibenwischer nicht, verschwand alles draußen umgehend ins Vage. Der Regen trommelte aufs Autodach, Christoph hustete. Wir waren ansonsten recht still. Ich wurde mit jeder Minute nervöser, ich hätte alles getan für eine Zigarette, aber Frankie weigerte sich seit Krakau, uns welche zu kaufen. Es war, unter diesen Umständen, eine Tortur, sage ich Ihnen. Für Emma muß es die schiere Hölle gewesen sein, sie hatte sich vorher ja quasi von nichts anderem ernährt als von Zigaretten.

Man konnte ihr die Entzugserscheinungen förmlich ansehen. Für mich war es nicht ganz so schlimm, ich rauchte weitaus weniger stark, ich hätte eigentlich auch von selbst jederzeit aufhören können, nur eben nicht in einer solchen Situation, unter einer derart extremen nervlichen Anspannung. Wir warteten, es wurde schnell kühler im Wagen, Christoph machte mich wahnsinnig mit seinem Gehuste. Plötzlich hielt neben uns ein Landrover der Grenzpolizei. Der Beifahrer senkte sein Fenster und gestikulierte uns etwas zu durch die Regenschlieren.

Ich starb beinahe vor Schreck. Entlang Hunderter von Autos hielten sie hier und wollten ausgerechnet von uns etwas. Frankie kurbelte das Fenster herunter, aber er sprach kein Polnisch. Ich saß da und vergaß zu atmen und dachte, das war es jetzt, sie hatten uns, wir waren nicht weit gekommen. Ich war starr vor Angst. Ich fragte mich, wie schlimm es werden würde. Polen ist natürlich EU, aber eben nicht in demselben Maße EU wie zum Beispiel Dänemark oder Frankreich, finden Sie nicht? Dann winkte uns die Polizei aus der Schlange, wir fuhren langsam auf der, übrigens verkehrsfreien, Gegenfahrbahn an der Schlange der Wartenden vorbei, ganz langsam, Schrittempo, den Jeep oder Rover oder was auch immer hinter uns. Frankie sagte nichts, und ich traute mich kaum, mich zu rühren. Ein paar Kurven weiter dirigierten sie uns in eine völlig leere Spur. Die Polen standen rechts von uns. Auf unserer Spur stand niemand, überhaupt niemand. Die Grenzstation ein Haufen Beton und Zäune mit Stacheldraht darauf. Mich ergriff lautlose Panik. Was passierte hier, warum hatten sie ausgerechnet uns ausgesondert? Schickten sie uns deshalb über die Grenze, weil nur wenige Meter vor uns die

Ukraine begann, definitiv nicht EU, sondern wilder, wildester Osten? Haben Sie sich je vorgestellt, wie es wäre, in der Ukraine zu verschwinden, in einem Gefängnis, von dem niemand weiß und je gehört hat, irgendeinem obskuren Geheimdienst ausgeliefert vielleicht oder gleich durch korrupte Offizielle der Mafia in die Hände gespielt? Weiß man, wie die Dinge dort funktionieren? Glauben Sie nicht, da wäre alles möglich und denkbar? Fensterlose Keller aus nacktem Beton, in denen sie einen festhalten und einem Dinge antun? Dort, wenige Meter vor der Ukraine, fühlte sich der polnische Boden plötzlich wie das letzte rettende Territorium vor dem sicheren Verderben an. Lachen Sie nicht, ich wußte ja nicht, was mich erwartete. Sie müssen bedenken, das war 2007, Bulgarien und Rumänien waren gerade erst der EU beigetreten, und schon das schien vielen Leuten ziemlich absurd. Die Ukraine kam mir vor wie das böse Ende der Welt. Glauben Sie mir, wäre es nicht viel zu spät gewesen, ich wäre ausgestiegen und gerannt und hätte keinen weiteren Gedanken an die Konsequenzen verschwendet.

Frankie hielt unter dem Betondach, drehte den Zündschlüssel, nahm unsere Pässe und ließ sich von mir den Kugelschreiber aus dem Handschuhfach geben. Ich reagierte mechanisch. Frankie sah sehr ernst aus. Er trug die volle Verantwortung für das, was geschehen würde. Ich drehte mich nicht nach den anderen um, sondern starrte nur geradeaus durch die Scheibe. Frankie schlug die Tür hinter sich zu und ging ein paar Schritte zu der ersten Fensterscheibe des Grenzpostengebäudes. Nähmen sie ihn gleich dort fest, wären wir vollkommen auf uns allein gestellt. Wäre ich vollkommen auf mich allein gestellt, was für eine Hilfe hätten mir Christoph und Emma schon sein können.

Aber Frankie war nach wenigen Minuten zurück. Ich wollte aufatmen, hatte aber keinen Grund dazu, wir fuhren höchstens fünf Meter, bevor Frankie den Motor wieder abstellte. Er füllte Formulare aus. Anhand unserer Pässe, unsere Adressen rezitierten wir ihm, dann reichte er uns die Formulare, und wir unterschrieben jeweils das unsrige, mit der zusammengefalteten Straßenkarte als Unterlage. Ehrlich, hätten wir mit unserem Blut unterschreiben müssen, es hätte mich auch nicht gewundert. Dann ließ Frankie uns aussteigen, drückte uns unseren Paß mit Formular darin in die Hand, wir reichten der Reihe nach unsere Papiere durch einen weiteren Fensterschlitz einem Beamten und versuchten, ich zumindest versuchte das, heiter und normal auszusehen. Männer standen im Windschatten der Gebäude, einige trugen Uniformmäntel, einer eine surreal hohe Offiziersmütze, die aussah wie ein Requisit aus einem Witzfilm. Ich stand da und fror und wartete, ob man mir meinen Paß zurückgäbe, und überlegte, ob es die Männer in den Uniformmänteln sein würden, die im nächsten Moment ihre Zigaretten zu Boden schnippten und zu uns rüberkämen und uns fest und mit steinernen Mienen am Oberarm faßten und wegführten in eines der Gebäude aus Beton. Ich hätte irrsinnig gern selbst eine Zigarette gehabt. Dann gab man mir meinen Paß zurück. Einfach so. Hinter mir stand Christoph und sah aus wie ein Geist. Ich war erleichtert, hatte aber nach wie vor keinerlei Grund dazu. Frankie wartete, bis wir alle wieder im Auto saßen, dann ging er mit den Wagenpapieren hinüber zu dem Gebäude auf der anderen, rechten Seite der Fahrspur, bog um die Ecke und verschwand. Verschwand, wie mir schien, für eine Ewigkeit. Die Männer in den Mänteln beobachteten uns träge. Wohin hätten wir ihnen auch entkommen sollen. Frankie hatte die Wagenschlüssel. Einer der Männer trug eine Maschinenpistole. Ich hatte im echten Leben noch nie eine Maschinenpistole gesehen. Ich wartete und war mir sicher, Frankie käme nie mehr zurück. Wir würden niemals erfahren, was mit ihm geschehen wäre. Wahrscheinlich würde man auch uns sofort trennen. Wahrscheinlich erführen meine Eltern nie, was mit mir geschehen wird. Was wird mit mir geschehen? Es dauerte hundert Jahre, bis Frankie zurückkam. Er stieg ein, reichte mir wortlos die Papiere, die ich ins Handschuhfach legte, fuhr langsam los. Würden wir tatsächlich entkommen, ich glaubte es nicht. Und nur wenige Meter weiter hielt man uns erneut an, ein bewaffneter Uniformierter, der draußen im Regen stand. Es war klar, es hatte nicht gutgehen können.

Es ging trotzdem gut. Frankie zeigte dem mürrischen Menschen ein letztes Mal ein letztes Papier, man winkte uns weiter, wir waren plötzlich zurück auf einer Landstraße. Ich konnte kaum fassen, daß Frankie uns da durchgebracht hatte. Christoph hinten bekam einen Lachanfall, der in einer fürchterlichen Husterei endete. Nebenstraßen, sagte Frankie, je kleiner, je besser, ich will, sobald irgend möglich, von dieser Hauptstraße runter. Ich faltete die Straßenkarte zurecht und ließ Frankie an der nächsten kleinen Straße abbiegen. Die Nebenstraßen, die wirklich kleinen, sind gelb oder weiß eingezeichnet, und oft fuhren wir nicht schneller als dreißig, im Slalom um tiefe Schlaglöcher herum, in denen das Regenwasser sich zu Teichen gesammelt hatte. Ich fragte Frankie irgendwann, ob wir nicht

Zigaretten kaufen könnten, meine Nerven flatterten immer noch, aber er sagte, dazu bräuchten wir Hryvnja, er sagte, später. In Lemberg. Lwiw. Ich suchte Lwiw auf der Karte und ein Netz von Nebenstraßen, uns dahin zu führen. Ich war ziemlich stolz, daß es mir gelang. Trotz der kyrillischen Beschilderung. Zigaretten kaufte er uns allerdings auch dort nicht.

In Lwiw nahmen wir Quartier in einem verrotteten Hotel, das *Kiew* hieß und in einer furchteinflößenden Nebenstraße lag. Wir warteten im Auto, während Frankie das Zimmer klarmachte. Ich glaube nicht, daß er Ukrainisch sprach, aber möglicherweise sprach er Russisch, ich kann es nicht sagen. Man würde es annehmen bei jemandem wie Frankie, oder? Ich hätte übrigens mein Zimmer lieber nicht mit Christoph geteilt, ich hatte Angst, mich anzustecken, er sah zum Fürchten krank aus, aber Frankie mietete uns ein Dreierzimmer an, haben Sie schon mal von Hotels mit Dreibettzimmern gehört? In der Ukraine scheint es das standardmäßig zu geben, sowohl in Uman wie in Odessa bewohnten wir welche. Ich nahm an, Frankie wolle es nicht riskieren, uns allein zu lassen. Frankie machte sich, man konnte es sehen, große Sorgen um uns.

Ich teilte mir das schmale Bett mit Emma. Wir fanden kaum Schlaf, ich zumindest nicht, Christoph hustete die ganze Nacht lang zum Wahnsinnigwerden. Am nächsten Morgen sagte Frankie, wir bräuchten dringend Geld, wenn wir unseren Auftrag verfolgen wollten. Er würde Leute bestechen müssen, mit möglicherweise hohen Summen. Und wir könnten keinesfalls unsere Kreditkarten belasten. Er benötige unsere Hilfe dafür. Emma sprang auf wie eine kleine Klassenstreberin und sagte, sie würde es versuchen.

Sie erzähle ihren Eltern eine Story, Frankie könne sich auf sie verlassen. Sie schmiß sich richtig ran, man hatte gar keine Chance, selbst etwas zu sagen. Na ja, Kunststück, ihr fällt das leicht mit dem ganzen Geld ihrer Eltern. Frankie und sie zogen gemeinsam ab, um ein Telefon zu finden und das mit dem Geld zu regeln. Immerhin sperrten sie nicht ab, so daß ich zur Toilette konnte, und ich holte uns Wasser in einer von Emmas Flaschen. Ich fragte mich, ob man das Leitungswasser überhaupt bedenkenlos trinken konnte, aber wir hatten sowieso keine andere Wahl. Wir hatten nicht mal was zum Essen, ich weiß nicht, ob Frankie nicht daran gedacht hatte oder ob die Prioritäten anders lagen. Ich hätte wenigstens gern eine Zigarette gehabt. Wo wir davon sprechen, könnte ich noch eine von Ihren? Danke, das ist wirklich sehr nett.

Ich hätte natürlich hinausgehen können, es hinderte mich nichts, außer meinem Versprechen Frankie gegenüber. Aber, wissen Sie, ich bin nie der Typ gewesen, der seine Versprechen bricht. Und ich hatte, ehrlich gesagt, Angst. Es war alles so fremd, und ich hätte doch nicht mal Geld gehabt oder die Sprache gesprochen, man ist ja ganz hilflos in so einer Situation, einer Situation wie der unsrigen. Christoph war, wie üblich, keine Hilfe. Er verbrachte den ganzen Tag mit Schlafen oder Husten.

Frankie und Emma kehrten erst am nächsten Morgen zurück. Ich fragte mich wirklich, was sie die ganze Nacht über getan hatten, sie sahen auf jeden Fall lange nicht so hungrig aus, wie ich mich fühlte, na ja, Emma sowieso nicht. Sie roch, fand ich, nach Rauch. Sie sah aus wie eine fette Katze, die gerade eben eine fette Maus verspeist hat. Ich schwor mir, bei der nächsten Gelegenheit würde ich für

Geld sorgen, was Emma kann, kann ich schon lange, glauben Sie mir. Frankie brachte uns in Papier eingewickeltes Zeugs mit, scheußliches Zeugs, Fettbällchen in Fett fritiert mit Fettfüllung, normalerweise unzumutbar, ich habe immer auf gesunde Ernährung geachtet, jetzt aber war ich derart hungrig, ich hätte alles gegessen. Christoph hingegen wollte nichts anrühren, Frankie zwang ihn dazu, er mußte schließlich essen. Emma war geradezu ekelerregend gutgelaunt. Ich war mir sicher, sie hatte ihre Eltern, ohne mit der Wimper zu zucken, mit irgendeiner hanebüchenen Story ins Bockshorn gejagt, Emma konnte eiskalt sein. Mir hingegen ist das immer sehr schwer gefallen, immer, es ist über die Jahre hinweg kaum einfacher für mich geworden.

Frankie schlief ein paar Stunden, als es dunkel wurde ging er wiederum weg, diesmal nahm er keinen von uns mit. Immerhin gestatte er uns, abwechselnd zu schlafen, also teilten Emma und ich uns die Nachtwachen, wir einigten uns auf jeweils drei Stunden. Mit Christoph war nach wie vor kein Staat zu machen.

Allein wach zu bleiben, ist noch wesentlich schwieriger. Es ist sehr einsam. Wenn man niemanden hat, um zu reden, wenn man nur dem Regen zuhört, der draußen auf eine sehr fremde Stadt voller Geräusche niedergeht. Wenn man versucht, aus diesen Geräuschen das eine, möglicherweise überlebenswichtige herauszuhören. Wenn man bei Schritten auf dem Flur den Atem anhält, um zu hören, ob sie vor der eigenen Tür verharren. Hätten sie es getan, wir hätten nicht gewußt, wie zu reagieren wäre. Frankie hatte es uns nicht gesagt. Und immer die Angst, er käme nicht zurück. Immer die Angst um ihn. Drei Stunden, sich auszumalen, was er wohl da draußen täte, ob er es gut genug täte, daß ihm nichts passierte, daß somit auch wir nach wie vor sicher wären. Das Warten konnte einen verrückt machen. Wir haben viel gewartet. Aber er ist immer wiedergekommen, das muß man ihm lassen. Immer, all die Jahre. Auf Frankie war Verlaß. Und am nächsten Tag in Lwiw gab er mir meinen ersten Auftrag. Ich war stolz, auch wenn es sich letztendlich als nicht allzu schwierig erwies. Er gab mir einen Stadtplan, ich fand anhand dessen meinen Weg. Vier oder fünf Stunden lief ich im Regen den Prospekt Svobody entlang, hinauf und hinunter, aber der Kontakt, auf den ich wartete, kam nicht. Im nachhinein hört sich das banal an, aber ich starb tausend Tode allein dort draußen. Die Menschen waren mir fremd. Unter anderen Umständen mag Lwiw möglicherweise hübsch sein. Aber wartet man im kalten Novembergraupel frierend auf irgendeine obskure Gestalt, wartet man darauf, jeden Moment von unauffälligen Männern blitzschnell beiseite geführt zu werden, in einen Wagen oder einen Hauseingang, ist das wenig hübsch, das sage ich Ihnen. Wäre so etwas geschehen, was hätte ich tun sollen? Ich besaß keinen Ausweis, kein Geld, nicht mal eine Telefonnummer von Frankie, und die Existenz Frankies hätte ich natürlich sowieso unter allen Umständen leugnen müssen, um nicht alles noch schlimmer zu machen. Es dämmerte, es wurde dunkel. Vor einer erleuchteten Ladenfront standen zwei winzige alte Frauen mit Kopftüchern und sangen zweistimmig klagende Lieder, wenige Passanten gaben Geld, ich hätte ihnen welches gegeben, aber ich besaß ja selbst keins. Zeit verstrich, ich lief auf und ab, um warm zu bleiben. Ich traute mich nicht, zum Hotel zurückzugehen. Frankie hatte mir nicht gesagt, ich solle das tun. Ich stellte mir vor, wie es wäre, ginge ich zum Hotel zurück und die anderen wären fort. Hätten mich allein zurückgelassen oder wären abgeholt worden. Es waren schreckliche Stunden. Ich tat so etwas später noch oft, aber nie war es so schrecklich wie beim ersten Mal. Aber, ich sagte das ja schon, Frankie ist immer wiedergekommen. Er kam auch dieses Mal. Ich hatte mich nie zuvor so gefreut, jemanden zu sehen, wie damals Frankie im Regen auf dem Prospekt Svobody.

EMMA VII / O-TON 03’23”

Kommen Sie mir doch nicht so, mein Gott, wie dumm sind Sie eigentlich, merken Sie denn gar nicht, wie lange Sie jetzt hier schon sitzen und versuchen, mich aufs Glatteis zu führen, und merken Sie nicht, daß das nicht funktioniert? Lassen Sie sich tatsächlich davon täuschen, daß ich mit Ihnen rede? Ich tue dies einzig und allein zu meinem Vergnügen, und ich garantiere Ihnen, ich werde Ihnen sicherlich nichts von Bedeutung erzählen. Kann schon sein, daß Judith und Christoph alles ausgeplaudert haben, was sie wissen, wer weiß, kann sein, möglich ist es, absolut. Nur sollte Ihnen, wenn Sie denn nicht gänzlich verblödet sind, dadurch erst recht aufgefallen sein, daß keiner von uns je über das gesamte Bild verfügt hat, oder? Wir wären mit unserem begrenzten Wissen gar nicht in der Lage, die Operationen in ihrer ganzen Komplexität überhaupt zu verraten, Namen zu nennen, dafür hat Frankie gesorgt, zu unser aller Schutz und zum Schutze der Sache. Glauben Sie etwa, Frankie hätte genau diese Situation nicht antizipiert? Wir hätten nicht damit gerechnet? Gestatten Sie, daß ich lache, aber zahnlose deutsche Papiertiger mit billigen Tricks wie den Ihren haben schon vor Jahren aufgehört, mir Angst einzujagen. Wir haben über Wochen in der Ukraine ganz andere Kaliber als Sie auf den Fersen gehabt. Wir haben ganz andere Dinge mitgemacht als diesen armseligen Zinnober von Ihnen, Sie sind Witzfiguren in meinen Augen. Und was immer ich über Judith und Christoph denken mag, ich weiß, es ist ihnen unmöglich, Ihnen mehr als bestenfalls Fragmente zu liefern. Was Sie mit Frankie gemacht haben, steht auf einem anderen Blatt. Wissen Sie, ich glaube nicht, daß dieser groteske Prozeß, von dem Sie erzählen, existiert. Ich nehme an, Sie haben Frankie längst außer Landes gebracht. Oder, auch das eine Möglichkeit, die ich in Erwägung ziehe, Sie spielen das doppelte Spiel mit mir. Sie könnten natürlich zu unserer Seite gehören, und dies ist nur ein weiterer Test. Dafür wäre es dann, muß ich zugeben, nicht mal ganz so schlecht. Vielleicht steht Frankie in einem Nebenraum vor dem Monitor, auf den die Kameras hier senden, und sieht zu, ob ich hart bleibe. Frankie, falls das so ist, sei dir sicher, ich stehe das durch. Eine meiner leichtesten Übungen. Du kannst dich auf mich verlassen, Frankie, das ist die Wahrheit. Sie werden sich an mir die Zähne ausbeißen, wart's nur ab. Du wirst stolz auf mich sein, Frankie. Du weißt, ich habe nie versagt. Wenn das hier der ultimative Test ist, ich werde ihn bestehen. Darauf kannst du dich verlassen, felsenfest. Ich hoffe, es geht dir gut, Frankie. Mir geht es okay, mach dir keine Sorgen.

CHRISTOPH VIII / O-TON 22'56''

Ich kann mich wirklich nicht erinnern, daß es mir je so jämmerlich ergangen wäre. Die ganze Ukraine scheint mir im nachhinein wie ein Fiebertraum. Allein diese Grenzstation, wie etwas aus einem Film noir des Kalten Krieges. Die leere Fahrspur, neben der sich die Polen stauten. Heute nehme ich an, es wird sich dabei um getrennte Spuren für Touristen und Händler mit zu verzollenden Waren gehandelt haben, und man war lediglich zuvorkommend gegenüber den Touris mit D-Kennzeichen. Aber damals hielt ich's für den Highway zum Gulag. Eine surreale Alptraumszene in düsteren Farben. Ich hatte eine Heidenangst.

Und ich machte mir Sorgen. Ich war elend krank, ich hätte ein Antibiotikum gebraucht. Das ist so etwas, normalerweise geht man zu einem Arzt und bekommt ein Antibiotikum, und wird es trotzdem nicht besser, wird man in ein adrettes Krankenhaus gefahren, und die Mutter bringt einem Zahnbürste, Pyjama und etwas zum Lesen. Und dann fragt man sich plötzlich: ohne Antibiotika, ohne kompetente Ärzte, ohne saubere Diagnose, ohne die kleine Krankenhaus-Privatzusatzversicherungskarte, ohne alles außer ein paar lausigen Paracetamol, kann man sterben? Kann man an so was sterben? So einfach, geht das? Woran kann man sterben, wenn sich die Umstände auf einmal so fundamental geändert haben? Sterben, ist das eine realistische Möglichkeit?

Es gab Nächte, in denen ich entsetzliche Angst hatte. Viele von diesen Nächten, manchmal waren die Mädchen da oder zumindest eines von ihnen, manchmal wachte ich auf und wußte nicht, wo ich war. In den Momenten, wenn es um mich klarer wurde, dachte ich, all dies sei Wahnsinn und ich müsse hier raus, ASAP.

Dann aber erinnerte ich mich an Frankie. An die Nacht in Wilhelmsburg. Glaubst du wirklich, du wärest dem gewachsen, sagte er. Ich sagte, ja. Jetzt erst begriff ich, daß es dies war, was er gemeint hatte. Situationen wie diese. Er hatte gewußt, solche Dinge können passieren, in seinem Leben passierten sie. Ich hatte mich damals für dieses Leben entschieden. Er hatte recht gehabt, ich wußte nicht, auf was ich mich einließ. Ich war gerade dabei, es herauszufinden. Wofür ich mich entschieden hatte. Ich hatte behauptet, dem gewachsen zu sein. Jetzt mußte ich den Beweis dafür antreten. Entweder das, oder alles verraten. Inklusive mich selbst.

Ich hielt durch. Fragen Sie mich nicht, wie. Aber ich hielt durch. Von Lwiw weiß ich nichts mehr, nur daß Frankie dazu überging, meine Aufträge an die Mädchen zu geben. Was hatte er für eine Wahl, ich wäre keinesfalls dazu in der Lage gewesen. Ich haßte mich dafür.

Der absolute Tiefpunkt war wohl Uman. Von Kiew sah ich nicht viel, außer unserer Wohnung mit der grauslichen Schrankwand, ich lag auf einem kunstledernen Schlafsessel ihr gegenüber und starrte stundenlang darauf. Man muß mich dort allein gelassen haben, ich erinnere mich, zum Fernseher rübergekrochen zu sein, dann aber den Lärm nicht ertragen zu haben, ich hatte rasende Kopfschmerzen, trotz der Paracetamol. Hatten wir damals noch Paracetamol? Neben dem Fernseher lag ein billiger Touristenstadtplan auf englisch, um die grob skizzierte Innenstadt waren Werbeanzeigen gruppiert, wie man es aus allen Städten kennt, nur inserierten hier keine Hotels und Restaurants, sondern Agenturen für Frauenvermittlung. Dates – Rendezvous – Marriage, ich dachte, wie entsetzlich trist das doch sei. In der kleinen Küche unseres Apartments waren Kühl- und Küchenschrank mit unglaublichen Mengen Spirituosen aufgefüllt, ich nahm an, es sei eines dieser Apartments, in die man dann mit seinen Dates-Rendezvous ginge und saufe und gegenüber der Schrankwand ficke. Neben meinem Schlafsessel stand ein großes Doppelbett, das sich die drei anderen teilten. Ich muß allein gewesen sein in dieser Wohnung, ich leerte die beiden Dosen mit Salznüssen aus dem Alkschrank, ich war aberwitzig gierig nach Salz, wahrscheinlich hatte ich im Fieber alle Salze ausgeschwitzt und erbrach sie auf dem kleinen Klo mit der Mustertapete und dem Klositz aus lächerlich tupperdosendünnem hellblauen Plastik.

Wenn ich darüber nachdenke, war es damals in dieser Wohnung, als Frankie Emma zum Essen brachte. Oder ist es doch in Uman gewesen? Nein, an das dortige Hotel erinnere ich mich deutlich, ein ganz abstruser Bau mit einem Marmorfoyer, in dem Büsten von wichtigen Griechen zwischen üppigen Topfpflanzen standen, aber unser Dreibettzimmer entpuppte sich als ein Sperrmüllhaufen mit ungenügend dimensionierten Laken, und in meine Überdecke hatte sich ein großer brauner Blutfleck gesogen. Dort dachte ich, ich stürbe, das Marmormausoleumsfoyer hätte irgendwie dazu gepaßt. Der Blutfleck auch. Doch am nächsten Morgen ging es mir erstaunlicherweise etwas besser, ich erinnere mich sogar daran, daß das Hotel an einem Park lag, von dem es hieß, er sei das Versaille des Ostens oder so ähnlich, Judith hatte irgendwoher einen Reiseführer ergattert und las penetrant daraus vor, sie machte sich ständig unglaublich wichtig, es war kaum zum Aushalten. Nicht daß ich irgendwas versaillehaftes zu Gesicht bekommen hätte, wie auch. Ich lag im Bett und war mit Sterben beschäftigt. Unten im Hotel fand in den Abendstunden eine Hochzeit statt, man hörte die Band, eine Frau sang, und später konnte ich ein kleines Feuerwerk vor meinem Fenster sehen. Ich glaubte, meiner eigenen Beerdigung beizuwohnen. Als ich morgens zur Toilette am Ende des Ganges taumelte, wuschen zwei Weiber dort Geschirr im Waschbecken ab und ließen mich nicht pinkeln. Ich war ganz schwach auf den Beinen. Eine Dusche gab es nicht. Das war sehr unangenehm, ich fühlte mich verschwitzt und zittrig und schaffte es kaum die Treppen hoch zur Toilette im nächsten Stock.

In Kiew hatten wir eine Dusche, aber das Warmwasser funktionierte nicht. Im ganzen Viertel, wegen Bauarbeiten, wir hatten deswegen das Apartment billiger bekommen. Das war besser als nichts und nicht schlecht bei den nächtlichen Schweißausbrüchen. Nur wenn der Schüttelfrost kam, hätte ich für eine heiße Dusche oder gar ein heißes Bad meine Seele verkauft. Aber ich war dem gewachsen. Ich mußte. Ich wollte. Ich bewies, daß ich dem gewachsen war.

Kann sein, daß es in Kiew war, vielleicht war's auch Odessa, jedenfalls ging unser Küchenfenster auf einen Hinterhof hinaus, in dem Kindergartengruppen spielten. Doch, jetzt, wo ich darüber nachdenke, es war Kiew, es lag Schnee. Frankie holte mich von meinem Schlafsessel, auf dem ich döste, ich mußte mich, obwohl ich mich kaum aufrecht halten konnte, zu den dreien an den Küchentisch setzen. Die Hocker hatten dieselbe Resopaloberfläche wie der Tisch. Ich war durstig, Frankie gab mir ein Nullfünfer Bonaqua-Wasser aus dem Kühlschrank. Dann packte er eine große Portion dieses ukrainischen Fastfoods aus, das wir häufig aßen, fritierter Teig um irgendeine obskure Füllung, mal fleischig, mal kartofflig, ich kann gar nicht mehr sagen, wie oft ich so was, oder zumindest die Löwenanteile davon, in irgendwelche Toiletten gespien hatte. Ich glaube nicht, daß Emma irgend etwas ahnte. Sie sah nicht so aus, auch wenn ich die Sachlage nur verschwommen wahrnahm und mich nach meinem Sessel und der Schrankwand zurücksehnte. Aber Frankie bestand darauf, es zu einer gemeinsamen Exerzitie zu machen, Judith und ich waren als Publikum geladen. Ich wickelte mich in meine Decke, die Decken waren klasse in Kiew, ich befand mich gerade wieder in der Schüttelfrostphase. Ich hätte gerne einen Tee gehabt, fragte aber nicht.

Frankie zeigte auf die erkalteten Batzen auf dem Tisch und sagte zu Emma, so, du wirst das jetzt essen. Emma sah vollkommen entgeistert aus. Natürlich ist es nicht so gewesen, daß sie absolut gar nichts gegessen hätte, sie aß mal einen Joghurt, eine Ecke Käse, trank einen halben Liter Milch. Aß einen Apfel. Ein paar Fritten von einem von uns. Damals, vor tausend Jahren in Hamburg, möglicherweise, wenn wir alle gemeinsam essen gingen, einen kleinen Salat. Sie sah immer gequält aus dabei, als täte sie vor unseren Augen etwas zutiefst Schmutziges, und ich vermute inzwischen, daß sie das meiste gleich darauf erbrechen ging. Vielleicht habe ich das schon damals vermutet, aber man weiß ja nicht, wie man auf so etwas zu reagieren hat.

Ich hatte, soweit es mir möglich war in meinem Zustand, Mitleid mit ihr. Du wirst das jetzt essen, Emma, sagte er. Ich kann dich nicht brauchen, wenn du nichts ißt. Also iß, oder ich schwöre dir, ich werde dich morgen nicht mitnehmen. Also iß. Judith und ich sagten nichts. Ich vermißte meine Schrankwand. Nicht, daß ich glaubte, Frankie täte etwas Falsches, ich wäre bloß lieber nicht dabeigewesen. Ich wünschte, Judith wäre nicht dabei, ich wußte, wie sehr Judith Emma haßte, und empfand es als schwer erträglich, ihrer Genugtuung über Emmas Demütigung beiwohnen zu müssen. Aber vielleicht übertreibe ich auch, oder vielmehr, meine Erinnerung übertreibt, Sie wissen ja, ich hatte hohes Fieber. Ich hätte dort gar nicht hingehört, ich hätte in einem richtigen Bett liegen und darauf warten sollen, daß die Antibiotika zu wirken beginnen. Ich hätte überall sein mögen, bloß nicht hier.

Emma sagte nichts. Frankie auch nicht. Ich wurde zu Tapete. Ich sah Judith nicht an. Emma sah Frankie an und begann zu betteln. Frankie, sagte sie, bitte, bitte laß das, bitte, okay? Ich will, sagte Frankie, nichts hören, ich will dich bloß essen sehen. Ich sah Judith doch an und sah sie lächeln. Frankie, sagte Emma; halt's Maul, sagte er, iß, iß oder geh. Ich sah den Klumpen auf dem Tisch, sah ihn mit Emmas Augen, und er war so groß wie die verdammten Karpaten. Ich roch den Geruch nach kaltem Fett. Natürlich fragte ich mich, ob ich etwas sagen sollte, aber ich erinnerte mich an die Nacht mit Frankie in Wilhelmsburg und wußte, daß wir alle unsere Prüfungen bestehen müssen, und keine einzige davon fällt leicht.

Emma ließ ihren Blick nicht von Frankie, dann griff sie, blind, nach einem der Bällchen. Schob es sich in den Mund, versuchte zu kauen, würgte einen Teil wieder heraus wie ein Gewölle, kaute, schluckte, aß dann die zweite Hälfte, derweil sahen sich die beiden ununterbrochen an, und ich wäre gern in Australien gewesen. Weiter, sagte Frankie, und Emma gehorchte.

Nach dem dritten Kloß sprang sie auf und wollte zum Klo rennen, Frankie griff in ihre Haare, ohne sich auch nur zu erheben, und zwang sie auf ihren Stuhl zurück. Er ließ sie nicht los, Emma weinte. Frankie ließ sie weinen, etwa fünf Minuten lang. Dann sagte er, weiter. Ich zählte das Geschirr in dem Küchenschrank mit dem gläsernen Türchen, es waren fünf große Teller und fünf kleine, fünf Tassen mit Untertassen, sie hatten dasselbe geschmacklose Muster. Die Gläser hingegen waren von unterschiedlichster Provenienz, es gab zwei Wassergläser, das dritte seiner Art stand an meinem Schlafsesselbett, je zwei Whiskey- und Shotgläser. Eine Zukkerdose hatten wir nicht, unser Zucker kam aus kleinen abgepackten Gastronomietütchen, ich wußte das, weil ich kaum etwas bei mir behalten konnte, trank ich zumindest meinen Tee mit Zucker, wenn jemand daran dachte, mir einen zu machen. Nach dem vierten Dings würgte Emma und spuckte einen Teil der Pampe in die Spüle, Frankie hatte sie nach wie vor nicht losgelassen.

Es roch säuerlich und war kalt in der Küche. Emma zitterte. Frankie gab ihr einen Moment Zeit, bevor er sie weitermachen ließ. Ich schloß die Augen und lehnte mich gegen die tapezierte Wand zu meiner Rechten. Ich wünschte, ich könne ihr telepathisch kommunizieren, daß alles es wert ist, alles. Ich wehrte mich nicht dagegen, zu Boden zu gleiten. Es war mir egal, nein, recht. Ich hatte Fieber. Jeder ist letztendlich allein. Jeder muß herausfinden, wie er damit zu Rande kommt. Frankie zeigte uns, wie. Daß es angenehm wäre, hatte er nie behauptet.

Er ließ Emma fortan dreimal am Tag essen, er sorgte dafür, daß Judith und ich dabei waren. Er stellte sicher, sie hinterher nicht unbeaufsichtigt zu lassen, jedenfalls für eine Stunde oder zwei, so daß sie nicht heimlich hätte kotzen gehen können. Erst einige Wochen später hielt er das nicht mehr für notwendig, Emma aß inzwischen von alleine, stolz und grimmig, diszipliniert, als gälte es einen Faustkampf zu bestehen. Auf dem Dachboden aß sie dann stets, als stände ein imaginärer Frankie neben ihr und hielte mit seiner Faust ihre Haare gepackt. Wir haben nie darüber geredet. Wir haben auch nicht darüber geredet, was er mit Judith in Odessa gemacht hat, ich weiß nur, daß sie nach all den Wochen wieder zu mir kam, nachts, blaß und zittrig, und wir wortlos miteinander schliefen, als ginge es um unser Leben. In gewisser Hinsicht ging es das ja auch, immer und tagtäglich, all diese Jahre lang.

Was genau geschah, erfuhren wir nur in Andeutungen, aber wir wußten, daß sich die Schlinge zuzuziehen begann. Frankie war in Kiew beinahe aufgeflogen, sie waren ihm auf den Fersen, sein Lemberger Kontakt hatte sich in Luft aufgelöst, und Frankie glaubte nicht, er sei noch am Leben. In Odessa blieben wir nur einen Tag und brachen überstürzt frühmorgens gegen drei auf. Die letzten Nächte in der Ukraine schliefen wir im Wagen, irgendwo in Feldern und Wäldern und Karpaten, wir umgingen die Städte und konnten Hotels nicht mehr riskieren. Die Grenzüberschreitung war ein Drahtseilakt, Judith und Frankie überlegten lange, welches die grünstmögliche Grenze sein könnte, wir fuhren schließlich über Rumänien, und es lief fast reibungslos. Nachts in Rumänien dachte ich an Vampire und träumte von Pfählungen. Ab Ungarn ging es mir halbwegs gut genug, wieder fahren zu dürfen, das machte mich froh, und wir kamen unbehelligt bis Österreich.

Wir brauchten dringend ein neues Auto, ich brachte meine Eltern trotz oder vielleicht gerade wegen meines immer noch desolaten, verfaserten Zustandes dazu, mir 20000 anzuweisen, ich sagte ihnen, es ginge um Leben und Tod, weil dem so war. Ich war stolz, daß es funktionierte. Ich hätte nicht hinter den Mädchen hintanstehen mögen. Ich fühlte mich nach wie vor schwach. Das Fieber war seit Uman gesunken, aber noch in Odessa und Rumänien bin ich kaum in der Lage gewesen, länger zu gehen oder zu stehen, vielleicht wegen des beträchtlichen Gewichtsverlustes, und der verdammte Husten blieb mir noch ein gutes halbes Jahr erhalten. Nichts davon war einfach. Glauben Sie mir. Aber ich erwies mich als alldem gewachsen. Nicht jeder könnte das von sich sagen, oder?

JUDITH VIII / O-TON 03'15''

Mein Gott, Sie verlangen wirklich fast Unmögliches von mir, es ist Ihnen doch klar, daß wir von Dingen reden, die zehn Jahre her sind. Können Sie sich etwa noch detailliert daran erinnern, was Sie vor zehn Jahren getan haben? Sehen Sie. Kein Mensch kann das. Ja, das stimmt wohl, wir sind dann von Lwiw noch über verschiedene Städte gefahren, Kiew natürlich, Odessa, und über Bulgarien oder so zurück, ich müßte auf eine Karte gucken, um Ihnen Genaueres zu sagen. Christophs Krankheit wurde jedenfalls unterwegs besser, das hat mich sehr erleichtert, ich liebte ihn ja. Emma war halt, mein Gott, Emma war Emma. Soviel jedenfalls kann ich Ihnen sagen, ich war heilfroh, aus diesen ganzen spukhaften Ostländern endlich herauszukommen. Obwohl uns die Angst natürlich stets im Nacken saß, auch danach noch, jede Sekunde an jedem Tag, ich lernte aber mit der Zeit, besser damit umzugehen. Frankie begann, mir mehr und mehr zuzutrauen. In dem Maße, wie ihm wohl klar wurde, wie wenig Verlaß auf die beiden anderen war, zog er mich intensiver ins Vertrauen. Ich denke, Emma behielt er nur wegen des Geldes dabei, und Christoph, ich weiß nicht, aus Nostalgie vielleicht? Jedenfalls zeigte sich in Leipzig dann doch deutlich, wer entbehrlich war und wer nicht. Es war schlußendlich ich, die ihm anbot, etwas zu tun, arbeiten zu gehen. Es war mir einerseits ganz recht, dieser lähmenden Leere zu entkommen, andererseits standen mir eben auch nicht die Ressourcen zur Verfügung, über die Emma, zum Beispiel, verfügte. Ich trug anderweitig zur Sache bei. Ich ging arbeiten, und ich war mir nicht zu fein für irgendwas. Ich putzte, ich hatte fünf oder sechs Treppenhäuser, eine Anwaltskanzlei und eine Werbeagentur, ich tat das viermal die Woche. Um Ihnen die Wahrheit zu sagen, ich war ganz froh, mal rauszukommen. Die Frauen in meiner Kolonne waren alle Ausländerinnen, wir redeten nicht viel. Aber ich hätte ohnehin zu niemandem viel sagen dürfen. Ich hätte es auch nicht getan. Inzwischen wußte ich, worum es ging. Ich wäre nicht diejenige gewesen, die Sache zu verraten. Frankie wußte das. Hätte er mich sonst gehen lassen, und die anderen nicht, sagen Sie selbst?

EMMA VIII / O-TON 01'44''

Dies ist nur einer der Tests, der Prüfungen, Dutzende, Hunderte davon habe ich absolviert. Ich bin bei keiner gescheitert, also warum sollte ich jetzt damit anfangen? Es mag eine Weile gedauert haben, bis ich das begriff, die Mechanismen der Prüfung, aber das ist lange her. Inzwischen zucke ich nicht mit der Wimper. Egal, wer Sie sind, egal, ob Sie zu uns gehören oder zur Gegenseite. Das alles ist nicht mehr wichtig. Nur die Sache ist wichtig, die Details sind ganz schnurz. Ich selbst, wissen Sie, bin nicht wichtig. Ich bin nur ein Teil des großen Ganzen. Aber sowenig ein Motor läuft, wenn auch nur eine kleine Schraube lose oder eine Zündkerze dysfunktional ist, sowenig eine Atombombe explodiert, wenn nicht jedes Isotop sich dem Plan gemäß spaltet, sowenig ist irgend etwas Größeres denkbar ohne Teile wie mich. Es ist für jemanden wie Sie nicht begreiflich, was einen das kostet, zu diesem Punkt zu gelangen. Es kostet, ich verrate es Ihnen, die vollkommene Selbstaufgabe. Ich habe mich von Eitelkeiten verabschiedet, von

Leidenschaften, von Liebe und Haß, von all meinem Besitz. Ich habe früher viel gemalt und gezeichnet, wußten Sie das? Es ist irgendwann nicht mehr notwendig gewesen und überflüssig geworden. Ich habe mich leichten Herzens davon getrennt. Es ist, als sei man Glas und werde endlich in eine sinnvolle Form geblasen, bei schmerzhaft hohen Temperaturen, unter Zugabe von Läuterungsmitteln, alles Überflüssige verglüht in dem Prozeß, und was bleibt, ist ganz durchsichtig und klar und hart gebrannt. Sie wissen, daß es allein der Druck ist, der Kohle zu Diamant werden läßt, das wissen Sie, nicht wahr?

CHRISTOPH IX / O-TON 19'12"

Österreich war dann ein kurzes Intermezzo, als solches, rückblickend, nicht schlecht, immer noch besser als der Dachboden. Frankie brachte uns mitten in der Nacht zu dem Haus, die Auffahrt lag rückseitig am oberen Ende eines verwilderten Grundstückes, wir stolperten durch den nassen Schnee zu einem dunklen, schemenhaften Gebäude hinunter und sahen im Mondlicht einen Berg gegenüber einem See. Frankie ließ uns dort, er schärfte uns ein, das Licht keinesfalls einzuschalten, und verschwand. Alles war kalt, eisig und klamm in diesem Haus, wir tasteten uns im Schein des Feuerzeuges von Judith entlang, gottlob besaß sie eines, ich hatte sie prompt im Verdacht, heimlich zu rauchen, und fragte mich, wie sie das anstellte. In der Küche fanden wir Kerzen, in einer Stube, vollgestellt mit Bauernmöbeln, gab es einen grünen Kachelofen, aber wir hatten nichts, womit sich das Ding hätte heizen lassen. Außerdem,

Rauch aus dem Schornstein wäre wohl keinen Deut weniger verräterisch als Licht. Im Obergeschoß, dessen Fußböden sich bedenklich durchbogen, befanden sich mehrere Schlafzimmer, auch die Matratzen und die Decken aus den Bauernschränken waren klamm. Wir beratschlagten, entschieden, wir könnten den Herd anschalten, ohne damit gegen Frankies Anweisungen zu verstoßen, erhitzten darauf eine große gußeiserne Pfanne, um sie als Wärmflasche zu verwenden. Es war meine Idee, deswegen wohl erinnere ich mich daran, ich fand sie recht pfiffig. Wir saßen am Küchentisch, die Anzeige des Herdes war beleuchtet und warf ein schwaches Licht. Unter die Risse in der Decke hatte jemand Pappkarton genagelt. Vor alle Fenster des Hauses waren altmodische Läden geklappt, deren Lamellen auch tagsüber nur Dämmerlicht hereinließen. Wir wärmten unser Bett notdürftig mit der Pfanne und schliefen zu dritt dicht an dicht. Erst am nächsten Tag entdeckten wir den Schrank mit den Laken, aber wir trauten uns nicht, sie ohne Frankies ausdrückliche Erlaubnis zu benutzen. In einem großen Einmachglas fanden sich Haferflocken, wir kochten uns ein Frühstück daraus. Das Leitungswasser war milchig und kalt, und die Wasserhähne schienen lange nicht benutzt, wir bekamen sie nur mit Gewalt wieder zugedreht. Wir wußten nicht, wann Frankie uns abholen käme, wir richteten uns bestmöglich ein. Am Nachmittag gingen Judith und ich hoch in eines der Zimmer und schliefen miteinander, auf dem Fußboden; die hölzernen Betten quietschten und klapperten, als ginge die Welt unter. Wäre die Welt untergegangen hinter den geschlossenen Fensterläden, wir hätten es gar nicht gemerkt. Als wir wieder in die Küche kamen, saß Emma vor der geöffneten Ofenklappe des Herdes wie vor einem Lagerfeuer. Es war, wie gesagt, sehr kalt in dem Haus, und wir verbrachten dort drei Tage, bevor Frankie zurückkam. Trotzdem war es immer noch besser als der Dachboden. Alles war besser als der Dachboden, der Dachboden war, ganz ehrlich, wirklich die Hölle.

Zunächst aber kam Frankie zurück, er kam nach Einbruch der Dunkelheit, ich durfte ihm helfen, die Tüten aus dem Wagen zu holen. Es war ein Honda Legend, wir trugen auch unsere Schlafsäcke ins Haus. In den vergangenen Tagen hatte es offensichtlich so stark geschneit, daß unsere alten Fußspuren zum Haus hinunter nicht mehr zu sehen waren. Frankie hatte Dutzende Tüten mit Lebensmitteln für uns gekauft, größtenteils Dosen, Nudeln mit Fertigsoße, so was, außerdem – wir packten die Tüten gemeinsam im Licht einer Kerze in der Küche aus, aufgeregt wie Kinder bei der Bescherung – einen kleinen elektrischen Heizlüfter. Es war wirklich wie Weihnachten. Von unserer Haferflockendiät ausgehungert, hätten wir uns am liebsten sofort auf die Lebensmittel gestürzt wie ein Rudel Wölfe auf ein paar Tüten voller Schafe, aber Frankie ließ uns noch warten. Auch er war gelöster Stimmung, in den Wochen vorher war das nur selten der Fall gewesen.

Es wurde ein guter Abend. Gute Abende hatten begonnen, sich rar zu machen. Im Bauernzimmer hängten wir die Fenster mit den Bettdecken aus dem ersten Stock ab, entzündeten dann Kerzen und ließen den Heizlüfter laufen. Währenddessen kochten die Mädchen auf allen drei Herdplatten, eine hatte sich als kaputt erwiesen, alles mögliche durcheinander, und wir hielten ein Festmahl ab. Emma aß eisern und klaglos. Frankie hatte sogar Wein gekauft, es wurde uns warm, ißt man nicht genug, erhöht sich die Kälteempfindlichkeit ja beträchtlich.

Wir aßen, tranken und lachten, als plötzlich von draußen, es klang nicht weit weg, ein Schuß ertönte. Judith ließ ihr Weinglas fallen. Wir erstarrten. Dem Schuß folgte ein zweiter und ein dritter. Sie hatten uns gefunden. Und sie waren nicht zum Spaßen aufgelegt. Vorbei. Das Ende. Alles endete. Jetzt und hier. Haben Sie sich je überlegt, wie es wohl ist, erschossen zu werden? Ich meine, man sieht das dauernd in Filmen. Ich fragte mich wieder mal, ob Frankie eine Waffe hatte, ob uns das nützen würde. Er sagte, er hätte schon getötet, es sei unvermeidlich gewesen in seinem Job. Er mußte eine Waffe haben. Aber die würde nicht reichen. Wohl kaum. Wir saßen in der Falle. Ich glaubte nicht, wir hätten eine Chance zu entkommen, man wäre über das verschneite Grundstück gelaufen im freien Schußfeld, die perfekte Zielscheibe. Ich hatte, als ich Frankie beim Tütentragen half, einen großen, hellen, halben Mond gesehen.

Diese Überlegungen müssen in Sekundenbruchteilen vonstatten gegangen sein, alle versteinerten wir, vergaßen zu atmen, es war kurz sehr still. Dann lachte Frankie laut auf, sah auf seine Uhr, sagte, hol dir besser ein neues Glas, Judith, und dann stoßen wir an. Frohes Neues Jahr, Leute. Auf unseren Job, auf daß wir sie am Arsch kriegen im kommenden Jahr. Wir sind ein gutes

Team, laßt uns darauf anstoßen. Draußen hörte man Böller und das Pfeifen von Silvesterraketen, und auch wenn wir das Feuerwerk nicht sahen, war es eine nette Vorstellung, es gäbe eines. Es würde sich im See spiegeln, dachte ich.

Wir tranken mehrere Flaschen Wein, an Judiths Rotweinfleck im Flickenteppich mühten wir uns am nächsten Tag übrigens noch stundenlang und eher vergeblich ab, und wurden ziemlich ausgelassen, wir hatten länger keinen Alkohol mehr gehabt. Ich spürte sowieso noch die Nachwirkungen meiner Krankheit, es dauerte bestimmt zwei, drei Monate, bis ich mich wieder so fit fühlte wie zuvor, obwohl, das ist völlig falsch ausgedrückt, nie wieder wurde irgendwas gänzlich so, wie es gewesen war, und auch mit den Monatsangaben kann ich ab hier nur noch schätzen. Jedenfalls ist es ein guter Abend gewesen. Ich war ziemlich betrunken, als wir zu Bett gingen. Frankie schlief mit Emma im vorderen Doppelzimmer, man konnte sie hören. Den Heizlüfter hatte er mitgenommen. Judith war clever genug, an unsere Schlafsäcke zu denken, wir schliefen darinnen und legten die Decken zusätzlich obenauf, es war die erste Nacht, in der ich nicht fror.

Frankie blieb einen weiteren Tag, frühmorgens, bevor es hell wurde, brach er auf. Wie viele Wochen wir noch in diesem Haus verbrachten, kann ich nicht sagen, ein paar. Erst später, auf dem Dachboden, kam ich darauf, einen improvisierten Kalender zu führen. Aber hier war es eigentlich nicht schlimm, es war ganz okay. Wir trugen die Matratzen hinunter ins Bauernzimmer, schoben den Tisch an die Wand und ließen den Heizlüfter den ganzen Tag laufen. Nach einiger Zeit pflegte er sich wegen Überhitzung abzuschalten, sprang aber verläßlich jedes Mal wieder an. Wir besaßen ja, Sie erinnern sich, keine Winterklamotten. Wir schliefen viel, denn die Kerzen waren bald aufgebraucht. Frankie hatte alle Sicherungen rausgedreht, mit Ausnahme der des Herdes und der für die Heizlüftersteckdose. Tagsüber sikkerte genug Licht durch die Läden, um zu lesen. Es gab einige Bücher in dem Haus, ein sehr dickes mit den Lebensgeschichten hunderter Heiliger, einen englischen Krimi, *Miss Harriet* von Maupassant, einen Reiseführer vom Salzkammergut, wir lasen einander vor, um länger etwas von den Büchern zu haben. Die Heiligen waren gut, sie hatten fast tausend Seiten. Wir fanden, ein wahrer Schatz, eine ganze Schublade voller Gesellschaftsspiele, Karten, Mühle, Mensch-ärgere-dich-nicht. Es war eigentlich, verglichen mit dem Dachboden, purer Luxus. Es gab eine richtige Toilette, fließendes Wasser, einen Herd. Mit den Nahrungsmitteln gingen wir sparsam um, wir wußten ja nicht, wann Frankie wiederkäme. Wissen Sie, was mich wirklich nervte? Wir hatten kein Salz. Frankie hatte vergessen, Salz zu kaufen. Können sie sich vorstellen, wie eine solche Kleinigkeit nerven kann? Manchmal lasen wir uns auch Rezepte aus dem *Dr.-Oetker-Schulkochbuch* vor und kreierten imaginäre Menüs. Wir saßen dabei in unsere Decken und Schlafsäcke gehüllt in der Stube. Emma malte hier ihre letzten Aquarelle. Als ihre Blöcke und Skizzenbücher zu Ende gegangen waren und jede Rückseite jedes Bildes bereits ebenfalls bemalt war, benutzte sie das Papier alter Zeitungen, von denen ein Stapel im Keller lag, wir nahmen das übrigens auch als Klopapier. Ihre letzten Bilder waren alle orange, das war die einzige Farbe, die in ihrem Aquarellkasten übriggeblieben war. Wahrscheinlich hatte sie Orange am wenigsten gemocht. Es ergab sich nicht mehr, ihr neue Farben zu kaufen. Die letzten Bilder waren geisterhafte orangefarbene Schemen auf gelb geblichenem Zeitungspapier. Sie vermalte ihr restliches Orange in einem wütenden zweitägigen Anfall, sie tat, solange es Licht gab, nichts anderes und sprach kaum mit uns. Judith und ich spielten währenddessen Mühle, wir fühlten uns noch einmal sehr nah in diesen Wochen, Judith und ich. Bevor wir das Haus verließen, verbrannte Emma Bilder und Skizzenbücher und ihre orangen Geister im Ofen. Es war mitten in der Nacht, ich glaube nicht, irgend jemand hat den Rauch gesehen.

Frankie ließ uns einen Tag lang akribisch das Haus putzen und stellte sicher, daß wir keine Spuren hinterließen. Im nachhinein würde ich gerne das Kartenspiel geklaut haben, aber wahrscheinlich hätte Frankie es ohnehin bemerkt. Unseren Müll nahmen wir mit, der Wagen war sehr voll, Frankie, nehme ich an, deponierte ihn unterwegs in einem Container, wir hielten jedenfalls mehrfach an. Genaues kann ich darüber natürlich nicht sagen, Frankie hatte uns die Augen mit Klebeband verklebt, nach dem wir, bei Einbruch der Dunkelheit, in den Wagen gestiegen waren. Der Schnee war vollständig getaut. Wir saßen zu dritt auf dem Rücksitz, instruiert, uns auf Frankies Kommando entweder niederzuducken, oder, falls wir auffielen, das Klebeband von den Augen zu reißen. Es sei, sagte er, wichtig und zu unserem eigenen Schutz, nicht zu wissen, wohin wir führen.

Ich versuchte während der Fahrt mein Zeitgefühl zu behalten, dies wäre eigentlich genau eine jener Sachen gewesen, die Frankie mit mir trainiert hätte, wäre uns noch die Zeit dazu geblieben, weiterzutrainieren, wäre nicht die Trainingsphase viel zu früh, für meinen Geschmack, in den bitteren Ernstfall übergegangen, aber es gelang mir nicht. Man verliert, ist man ungeübt, sein Zeitgefühl sofort. Es wäre mir unmöglich gewesen zu sagen, wie lange wir fuhren. Wir hatten dementsprechend keine Ahnung, wo wir uns befanden. Sicher, Judith hat es irgendwann gewußt, aber sie hat es, zu den wenigen Gelegenheiten, die sich ergaben, nicht verraten. Sie behauptete, Frankie hätte es ihr untersagt, aber, ehrlich gesagt, ich vermutete, sie tat es aus purer Gemeinheit nicht. Für mich war es hart, im Gegensatz zu ihr nicht eingeweiht zu sein. Aber Frankie hatte uns gewarnt, es könne hart werden. Er hat nicht gelogen.

JUDITH IX / O-TON 07'08''

Ich kann Ihnen nicht sagen, wie wir es schafften, nicht verrückt zu werden, aber wir schafften es. Oder mache ich auf Sie einen verrückten Eindruck, sehen Sie. Nun gut, Emma, das ist etwas anderes. Aber, ehrlich gesagt, so ganz normal ist Emma nie gewesen. Jedenfalls dachte ich damals in diesem kalten Kerker in Österreich schon ab und zu, ich hielte es nicht mehr aus, das Eingesperrtsein. Wissen Sie, ich bin ein sehr freiheitsliebender Mensch. Ich bin auch, im Gegensatz zu den anderen, immer ein sehr selbständiger, ein aktiver Mensch gewesen. Christoph mochte sich in die Passivität problemloser fügen, mir fiel es nicht leicht. Es war alles immer viel schlimmer, wenn Frankie wegging, und ich das Gefühl hatte, gar niemanden mehr zu haben. Gut, ich hatte Christoph. Das war besser, als ganz allein zu sein. Ich dachte manchmal an Flucht. Es wäre nicht schwer gewesen, die Haustür war zwar verschlossen, aber die Fenster ließen sich von innen öffnen, man hätte durchs hintere Stubenfenster, zum Hang, einfach hinausspazieren können, ohne sich auch nur den Knöchel zu verstauchen. Aber ich hatte Angst. Vor Frankie. Vor dem, was ohne Frankie passieren könnte. Ich hatte einfach Angst. Und ich riß mich zusammen, ich wollte nicht diejenige von uns sein, die aufgibt. Ich stand es durch. Ich regte an, Gymnastik zu machen, regelmäßig, ich konnte und wollte mich nicht gehen lassen, außerdem war es wichtig für unseren Kreislauf und unsere Fitness. Wir wußten ja nicht, was noch käme, unter Umständen konnte es wichtig werden, körperlich fit zu sein. Außerdem wurde uns dabei warm. Ich habe von je her schnell gefroren, Frauen frieren viel schneller als Männer, Männer sind immer warm, das war wirklich ein Vorteil an Christoph. Aber ich vermißte Frankie. Ich war sehr froh, als er endlich kam und uns nach Leipzig brachte. Obwohl es dort zunächst schlimmer zu werden schien. Fuhr er mit einem von uns zum Telefonieren, geschah dies immer nachts, man erkannte das anhand der Geräusche, eine Nacht klingt vollkommen anders als ein Tag, das ist ganz interessant. Er verband uns immer die Augen. Mit verbundenen Augen hört man die Angst in den Stimmen am Telefon sehr genau, meine Eltern hatten große Angst um mich. Es brach mir das Herz, aber war notwendig, wir hofften, die Angst hielte sie davon ab, uns polizeilich suchen zu lassen. Sie haben immer behauptet, das nicht zu tun, aber wir konnten nie sicher sein. Man hörte auch die Erleichterung. Es vergingen ja bisweilen Monate zwischen den Telefonaten, in meinem Falle schließlich Jahre, meine Eltern hatten ihre Ressourcen irgendwann erschöpft, obgleich sie alles, wirklich alles nur mögliche für mich getan haben. Aber später, wie gesagt, arbeitete ich dann selbst. Finden Sie das nicht irgendwie ehrenwerter, mit der eigenen Hände Arbeit zur Sache beizutragen?

Ich hielt lange durch in Leipzig, ich war nicht schwächer als die anderen. Ich war bloß selbständiger. Sicher ist es wichtig, überlebenswichtig unter Umständen, Anweisungen nicht in Frage zu stellen. Andererseits zeichnet es einen fähigen, einen wertvollen, einen nützlichen und unersetzlichen Menschen aus, eigeninitiativ zu denken und zu handeln. Es gibt das Fußvolk und es gibt die operativen Kräfte. Es genügte mir irgendwann nicht mehr auszuharren, nachdem ich nun mal inmitten dieser Sache zu leben gezwungen war, wollte ich sie auch gut machen. Ich redete mit Frankie darüber. Man konnte mit Frankie so gut reden wie mit kaum jemandem sonst, das ist leider die Wahrheit. Ich wollte, wie soll ich sagen, *beitragen*. Frankie war froh darüber. Auch er war oft einsam, denke ich, wissen Sie, er war wahrscheinlich der Einsamste von uns allen. Er war dankbar für die Rückendeckung, die ich ihm bot. Ich half ihm auch in vielerlei anderer Hinsicht bei seinen Operationen, aber wir befanden, etwas Sinnvolles, das ich tun könnte, wäre zu arbeiten. Das Geld war trotz allem immer knapp. Frankies Aufträge verschlangen Unsummen. Sie wissen, in welcher Größenordnung, es ist ja jetzt beim Prozeß zur Sprache gekommen. Ich war selbst schockiert, ich war bei den Telefonaten der anderen natürlich nie dabei, und wir sprachen untereinander nicht darüber. Wir sprachen, so, wie sich die Dinge entwickelten, im Laufe der Jahre ohnehin immer weniger miteinander. Ob ich mir um die beiden Gedanken machte? Was ist denn das für eine Frage! Was denken Sie von mir! Natürlich, absolut, sicher, was glauben Sie denn? Es waren meine besten Freunde! Noch heute liegen sie mir mehr am Herzen als irgend jemand sonst. Was wir zusammen durchgemacht haben, das verbindet in einem Maße, wie Sie es sich ganz sicherlich nicht mal andeutungsweise vorstellen können! Das schmiedet Bande, die tiefer gehen als irgendwas, das normale Menschen je erfahren werden. Wir waren Geschwister, wir waren mehr als das. Wir waren eine Familie, wir vier. Wir liebten und vertrauten einander, wie sonst, denken Sie, hätten wir das alles durchgestanden? Allein wären wir zerbrochen unter dem Druck der Umstände, diesem Leben in Angst, den Entbehrungen, die wir im Dienste der Sache auf uns nahmen, so was läßt sich allein nicht durchstehen, man müßte schon ein Roboter sein, ein Cyborg. Unser Leben war so unfaßbar hart, es zerpflückte einen Stück für Stück, wir hatten nur einander, um uns festzuhalten und Kraft zu geben. Allein packt man das nicht. Wenn man stark sein muß, obgleich man am Ende seiner Kräfte lebt, braucht man jemanden, der einem hilft. Jemanden wie Frankie. Der einen Stärke lehrt. Man muß sich an die Starken halten. Denn die Schwachen, das ist die traurige Wahrheit, gehen unter. Irgendwann muß man sich entschließen, ob man bereit ist zu kämpfen oder untergeht. Irgendwann trennen sich die Kämpfer von den Untergehern, wie sich Sahne absetzt auf Milch, Öl auf Wasser, es ist ein natürlicher Prozeß. Man muß sich entscheiden, zu welcher Seite man gehören will. Ich entschloß mich zu kämpfen, und ich denke immer noch, darauf kann ich prinzipiell ungeachtet der Umstände verdammt stolz sein.

EMMA IX / O-TON 00'23"

Erst wenn man alles und sich selbst besiegt hat, ist man frei. Sie glauben vielleicht, Sie hielten mich an diesem Ort hier gefangen, aber Sie täuschen sich. Ich bin so frei, daß Sie sich nicht mal eine vage Vorstellung davon machen können, ich bin so frei, wie sie selbst in ihren kühnsten Alpträumen nicht sind. Mache ich Ihnen keine Angst? Dann haben Sie wirklich gar nichts verstanden.

CHRISTOPH X / O-TON 14'50"

Gehen wir davon aus, daß Judith in ihren Vernehmungsprotokollen die Wahrheit sagt, hat der Dachboden bekanntlich in Leipzig gelegen. Aber wir konnten das nicht wissen. Es hätte überall sein können, oder zumindest überall innerhalb der Schengenstaaten, eine Grenzkontrolle hatten wir definitiv nicht passiert. Selbst heute noch fällt es mir schwer, zu glauben, wir hätten uns in einer realen Stadt aufgehalten. In Leipzig. Es war keine Stadt, kein Ort. Es war der Dachboden. Für uns war es nicht mehr und nicht weniger. Er hatte ein kleines Fenster in der Dachschräge, durch die man nichts weiter sah als den Himmel. Es hätte jede Stadt der Welt in einem Umkreis von, geschätzt, fünf bis fünfzehn Autostunden von Unterach, Österreich sein können. Dies war, bei unserer Ankunft dort, das letzte Straßenschild gewesen, das ich zu Gesicht bekam. Danach gab es nur noch den Dachboden, für sehr lange Zeit. Wir verfolgten den Verlauf des Jahres anhand der länger und dann wieder kürzer werdenden Tage, auch dies lediglich Schätzwerte, Frankie hatte unsere Uhren. Jedenfalls, soviel ist zweifellos sicher, im Sommer wurde es unerträglich heiß auf dem Dachboden, keine Frage, daß Sommer war.

Ich habe blödsinnig lange gebraucht, bis ich begann, einen Kalender zu führen, dabei ist es doch geradezu ein Klischee, was machen Gefangene oder Gestrandete auf einsamen Inseln, wenn nicht die Tage zählen, ist es zu glauben, daß man im wirklichen Leben endlos wartet, bevor einem diese simple Idee kommt? Wobei man mir zugute halten muß, daß wir jeden Tag mit Frankie rechneten und mit einer vollständigen und radikalen Veränderung unserer Situation. Erst nachdem Judith weg war, begann ich meinen Kalender, bis dahin waren sicher ein oder zwei Monate vergangen, drei, vier? Haben Ihnen die anderen dazu etwas sagen können? Mein Zeitgefühl jedenfalls ging relativ schnell flöten. Wie unglaublich dumm man sein kann, wäre es nicht das Natürlichste der Welt gewesen, von Anfang an Kalender zu führen? Die Tage zu markieren, die einem entgleiten, die man nicht vermißt, die sich zu einer breiigen Melange fermentieren, die man vergessen hat, bevor sie überhaupt stattfanden, die brennen wie Splitter unter Fingernägeln, die schmecken wie nasser Beton, schmecken wie Sägemehl, deren Sekunden sich zwischen den eigenen Lungenbläschen verklemmen, die sich einlagern irgendwo knapp unterhalb des Zwerchfells und einem von dort an die Gurgel greifen, die wachsen wie Haare und vergehen wie erodierende Berge, in denen man selbst erodiert, in denen alles wie in Bernstein oder tief unter Wasser scheint, deren Schleppe solide ist wie Eisenerz und Hermelin, die nicht beginnen, nicht enden, nicht sind und keine Geräusche verursachen, kein einziges außer dem Knarren der Gravitonen und dem Rauschen der kosmischen Hintergrundstrahlung, dem Echo lange toter Materie in sehr leerem Raum.

Jeder einzelne davon war mein Feind. Es wurde ein wenig besser, nachdem ich begonnen hatte, sie zu markieren, sie zu benennen, der Feind, der einen Namen trägt, ist geringfügig weniger bedrohlich als der, der namen- und gesichtslos bleibt. Ich hätte alles gegeben für ein Notizbuch und einen Stift. Ich hätte alles für irgend etwas gegeben, aber war mir nicht sicher, was ich noch zu geben hatte. Außer der Fähigkeit, nicht aufzugeben, die verblieb mir. Nicht, daß ich nicht darüber nachdachte, an jedem einzelnen dieser fahlen, heißen Kautschuktage. Nur verblich diese Möglichkeit mit jedem Tag mehr. Aufgabe hätte alles, alles für sinnlos erklärt und mir nichts mehr gelassen. Und ich besaß nicht mehr viel, ich hätte nichts mehr entbehren können, es hätte mich umgebracht, hätte das wenig Übriggebliebene seinen allerletzten Sinn verloren. Dies war keine Option. Es galt, die Welt vor dem Zerfall zu bewahren. Der Entropie Einhalt zu gebieten, unter allen Umständen, mit all unserem Vermögen. Vier Kräfte halten die Welt zusammen, die starke und die schwache Wechselwirkung sowie die elektromagnetische Kraft und die Gravitation, wußten Sie das? Zu den Büchern, die Frankie uns brachte, gehörte ein zehnbändiges *Meyers Universallexikon* und eine Anleitung für Tai-Chi. Letztere gab er Emma und trug ihr auf, es uns lernen zu lassen. Es sei keine Gymnastik, betonte er, es sei eine Kampfkunst. Judith hätte Emma gerne die Augen ausgekratzt, weil Emma das Buch bekam, nicht sie, es war deutlich zu sehen, nur die Gravitation hielt sie davon ab. Emma ließ uns fortan dreimal am Tag den Tiger zum Baum tragen, den Kranich machen und den Gottseibeiuns bauchpinseln. Ich tat es mit Anstrengung und Hingabe, aber der Zweifel daran, ob es mich tatsächlich kämpfen lehrte, verließ mich nie.

Judith schlang das Essen, das Frankie uns mehr oder minder regelmäßig brachte, hinunter, als wären wir der Feind am Tisch. Na ja, einen Tisch hatten wir natürlich nicht. Wir hatten nicht mal unsere Isomatten, ich habe keine Ahnung, was mit denen geschehen war, wir schliefen mit den Schlafsäcken auf dem Boden. Wenn wir uns auf Rationierungen einigten, beschiß sie uns. Wir merkten es, sagten aber nichts. Was hätte es geholfen. Ich trug Tiger zum Baum, ich trug unendlich viele Tiger zu unendlich vielen Bäumen, bis auf unserem Dachboden vor lauter Tigern und Bäumen kein Platz mehr blieb für uns oder zum Atmen. Ich wußte, es war ein Test, aber mir wäre es lieber gewesen, hätte mir Frankie jeden einzelnen meiner 206 Knochen gebrochen.

Ich erinnere mich an einen Panikanfall, hatten Sie je einen? Ganz sonderbares Gefühl. Schwer zu beschreiben, ein bißchen, als wäre man in eine solche Presse geraten wie der Terminator am Ende von Teil eins, die einen ganz langsam, aber mit unerbittlich pneumatischem Druck zerquetscht. Ich schlug mit dem Kopf gegen einen Dachbalken, es war Emma, die mich runterbrachte und zum Baum trug. Judith lachte mich aus, laut und hemmungslos. Sie klang hysterisch, sie merkte es wahrscheinlich nicht mal. Schwache und starke Wechselwirkung halten die Quarks zusammen. Ohne die zwei zerfiele die Materie in ihrem Innersten.

AA Auswärtiges Amt, Aachener Friede von 1668, Aas, Abaddon, hebräisch für Untergang, die alttestamentarische Hölle, Abbot und Costello. In den Strahlen der Sommersonne, die nur für vielleicht eine halbe Stunde täglich durch unser Fenster fielen, tanzte Staub, man konnte ihm stundenlang dabei zusehen, wäre das möglich gewesen.

Emma hatte begonnen, sich für lange Zeitspannen rücklings auf den Boden zu legen, die Arme auszubreiten und blicklos zur Decke zu starren. Nicht daß es dort etwas zu sehen gegeben hätte. Man wußte nicht mehr, ob sie noch blinzelte. Ich fragte mich, ob sie das Totsein übte. Es war beunruhigend, und ich habe mich nie daran gewöhnt. Ich versuchte es zu ignorieren. Ich trug meine Tiger. Nach Amrum, Andorra, Aserbaidschan, zur Baader-Meinhof-Gruppe, nach Baden-Baden, nach Bremen.

Judith flippte aus. Caravaggio und James Earl Carter konnten sie nicht daran hindern, und alle Tiger murrten. Sie ging auf Frankie los und schrie, sie schrie keine Worte, sie schrie einfach nur. Er griff mit der Linken eine ihrer fuchtelnden Fäuste aus der Luft, dann schlug er sie, hart. Sie fiel in einen Stapel säuberlich gefalteter Umzugskartons, von denen wir einige als Matratzen schanghait hatten, ich glaube nicht, daß sie sich dabei weh tat, sie wurde aber angenehm ruhiger. Frankie zog sie hoch und schlug sie ein zweites Mal und ein drittes und mehr. Ich war eingeweidezerreißend neidisch. Dann nahm er sie mit. Trug sie zu einem Baum, einem Baum fern von uns. Emma hatte währenddessen rücklings auf dem Boden gelegen und kein einziges Mal geblinzelt.

Mit Emma zu schlafen, war wie den Schatten eines Sukkubus zu greifen versuchen. Sie blieb vollkommen still dabei, und ich glaube nicht, daß sie geblinzelt hätte. Ich kann nicht sagen, daß es mir gefiel. Aber als die Sonne zu tief stand, um mit ihren Strahlen unser Fensterchen noch zu erreichen, wären wir zu Staub zerfallen wie umgekehrte Vampire, hätten wir es nicht getan.

Cobaea scandens erblühten im Dämmerlicht der frühen Abende, Cobalt schürften wir, Cobolde lachten, Cobras züngelten und Corrosion nagte an jedem einzelnen meiner 206 Knochen. Die Corioliskraft wäre eine Trägheitskraft, die ein bewegter Körper, von einem rotierenden Bezugssystem aus betrachtet, senkrecht zu seiner Bahn und zur Drehachse des Bezugssystems erfährt. Für einen raumfesten Beobachter tritt sie nicht auf. Was also hätte ich von der Corioliskraft verstanden, ich war ein wahrlich raumfester Beobacher, wenn es je einen gegeben hat. Jede Sekunde zerfiel mit einer Halbwertszeit von zweihundert Jahren, die Raumzeit machte Fofftein, der Raum blieb der Raum blieb der Raum, und er blieb fest. Mein Bezugssystem war Frankie. Ich wartete auf Frankie, in Dantes Hölle, Daressalam und Delmenhorst. In Frankfurt und Freiburg. Wir beschissen uns nie mit dem Essen, wir nicht. Nicht in Fuerteventura, in keinerlei Fuge. Eine Fuge ist ein Zwischenraum, es gibt Trenn- und Dehnungsfugen. Im Sommer rationierten wir das Wasser, im Herbst wurde es sehr kalt, irgendwann brannte unsere Glühbirne durch. Emma hat nicht einmal geblinzelt. Nicht einmal in all diesen Jahren. Eine Furie ist eine römische Rachegöttin, sie entspricht einer griechischen Erinnye. Erinnyen sind die Zürnenden, es gibt drei, Tisiphone, Rächerin des Mordes, Allekto, die Unablässige, Megaira, die Neidische. Ich schlief in den stetig kälter werdenden Nächten mit Allekto, ich war Megaira, wir zürnten und froren und brauchten eine neue Glühbirne, Tisiphone lernte ich nicht kennen, weil ich noch Jahre brauchte, um bis T zu kommen, nur Frankie blieb Frankie. Nur Frankie blieb uns. Die Graien sind die drei Töchter der Meeresgottheiten Phorkys und Keto, sie wohnen in einer Höhle am Fuße des Atlas, wo weder Sonne noch Mond leuchten, sie besitzen gemeinsam nur je ein Auge und einen Zahn. Wir hatten Frankie. Von der Drehachse Frankies trennte uns eine Trenn- und Dehnungsfuge tief wie der Marianengraben. Ich wartete auf ihn, auf Frankie, unser Auge, so senkrecht wie möglich, ich wartete lange und trug währenddessen alle nur denkbaren Tiger hin und her bis zum Erbrechen zwischen den Giebelwänden unseres dachbödigen Zwielichts.

JUDITH X / O-TON 02'43"

Natürlich, könnte man sagen, wurde es für mich in gewisser Hinsicht einfacher, als ich mit Frankie in der Wohnung wohnte. Sagen wir so, es war zumindest komfortabler, ein Badezimmer, nicht mehr das eklige Campingklo, ein richtiges Bett, das waren schon Erleichterungen, glauben Sie mir, es brach mir das Herz, daß die anderen nicht daran teilhaben konnten. Ich habe ihn tausendmal darum gebeten, die beiden herunterzuholen zu uns, aber er sagte, es sei zu riskant, man suche nach vier Personen. Selbst in der Wohnung öffneten wir nie die Vorhänge. Ich tat, was ich konnte, aber vergessen Sie bitte nicht, daß auch ich weiterhin litt. Ich war selber nicht weniger eingesperrt, eine Gefangene, vielleicht war es für mich trotz des Komforts sogar schlimmer, die beiden anderen hatten einander, hatten jemanden zum Reden, während ich, wenn Frankie wegging, und er ging oft für Wochen weg, ganz allein war. Sie können sich nicht vorstellen, wie schrecklich es ist, allein in der Wohnung, tagelang, hinter den schweren geschlossenen Vorhängen, immer nur bei elektrischem Licht, ohne Radio oder Fernseher oder etwas zu tun, da hätte ich gerne getauscht, glauben Sie mir, ich hätte allen Komfort liebend gern eingetauscht für ein bißchen Gesellschaft, ein bißchen menschliche Nähe. Einsamkeit ist etwas Grausames, ich war jedesmal überglücklich, wenn Frankie zurückkam. Wenn er länger blieb. Sie werden einwenden, daß natürlich auch die Frauen aus der Kolonne Gesellschaft waren, aber Sie müssen bedenken, das war zum einen erst später, und zum anderen hatten wir uns ja nicht wirklich irgend etwas zu sagen, das kann man eigentlich kaum zählen. Und es waren nur vier Vormittage in der Woche, den Rest der Zeit verbrachte ich nach wie vor eingesperrt in der gräßlichen düsteren Wohnung. Im Haus standen alle Wohnungen außer unserer und der links im Erdgeschoß leer. Es war gespenstisch. Die zwei anderen sah ich nur flüchtig, wenn Frankie mich ihnen Essen bringen ließ, da blieb keine Zeit, sich auszutauschen. Eigentlich gab es nur Frankie. Jemand anderen hatte ich nicht. In all dieser Zeit. Außer Frankie.

EMMA X / O-TON 03'22''

Nein, leicht fiel es nicht, ich würde lügen, wenn ich das behauptete. Die Wahrheit ist, es ist so schwer, man denkt immer wieder, es bringt einen um. Es geht nicht von heute auf morgen. Es ist ein langsamer, schmerzvoller Prozeß, sich wirklich zu befreien, allen unnötigen Ballast als solchen zu erkennen und abzuwerfen. Zu verbrennen, auszubrennen. Das ist nötig, erst aus der Asche kann sich der Phönix erheben, falls Sie da schon mal was von gehört haben. Ich halte es für vollkommen verständlich, daß Judith dem nicht gewachsen war, wie sollte sie auch. Nur die wenigsten sind das. Ich muß sagen, ich wiederum bin daran gereift. Judiths Versagen hat mir meine eigene Stärke deutlich vor Augen geführt. Dafür könnte man ihr fast dankbar sein. Auf jeden Fall hasse ich Judith nicht mehr, das habe ich lange hinter mir. All diese Dinge, ich hasse auch meine Eltern nicht mehr, ich empfinde es nur als unangenehm, wie sie mir hier, instrumentalisiert von Ihnen, vorgeführt werden, ich nehme zwar nicht an, daß diese Entscheidungen auf Ihrer Ebene getroffen werden, aber Sie dürfen es Ihren Vorgesetzten gegenüber gerne erwähnen, daß das ganz sicherlich eines der am wenigsten geeigneten Mittel ist, mich weich zu kochen, diese beiden armseligen Gestalten führen mir nur in kristallklarer Deutlichkeit vor Augen, wie froh ich sein kann, nicht selbst zu einer solchen Kreatur geworden zu sein, wieviel ich Frankie verdanke. Aber eigentlich ist es mir egal, was Sie tun, karren Sie sie ran oder lassen Sie es, wie's Ihnen beliebt. Es läßt mich kalt. Ich hasse sie nicht mehr. Sie sind mir fremd. Haß ist mir fremd. Ich empfinde selbst Judith gegenüber allerhöchstens Mitleid, nein, ich glaube, ehrlich gesagt, nicht einmal das. Ich empfinde höchstens Verwunderung darüber, mit welch billigen Tricks, mit welch schleimiger Heuchelei sie ihn dazu gekriegt hat, sie aus unserem Unterschlupf zu holen. Es hätte einem schlecht werden können ob dieser armseligen Vorstellung. Christoph ist ausgeflippt, als Frankie darauf einging, er hat Judith geschlagen, Frankie konnte ihn kaum stoppen. Vielleicht hat Frankie Judith einfach nur deswegen mitgenommen, um zu vermeiden, daß die Situation zwischen den beiden eskaliert. Oder vielleicht hat er Judith nicht getraut, in diesem Falle zu recht, und befand es für nötig, sie stärker unter seiner Kontrolle zu halten. Ich nehme an, es war etwas in der Art, Frankie wäre nicht jemand, der auf jemanden wie Judith reinfiele. Was immer es war, Frankie wird seine Gründe gehabt haben. Und ob er sie uns nun mitteilte oder nicht, ich zweifelte sie nicht an, keine Sekunde. Niemand von uns tat das. Auch Judith nicht. Sie war bloß zu schwach, das war alles.

CHRISTOPH XI / O-TON 06'39"

Ich würde lügen, wenn ich sagte, es hätte mich vollkommen kalt gelassen. Ich habe Judith geliebt. Es war nicht leicht, sie zu verlieren. Aber wenn ich inzwischen etwas gelernt hatte, dann, daß es große Opfer kostete, ein Leben wie das unsere zu führen. Frankie hat mir das von Anfang an vollkommen klargemacht, er hat mich darüber nie belogen. Und ich hatte schon so viele Opfer gebracht, ich brachte auch dieses. Ich hatte keine andere Wahl, wären doch alle vorherigen Opfer sonst ganz sinnlos geworden. Jemand wie Frankie und wir konnte kein normales Leben führen, wie hätte das gehen sollen, es war eben eine Entscheidung für das eine oder das andere. Beides kann man nicht haben. Aber es tat weh. Es tat weh, wie Judith anfing, mit uns umzuspringen. Wir sahen sie zunächst einige Wochen nicht, ich führte inzwischen meinen Kalender, Robinson-Crusoe-Style, ich ritzte mit einem Nagel Striche in einen der Pappkartons, immer vier senkrechte und einen quer. Frankie brachte uns das Essen, Zahnpasta, solche Dinge, er kümmerte sich um uns. Ab und zu brachte er uns ein Buch, wir lasen es uns, wie schon in Österreich, gegenseitig vor. Nach, wie gesagt, Wochen, ich glaube, es waren insgesamt knapp zwei Monate, kam auch Judith gelegentlich hoch. Sie blieb meistens nicht lange, ein paar Minuten, und sie redete kaum, gerade soviel, um durchblicken zu lassen, wieviel mehr sie wußte als wir, wie sie mit Frankie arbeitete, wie die beiden uns nicht wissen lassen wollten, was sie taten. Eifersucht ist nicht gelb und Neid ist kein Gefühl, es ist mehr wie ein leises Geräusch, als zerrisse man zäh widerstrebende Zellophanfolie sehr langsam, Meter und Meilen davon. Megaira saß an meiner Seite und lag nachts in meinem Schlafsack und hockte sich auf meinen Brustkorb und wog dort zwei Tonnen. Judith sagte uns nicht, wo wir waren, obwohl sie es mit Sicherheit wußte. Sie behauptete, sie wüßte es. Einmal setzte sie sich im Schneidersitz zu uns auf den Fußboden, zog eine Zigarette aus ihrer Hemdtasche, rauchte und blies Emma den Rauch ins Gesicht. Emma blinzelte nicht. Judith hatte ein neues Hemd. Emma und ich trugen immer noch die Sachen, mit denen wir damals in Hamburg aufgebrochen waren, und es muß Spätherbst gewesen sein. Manchmal brachte uns Judith Wassereimer zum Waschen, manchmal verschüttete sie diese. Sie hat auch mehr als einmal eine Kanne Kaffee oder Tee verschüttet. Sie deutete Reisen an, die sie mit Frankie unternahm, nach Moskau, Kairo. Judith lächelte, Megaira lachte aus vollem Halse. Ich glaubte ihr nicht. Ich glaubte, Frankie hätte ihr eine gescheuert, hätte sie in seiner Gegenwart geraucht. Aber sicher konnte ich mir nicht sein, es gab seit langem nichts mehr, dessen ich mir hätte sicher sein können.

Mit Anbruch des Winters war ich nahe daran zu verzweifeln. Ich dachte nicht mehr, daß wir das durchstehen könnten. Inzwischen mochte ich begriffen haben, wie ungeheuerlich viel weiter unsere Grenzen gesteckt sind, als wir das gemeinhin annehmen, Frankie hatte mir einmal erzählt, bei der Armee lerne man, dann, wenn man denkt, es ginge nicht mehr weiter, habe man noch etwa 40% seines Potentials zur Verfügung, nur schätzte ich mein eigenes inzwischen rapide gen Null konvergierend. Im Einklang mit den Temperaturen. Eines Morgens wachten wir auf, und in unserem Wasserkanister hatte sich eine dünne Eisschicht gebildet. Wenn wir atmeten, formten sich Wölkchen. Ich schiß auf den Tiger und blieb einfach liegen. Ich sah Emma zu, beim Tiger, beim Kranich, sie zitterte in der Kälte, und es sah kein bißchen nach Kampfkunst aus, es sah aus, als mache ein mageres Mädchen jämmerlichen Klamauk. Mit weit ausholenden Bewegungen griff sie nach unsichtbaren Feinden. Ihre Unterarme waren mit dünnen roten Narben übersät, sie schnitt sich mit den Kanten der Kartons, es schien ihr Freude zu bereiten, ich hielt sie nicht davon ab. Ich blieb auch am nächsten Tag liegen. Judith kam und brachte uns kaltes Rührei, wahrscheinlich hatte sie mit dem Zeug eine halbe Stunde im Treppenhaus abgewartet, sie trug einen weinroten Rollkragenpullover, trat von einem Bein auf das andere und pustete sich demonstrativ in die Hände. Sie sagte, wie leid es ihr täte, daß wir keine Heizung hätten. Wir antworteten ihr nicht. Ich lag auf dem Rücken und atmete Wölkchen, die sich über mir auflösten wie Zeit. Ich wußte es nicht, aber ich vermutete, wir würden den Winter nicht durchstehen. Ich konnte mir nicht vorstellen, wie. Ich hatte kein Interesse an Judiths Rührei oder an ihren Mätzchen. Es war verlockend, einfach aufzugeben. Ich war kurz davor. Aber am nächsten Tag kam Frankie und holte mich. Ich hätte heulen können vor lauter Dankbarkeit. Ich hätte ihn umgebracht oder mich, hätte er an meiner Statt Emma geholt. Doch er holte mich. Ich war so unendlich dankbar. Ich hätte alles für ihn getan, um mich zu revanchieren.

JUDITH XI / O-TON 00'53''

Die Wahrheit ist: Er hat mich mißbraucht. In jeglicher Hinsicht. Ich will das hier ganz deutlich sagen. So wird es mein Anwalt auch vor Gericht klarstellen. Es dreht sich ja nicht nur um den Straf-, sondern auch um den Zivilprozeß und das Sorgerecht. Und es ist darüber hinaus, meine Therapeutin und ich haben das besprochen, einfach immens wichtig für mich, daß nach all diesen Jahren des Schweigens die Wahrheit ans Licht kommt. Können wir noch mal Pause machen und vielleicht einen Kaffee? Mir fällt das doch alles sehr viel schwerer, als ich gedacht hätte, es ist nicht leicht für mich. Dürfte ich Sie noch um eine Zigarette bitten, aber sagen Sie ehrlich, wenn Sie das nervt, ich weiß, wie teuer die inzwischen sind, wenn Sie's nervt, sagen Sie's, das ist völlig okay.

EMMA XI / O-TON 02'24''

Ach, was wollen Sie mit diesen Fragen, es ist tausend Jahre her, olle Kamellen, ist das nicht vollkommen irrelevant? Was tut es zur Sache. Sind Sie schon die Creme Ihrer Verhörspezialisten? Na, wissen Sie, das könnte ich ja geradezu als kränkend empfinden. Welche Wichtigkeit hätte all das? Ich vermag kaum, mich zu erinnern. Ja, Christoph ging dann irgendwann, ich könnte nicht sagen, es wäre mir nicht recht gewesen. Wissen Sie, im tiefsten Inneren war er immer eine Memme. Er hat versucht zu kämpfen, durchaus, das ist ihm anzurechnen. Aber ich war möglicherweise froh, als er ging. Er störte meine Konzentration. In unserer Lage war Konzentration lebensnotwendig. Ich begann damals, sie zu erlernen. Sie sehen ja, es ist heute noch überlebenswichtig, denn ist es nicht genau das, was Sie mit diesen Fragen nach Banalitäten bezwecken – meine Konzentration zu brechen und mich bei irgendeiner Blöße in meiner Deckung zu erwischen? Zahlt es sich nicht genau jetzt aus, unser jahrelanges Training? Frankie wußte, was er tat. Deswegen nahm er Christoph raus, er muß gewußt haben, Christoph war kurz davor zu brechen. Kurz davor, sich aufzugeben. Er stand ja nicht mal mehr auf. All das damals war, ich bin mir dessen sicher, ein Test. Uns war dies bewußt, geben Sie nichts drauf, was die anderen sagen, es ging darum, zu testen, wer von uns wie lange durchhielte. Und das hat sich dann ja herausgestellt, nicht wahr?

Ich hielt länger durch als er. Als Judith sowieso. Ich hielt auch alleine durch. Ich brauchte niemanden außer Frankie. Ich zählte nicht die Tage wie Christoph mit seinem albernen Kalender. Das hatte ich nicht nötig. So was macht einen nur verrückt. Christoph hatte begonnen, ganz faserig zu werden. Er verlor seine Disziplin. Er verlor sich selbst. Seinen Glauben an unsere Sache. Es war traurig mit anzusehen, aber was will man machen. Wenn man so weit geht, wie wir es taten, stellt man fest, man ist letztendlich allein. Es bleibt nur man selbst. Und die Sache. Und Frankie. Frankie kam auch mich holen, als ihm die Zeit dafür reif erschien. Ich hatte nicht einen Augenblick daran gezweifelt.

CHRISTOPH XII / O-TON 38'17''

Frankie hatte den Wagen direkt in den Hinterhof gefahren, ich legte mich in den Fußraum der Rücksitze, und er deckte eine Wolldecke über mich. Erst auf einer Autobahnraststätte ließ er mich aussteigen. Ohne daß ich ihn darum gebeten hätte, nahm er mich mit in die Tankstelle. Er bezahlte das Benzin, ich konnte mich nicht satt sehen an all den Dingen, die es dort gab. Menschen gab es nicht viele, es war mitten in der Nacht, trotzdem war jeder einzelne ein Ereignis, ich hatte seit fast einem Jahr niemand anderen mehr gesehen. Erst jetzt, merkte ich, erinnerte ich mich wieder daran, daß jeder von ihnen unser Feind sein könnte, natürlich hatte ich das Konzept nicht vergessen, nur war es in den vergangenen Monaten zu einem Abstraktum verblichen. Wie so vieles. Wie ich selbst. Ich entdeckte meinen Widergänger in einer verspiegelten Säule, und er kam mir nur vage vertraut vor. Ich stand vor dem Kühlregal und besah die unendliche Auswahl an Softdrinks und Limonaden, einen Ständer mit CDs schauderhafter Musik, Quadratmeter von Schokoladen. Es gab nichts, was ich nicht hätte haben wollen. Askese, zwischen Askari und Askorbinsäure, die Askese soll der inneren Sammlung dienen, der bewußten Lenkung des Erlebens, Vorstellens, Denkens und Wollens auf wenige Inhalte. Mir waren die Inhalte mehr als bewußt, ich bat Frankie um nichts.

Er bezahlte das Benzin und kaufte uns zwei Biere im angrenzenden Schnellrestaurant, neonerleuchtet, verwaist, nur einige Fernfahrer saßen außer Hörweite. Wir nahmen Platz an einem der vielen kleinen Kunststofftische. Der Raum war derart geheizt, es machte mich beinahe fassungslos. Ich hatte vergessen, wie warm es sein konnte. Daß die anderen in dieser geheizten Welt voller Überfluß und Schokoladen lebten. War ich neidisch?

Kurz vielleicht, aber marginal, würde ich sagen. Megaira hüstelte und ging sich frisch machen. Ich erinnerte mich, ebenso schnell wie ich mich an deren Welt zu erinnern begann, an die satte, leere Nutzlosigkeit, die damit einhergeht. Insbesondere, als wir unsere Bierdosen öffneten und miteinander anstießen und Frankie mir sagte, wie stolz und beeindruckt er sei. Von mir. Das Bier schmeckte besser als irgend etwas, was ich je getrunken habe. Wissen Sie, es ist ein Trugschluß, zu glauben, *viel* mache einen glücklich. Viel macht nur alles egal. Haben Sie zehn Pullover im Schrank, glauben Sie vielleicht, Sie bräuchten jetzt noch einen in Rot. Haben Sie keinen oder nur einen, wie den, den Frankie mir am nächsten Morgen in München kaufte, macht dieser eine Sie unendlich glücklich, ich glaube nicht, daß Sie dieses Gefühl kennen. Haben Sie eine Schrankwand voller Bücher, werden Sie zu keinem diese tiefe, innige Liebe empfinden, wie zu dem, das das einzige ist, was Sie besitzen. Essen ist erst dann richtig gut, wenn man sehr hungrig ist. Mir ist klar, daß Sie nicht verstehen werden, was ich Ihnen zu sagen versuche, Sie können es ja einfach schneiden –, was Sie nicht begreifen werden, ist, daß ich wohl nie so glücklich war wie mit Frankie. Dieses Bier ist so gut gewesen, man hätte sterben mögen. Weil es einfach nicht besser werden konnte als in diesem Moment.

Frankie stieß mit mir an, er sagte, er wäre stolz auf mich, ich hätte mich verdammt gut gehalten, und er wisse, wie hart es gewesen sei. Ich sagte, schon okay; nein, sagte Frankie, er wisse, das sei es nicht, aber, ich solle versuchen, das zu verstehen, es hätte keine andere

Möglichkeit gegeben. Er sagte mir, wie beeindruckt er von mir sei, daß ich es so weit durchgestanden hätte. Er sagte mir, in welchem Ausmaße ich ihm und der Sache geholfen hätte. Drei Tische weiter sammelte ein müder Mann seine abgefressenen Teller auf einem Tablett und trug sie von dannen. Es war wunderbar warm. Frankie sagte, er möchte, daß ich einiges verstehe, und ich war ihm marianengrabentief dankbar dafür, ich hatte sehr lange darauf gewartet, ihn das sagen zu hören. Hast du Hunger, sagte er, ich nickte, er stand auf und holte eine Currywurst mit Fritten, heiß, heiße Fritten schmecken wie Gott, und drei weitere Bier, zwei für mich, eines für ihn. Alles war besser als irgend etwas jemals zuvor. Ich schlang das Essen hinunter, solange es noch heiß war, ich verbrannte mir das Maul, aber egal. Frankie sah mir nur zu und ließ mich in Ruhe. Ich habe nie etwas gegessen, was dem gleichgekommen wäre.

Frankie sagt, ich will, daß du verstehst. Ich trinke das zweite Bier, allein der sensorische Unterschied vom heißen Essen zum eiskalten Bier. Bier, wenn es richtig kalt ist, ist ein Ereignis. Es schmeckt erst, wenn man lange keins getrunken hat, wenn man sich nicht vier weitere bestellen kann, wenn man nicht weiß, wann man das nächste bekommen wird. Frankie sagt, ich müsse verstehen, ohne mich seien all unsere Pläne zum Scheitern verurteilt. Ich nicke, und mir treten Tränen in die Augen. Hey, eine Zigarette zum Bier, sagt Frankie, ich bin völlig perplex, aber er liest meine Gedanken, ich rauche, oder rauchte, nur selten, auf Parties, zu besonderen Gelegenheiten, Sie wissen schon, Frankie jedenfalls weiß es, steht auf und schnorrt eine bei dem letzten Fernfahrerpärchen in der gegenüberliegenden Ecke des Raucherkabuffs, Frankie hat uns natürlich so weit wie möglich von der Fensterfront weg plaziert. Der erste Zug läßt mich husten, ich habe immer noch ab und an mit dem Husten zu kämpfen, der zweite schmeckt zum Bier wie alles, was man sich vom Leben nur wünschen könnte. Eine Servierkraft wischt den Tisch des müden Mannes ab, sie sieht so freudlos aus, wie es nur Raststättenservierkräfte fertigbringen. Ich hingegen bin derart von Freude überflutet, daß ich mit den Tränen ringe und mir den Moment pressen möchte und ins Herbarium kleben. Oder lachen, lachen vor lauter Wärme und Bier und wegen Frankie.

Okay, zum einen. Judith ist schwächer als ihr. Sagt Frankie, und es tut so gut, das aus seinem Munde zu hören. Wir müssen ihr helfen, das ist es, was ich tue. Hamburg, glaube mir, sagt Frankie, und ich glaube ihm jede Silbe, ist verbrannte Erde. Ließen wir Judith gehen, liefe sie direkt ins Verderben, glaubst du mir das, sagt er, ich glaube ihm, ich würde das nicht wollen, ich liebte Judith, vor vielen, vielen Jahren.

Wir müssen auf die beiden aufpassen, ich brauche dich dafür, deine Hilfe. Priorität hat, daß den Mädchen nichts geschieht, wir sind verantwortlich für die beiden, das ist dir klar, oder? Mir ist nichts je klarer gewesen. Meine Zigarette schmeckt nach Filter, ich drücke sie mit Bedauern aus und frage nicht nach einer zweiten.

Ich sage dir jetzt soviel, wie ich dir nur irgend sagen kann, sagt Frankie, und ich möchte nicht, daß du mit den Mädchen darüber redest, du weißt, du kannst mit absolut niemandem darüber reden, ich weiß es, und ich sage Ihnen, es zerreißt mir noch heute Herz und Eingeweide, Ihnen davon zu erzählen.

Wir sind auf uns allein gestellt, sagt Frankie. Wo immer die undichte Stelle liegt, wer immer zweigleisig fährt von unseren Leuten, es ist viel schlimmer geworden. Man hat mich diskreditiert, was bedeutet, nicht nur bietet unsere Seite keine vertrauenswürdige Hilfe mehr, sondern man ist jetzt auch von dort hinter mir her. Man hält mich für den Maulwurf, kannst du dir vorstellen, was das für Konsequenzen hat? Ich kann es nicht, aber nicke trotzdem.

Unsere einzige Chance ist, sagt Frankie, ebendiese Tatsache, bin ich bei uns Persona non grata, könnte das die Eintrittskarte, sagt er, zur Gegenseite sein. Das ist, was ich versuchen werde. Da reingehen, undercover, zusehen, wie weit ich komme, versuchen, so weit zu kommen, daß ich herausfinde, wer es auf unserer Seite ist, der ein Doppelspiel spielt, und soviel ist mir jetzt schon klar, wer immer es ist, er spielt in der Champions League, das ist sicher.

Kennen Sie diesen Kameratrick, wenn plötzlich die Tiefenschärfe reingedreht wird, eben noch hat man nur die Gesichter der Protagonisten gesehen, dann zieht sich plötzlich alles auf in eine Dreidimensionalität, daß einem schwindelig wird und der Atem stockt?

Ich bin nicht in der Lage, dir derzeit ansatzweise zu sagen, was das für uns bedeuten wird. Sagt Frankie. Du mußt begreifen, daß auch ich mich jetzt auf unausgelotetes Terrain begeben werde. Ich kann dir nicht sagen, was passieren wird. Ich werde dich möglicherweise brauchen, ich habe niemanden mehr außer dir. Aber wann und wie, weiß ich selbst nicht. Es gibt nichts, was ich dir versprechen könnte. Nicht, was passieren wird, nicht, daß es Sinn ergibt, nicht, daß es gut ausginge. Nicht mal, daß wir es überhaupt überleben werden. Das will ich dir in dieser Deutlichkeit sagen. Sagt Frankie. Denn ich will, daß du weißt, es ist jetzt vielleicht die letzte Chance für dich, auszusteigen. Vielleicht ist sie auch bereits perdu, ich kann es dir nicht mehr sagen oder garantieren. Es gibt niemanden mehr, dem ich trauen dürfte, um euch zu schützen. Man müßte es auf einen Versuch ankommen lassen, ob ihr unter neuen Identitäten irgendwo unentdeckt und unbehelligt bliebet, mehr könnte ich nicht für euch tun. Das ist, sagt Frankie, keine reizvolle Option, ich weiß. Aber es ist die einzige, die ich noch anzubieten habe. Weißt du, sagt er, ich gehe, von hier ganz allein. Du kannst mitkommen oder kannst es lassen. Du kannst es lassen, weißt du. Ich bin der letzte, der dir deswegen böse wäre. Sag, daß du es lassen willst, und es endet hier und jetzt.

Ich öffne das letzte Bier. Und Frankie macht mir angst, alles macht mir angst, die Servierkraft, jedes geparkte Auto, in dem sie sitzen könnten oder nicht. Ich sehe Monate auf einem Dachboden, von denen ich nicht wüßte, ob ich sie ein zweites Mal ertragen würde, sehe Emma rücklings auf dem Boden liegen und in stiller meditativer Konzentration den Karton über ihre Unterarme ziehen, ich blute zum Sirenengesang zweier Leuchtstoffröhren und krümme mich vor Schmerzen, Emma gräbt mir ihre Fingernägel tief in den Rücken, und ich könnte nicht sagen, ob sie kommt oder mich haßt, vor dem Fenster entfalten sich bunte Raketen, und ich weiß, sie feiern mein Sterben unter blutfleckigen Laken am Ende der Welt, alles ist Marmor, alles ist leer, Schnee fällt, und ich stehe an einer weltallkalten Hammerbrooker Straße und bin der Omega-Mann. Es hat nie einen Weg zurück gegeben. Es durfte nicht sinnlos gewesen sein. Es darf keinesfalls enden. Dies ist keine Option. Die Optionen sind schmal und gering an der Zahl. Ich öffne das letzte Bier. Es kann und darf jetzt und hier nicht enden, nichts wollte ich leugnen, und ich flehe Frankie an, mich nicht zurückzulassen.

Frankie verstand. Niemand hat mich je so verstanden wie Frankie. Es hätte nichts gegeben, zu dem ich zurückkehren könnte, nichts außer Schokoladen und Limonaden und dem sicheren Tod. Frankie verstand. Er ließ mich nicht zurück. Auch als ich nach dem letzten Bier die Fassung verlor, ihm erzählte, von Judith, von Emma, vom Fieber und von den Monaten, den vielen Monaten, als ich weinte, ließ er mich nicht zurück. Er brachte mich hinaus, gab mir eine Valium und eine Zigarette und ließ mich, ließ mich sein, bis ich meine Fassung zurückgewann. Ich gewann meine Fassung zurück, und Frankie verließ mich nicht.

In München kauften wir, nachdem die Läden öffneten, mir einen Pullover und eine neue Hose, einen Anorak. Einen Trainingsanzug plus Laufschuhe, T-Shirts. Einen Russischlehrgang, Text- und Übungsbuch und fünf CDs. Wir checkten in ein kleines Hotel ein, das man durch ein Kneipenrestaurant betrat, es hatte winzige schlichte Zimmerchen mit altem Mobiliar, ganz charmant. Ich komme nicht auf den Namen, aber das ist ja egal. Frankie und ich schlossen uns über Nacht dort ein, und er ließ mich meine neue Legende lernen.

Ich war Jonas Mentzel, mit tz, geboren am 16. September 1982 in Kiel, Frankie sagte, meine norddeutsche Herkunft höre man mir zweifelsfrei an, ich studierte Slawistik. Meine Eltern, Martin Mentzel, geboren am 22. März 1951, ebenfalls in Kiel, und Annegret Mentzel, Mädchenname Sottorf, 9. November 1953 in Osnabrück, waren geschieden, mein Vater lebte mittlerweile in Frankfurt, meine Mutter war nach der Scheidung in Kiel geblieben. Sie arbeitete im Einzelhandel, mein Vater war technischer Zeichner. Eine Schwester, Anne-Katrin, 26. Juni 1984, ausgebildete MTA, verheiratet mit Ralf Laue, Internist, mit ihm gemeinsam in Winterthur lebend. Drei Adressen, drei Telefonnummern, Mutter, Vater, Schwester, ich weiß nicht, wem sie in Wirklichkeit gehörten, ich rief nie dort an, obgleich es mich interessiert hätte. Und ich sollte selbstverständlich sowieso mit niemandem reden, nur wenn es unumgänglich wäre, ich seltsam auffiele, wenn ich es nicht täte.

Frankie ließ mich diese Daten und noch einige wichtige Eckpfeiler meiner Biographie die ganze Nacht lang wiederholen, bis sie mir flüssig von den Lippen kamen, selbst noch, als mir die Augen vor Müdigkeit zufielen, er schärfte mir ein, dies täglich eine Stunde zu üben, ich leistete ihm Folge, nach einigen Monaten kam es mir vor wie die Wahrheit. Ich begann, von mir selbst als Jonas zu denken. Ich mußte Christoph vergessen. Man enttarnte sich in Sekundenbruchteilen, riefe jemand hinter einem *Christoph?* und man drehte sich instinktiv um. Ich vergaß Christoph, ich wurde Jonas. Ich schmückte meine Biographie mit Details aus, wobei ich Frankies Rat beherzigte, mich nicht zu weit von der Wahrheit zu entfernen, eine gute Lüge, lehrte er mich, entfernt sich von der Wahrheit nur genau so viel wie nötig; verbiegt die Wahrheit; greift nicht vollständig aus dem Leeren, sondern ankert in der Realität. Der Glaubwürdigkeit wegen, aber auch, um sich selbst unter Streß noch an sie zu erinnern. Jonas war nicht gänzlich anders als Christoph, sie ähnelten einander wie entfernte Cousins. Christoph hatte blonde Haare gehabt, die von Jonas waren dunkelbraun, ich färbte sie über dem Waschbecken des engen Hotelbadezimmers. Würden sie mich trotz aller Vorsichtsmaßnahmen kriegen, sollte ich versuchen, Jonas so lange wie möglich aufrechtzuerhalten. Zu meinem eigenen Schutz. Bis es nicht mehr ginge. Vielleicht schaffst du es, sie von Jonas zu überzeugen, sagte Frankie. Es ist deine einzige Chance, deswegen versuche, sie nicht zu früh zu verspielen. Halte dich dar-an fest, bis es nicht mehr geht, und dann erinnere dich, wenn du sicher glaubst, es ginge nicht mehr, verbleiben dir noch vierzig Prozent.

Mich machte die Vorstellung schaudern. Ich sah Jonas' Gesicht, hager und sehr bleich unter dem dunklen Haar, bleich von einem sonnenlosen Jahr auf dem Dachboden, mit violetten Augenringen in den Spiegel über dem Waschbecken starren. Und dann, fragte Jonas, er hörte sich wenig heroisch an. Frankie legte mir die Hand auf die Schulter, sein Gesicht erschien neben Jonas im Spiegel. Ich bemerkte, daß er erste graue Haare bekam. In einem Job wie dem seinen ergraute man wahrscheinlich vorzeitig. Ich würde möglicherweise vorzeitig ergrauen. Wenn es nicht mehr geht, sagte er ernst, geht es nicht mehr. Der Punkt kommt. Bei jedem. Das ist die Wahrheit. Im wirklichen Leben gibt es niemanden wie James Bond. Im wirklichen Leben bricht jeder irgendwann. Die einen früher, die anderen später, aber irgendwann bricht jeder. Deswegen, sagte er, kann ich dir keine Telefonnummer von mir geben. Wir können das nicht riskieren. Wir müssen an die Mädchen denken. Ich nickte. Jonas nickte, ich hatte Angst. Ich sagte Frankie das. Gut, sagte Frankie, das ist gut. Angst hält dich vorsichtig. Angst hält dich am Leben. Nutze sie, laß dich nicht von ihr lähmen. Laß sie für dich arbeiten. Je härter du an dir arbeitest, je gewissenhafter und ernster du deine Aufgaben nimmst, um so geringer die Gefahr. Fühle dich niemals sicher. Wer sich sicher fühlt, begeht Fehler, und Fehler können wir uns nicht leisten. Fehler werden selten verziehen da draußen. Jonas und ich nickten und entschlossen uns, unser Bestes zu geben. Okay, schlafen wir noch ein paar Stunden, sagte Frankie, es dämmerte schon, nicht, daß deine Vermieterin morgen denkt, ein Ghul zöge bei ihr ein, Vermieterinnen hassen Ghule in ihren möblierten Zimmern. Ich lächelte schwach. Es dämmerte. Schlafen wir noch ein paar Stunden, sagte Frankie.

Ich war todmüde und schlief in meinen Klamotten, den alten, die ich am nächsten Morgen wegwarf. Nach der Dusche zog ich mit den neuen Kleidern auch Jonas an und würde ihn für mehr als ein Jahr nicht mehr ablegen. Meine Vermieterin war eine geistesabwesende Frau Maritsch in ihren späten Vierzigern, die Bewohner der beiden anderen Zimmer der Wohnung waren Florian, Arzt im praktischen Jahr, und Katharina, Stewardess mit einer Vorliebe für Trancemusik. Jonas kam gut mit ihnen klar, wir gingen freundlich und distanziert miteinander um. Nach dem Mädchennamen meiner Mutter fragten sie mich nie, aber ich hätte ihn, selbst wenn man mich mitten in der Nacht aus tiefem Schlaf geweckt hätte, wie aus der Pistole geschossen gewußt.

JUDITH XII / O-TON 07'19''

Emma? Emma war ein Wrack, als wir sie holen kamen. Ich hatte Frankie davon überzeugt, daß es mehr als notwendig wäre. Sie tat mir herzzerreißend leid, wissen Sie, Emma hat mir immer schon, auf irgendeine Art und Weise, leid getan. So hatte unsere Freundschaft begonnen, ich dachte, um Emma müsse sich jemand kümmern, sie schien stets sehr einsam. Mir geht so was nahe, wissen Sie. Mir ist so jemand nicht egal. Wir holten sie runter von diesem lausigen Dachboden, ich frage mich wirklich, wie sie es da oben aushielten, aber das fragen Sie die beiden am besten selbst, Sie reden tatsächlich auch mit Emma, oder?

Es war natürlich gewöhnungsbedürftig, jemand anderen plötzlich in unserer Wohnung zu haben, noch dazu jemanden, der so verstört war wie Emma. Die Wohnung war eigentlich zu klein für drei Leute. Und Emma, und sie ist schon immer, wie soll ich sagen, sonderbar gewesen, war noch viel sonderbarer geworden. Sicher, Frankie kümmerte sich um sie, das war Frankies Art, er kümmerte sich stets um jeden und alles, aber wenn er dann wegging, waren wir allein. Es fiel mir schwer, damit umzugehen, hat Emma Ihnen etwas von dieser Zeit erzählt? Was immer sie sagt, sie war sonderbar, wissen Sie. Sie redete nicht, nicht mit mir. Sie machte mir angst. Oft lag sie einfach nur auf dem Rücken, mit ausgebreiteten Armen, und starrte vor sich hin.

Ich versuchte, sie da rauszuholen, ich gab ihr Dinge zu tun, normale Dinge, wissen Sie, wie abwaschen, Wäsche waschen, wir taten das in der Badewanne, *old school* sozusagen, eine Waschmaschine hatten wir nicht. Ich wollte sie beschäftigen. Sie tat auch, was man ihr sagte, aber sie blieb sonderbar. Ich sagte zu Frankie, daß sie mir Sorgen bereite, und überzeugte ihn, sie in der Küchenkammer schlafen zu lassen, die ließ sich abschließen, wissen Sie, weil, man hätte nicht ruhig schlafen können, wäre Emma nachts in der Wohnung herumgespukt. Sie war *creepy*, wissen Sie, war Frankie da, war nichts davon ein Problem, aber in den langen Zeiten seiner Abwesenheit mußte ich allein mit Emma klarkommen. Wir, Frankie und ich, hatten ihr in der Küchenkammer die Isomatten ausgelegt, sie bekam ein Kissen, und man konnte die Kammer zusperren. Es ist natürlich jeden Morgen das erste gewesen, was ich tat, aufzuschließen, noch vor allem anderen, es war lediglich eine Sicherheitsmaßnahme, man konnte nicht abschätzen, zu was Emma fähig gewesen wäre, sich selbst oder uns oder mir anzutun. Ich hatte gegenüber Frankie entschieden darauf bestanden, ich kannte Emma besser als er. Er folgte, wie so oft, meinem Rat. Emma machte mir dann auch nie Probleme, Emma tat, was Frankie ihr sagte, ohne Wenn und Aber. Sie hätte alles für Frankie getan, aber das hätte ich auch, der Unterschied zwischen uns war nur, daß Frankie mich gewählt hatte, mit ihm zu leben, während Emma in der Kammer hauste wie ein Stück Brot, das sagt doch alles, oder etwa nicht? Wenn ich in der Kammer schlief, hat niemand von außen abgeschlossen, ich hatte den Schlüssel stets in meiner eigenen Tasche, ich wußte, es ging Frankie darum, Emma nicht davondriften zu lassen, ich wußte, es war wichtig, sie einzubinden und einzubeziehen. Ich war einsichtig und vertrauenswürdig, und niemand hätte es gewagt, abzuschließen. Was Frankie und Emma anging, tat er schließlich nichts aus Spaß, sondern aus Notwendigkeit. Er redete mit mir darüber. Wir sahen gemeinsam die Notwendigkeiten, wissen Sie? Ich bin ein erwachsener Mensch. Ich war auch damals ein erwachsener Mensch. Im Wohnzimmer konnte keiner von uns schlafen, Frankie hatte es verschlossen, es war sein Arbeitszimmer. Ich nehme an, er hatte dort drinnen Dinge, die wir nicht sehen sollten, zu unserer eigenen Sicherheit. Was Frankie mit Emma machte, diente der Sache. Es war mit mir abgesprochen und vollkommen okay. War er wieder weg, ließ ich sie die Bettwäsche in der Badewanne waschen, und sie war froh, etwas zu tun zu haben. Sie konnte mit sich selbst ja gar nichts anfangen, wissen Sie. Sie war so ein armes kleines Gespenstchen. Das wohl ist auch der Grund, daß ich niemals eifersüchtig auf sie wurde, ich meine, ich bitte Sie, wie könnte man auf jemanden wie Emma eifersüchtig sein. Die Wahrheit ist, ich ermunterte Frankie dazu, sich Emma zu widmen, ich wußte, sie brauchte das, sie wäre eingegangen, hätten wir beide uns nicht um sie gekümmert, ein jeder im Rahmen seiner Möglichkeiten. Es war kein schlechtes Agreement, in dem wir so lebten. Ich meine, unter den Umständen. Die Umstände müssen Sie natürlich immer in Erwägung ziehen. Wenn Sie das überhaupt können. Wobei die Umstände besser wurden, als wir umzogen, in einen renovierten Plattenbau, dort bekam Emma ihr eigenes Zimmer, das hat mich gefreut für sie. Sie durfte zwar die Rolläden nicht öffnen, aber es war trotzdem so viel besser als die Kammer. Frankie überlegte, ihr Malfarben zu besorgen, aber ich riet ihm davon ab. Emma neigte dazu, sich ungesund in die Malereigeschichte reinzusteigern. Und sie war, wie gesagt, schon komisch genug, es wäre unklug gewesen, das weiter zu forcieren. Sie lag mir sehr am Herzen, wissen Sie. Wir lebten ja quasi zusammen wie Schwestern. Wie eine Familie. Frankie, Emma und ich.

EMMA XII / O-TON 06'52''

Die Wahrheit ist, ich war froh, daß Christoph ging. Es war wichtig. Ich hatte begonnnen, mich an ihn zu gewöhnen. An seine Gegenwart. Das ist vielleicht unvermeidlich, man kann noch so sehr dagegen ankämpfen, man beginnt unweigerlich, sich an Menschen zu gewöhnen, wissen Sie was, ich habe mich sogar an Sie fast ein bißchen gewöhnt, ulkig, nicht? Und in einer Situation wie der unseren, in der man mit immer derselben Person in immer demselben Raum eine so lange Zeit verbringt, fällt es schwer, nicht eine gewisse Verbundenheit und Nähe zu fühlen. Der uralte Trick, einem Gefangenen einen Zellengenossen zu geben, der in Wahrheit ein eingeschleuster Doppelagent ist. Ich kann mir gut vorstellen, daß das überraschend oft funktioniert. Man fühlt diese Verbundenheit, selbst wenn man sich dagegen zu wehren versucht. Man müßte schon sehr stark sein, es zu vermeiden, und das war ich nicht, noch nicht, nicht damals. Christoph war mir wichtig geworden, und das ist nicht gut. In einem Leben wie dem unseren darf man sich nicht gestatten, sein Herz an andere Menschen zu hängen. Es macht einen schwach. Es macht einen verwundbar. Man muß lernen, sich von diesen Gefühlen zu lösen. Sie verwirren das klare Denken. Sie schwächen die Konzentration aufs Wesentliche. Man muß diese Impulse ausmerzen. Ich war noch nicht soweit, damals, Frankie erkannte das, deswegen nahm er mir Christoph weg. Das war richtig und gut für mich. Natürlich ist es schwer gewesen, alles war schwer, immer. Aber erst, wenn einem alles genommen ist, kommt man zu dem Punkt, zu erkennen, was übrigbleibt, und was übrigbleibt, ist das nackte Selbst. Hart gebrannt und geschmiedet und nur noch kristalline Konzentration und Hingabe an die Sache. Von heute auf morgen geht das nicht, das kann man nicht erwarten. Der Prozeß ist so schmerzhaft, man beginnt sich greifbaren, physischen Schmerz herbeizusehnen, Schmerz wie eine sanft ablenkende Melodie. Aber Frankie gestattete keinerlei Ablenkung. Frankie tat das einzig Richtige und nahm mir Christoph, dann gab er mir die Zeit, die Zeit allein, die ich brauchte, um diese Gefühle zu erkennen, zu bekämpfen, zu besiegen. Wissen Sie, ich glaube, Sie könnten hier, oder vielmehr wohl eher in einem der unteren Stockwerke, hier und jetzt und vor meinen Augen Christoph foltern, stundenlang foltern und bis zum Tode, ohne daß es mich berühren würde. Ich würde nicht blinzeln. Ich würde Ihnen trotzdem nichts verraten. Möglicherweise ist Ihnen das sogar bewußt, und nur deshalb haben Sie damit noch nicht begonnen. Sie ahnen, wie zwecklos es wäre. Ich würde Ihnen nichts verraten. Das ist, worauf es ankommt, nichts sonst. Christoph wäre entbehrlich. Ich bin entbehrlich.

Natürlich bin ich entbehrlich. Ich bin mir dessen vollständig bewußt. Der einzelne ist nichts. Auch das gilt es zu lernen. Frankie lehrte es mich, er lehrte es uns beide, mich und Judith. Er lehrte uns Demut, der folgerichtige nächste Schritt. Nachdem ich gelernt hatte, alles andere aufzugeben, lernte ich, mich aufzugeben. Die Eitelkeiten, den Stolz. Ich begriff das Prinzip und lernte begierig. Nicht so wie Judith, kleine, blöde, eitle Judith, das Prinzeßchen, sie schrie Zeter und Mordio, wenn Frankie sie in die Kammer sperrte. Ich nicht. Ich schwieg und begriff. Judith ist hübsch, aber nicht sehr klug, wofür sie natürlich nichts kann. Sie ist begriffsstutzig, und sie hat es nie geschafft, ihre Eitelkeit zu überwinden. Sie hielt sich für überlegen, wenn sie mich ihre Wäsche waschen oder die Wohnung putzen ließ, und hat nie verstanden, daß die Rollen in Wahrheit umgekehrt verteilt waren. Es hörte sehr schnell auf, mich zu stören, mich überhaupt zu tangieren. Es war eine Prüfung, die ich bestand und sie nicht. Jeden Tag schüttelte ich ein bißchen mehr Ballast ab, jeden Tag wurde ich ein bißchen leerer. Und schließlich, und zu diesem Punkt ist die arme Judith wohl nie gekommen, begann sich die Leere wieder zu füllen. Mit erbarmungsloser Stärke und vollkommenem, unzerstörbarem Glück. Und Frankie. Frankie, der mir diese Erkenntnis schenkte und diesen letzten großen Sinn. Wissen Sie, es machte mir gar nichts aus, wenn Sie mich töteten, im Gegenteil, ich hätte es ja selbst getan, wenn es mir noch gelungen wäre. Ich würde sterben in einer Sicherheit und Geborgenheit und im Dienste der Sache und mit kühlem, klaren Stolz. Was sollte es mir ausmachen. Es ist nichts außer einer erfreulichen Vorstellung, einer wünschenswerten. Aber auch Ihre Demütigungen hier berühren mich nicht, ich bin in der Lage, sie mit leichtem Amüsement zu ertragen. Ich habe das gelernt. Ich habe alles dafür geopfert, und es wird mir bleiben, Sie haben keine Möglichkeit, mir das wegzunehmen. Nichts von dem, was Frankie mir gab, könnte man mir wegnehmen.

Natürlich, Sie verstehen das weder, noch interessiert es Sie, ich rede auch gar nicht mit Ihnen, Sie sind wie Möbel in diesem Raum, ich rede mit mir selbst, warum nicht. Ihre Drogen lassen mich laut denken. Das ist alles. Etwas Verwertbares werde ich Ihnen gegenüber nicht denken. Übrigens, ob Sie es glauben oder nicht, von diesem Dachboden, nach dem Sie so penetrant fragen, könnte ich, selbst wenn es ihn gegeben haben sollte, nichts weiter erzählen, denn falls es ihn gab, wäre ich dorthin gekommen mit verbundenen Augen und wieder weggefahren in dem Kofferraum eines Autos, gäbe es ihn, hätte er in jeder europäischen Stadt oder Kleinstadt oder auch in einem Dorf liegen können, ich würde davon nichts wissen, aber diese Aussage dürfen Sie als rein hypothetisch werten, denn daß er überhaupt existierte, habe ich zu keiner Zeit bestätigt und gedenke auch nicht, dies in irgendeiner Form zu tun.

CHRISTOPH XIII / O-TON 22'30''

Jonas lebte in strenger Konzentration das Leben des Jonas. Wissen Sie, Judith hatte Christoph oft vorgeworfen, er sei undiszipliniert, träge, nicht ehrgeizig genug. Aber auf Jonas traf das nicht zu. Zu Anfang machte mir die plötzliche Freiheit tiefere Angst als jegliches von Frankies Worst-case-Szenarien. Christoph hatte die vergangenen eineinhalb Jahre unter strikten Anweisungen und in sehr engen Grenzen gelebt. Jonas, plötzlich, war beängstigend frei. Er besaß eigenes Geld, nicht viel, die Miete wurde von Frankie bezahlt, aber es reichte zum Leben, Frankie hatte es in meine Verantwortung gegeben, wie ich es dem Auftrag entsprechend am nützlichsten verwendete. Frankie hatte mir überhaupt eine ungeheuerlich weitreichende Verantwortung übertragen. Es lag nun an mir, diese zu nutzen. Jonas zu einem makellosen Jonasleben zu verhelfen. In das ich Frankies Anweisungen zu integrieren hatte. Das physische Training war eine davon, das Erlernen der russischen Sprache die zweite. Jonas, kann ich mit einem gewissen Stolz behaupten, erledigte seinen Job mit ingrimmigem Willen zur Perfektion. Judith hätte ihn gemocht. Sie hätte sich möglicherweise in ihn verliebt. Er war Christoph ähnlich, wie ein entfernter Cousin, aber er war in vieler Hinsicht besser, als sei Christoph nur eine Betaversion gewesen.

Ich besorgte mir ein Vorlesungsverzeichnis der Universität, ich ließ Jonas Kurse belegen, ich achtete darauf, zu den Vorlesungszeiten außer Haus zu sein. Ich achtete auf Details. Ich aß wenig und billig, Aldi, Penny, die Artikel mit den überschrittenen Verfallsdaten, um genug Geld für die Details zu sparen. Askese, zwischen Arsen und Aspirant. Ich besorgte, gebraucht, die Bücher, die Jonas für sein Studium gebraucht hätte. Ich besorgte andere Bücher, die ihn interessieren würden. Ich war oft versucht zu stehlen, aber tat es nie, Jonas war niemand, der stiehlt, und ein bescheuerter Detektiv oder eine aufgeweckte Angestellte hätte alles platzen lassen können. Auffällig fand ich, daß er keinen Computer besaß, aber das wäre jenseits meiner Möglichkeiten gewesen, ich kaufte für zwei Euro eine elektrische Schreibmaschine auf dem Flohmarkt und jagte fortwährend durch die ganze Stadt, um noch irgendwo Restposten von Farbbändern dafür zu finden. Ich füllte stapelweise Papier mit Hausarbeiten, von denen ich mir hätte vorstellen können, daß Jonas sie schrieb. Ich lief manchmal, wenn Florian oder Katharina keine Schicht hatten, Samstagnacht stundenlang durch die Straßen, denn ein Student, der nicht ausgeht, wäre verdächtig gewesen. Ich redete mit ihnen, nicht viel, nicht zu wenig, Jonas war ein stiller Typ. Ich redete mit niemandem sonst. Ich kaufte genug Anziehsachen im Secondhandshop, um Jonas nicht sozial auffällig werden zu lassen. Eine Stunde am Tag memorierte ich sein Leben, bis es mir wahrhaftiger schien als mein eigenes. Ich färbte ihm alle vier Wochen die Haare und fluchte über den Preis des Färbemittels.

Daneben verfolgte ich meine Aufträge. Zusammen ergab das ein rigides Skelett, eine gnadenlose Struktur meiner Tage, die mich aufrecht erhielt und mir keine Zeit gab, zu denken, zu zweifeln, zu verzweifeln. Ich war stolz auf mich, das ohne Frankie zu schaffen, ich lernte, mir mein eigener Frankie zu sein.

Ich legte mich krumm, um diese verdammte Sprache zu lernen, wie soll man eine Sprache lernen ohne die Hilfe eines Muttersprachlers. Ich fluchte, daß Frankie nicht an ein Abspielgerät für die CDs gedacht hatte, stellte aber, als ich die Flohmärkte entdeckte, fest, man bekam gebrauchte Discmen für einen Spottpreis, wer brauchte noch Discmen, die Welt war auf MP3 umgestiegen.

Russisch ist eine vollkommen durchgedrehte Sprache, verstehen Sie zufällig etwas davon? Seien Sie froh. Es macht einen verrückt. Deswegen haben die Russen den Wodka erfunden, nur mit einem Liter täglich erträgt man den russischen Genitiv. Die Russen sagen fast alles grundlos im Genitiv, und der ist naturgemäß erratisch unregelmäßig und knifflig zu bilden. Und spätestens bei den Verben der Bewegung beginnt man dann, das Rasierwasser zu trinken. Für jedes Bewegungsverb gibt es ein halbes Dutzend verschiedener Verben, man *geht* nicht einfach, es kommt darauf an, wohin man geht, ob man gerne geht, ob man das öfter tut, ob man vorhat zurückzugehen und wenn ja wann und in welcher Gemütsverfassung, ob man schon mal gegangen ist und das an ungeraden Tagen oder bei Vollmond oder in Begleitung einer dicklichen Tante, und ob, falls man, wenn man zurückzugehen beabsichtigt, das noch schafft oder vorher am Rasierwasser erblindet. Es trieb mich zur Verzweiflung. Christoph hätte das ganze Geraffel, die Bücher und CDs plus Discman zum Fenster hinaus in den Innenhof entsorgt, hätte das Zeug an die Wand geschmissen mitsamt allen Genitiven, Präpositiven, Instrumentales und diesen Betonungszeichen, die nach kleinen „b"s aussehen und deren Betonung ich nie begriff. Aber Jonas hätte kein Geld für einen neuen Discman erübrigen können, und Christoph konnte es sich nicht leisten, aufzugeben. Frankie verließ sich auf mich.

Ich gab nicht auf. Ich lernte Vokabeln, auch das ein zähes Elend, all diese Worte, die einem so unvertraut sind, die nichts ähneln, was man aus dem Deutschen,

Englischen oder den romanischen Sprachen kennt. Ich saß stundenlang in meinem Zimmerchen, Komnata, starrte das Interieur an und zischte ihm mit gedämpfter Stimme seine russischen Namen entgegen. Stol. Stul. Akno. Kniga. Tschaschka. Krowat. Chaladilnik. Kawjor. Rubaschka. Brjuki. Frankie verließ sich auf mich. Ich lief in der Winterkälte durch die samstagnächtlichen Straßen, sagte: Ulitza, sagte: Chalodni, sagte: Subbota, sagte: Notsch. Ich würde Frankies Vertrauen nicht enttäuschen.

Ich hatte ohnehin begonnen, mit mir selbst zu reden, denn ich redete kaum mit sonst jemandem, achtete aber darauf, mich dabei nicht ertappen zu lassen, um nicht sonderbar zu wirken. Manchmal brachte ich mich zum Lachen. Ich nannte mich nie anders als Jonas.

Ich lief. Frankie hatte es mir aufgetragen. Es war qualvoll. Nach dem Dachboden war ich in derart armseliger Verfassung, daß mir die Treppen in den dritten Stock Mühe bereiteten. Nichtsdestotrotz lief ich, eisern. Ich überanstrengte mich sofort, ich sah ein, ich konnte zunächst nicht jeden Tag laufen, ich mußte mir jeweils einen Pausentag dazwischen gönnen. Es schien, als hätte ich keinen substantiellen Körper mehr. Ich lief jeden zweiten Tag. Ich lief trotzdem so weit, wie es nur irgend ging. Hinterher zitterten mir anfangs noch zwei Stunden lang sämtliche Muskeln, ich verschüttete den Tee – den ich mir, jeden Teebeutel dreimal aufbrühend, für gewöhnlich machte – es war ein Winter mit strenger Kälte, wenn ich die Tasse nicht auf meinem Schreibtisch stabilisierte, kippte und mit vorsichtigen Verrenkungen schlürfte.

Ich lief am Isarufer entlang. Ich lief jeden Tag ein bißchen weiter.

Über Weihnachten fuhr Florian zum Skilaufen und Katharina zu ihren Eltern. Frau Maritsch, der Jonas gelegentlich im Treppenhaus begegnete, fragte ihn, ob er nicht nach Hause fahre, aber Jonas wollte die Weihnachtsferien nutzen, um sich auf das nächste Semester vorzubereiten, es klang dünn, doch Frau Maritsch hörte nur mit halbem Ohr zu.

Jonas war sehr allein über Weihnachten in der leeren Wohnung. Sagte: Adinotschestwa. Alle Straßen und Fenster und Schaufenster der Stadt verbrannten fossile Energien in Massen und in Form von Myriaden gelblicher Lichter. Ich habe das kühle Halogen nie gemocht. Ich mag Glühbirnen, warmes Wolfram. Ich hatte mir jeden erübrigbaren Cent vom Munde abgespart, hätte es sich Jonas leisten können, in einer Suppenküche gesehen zu werden, wäre ich mir auch dafür nicht zu schade gewesen. Ich schenkte mir zu Weihnachten das *Meyers Universallexikon*, die gleiche billige Taschenbuchversion. Ich hatte es vermißt. Es fühlte sich an wie ein Stück Heimat. Das andere war bei Emma verblieben, sie hatte ja sonst nichts mehr. Es fügte sich in Jonas' Leben, aber es war ein Geschenk von Christoph an Christoph. Ich zündete drei Teelichter an, Katharina hatte einen ganzen Sack davon achtlos herumliegen lassen, aß Aldi-Lachs, die kleine Packung, auf Toast, und fühlte mich durch und durch elend. Ich glaubte, es wäre selbst auf dem Dachboden besser gewesen. Dort schien ich einen Zweck gehabt zu haben, und ich war nicht allein gewesen. Ich dachte an Kinderweihnachten, wünschte, ich könnte zurück dorthin, ein kleiner Christoph sein, ein kleiner Jonas, in Kiel oder Sasel, unter einem Tannenbaum, mit Kerzen und Geschenken und Gerüchen nach Gebäck, nach Nadelbaum, nach warmem, üppigem Gekochten. Jonas dachte daran, wie ein großer Christoph seinen Eltern heut abend fehlen würde. Nur kurz, es war keiner dieser Gedanken, die man sich machen sollte. Ich hätte gern Musik gehört, doch CDs waren in meinem Budget niemals eine Option gewesen. Ich begann zu singen, ich sang *Kommet ihr Hirten*, ließ es schnell wieder bleiben, meine Stimme klang hohl und häßlich in der leeren Wohnung. Ich hätte mich gern betrunken. Ich löschte die Kerzen und ging zu Bett. Gralshüter, Gram, Gramineae, Süßgräser in Savannen, Steppen und Dünen, Gran Paradiso, 4061 Meter über dem Meeresspiegel. Ich träumte von endlosen Steppen mit Gräsern wie wispernde Meere. Am nächsten Morgen lief ich durch die schneidende Kälte an der Isar entlang, als ich nicht mehr konnte, erinnerte ich mich daran, noch vierzig Prozent übrig zu haben, und lief weiter, um diesen vierzig endlich ins Angesicht zu blicken. Ich kam schätzungsweise bis fünfundzwanzig, dann mußte ich mich übergeben, und mir flirrten Süßgräser und Savannen über die Netzhaut.

Zu Silvester ging ich früh ins Bett und konnte des Lärmes wegen trotzdem nicht schlafen, aber für nur diese eine Nacht Ohropax zu kaufen, war mir als sinnlose Ausgabe erschienen. Am Neujahrsmorgen lief ich bis ungefähr fünfundreißig, und über die Savanne senkte sich eine so plötzlich hereinbrechende Nacht, wie sie wohl ausschließlich in den Tropen vorkommt, wo eine Dämmerung nicht vorgesehen ist und die Gräser geschwätzig von Geheimnissen flüstern, die niemanden etwas angehen außer den Wind. Der Frau, die mich schüttelte, antwortete ich artig auf ihre Fragen, ich rieb mir das Gesicht mit Schnee ein und ließ mir von ihr den Weg zur U-Bahn erklären, sie gab mir das Geld für die Fahrkarte, ich hatte keines dabei, und schwarzzufahren, durfte ich nicht riskieren.

Am Tag darauf lief ich nicht und auch nicht am nächsten, währenddessen wurden draußen die Tage, in aufmüpfigem Widerspruch zum Solstitium, kürzer und kürzer und stetig dunkler. Habitat, Hades, Heliotrop, griechisch für *was sich zur Sonne hinwendet*. Frankie kam Mitte Januar. Er kam keine Sekunde zu spät, ich hatte kein Geld mehr, meinen Mitbewohnern hätte ich nichts entwenden können, wir hatten jeder einen eigenen Kühlschrank und eine Kochplatte im Zimmer, wenn ich hungrig war, lief ich, bis ich nicht mehr hungrig war. Seit das Semester begonnen hatte, lief ich zu Jonas' Vorlesungszeiten. Chleb, Brot, Masla, Butter, Sir, Käse, Kalbasa, Wurst, Produkti, Nahrungsmittel generell, Sakuski, Vorspeisen, Golad, Hunger. Frankie ging mit mir essen, bei einem Italiener, ich aß ein echtes Steak mit Pfeffersoße, ich aß zwei Tiramisu hinterher.

Bißchen verspätet, sagte Frankie, aber scheißegal, also: fröhliche Weihnachten. Er schob mir ein verpacktes Geschenk über den Tisch, grinste wie ein Honigkuchenpferd angesichts meiner Verblüffung und orderte zwei Grappa. Auf dem Tisch stand, immer noch halb voll, eine Flasche Weißwein, Frankie hatte Fisch gegessen. Ich riß das Geschenkpapier auf, der Soundtrack dazu wäre *Kommet ihr Hirten* in einer Sex-Pistols-Version gewesen, das Geschenk waren Bücher, soviel konnte ich sagen. Sie bereiteten mir selbst unausgepackt Freude. Ausgepackt sagten sie mir nichts. *Die schlimmste Reise der Welt*, *South* von Ernest Shackleton, letzteres auf englisch. Sie schienen beide, den Umschlägen nach zu urteilen, in Polarregionen zu spielen, und ich dachte, jetzt ist Frankie übergeschnappt, will er mit uns zum Südpol? Nichts sagen, erst lesen, sagte Frankie. Nein, erst austrinken, wir wollen noch weiter. Er bestellte die Rechnung, während ich Grappa und Weinglas leerte. Dann gingen wir gemeinsam in eine Bar, tranken Gin Tonic, ich trank wie ein Pferd, kotzte ins Pissoir, trank weiter, wir redeten nicht über den Job, wir redeten einfach nur so, waren ausgelassen, und alles war in größtmöglicher Normalität bloß prima, so sehr und überzeugend, daß selbst die Sonne sich zum Wenden entschloß und ab da die Tage begannen, heller zu werden, und heller, jeden Tag ein bißchen mehr.

JUDITH XIII / O-TON 10'19''

Ich hatte es ja gewußt. Ich hatte es gewußt, wissen Sie? Deswegen sagte ich wieder und wieder zu Frankie, wir müßten Emma einsperren. Ich wußte, es war etwas in ihr, das unberechenbar ist und möglicherweise gefährlich werden konnte. Deswegen sperrte ich sie ein, wenn wir alleine waren. Eine, wie sich zeigte, vernünftige Entscheidung. Es ging lange gut, bis zu dem Tag, als es das eben nicht mehr tat, und ich zumindest hatte das erwartet, hatte es kommen sehen, über all die Monate hinweg. Bis zu diesem

Vormittag im Spätherbst, Anfang November, immer noch ungewöhnlich warm, die Sonne schien häufig. Wir saßen ganz normal, wie so oft, wenn Frankie da war, gemeinsam am Küchentisch, saß Emma dabei, zogen wir die Vorhänge zu. Emma hatte ich Omelett machen lassen, sie kochte allmählich besser, das Omelett war nicht schlecht, wir tranken hinterher Kaffee miteinander. Ich hatte bereits eine halbe Tasse getrunken, als ich plötzlich stutzte und gar nicht wußte, ob ich das überhaupt dürfte. Ich würde mich erkundigen müssen. Ich sollte darüber reden. Und wie ich so nachdachte, fand ich, es wäre keine schlechte Gelegenheit, es jetzt zu tun. An unserem Frühstückstisch, an dem wir gemeinsam beisammensaßen wie die Familie, die wir waren. Sie sollten sich beide mit mir freuen. Auch Emma, sie sollte sich nicht ausgeschlossen fühlen, das war sie sowieso viel zu oft. Und es duldete wohl auch keinen Aufschub mehr. Ich stellte die Tasse zurück auf den Tisch, holte tief Luft, sagte dann, ich glaubte, ich sei schwanger, ich sei mir eigentlich ziemlich sicher. Und zwar schätzungsweise knapp im vierten Monat, wenn ich mich nicht täuschte.

Es herrschte einen langen Augenblick vollkommene Stille. Das durch die Vorhänge sickernde Licht vermengte sich mit dem unserer zwei Küchenlampen. Ich habe auch in dieser Wohnung, wissen Sie, oft ein Radio vermißt oder einen CD-Player, irgendeine Art von Musik, mir hat Musik immer viel bedeutet, jetzt läuft bei mir eigentlich den ganzen Tag lang Musik oder der Fernseher. Abends und nachts vor allem, nachts lasse ich meistens den Fernseher laufen und schlafe dazu ein, es fällt mir schwer, allein zu sein, ich bin ja zehn Jahre eigentlich nie allein gewesen. In den ersten Wochen wohnte ich zwar bei meinen Eltern, aber das hat nicht so richtig funktioniert, für beide Seiten nicht. Ich kann ganz gut schlafen, wenn die Stimmen aus dem Fernseher murmeln und man das Gefühl hat, es seien noch andere Menschen im Raum und bevölkerten das nächtliche Dunkel mit ihren Stimmen und Angelegenheiten. Jedenfalls, es war still in der Küche, und ich hätte gern die Vorhänge aufgerissen. Dann sprang Emma mich an.

Sie sprang mich regelrecht an, wissen Sie, anders kann ich es nicht sagen, wie eine Bestie. Sie hatte den Kaffeebecher noch in der Hand, Gott sei Dank war der Kaffee nicht mehr heiß, sie schlug mir das Ding an die Schläfe, sehen Sie, diese kleine Narbe hier oben am Haaransatz, die stammt daher. Ich fiel mitsamt meinem Stuhl um, Emma auf und über mir, sie schlug mit beiden Händen auf mich ein wie eine Furie, ich wußte gar nicht, wie mir geschah, und ich wehrte mich kaum, keine Ahnung, warum, ich war wie gelähmt, die Attacke kam aus dem Nichts, wer hätte mit so etwas gerechnet. Emma legte die Hände um meinen Hals, sie war stark, viel stärker, als man es für möglich hält, wenn man sie so sieht, vielleicht von ihrem Tai-Chi-Quatsch, den ich lange schon nur noch pro forma betrieb, wenn Frankie da war, um ihm eine Freude zu bereiten. Sie war wirklich stark, wissen Sie. Irgendwo fiel etwas laut krachend zu Boden. Ich sah nichts mehr, außer Decke und Lampe unter einem funkelnd rauschenden Schleier, und etwas war in meinem Gesicht und sehr warm, erst Minuten später bemerkte ich, daß mir aus dem Schnitt an der Schläfe das Blut strömte, solche Wunden an der Stirn bluten heftig, aber wissen Sie was, es tat zunächst überhaupt nicht weh. Es tat nicht weh, ich war bloß verblüfft bis zur völligen Lähmung. Um die Lampe tanzten farbige Partikel wie lustige Motten.

Frankie muß Emma von mir weggerissen haben, und er schlug sie hart ins Gesicht. Emma flog gegen den Kühlschrank, erschreckte die Motten, stand wieder auf, sprang Frankie an. Ich wischte mir über das linke Auge, und erst kurz darauf wurde mir klar, daß meine Hand voller Blut war. Emma ging auf Frankie los wie ein tückisches Tier, ihre Bewegungen von einer zeitlupenhaften Geschmeidigkeit, nach Tai-Chi sahen sie trotzdem nicht aus, sie sahen aus nach etwas, das archaisch irgendwo in einem Raubtier schlummert, bis man es nach Millionen von Jahren plötzlich wiederentdeckt, wenn die Zeit reif ist. Sie konnte einem Angst machen, ich wußte, ich hatte die ganze Zeit vollkommen zu Recht Angst vor ihr gehabt.

Aber Frankie war sie nicht ansatzweise gewachsen. Sie trat ihm nicht mal zwischen die Beine, ich hätte das als erstes getan. Sie landete einen Schlag in seinem Gesicht, er taumelte zwei Schritte zurück gegen den Tisch, und von unserem Geschirr ging das meiste zu Bruch, dann hatte Frankie sie erst ins Gesicht geschlagen und danach fast zeitgleich in den Bauch, Emma klappte zusammen und ging zu Boden, Frankie ließ ihr keine Zeit, er drehte ihr den Arm auf den Rücken, griff in ihre Haare und schlug ihren Kopf einmal kurz und trocken auf die Küchenfliesen, da gab sie Ruhe.

Dann herrschte überhaupt erst einmal eine große Ruhe. Eine sehr große, eine immens große Ruhe legte sich über alles und jedes und über die ganze Stadt wie ein Laken aus Beton. Man hörte uns nur atmen, derart laut, es hätte mich nicht verwundert, hätten sich die Mieter unter uns darüber beschwert. Emma lag auf den Fliesen und blutete aus der Nase und bekam diesen starren Blick, den ich immer zum

Fürchten fand. Frankie stand über ihr, er hatte zwei grelle Kratzer im Gesicht. Er atmete. Emma drehte sich auf den Rücken, sehr langsam. Sie breitete die Arme aus, das Blut rann ihr in Streifen über das Gesicht. Sie sah Frankie an und begann zu lachen, tonlos, kaum zu hören unter ihrem hastigen, keuchenden Atem. Frankie reichte ihr die Hand und half ihr auf und küßte sie, nein, Frankie reichte mir die Hand und half mir auf und küßte mich. Es schmeckte blutig, ich fuhr mir über das Gesicht, und es war alles voller Blut. Frankie nahm ein Geschirrhandtuch, preßte es auf die Platzwunde, führte mich ins Badezimmer und wusch mir das Blut vom Gesicht. Wir saßen auf dem Rand der Badewanne miteinander, Frankie drückte mir das Handtuch auf die Stirn, irgendwann hörte es auf zu bluten, und Frankie improvisierte einen Verband. Er strich mir die klebrigen Haare aus dem Gesicht und dann über meinen Bauch, er lächelte. Was meinst du, fragte er, Junge oder Mädchen? Junge, sagte ich, ein Junge, ich war mir ganz sicher. Komm, sagte er, ich wasch dir die Haare, er ließ Wasser in die Badewanne und wusch mir ganz sanft und vorsichtig meine Haare, so daß kein Wasser oder Shampoo in die Wunde kam und es nicht weh tat, kein bißchen.

EMMA XIII / O-TON 09'35''

Ich muß sagen, ich hätte es nicht vermutet. Das, natürlich, denken Sie, ist eine schwache Leistung für jemanden, der, so wie ich, auf Beobachtung hätte geschult sein müssen. Von der sogenannten weiblichen Intuition mal ganz zu schweigen, die ich allerdings, ehrlich gesagt, immer schon für einen Mythos gehalten habe. Ich hatte mit Judith aber ohnehin wenig zu tun. Uns trennten mehr als verschlossene Türen, uns trennten Welten. Ich hatte das Universum nach Judith längst verlassen. Ihren kleinen traurigen Kosmos voller Ängste und Begehrlichkeiten und Unterwürfigkeit und raschelndem, strebsamem Eifer, Hamster im Rad, ich betrachtete dies aus großer Ferne, verwundert und wohltuend fremd. Judith war eine so gänzlich andere Lebensform als ich, ich erinnere mich nicht, viele Gedanken an sie verschwendet zu haben. Daß sie schwanger war, wäre mir nicht in den Sinn gekommen. Gut, ich registrierte, sie wurde fetter, ich hielt das aber für nicht weiter verwunderlich, sobald Frankie uns alleine ließ, aß sie alles und gab mir nur wenig und selten etwas. Es störte mich beileibe nicht. So war sie immer gewesen, auch früher schon. Sollte sie fett werden, sollte sie tun, was immer ihr beliebte. Es ging mich nichts an, wissen Sie, es wäre nichts gewesen, über das ich nachgedacht hätte.

Sie machte einen theatralischen Auftritt daraus, sie wartete einen Moment ab, in dem wir zu dritt beisammensaßen, ich hatte schon während der vorangegangenen Stunde vage ihre Nervosität registriert, ohne mir darüber Gedanken zu machen, ich machte mir aus Prinzip keine Gedanken über Judith und ihre kläglichen kleinen Befindlichkeiten. Aber sie war nervös, das war unbestreitbar. Man sah ihr die Angst an. Deswegen hatte sie einen Augenblick abgepaßt, in dem sie nicht mit Frankie allein war. Sie dachte wohl, das mildere seine Reaktion. Deswegen hatte sie bis zum vierten Monat gewartet, um heimlich und verstohlen ein nicht mehr zu änderndes Faktum zu schaffen. Soweit war ihr das gelungen, das muß man ihr lassen. Soweit hatte sie Frankie ausgetrickst, ihre sehr limitierten Möglichkeiten in Betracht gezogen, könnte man sagen, das war nicht einmal schlecht. Nur Frankie davon in Kenntnis zu setzen, dies, so wurde deutlich, stellte ein kardinales Problem dar. Man könnte auch sagen, es ist nicht besonders klug, ausgerechnet mit Frankie Machtspielchen zu spielen, aber klug, wie gesagt, ist Judith nie gewesen, bloß fruchtbar.

Sie setzte ihre Kaffeetasse mit großer Geste zurück auf den Tisch, holte tief Luft und verkündete, sie sei schwanger, im vierten Monat. Dann blickte sie zu Boden, in einem schlechten Schauspiel von Hilflosigkeit, der Orchestergraben stöhnte und kicherte. Es wurde sehr still. Mich ging es nichts an, ich verblich wie die Blumenmuster auf unserem Geschirr. Es ging mich nichts an, es waren Dinge, die außerhalb geschahen. Auch ich hätte es sein können, die schwanger geworden wäre, aber ich war froh, daß das niemals passiert ist, wenn, hätte ich es Frankie umgehend gesagt und nicht bis zum vierten Monat abgewartetet. Einen solchen Betrug hätte ich an Frankie nicht begangen. Frankie hätte es nicht geschätzt. Frankie schätzte es, ganz deutlich, nicht im geringsten. Frankie war *not amused*, wenn Sie wissen, was ich meine. Frankie ging, nachdem die Fermate sich schloß, um den Tisch herum. Er war aufgestanden. Er stand vor Judith. Betrachtete sie, Judith sah zu Boden, mich ging es nichts an.

Frankie stand vor Judith und sagte, sieh mich an. Judith gehorchte nicht, sieh mich an, sagte Frankie. Judith gehorchte nicht, und Frankie griff ihr in den Nacken und zwang sie, ihn anzusehen. Er wartete ein wenig, er war ganz ruhig, dann schlug er zu. Judith begann umgehend zu heulen, wie eine dieser Autoalarmanlagen, die schon losgehen, wenn ein Passant sich auch nur versehentlich auf zwei

Meter nähert. Mit der Linken hielt er ihre Haare, mit der Rechten schlug er sie, rhythmisch, besonnen, nahezu rituell. Beim fünften oder sechsten Schlag triggerte etwas in Judith, plötzlich spannte sich ihr ganzer Körper, sie riß ihr Knie hoch in Richtung Frankies Eier, er ließ sie los, Geschirr ging scheppernd zu Bruch, sie sprang auf und fuhr ihm mit ihren Fingernägeln ins Gesicht und hinterließ dort zwei blutrote Striemen. Frankie schlug sie hart und entschieden, sie fiel gegen den Herd, rappelte sich zusammen und warf sich erneut auf Frankie. Ich muß zugeben, ich war, vielleicht zum ersten und einzigen Mal, beeindruckt von Judith. Ich hätte niemals vermutet, daß sie das in sich hat. Vielleicht hat es jeder von uns, selbst Judith, in sich, zu kämpfen, wenn man ihn nur weit genug treibt. Es ist vielleicht eines dieser unerschöpften und gänzlich vergessenen Potentiale, die wir alle in uns tragen, ein schlafendes Erbe. Eines, von dem wir nicht wissen, das uns nur unruhig macht und uns nicht so gänzlich in Zufriedenheit leben läßt, in dem armseligen kleinen Dasein, das uns normalerweise zugedacht ist.

Nicht, daß es Judith weit gebracht hätte. Er wehrte sie ab wie ein Insekt, schlug sie nieder, kniete auf ihrem Rükken und drehte ihr den Arm im Polizeigriff nach hinten, und sie hörte, notgedrungen, auf zu toben. Beruhigte sich. Sich ausgerechnet mit Frankie auf ein Machtspiel einzulassen, ist eine mindergute Idee. Sie blutete aus einer kleinen Platzwunde an der Stirn, Frankie blutete ein bißchen aus der Nase, und die Kratzer glühten auf seiner Wange wie eine Kriegsbemalung. Judith lag mit dem Gesicht nach unten auf dem Linoleum und atmete stoßweise. Ruhe herrschte. Wir verharrten allesamt wie eine verdrehte Laokoongruppe, dann begann ich, die Scherben aufzusammeln, einer, dachte ich, müßte das früher oder später sowieso tun. Frankie ließ Judith los, Judith blieb einfach liegen. Ihre Platzwunde blutete stark, ich nahm ein Geschirrhandtuch und reichte es Frankie. Er zog Judith vom Boden hoch, ließ sie sich setzen, drückte ihr das Handtuch in die Hand und ihre Handtuchhand an die Stirn. Fuck, sagte er, fuck, dann verließ er die Wohnung. Er kam erst am nächsten Morgen zurück. Ich schaffte erst mal Ordnung in der Küche, ich riet Judith, sie solle sich waschen gehen. Mehr konnte ich nicht tun, mehr, ehrlich gesagt, wollte ich nicht tun. Letztendlich, und das gilt es zu begreifen, ist jeder allein. Letztendlich gibt es niemanden, außer Frankie vielleicht, und selbst das darf nicht zählen, er wäre der erste, der dies bekräftigte, übrig bleibt einzig und ausschließlich man selbst, ganz singulär und gänzlich einsam und frei, das ist die Wahrheit, die letzte.

CHRISTOPH XIV / O-TON 32'20"

Jonas kam ganz gut über das Jahr. Die rigorose Routine seiner Tage half. Auch die beiden Bücher von Frankie halfen, wie immer wußte er sehr genau, was er tat, als er mir sie schenkte. Sie handelten tatsächlich von Südpolexpeditionen, Anfang zwanzigstes Jahrhundert, aber deswegen hatte er sie mir nicht gegeben, denn wovon sie eigentlich handeln, ist die unfaßbare Belastbarkeit des Menschen. Ich kann Ihnen nur empfehlen, mal einen Blick reinzuwerfen, es ist wirklich faszinierend, man ist versucht zu denken, diese Leute gehörten zu einer gänzlich anderen Spezies als man selbst. Man beginnt zu vermuten, die vielzitierten verborgenen vierzig Prozent seien noch arg untertrieben, und wir lebten möglicherweise mit höchstens zehn Prozent unserer Möglichkeiten. Man beginnt, sich sehr lächerlich und wehleidig zu fühlen, wenn man über Dinge klagt und verzweifelt, die im Vergleich zu nichtigen Kinkerlitzchen verblassen. Diese Leute in den Berichten ertrugen entsetzliche Strapazen und Entbehrungen, und sie machten trotzdem immer weiter, sie gaben nicht auf, über Jahre, trotz Hunger und Erfrierungen und Skorbut und eisigster Kälte und aussichtslos erscheinenden Situationen. Sie gaben einfach nicht auf. Deswegen hatte Frankie mir die Bücher geschenkt, und ich verstand. Er munterte mich damit mehr auf als mit allem, was er hätte sagen können. Er bedeutete mir, wie viel Stärke in mir sein könnte, wenn ich nur bereit war, sie zu finden. Es half mir sehr. War ich deprimiert oder verzweifelt, las ich in den Büchern oder dachte daran und wußte, meine Probleme waren marginal. Wenn sich all das, was diese Expeditionsberichte schilderten, ertragen ließ, dann mußte sich meine Situation mit einem Lächeln bewältigen lassen. Ich dachte lange darüber nach, wie diese Mechanismen, nach denen ich suchte, funktionierten. Ich hätte mich gerne mit Frankie darüber unterhalten, aber er kam nur alle paar Monate, und wir verbrachten selten mehr als einen Abend miteinander. Während des Sommers brachte er mir meistens Instruktionen für einen Auftrag mit, wir nutzten die Zeit miteinander, die diesbezüglichen Einzelheiten durchzugehen. Möglicherweise wollte er es mir selbst überlassen, mir einen Reim auf die Bücher zu machen, ohne daß er mich beeinflußte. In gewisser Hinsicht wußte ich das zu schätzen.

Ich dachte darüber nach, was einen zu derart übermenschlichen Leistungen befähigte. Natürlich spielte schlichter Überlebenswille eine gewisse Rolle, aber dieser Ansatz greift zu kurz. Die Ross-Sea-Gruppe Shackletons fand sich unter haarsträubenden Bedingungen gestrandet, nachdem ihr Versorgungsschiff mit fast der gesamten Ausrüstung vom Sturm abgetrieben worden war. Reiner Überlebenswille hätte sie ihr Material für sich selbst nutzen lassen. Aber irgendwie schafften sie es gegen alle Widrigkeiten und unter Vollbringung des eigentlich Unmöglichen, trotzdem ihre Aufgabe zu erledigen, die Lebensmitteldepots anzulegen, auf die sich die transantarktische Expeditionsgruppe verließ. Sie taten das, es kostete einen das Leben und zwei weitere kamen nur knapp durch und starben kurz darauf. Ihre erkrankten Freunde schleppten sie tagelang über das Eis, sie ließen sie nicht zurück. Diese Handlungen liefen, wenn man es sich überlegt, dem Überlebenswillen diametral entgegen. Sie opferten sich auf. Sie opferten sich auf für die Sache. Die Sache war größer und höher und wichtiger als ihr eigenes Leben. Bei den Ross-Sea-Leuten war die Sache das Leben und das Gelingen der transantarktischen Expedition. Im Falle der *Schlimmsten Reise der Welt* ging es sogar bloß um die Wissenschaft, genauer gesagt, um ein dußliges Pinguinei. Kann man das glauben? Und finden Sie es nicht irgendwie beneidenswert, Teil einer Sache zu sein, deren Wichtigkeit man höher bewertet als das eigene Leben?

Frankie hätte mir keinen größeren Gefallen tun können als mit diesen beiden Büchern. Sie erinnerten mich täglich an die Wichtigkeit unserer eigenen Sache. Auch an ihr hingen Leben, das der Mädchen, das unserer Familien. Und möglicherweise Dutzende, Hunderte anderer, was Frankie tat und von dem wir ein Teil waren, trug unter Umständen dazu bei, Anschläge zu verhindern, Anschläge wie Madrid oder London oder sogar 9/11. Wenn das keine wichtige Sache ist, was, frage ich Sie, denn dann? Es lag an mir, in meinem Inneren die Hingabe zu finden, die offensichtlich menschenmöglich ist. Immer schon zogen Leute in den Kampf, wenn er es denn wert war. Und mir bot sich weiß Gott Wichtigeres als ein Pinguinei. Frankie bot mir Wichtigeres. Meine Aufgabe war die Hingabe. Ich fand sie. Ich gab nicht auf. Was war schon ein einsames Jahr mit wenig Geld in München, ich hatte Jahre in sonnenlosen Eiswüsten und am Rande des Hungertodes zum Vergleich. Wie hätte ich aufgeben können. Wenn ich schlecht drauf war, dachte ich an Frankie und die Mädchen, meine persönliche transantarktische Gruppe, die sich auf mich verließ. Ich dachte an die Sache. Lächelte. Und gab nicht auf.

Aber Jonas war sowieso selten schlecht drauf. Ich ließ ihm keine Zeit dazu. Ich ließ ihn laufen. Ich hätte ihn im Herbst gerne einen Marathon laufen lassen, nahm aber an, man müsse sich dafür mit einem Personalausweis melden, und ich hatte immer noch keine Papiere für Jonas. Ich fragte Frankie gar nicht erst um Erlaubnis. Es war bloß eine eitle kleine Idee, sie ging vorüber.

Ich ließ ihn lernen. Er wurde besser mit seinem verflixten Russisch, wenn er mit sich redete, sagte er sich nicht mehr nur Vokabeln auf, sondern ganze Sätze. Der Tisch steht im Zimmer. Das Hemd ist alt. München ist eine große Stadt. Die Tomaten sind zu teuer. Das Buch ist interessant. Ich gehe spazieren. Katharina ist ein hübsches Mädchen. Es ist Donnerstag, und es regnet. Das Kino ist zu teuer. Die Isar ist ein kleiner Fluß, die Elbe ist ein großer Fluß. Nach den Sommerferien besorgte er sich gewissenhaft ein neues Vorlesungsverzeichnis und verließ die Wohnung zu den angegebenen Zeiten. Er sah sich stets um, wenn er in der Stadt unterwegs war, er hielt die Augen offen, ob ihm vor der Wohnung parkende Wagen mit Personen darin auffielen. Er trieb sich gelegentlich an der Uni rum, um authentische Eindrücke zu sammeln, lebendige Details. Er bewegte sich dort ganz natürlich, Mimikry, niemand hätte ihm angesehen, daß er in Wirklichkeit nicht Teil dieses stumpfsinnigen kleinen Gewimmels der Mediokrität war, sondern zu etwas Höherem gehörte. Die Universität ist sehr groß. Die Sonne scheint. Der Kaffee ist zu teuer. Die Menschen sind dumm. Der Himmel ist blau und hat weiße Wolken. Morgen ist Mittwoch, gestern war Montag. Jonas stöberte, für sein Slawistikstudium, auf Flohmärkten und im Netz gezielt nach russischer Literatur und fluchte darüber, das Internet nicht richtig nutzen zu können. Alles war dort bei ZVAB oder Abebooks für zwei oder drei Euro auf Abruf erhältlich, bloß besaß Jonas keine Kreditkarte, kein Konto, keinen Computer. Internetcafés gab es kaum noch, jedenfalls nicht in seinem Viertel. Busse und Bahnen waren teuer. Frankie und ich hatten es geschafft, von meinen Eltern im Sommer noch mal 15000 lockerzumachen, aber das ging für unsere Sache drauf, Jonas lebte weiterhin von sehr wenig. Dennoch gelang es ihm, sich eine kleine Bibliothek zusammenzuklauben, Tolstoi, Turgenjew, Dostojewski, Gogol, er liebte Bulgakow und haßte Gonscharow. Er liebte *Meister und Margarita* und die *Weiße Garde*, er haßte die deprimierende Lethargie Oblomows und las im Anschluß ein weiteres Mal *South*, um sich nicht deprimieren zu lassen. Am 16. September feierte er seinen Geburtstag, still und leise, mit einer Flasche Aldi-Whisky und zwei CDs für je 50 Cent vom Flohmarkt, Nick Cave und Hans Albers. Den 27. Juli feierte er nicht, warum sollte er, und auch Frankie dachte nicht daran. Er fand Charms auf dem Flohmarkt und Andruchowytsch und John Le Carré, nur Farbbänder für die vermaledeite Schreibmaschine waren irgendwann nicht mehr aufzutreiben, Jonas schrieb, notgedrungen, seine Hausarbeiten und Notizen fortan mit der Hand. Er hatte Frankie seit drei oder vier Monaten nicht mehr gesehen, als eines Morgens Anfang Dezember eine von ihrem Nachtflug übermüdete Katharina an seine Zimmertür klopfte und ihm einen an Jonas adressierten Umschlag reichte und sagte, für dich, war im Briefkasten.

Er schloß seine Zimmertür, und sein Herz flog in erratischen Synkopen. Er riß den Umschlag auf, darin ein Zettel, Mittwochnacht, bring nur Nötigstes, erfinde wasserdichte Story wg. Mitbewohnern, Vermieterin wird unterrichtet. Es war Dienstagmorgen.

Ich hatte nie darüber nachgedacht, aber ich war,

wurde mir klar, wohl der Inbegriff eines Schläfers. Jonas starb innerhalb weniger, erregender Sekunden. Mir fehlte die Zeit, ihn zu betrauern. Eine Story. Dieser Brief war hilfreich. Es war der erste, den ich in diesem Jahr erhielt, er war sowieso auffällig. Ich zerriß ihn in winzige Schnipsel, Frankie hatte mich diesbezüglich nicht extra instruieren müssen, spülte ihn ins Klo hinunter. Dann, ohne lange zu denken, ging ich zu Katharinas Zimmer, klopfte, öffnete die Tür, als sie nicht herein sagte. Sie lag auf dem Bett mit Kopfhörern auf den Ohren. Sie war hübsch, wahrscheinlich bekommt man heutzutage einen Job wie den ihren gar nicht mehr, ohne hübsch zu sein. Sie sah müde aus und nahm sich die Kopfhörer von den Ohren und guckte ein bißchen indigniert.

Jonas sagte, entschuldige, Katharina, ich wollte dich nicht stören, aber ich muß dir Bescheid sagen. Ich habe gerade einen Brief von meiner Schwester bekommen, während ich das sagte, dachte ich, wie wenig glaubwürdig das ist, warum hat sie mich nicht angerufen, eben noch war es ein Unfall gewesen, aber, so wurde mir blitzartig klar, bei einem Unfall hätte ich einen Anruf bekommen, meine Mutter, bei meiner Mutter, ich dachte in Warpgeschwindigkeit, und meine Überlegungen prallten hektisch wie Pingpongbälle zwischen meinen Synapsen hin und her, sagte ich, ist Krebs diagnostiziert worden, mit Metastasenbildung, meine Schwester ist seit zwei Wochen oben in Kiel, sie hatten gehofft, es wäre falscher Alarm, ist aber wohl ernster, Chemo und so, jedenfalls muß ich hoch, und vielleicht komm ich nicht wieder. Wahrscheinlich nicht. Weißt du, meine Schwester hat schließlich ihre Familie. Und irgend jemand wird sich kümmern müssen. Also, ich sag das nur, sagte Jonas, weil ich morgen fahre. Nicht, daß ihr euch Sorgen macht. Ich werde dann wahrscheinlich versuchen, mich dort zu immatrikulieren. Frau Maritsch gebe ich Bescheid, und sonst ist ja alles geregelt. Jonas hatte keine Telefonrechnung, Jonas telefonierte mit einem imaginären Handy.

Oh Scheiße, sagte Katharina. Sie war hübsch, müde und verstrubbelt, sie gefiel mir viel besser so als mit ihrem perfekten Stewardessen-Make-up. Ich hätte gern wieder ein Mädchen gehabt. Ich wußte nicht recht, ob Judith noch mein Mädchen war, aber ich hegte Zweifel. Ich hätte gern irgend jemanden gehabt. Scheiße, das tut mir total leid. Willst du darüber reden, soll ich dir erst mal einen Kaffee machen, einen Tee, irgendwas? Ich fand das sehr nett. Ich hätte gern ein Mädchen wie Katharina gehabt. Ich empfand kurz ein bißchen Mitleid mit Jonas, konnte aber keine Zeit dafür erübrigen.

Danke, ist schon okay, sagte Jonas, ich muß mich um meinen Kram kümmern. Uni und so, alles mögliche, du weißt. Aber danke, vielen Dank für das Angebot.

Kommst du klar, sagte sie, ich meine, ehrlich? Ich meine, hast du jemanden zum Reden? Sonst, weißt du was, ich schlafe ein bißchen, du kümmerst dich um deine Angelegenheiten, und heute abend, ich weiß nicht, essen wir was zusammen oder trinken, damit du nicht allein bist. Ich fand das wirklich herzzerreißend nett, ich hatte fast vergessen, daß Leute einfach so derart nett sein können, ganz grundlos, wir kannten uns ja kaum, Katharina und ich. Wissen Sie, ich war so Jonas geworden, in diesen Momenten glaubte ich wirklich, meine Mutter läge im Sterben, und meine Stimme klang belegt. Eigentlich war es unwillkürlich wohl die perfekte Tarnung. Hätten wir ein wenig länger geredet, hätte Jonas um seine todkranke Mutter weinen können.

Danke, sagte ich. Das ist furchtbar nett von dir, sagte Jonas, mal gucken, im Moment, weißt du, kann ich das noch gar nicht realisieren. Im Augenblick ist es okay. Aber wenn ich mich heute abend scheiße fühle, dann komm ich rüber, okay?

Okay, sagte Katharina, jederzeit, falls ich schlafe, weck mich einfach, kein Problem, ich meine das ehrlich. Ich flieg erst morgen nachmittag wieder, und bloß Inland. Okay?

Jonas nickte. Falls nicht, sagte er, und falls ich Florian nicht mehr sehe, grüß ihn bitte und sag ihm, auch wenn wir alle nie besonders eng waren miteinander, es war eine gute Zeit hier. Das war es, das war keine Lüge.

Kommst du wirklich klar, fragte Katharina, weißt du, ich muß auch jetzt nicht schlafen, wenn du Hilfe brauchst mit deinem Kram, ich tu's gern; wirklich, sagte Jonas, kein Problem. Er stellte sich vor, wie es wäre, sich von Katharina trösten zu lassen, in den Arm nehmen, frisch geduschte müde Frau zu riechen. Askese, zwischen Arktis und Asmodi. Sag Bescheid, wenn, sagte sie, ich bin hier; das tu' ich, sagte Jonas, danke, und schloß die Tür.

Ich begrub Jonas noch am selben Tag. Das Nötigste, hatte Frankie gesagt, ich mußte entscheiden, was nötig wäre, und es fiel mir schwer. Jedes von Jonas' wenigen

Besitztümern hatte ich mir über Wochen und Monate eisern erhungert. Nun mußten sie weg. Sie zurückzulassen wäre mir leichter gefallen, zunächst wollte ich das tun, dann überlegte ich, es wäre verdächtig, wenn ein Student ohne seine Habseligkeiten umzieht. Alle lachten damals, als man Habseligkeiten zum Wort des Jahres kürte, aber sie unterschätzen, wie selig ein bißchen kostbare Habe machen kann.

Die Schreibmaschine konnte ich schlicht im Container verklappen, auch das tat weh, aber ohne Farbbänder war sie sowieso nur ein nostalgisches Relikt. Dann wurde es quälend. Ich besaß ja noch nicht mal mehr so etwas wie eine Reisetasche, die ich hätte packen können. Ich hatte nur meine Plastiktüten. Sie verschwenden wahrscheinlich keinen halben Gedanken daran, wenn Sie sich im Supermarkt eine Plastiktüte für ein paar Cent geben lassen, ich hortete einen ganzen Stapel unter meinem Bett. Ich hatte nach meinen Läufen an der Isar manchmal, frühmorgens im Sommer, sogar Pfandflaschen und Dosen eingesammelt. Schon meine Plastiktüten waren ein Wert. Meine Bücher waren alles, ich konnte mich nicht von einem einzigen trennen. Ich trennte mich letztlich von allen, bis auf die beiden von Frankie und das Lexikon. Es war wie ein Abschied von Freunden. Ich liebte das Cover der *Weißen Garde*. Eine wunderschöne gebundene Ausgabe. Ich liebte meine zerfledderte Taschenbuchversion von *Dame, König, Ass, Spion*, in einem trashigen Verlag erschienen, mit einem blöden Titelbild, das dem Buch so gar nicht gerecht wurde. Ich verabschiedete mich von Smiley, von Alexej Turbin, sie waren meine Freunde gewesen in all der

Zeit, selbst der schwachmatische Oblomow. Es brach mir das Herz. Ich trug sie, zwei Plastiktüten voll, quer durch die Stadt zu einem Antiquariat und hoffte, sie würden neue Freunde finden, sie würden ein weiteres Mal so geliebt werden wie von mir.

Mein Geschirr warf ich weg, nein, nicht ganz, das brachte ich nicht fertig, ich packte es in eine Plastiktüte, trug es mehrere Blocks weit und stellte es an die Straße, in der Hoffnung, jemand würde es finden und brauchen können. Was nicht alles weggeschmissen wird, der Gedanke kann einem den Schlaf rauben. Meine Laufschuhe waren ohnehin durch, ich hätte längst neue gebraucht. Ich zögerte lange bei Cave und Albers, ich liebte beide, sie nahmen nicht viel Platz weg und wogen nichts, trotzdem fielen sie wohl nicht in die Kategorie des Nötigsten. Ich schenkte sie schließlich Katharina, ich legte sie vor ihre Tür und schrieb ein Zettelchen dazu, danke für alles, vielleicht gefällt dir das ja. Wahrscheinlich tat's das nicht, sie stand auf tristen, wabernden Trancekram. Meine Aufzeichnungen, all das Getippte und Geschriebene, warf ich in den Altpapiercontainer in einem Hinterhof am Ende der Straße. CD-Player plus Russischlehrmaterialien kamen, natürlich, mit, sie paßten gemeinsam mit Lexikon, Shackleton und der *Schlimmsten Reise* in eine Aldi-Tüte, meine wenigen Toilettenartikel desgleichen. Zwei weitere Tüten füllte ich mit Klamotten, nur wenig davon brachte ich zur Altkleidersammlung, die Bettwäsche, ein bißchen arg abgetragenes Zeug, ich erinnerte mich an den kalten Winter im Jahr zuvor und glaubte, nicht viel entbehren zu wollen. Dienstagabend ging ich laufen, um nicht zu

Hause zu sein, wenn Katharina bei mir klopfen und nachfragen würde, wie es mir ginge, ich lief im Winterdunkel soweit, wie ich konnte, ging dann langsam zurück, kein Licht mehr in Katharinas Fenster, ich warf meine Laufschuhe in unseren Container und lag die ganze Nacht wach und wartete darauf, daß die Zeit verstrich und Frankie mich holen käme.

Am nächsten Morgen stand ich früh auf, schlich mich leise aus der Wohnung und ging durch die Stadt, sie war von Weihnachtsstimmung befallen wie von Ekzemen. Ich lief herum und wartete auf den Abend und Frankie. Ich kehrte erst nachmittags zurück, aß meine wenigen Vorräte zur Gänze auf, Katharina war weg, und auch Florian sah ich nicht mehr. Gegen 22:30 Uhr verließ ich die Wohnung. Verließ ich Jonas und vermißte ihn. Legte den Schlüssel auf die Kommode im Flur neben das Telefon, zog die Tür hinter mir zu. Ich wartete unten in einem Hauseingang unseres Hinterhofs, um halb zwölf kam Katharina heim, sie bemerkte mich nicht. Ich fror, ich war eitel gewesen, hatte Florian ein bißchen Haargel abgezwackt, trug unter meinem zerschlissenen Mantel nur ein Hemd und ein Jackett, was das coolste war, das ich besaß. Umgehend mußte ich für diese Eitelkeit büßen, Frankie kam erst gegen vier, und ich fluchte. Aber es war nur knapp unter Null, in den antarktischen Wintern wird es locker Minus fünfzig Grad kalt, wußten Sie das? Apsley und Ernest waren immer noch bei mir, sie lachten über die Temperaturen und waren die Freunde, die mir verblieben. Und Frankie natürlich. Der gegen vier mit dem Legend vor der Einfahrt hielt und zurück war, einfach so, als hätte es Jonas nie gegeben. Ich stieg auf den Rücksitz und in das verdrehte wunderbare Leben des Christoph, in dem alles denkbar war und von dem niemand zu sagen gewußt hätte, wohin es von hier aus führte.

JUDITH XIV / O-TON 06'47''

Es war nicht einfach, sage ich Ihnen. Versetzen Sie sich in meine Situation. In unsere Situation. Es ist nicht die Situation, in der man ein Kind kriegen will. Mein Gott, denken Sie an all die Leute, die schon meinen, Sie können kein Kind bekommen während ihres blöden, irrelevanten Studiums, während ihrer kritischen Karrierephase, weil das Geld nicht langt oder die Wohnung zu klein ist. Ein Kind zu bekommen in unserer Situation, auf der Flucht, in ständiger Gefahr für das eigene Leben, für das eines Kindes ganz zu schweigen, geht bis an jegliche Grenzen. Selbstverständlich war ich mir unsicher, ob ich dem gewachsen wäre. Es mischte die Karten neu, wissen Sie. Ich will nicht behaupten, es wäre eitel Sonnenschein gewesen. Ich will auch nicht behaupten, Frankie wäre sofort in Feuer und Flamme entbrannt. Natürlich nicht, er lebte für und in seinem Auftrag, das war uns immer klar, unser Auftrag hatte stets und jederzeit Priorität. Alles hing davon ab. Unser aller Zukunft, und, nicht zuletzt, Menschenleben, die unserer Familien, unsere eigenen, das meines Kindes. Ich würde lügen, stellte ich Ihnen die damalige Situation als rosig dar, dem war beileibe nicht so. Die Wahrheit ist, Frankie fühlte im höchsten Maße zwiegespalten, ich glaube nicht, daß er sich überhaupt bewußt machte, in welchem Maße. Einerseits, um dies klar auszusprechen, bedeutete es eine ungeheure Last für ihn. Es tat mir weh, ihm diese Last aufzubürden, zusätzlich zu allem anderen, er trug schon schwer genug. Andererseits, und das sage ich Ihnen, ist es eine Schwäche großer Männer, sehen zu wollen, daß sie in einem Kind fortleben. Für den Auftrag wäre es sicherlich besser gewesen, wäre das nicht passiert, aber da es nun mal nicht zu ändern war, verhielt sich Frankie großartig, tat alles für mich, was ihm möglich war, ohne den Auftrag zu vernachlässigen. Natürlich hat er mich eigentlich mißbraucht, gar keine Frage. Das ist ja aber nicht, was hier zur Debatte steht.

Frankie und ich verließen Leipzig etwa einen Monat nach der Szene, die ich Ihnen vorhin schilderte. Dieser Monat war, um Ihnen die Wahrheit zu sagen, ungemein schwierig. Nachdem, was mit Emma vorgefallen war. Ich bekniete Frankie, sie loszuwerden, egal wie, aber er wollte davon nichts hören. Das war natürlich die Schattenseite von Frankies Verantwortungsbewußtsein, wissen Sie, ich hatte Emmas Wutanfall erlebt, und es ging nunmehr nicht nur um mich, hätte sie davor zurückgeschreckt, mein ungeborenes Kind in der Wiege zu ersticken? Konnte ich mich noch sicher fühlen in Emmas Gegenwart?

Aber Frankie wollte nicht hören, und wir verließen Leipzig gemeinsam. Ich saß vorn neben Frankie. Dann holten wir Christoph ab, ich war, gelinde gesagt, etwas verblüfft. Also, nicht daß ich mich niemals gefragt hätte, was mit ihm wäre, nur Frankie hatte ich niemals gefragt. Ich hatte fast vergessen, daß er immer noch mitspielte im großen Spiel, Christoph, er tauchte nachts aus diesem Hinterhof auf wie eine zerzauste Nebelkrähe und war mir zunächst sehr fremd. Er war immer noch ein Junge, wissen

Sie, und ich war inzwischen erwachsen geworden. Er setzte sich auf den Rücksitz neben Emma, ich saß, wissen Sie, auf dem Beifahrersitz, er hatte drei große Plastiktüten dabei. Schlußendlich ist es nicht schlecht gewesen, daß er wiederkam, er beschäftigte Emma. Wir verbrachten dann vier oder fünf Wochen miteinander in diesem sehr luxuriösen Haus, irgendwo im Rhein-Main-Gebiet muß es gelegen haben, schätze ich, nach der Richtung, in die wir fuhren, wir hatten natürlich die Augen verbunden, als wir dort ankamen, das wenige, was wir sahen, war Wald, alte Bäume, alte Villen. Wir wohnten im Nebengebäude, einem Bungalow für Sauna und Indoorpool, wir schliefen auf den Saunaliegen, heizten uns die Sauna, schwammen im Pool, manchmal nahm Frankie mich mit hinüber ins Haupthaus, und wir verbrachten dort Zeit miteinander. Wir gingen spazieren, denn in meinem Zustand brauchte ich frische Luft. Wir gingen Waldwege entlang, an kalten, sonnigen Wintertagen, unterhielten uns. Er brachte mir Obst und Vitamintabletten und alles mögliche, aber ich machte ihm irgendwann klar, wir bräuchten ärztliche Betreuung, und deswegen fuhren wir Anfang des Jahres zurück nach Österreich, weil es Zeit wurde und meine Schwangerschaft größtmögliche Priorität bekam.

EMMA XIV / O-TON 05'39''

Oh, sicher, darüber können wir reden, Gottchen, darüber können wir stundenlang reden. Warum nicht, ist Ihnen Ihre Zeit dafür nicht zu schade? Bitte. Limbo ist das Stichwort, wie sagt man, Limbus, suspendiert in Zeit und Raum, unsere kleine Farm, Frankies kleine Farm, ein Zoo. Judith wurde mit jedem Tag, jeder Woche immer irrer, sie hatte sich wohl vorgestellt, mit ihrem Prinzen auf weißem Rosse zum Horizont zu galoppieren, und hatte sich mit dieser Vorstellung enorm vergaloppiert. Das Haus gehörte ganz offenbar einer von Frankies Frauen, und das war keine Vorstellung, die Judith hätte verknusen können. Das hat sie auch später niemals vermocht. Nun ja, zunächst war Christoph wieder zu uns gestoßen. Er sah hager und verwahrlost aus, aber es war ihm, so fand ich, bekommen. Er hatte seine wohlgenährte Unschuld verloren, Sie erinnern sich daran, was ich sagte, darüber, daß man das Unnötige ausbrennen muß, Christoph hatte damit zumindest begonnen. Wir waren nach Mainz gefahren, ich saß neben Frankie und checkte den Stadtplan, der Wagen hatte zwar GPS, aber den Dingern ließ sich nicht hundertprozentig vertrauen. Frankie hat niemals jemandem hundertprozentig vertraut, auch das lernte ich von ihm. Er vertraute weder Judith noch Christoph, auf einer Raststätte hielten wir an, und er verklebte ihnen die Augen. Judith führte ein Theater auf, wie sie das immer tat, es wurde erst besser mit ihren Medikamenten, aber das lag leider noch in ferner Zukunft, erst als sie abgestillt hatte. Bis dahin mußten wir so mit ihr klarkommen. Das war kein Spaß, sage ich Ihnen.

Ich las die Bücher, die Frankie Christoph gegeben hatte, wäre ich noch fähig gewesen, in derartigen Kategorien zu denken, hätte ich wohl Eifersucht empfunden, diese Bücher nicht eher zu lesen bekommen zu haben, aber alles geschieht dann, wenn es geschieht und wenn Zeit dafür ist, wenn die Zeit dafür reif ist, Sie werden mich nicht klagen hören. Mich zu beklagen, lag lange, weit und fern hinter mir.

Mehr als wünschenswert wäre gewesen, das Klagen hätte auch hinter Judith gelegen, aber dem war nicht so. Sie bekam jeden zweiten Tag Fehlgeburten, Sturzgeburten, Wehen, alles, was Sie sich im Repertoire denken können. Sie legte sich in ihrer Liege zum Sterben zurecht und war sehr brüskiert, am Leben zu bleiben.

Mich ging es nichts an, und Christoph auch nicht. Ich las seine Bücher und beobachtete. Ich beobachtete Judiths Inszenierung und Christoph, der wie ein hirngeschädigter Delphin in der Gegenstromanlage des Pools schwamm, als käme er irgendwohin. Er lief mit nackten Füßen auf dem Trimmdichlaufband, das neben dem Pool stand. Ich wettete mit mir, es war das des Mannes, der die Frau verlassen hatte, der Frankie unseren Unterschlupf verdankte. Judith sah das mit Sicherheit ähnlich und gab manchmal erst Ruhe, wenn wir sie ohrfeigten. Christoph lief auf diesem Laufband, bis er grau wurde im Gesicht und daneben zusammensank. Auf allem lagen die Reflexe des erleuchteten Pools, türkisfarben und immer in Bewegung im Spiel der Wasseroberfläche. Sie liefen über die Wände wie eine nimmermüde Tide. Die Tage waren kurz, wissen Sie. Meist ist es dunkel gewesen, und die Wellenschatten nagten an Wänden und Gesichtern, als probten sie den Ozean. Der Ozean ist, wie man sein sollte, fühllos, stetig und ewig. Indifferent und mächtig und grau. Ich ging in die Sauna, legte mich auf die oberste Liege, bis ich es nicht mehr aushielt, dann rezitierte ich Rungholt, dann hielt ich es nicht mehr aus, dann zählte ich ganz langsam, eine Ziffer per Atemzug, rückwärts von hundert. Erst bei drei gestattete ich mir aufzustehen, und mir wurde schwarz vor Augen. Etwa bei null taumelte ich durch die Tür und hinaus und unter die eiskalte Brause. Danach setzte ich mich auf den Boden, um einfach bloß zu atmen. Wellenförmig ließ ich Licht und Schatten über mich laufen und wurde Ozean. Wurde grau und ewig und brandete an ferne Gestade. Hob mich nach Tide, schliff Muscheln zu Kalk.

CHRISTOPH XV / O-TON 04'28"

Plötzlich so reich beschenkt und beschert zu werden, man wird ganz besoffen davon, man kann sich nicht helfen. Mit einem Mal hatte ich Frankie, ich hatte die Gesellschaft der Mädchen, ich durfte Christoph sein und nicht Jonas, wir zogen ausnahmsweise nicht in eine Bruchbude, sondern in einen magischen Ort auf dem Grundstück einer kastenförmigen Backsteinvilla, es war ein Szenario aus einem Wellnessreisenkatalog, hätte ich jemals gezweifelt, wäre mir spätestens jetzt klargeworden, ein Leben wie unseres bestand aus Überraschungen, und diese mußten nicht immer notwendigerweise Entbehrungen bedeuten. Plötzlich war alles Überfluß. Überfluß an Wärme, an Gesellschaft, an Wärme und an Essen. Frankie brachte uns so viel zu Essen, er brachte uns Wein, der, wie ich annahm, aus dem Weinkeller des Backsteinhauses stammte, es sah aus, wie ein Haus, das einen Weinkeller besäße. Wir schliefen miteinander, am Rande des Pools oder darin, das Licht rann wie Wattenmeer über ihren dürren Körper, sie war gebleichtes Treibholz, wie Dünengras. Gramineae, Süßgräser, 4061 Meter über dem Meeresspiegel, selbst dort wachsen sie noch. Wir teilten uns all das Essen fair, Judith sperrten wir ein, wenn es notwendig war, es war öfter notwendig, wir gaben ihr Decken und alles, was sie brauchte, in die ausgeschaltete Sauna und klemmten einen Liegestuhl unter den Türhebel. Anders war sie bisweilen nicht zu handhaben, wir gaben ihr trotzdem von unserem Essen immer ein faires Drittel, das waren wir uns schuldig, und wir ließen sie immer bald wieder hinaus. Mein Gran Paradiso war ein Laufband. Ich lief wie zuvor. Am 21. Dezember, meine billige, schäbige Digitaluhr, die mich soviel gekostet hatte, hatte ich nicht aufgegeben, feierten wir die Sonnenwende. Wissen Sie, das ist, was sie damals in der Antarktis taten, selbst wenn sie nichts mehr zu erübrigen hatten, feierten sie ein Fest, zur Sonnenwende, wenn die Tage länger zu werden beginnen, dort unten wird es im Winter niemals hell, halten Sie sich das vor Augen, diese Feiern waren gut für die Bordmoral, deshalb ließen wir auch Judith daran teilhaben, wir hatten uns, auf meine Anregung hin, drei Flaschen Wein zusammengespart, natürlich profitierte Judith davon nicht, aber sie durfte dabeisein. Wir aßen kalte Ravioli aus Dosen, eine Packung frisches Brot, ein Säckchen Äpfel und eine Salami. Wir stießen an, außer Judith, weil fortan die Sonne jeden Tag ein wenig länger scheinen würde. Als uns Judith ermüdete, brachten wir sie weg und feierten alleine weiter, und das Licht rippelte über uns hinweg, als wäre es das Leben selbst, und alles war köstlich und einzig.

JUDITH XV / O-TON 11'08"

Ich muß zugeben, daß ich trotz allem um diesen Jahreswechsel herum eine schwere Krise durchlitt. Zum Teil mag es einfach an den Hormonen gelegen haben, andererseits war die Situation schwierig genug. Vor allem die Zeit, die ich nicht mit Frankie verbrachte, sondern zusammen mit den anderen, war gewissermaßen überschattet. Die zwei konnten nur schlecht verbergen, wie eifersüchtig sie auf mich waren, allen voran natürlich Emma. Sie schmiß sich an Frankie ran, es war kaum mit anzusehen, könnte man jemandem ein Kind aus dem Leibe neiden, hätte ich schlechte Karten gehabt. Ich meine, die Szene damals in Leipzig spricht doch Bände, finden Sie nicht? Von denen hatte ich wenig Unterstützung zu erwarten, obgleich Frankie ihnen strikte Anweisungen gegeben hatte, für mich zu sorgen und meine Wünsche auszuführen, und selbstverständlich hätten sie nicht gewagt, sich Frankie zu widersetzen. Das hätte keiner von uns, Frankie war niemand, dem man sich widersetzte. Doch es blieb eine Tatsache, auch wenn Frankie sich nach wie vor um uns alle kümmerte, selbst um Emma, daß ich es war, die seine Frau war, nicht Emma, und Christoph naturgemäß erst recht nicht. Und bei aller Fairneß, um die Frankie sich bemühte, macht das einen entscheidenden Unterschied. Uns trennten Welten. Damit mußten die beiden erst mal lernen klarzukommen. An zweiter Stelle stand nun mal ganz deutlich ich, ob es Emma nun paßte oder nicht. Ich fühlte für sie durchaus ein gewisses Verständnis, ich hätte nicht mit ihr tauschen wollen, sie tat mir ein wenig leid, ich hatte Frankie, ich hatte so viele Vorteile und Annehmlichkeiten ihnen gegenüber, wer könnte ihnen einen Vorwurf daraus machen, Neid zu empfinden. Nur war wiederum meine Kapazität für Mitgefühl gegenüber den beiden begrenzt, ich gebe das ganz ehrlich zu, ich mußte mich in erster Linie um mich selbst kümmern, und um mein Kind. Von dem ich nach wie vor nicht wußte, ob es ein Junge oder ein Mädchen werden würde, ich wollte dringend endlich einen Ultraschall, eine Untersuchung, ich meine, ich vertraute Frankie voll und ganz, aber ich wollte eine Untersuchung, ich wollte aus dem Munde eines Arztes mit weißem Kittel hören: Herzlichen Glückwunsch, Sie bekommen einen gesunden Jungen. Oder meinetwegen auch: ein gesundes Mädchen. Ich wollte ein Ultraschallbild, um es mir abends anzugucken, ich wollte ein weiteres und noch eins, so daß ich verfolgen konnte, wie es in mir wuchs. Ich wollte all das, was man als werdende Mutter so will, und das ist in erster Linie Normalität. Nur mußte ich mich entscheiden, entweder Frankie oder Normalität. Beides konnte ich nicht haben. Ich entschied mich, letztendlich, für Frankie. Aber es fiel mir nicht leicht.

Als er Weihnachten nicht kam, als wir in den Saunaliegen an diesem verschissenen Pool saßen, auf Frankie warteten und er nicht kam und ich mich so elendiglich allein fühlte neben Christoph und Emma, die mich nicht verstanden und die jegliches Mitgefühl vermissen ließen, die mir keinerlei Hilfe boten und waren, war ich kurz davor, aufzugeben. Die große Glastür in den Garten war nicht verschlossen, uns war lediglich von Frankie verboten worden hinauszugehen. Doch ich hätte es tun können. Jederzeit. Dann wäre ich im Garten gewesen. Und was dann? Was lag hinter dem Garten, wie würde die Welt aussehen ohne Frankie? Wäre ich übermorgen tot? Wäre ich eine Witzfigur? Wäre ich einfach nur irgend jemand, niemand Besonderes, und ganz allein? Was bliebe mir ohne Frankie? Wohin ginge ich von diesem nächtlichen Garten, durch leere Vorortstraßen, gesäumt von Villen hinter hohen Hekken und hohen Zäunen, wo in erleuchteten Fenstern Kerzen brennen würden? Mir wäre es recht gewesen, nicht zu wissen, daß Weihnachten ist, aber Christoph mit seiner verschissenen Uhr mußte das ja in die Welt hinausposaunen. Würde ich bei irgendeinem dieser Häuser klingeln und eine irritierte Stimme aus der Gegensprechanlage hören, die sagte, ja bitte? Öffnete mir eine hübsch gemachte Arztfrau die Tür und hörte man im Hintergrund Kinder aufgedreht lachen, weil sie heute länger aufbleiben dürften, denn es war ja Weihnachten, wäre es ein gepflegter Rentner, der mich durch den Türspalt hinter vorgelegter Kette musterte und sagte, ja bitte? Was würde ich entgegnen? Guten Abend, meinen Namen kann ich Ihnen nicht sagen, denn hinter mir sind Geheimdienste her, und ich habe die letzten zweieinhalb Jahre im Untergrund gelebt, und fröhliche Weihnachten übrigens? Was wollen Sie, hätte man mich gefragt. Was hätte ich geantwortet? Rufen Sie die Polizei. Rufen Sie nicht die Polizei, man würde mich verhaften und meine Freunde und den Vater meines Kindes. Würde man mich verhaften? Oder nur Frankie, den Vater meines Kindes? Ihn auf jeden Fall. Wäre es die Polizei, die käme, oder die anderen? Würden uns die anderen kurz darauf vom Polizeirevier holen und wegbringen? Müßte ich lügen oder die Wahrheit sagen? Wenn ich meine Eltern anriefe, was erzählte ich denen? Gab es noch die Option auf ein normales Leben, und was geschähe mit den vergangenen zweieinhalb Jahren, lösten sie sich einfach in Luft auf, in Nichtigkeit, als erwachte man aus einem Koma? Was erzählte ich meinen Eltern über den Verbleib all des Geldes? Hätte ich noch die Gelegenheit, ihnen irgendwas zu erzählen, oder holte man mich vorher, holte man sie, tötete man uns, und was wäre mit Frankie? Würde man Frankie töten, tötete Frankie mich? Was wollen Sie, würde man mich fragen, und ich hätte wissen müssen, was ich wollte.

Es hätte keinen Ausweg daraus gegeben. In dem Augenblick aber, als mir klarwurde, Frankie würde heute nicht mehr kommen, dachte ich nicht mehr, ich fühlte mich so eingesperrt, daß mir die Luft wegblieb, ich wollte bloß raus, ohne jeglichen Gedanken an die Konsequenzen. Christoph und Emma hielten mich zurück. Erinnerten mich an meine Verantwortung. Das war clever von ihnen, ich bin, wissen Sie, immer ein sehr verantwortungsvoller Mensch gewesen. Sie ließen mich nicht gehen, und wissen Sie was, ich bin ihnen tatsächlich dankbar gewesen. Wofür hat man Freunde. Sie brachten mich zum Nachdenken. Ich entschied mich für Frankie. Ohne Frankie zerfiele alles und ich zu Staub wie ein Vampir bei Sonnenaufgang. Ich konnte eigentlich nur Frankie haben oder gar nichts. Es war fast das letzte Mal, daß ich ernstlich mit dem Gedanken an Flucht spielte. Hätten Christoph und Emma mich nicht zurückgehalten, wäre es vielleicht dort und damals schon zu Ende gewesen. Hätte ich irgendwo geklingelt, ohne die Konsequenzen zu erwägen. Hätte es beendet. Es ist ihre Schuld, daß es ganz anders kam. Wissen Sie, was ich mir wünschen würde? Ich wünschte mir, sie würden sich bei mir entschuldigen. Zumindest Christoph. Eine Entschuldigung würde es mir unter Umständen erleichtern, alles zu verarbeiten. Aber bislang Fehlanzeige. Man darf wohl nicht zuviel verlangen, das ist die bittere Lektion, die man lernt.

Frankie kam übrigens am nächsten Tag, und wir gingen gemeinsam essen, in Frankfurt, nur wir zwei. In ein wirklich schönes Restaurant, mit Kerzen und großen, kelchartigen Gläsern, aus denen ich nur Wasser trank, außer dem winzigen Schluck Wein, um mit Frankie anzustoßen, er wünschte mir fröhliche Weihnachten. Ich schüttete ihm mein Herz aus, er verstand, er bat mich um nur noch ein wenig Geduld, und ich geduldete mich und verließ mich auf Frankie, und, so gesehen, ließ er mich ja auch nicht im Stich. So war es mit Frankie, mit ihm war man niemals rat- oder hilflos, denn er wußte immer, was zu tun ist, man mußte nicht verzweifeln, man mußte nur tun, was er einem sagte, nicht mehr und nicht weniger. Ich hatte gelernt, mich darauf zu verlassen. Ich tat, was er sagte, und es war, ehrlich gesagt, kein schlechtes Gefühl, es gab einem Sicherheit in einer ganz und gar unsicheren Welt.

EMMA XV / O-TON 02'52''

Niemals hätten wir zugelassen, daß Judith alles zerstört. Unbegreiflich, wie sie überhaupt auf diesen Gedanken kommen konnte, aber ich erwähnte ja schon, sie war sehr viel fruchtbarer als klug. Und selbstsüchtig bis zur Idiotie. Ob sie nun ihr eigenes Leben zerstörte und das ihres gottverdammten Kindes gleich mit, war sicherlich nicht unser Problem. Daß sie unser Leben und das Frankies zu zerstören drohte, daß sie die ganze Sache in die Luft gehen lassen würde inklusive all der Leute, die noch mit drinhingen, daß sie ihre eigene armselige Spießerfamilie in Lebensgefahr brächte, dies schien ihr wiederum herzlich scheißegal. Menschen wie Judith sind letztlich Tiere, blinde, instinktgesteuerte Säugetiere, deren Fluchtreflex den dünnen Firnis Bewußtsein über der nackten Tierhaftigkeit in Sekundenschnelle abhobelt, und übrig bleibt nur ein Bündel Muskeln und Reflexe und Impulse aus der Tiefe des limbischen Systems. Mit ihr zu diskutieren, ist, als diskutierte man mit einem Makaken. Sie hätte alles zerstört, hätten wir sie nicht daran gehindert. Wir hinderten sie daran. Wir ließen uns nicht zerstören. Das war nicht einfach, sage ich Ihnen. Sie tobte, es war nicht einfach, sie zu hindern. Wir waren Gott sei Dank zu zweit. Wir ließen sie nicht, und sie könnte uns dafür dankbar sein, ich denke, sie ist es wohl auch gewesen, sie war bloß zu verbohrt, das einzugestehen. Wir setzten natürlich Frankie von dem Vorfall in Kenntnis, und er brachte sie unter Kontrolle. Frankie hatte Mittel und Wege. Frankie gab niemals auf, und der Auftrag stand stets und immer über allem und jedem. Das habe ich von ihm gelernt. Der Auftrag macht einen stark, wissen Sie. Ich werde niemals aufgeben. Ich bin nicht Judith. Ich gebe nicht auf.

CHRISTOPH XVI / O-TON 22'47"

Frankie kam mitten in der Nacht, wir waren vollkommen unvorbereitet. Es war gegen Ende der ersten Januarwoche, wenn ich mich nicht täusche, er hatte Judith längst wieder eingenordet, wahrscheinlich ist es lediglich das gewesen, was Judith bezweckte, Aufmerksamkeit, egal wie und um jeden Preis. Silvester hatte Frankie mit uns gefeiert, eine Poolparty, wir tranken Gin Tonic, Frankies Lieblingsdrink, ich betrank mich schwer, und als ich am nächsten Morgen auf einem immer noch feuchten Handtuch erwachte, war ich erkältet und mir fehlten Teile meiner Erinnerung an den Vorabend. Ich probierte das Laufband, aber mir wurde prompt schlecht, und für die nächsten Wochen hustete ich wieder, ich erwähnte, glaube ich, daß ich den Husten von damals aus der Ukraine niemals ganz losgeworden bin. Silvester war nett, so entspannt, wie unter den gegebenen Umständen wohl nur möglich, Judith saß ruhig und kleinlaut dabei, streichelte hin und wieder ihren Bauch, als sei sie Buddha, ohne daß wir ihr übermäßige Aufmerksamkeit gezollt hätten. Frankie und Emma gingen in die Sauna, mir war nicht danach, Gin Tonic plus Sauna verträgt sich nicht gut in meinen Systemen. Um Mitternacht sah man ein paar Raketen im Ausschnitt unseres Himmels über dem dunklen Garten. Es lagen wenige Zentimeter Schnee, Emma und Frankie rollten sich nach ihren Saunagängen darin. Ich schenkte mir Gin Tonic nach, nur Eis hat gefehlt, betrachtete Judith und empfand zum ersten Mal ehrliche Freude, daß sie nicht mehr mein Problem war, sondern Frankies. Frankie hatte, neben vielem anderen, mich davor bewahrt, mein Leben mit dieser Frau zu verbringen. Frankie hatte mich davor bewahrt, mein Leben zu vergeuden. Um Mitternacht, meine Uhr, deren Alarm ich gestellt hatte, fiepte auf dem Fußboden im Haufen meiner Klamotten, ich hatte sie abgelegt, sie war nicht wasserdicht, standen Frankie und Emma draußen im Schnee, ihre Körper dampften. Willst du nicht mit mir anstoßen, sagte Judith und äugte kleinlaut unter ihrer Decke hervor, nein, sagte ich und stieß im Geiste mit mir selbst an. Ich hatte über zwei Jahre im Untergrund durchgehalten. Ich hätte nicht geglaubt, daß ich das könnte. Ich war stolz. Ich erinnerte mich an das gräßliche Silvester im vergangenen Jahr und war unendlich stolz auf mich. Ich hatte durchgehalten. Ich hielt weiter durch. Ich war etwas Besonderes. Nicht wie die anderen, nicht wie Judith. Ich würde werden wie Frankie. Frankie kam mit Emma durch die Schiebetür hereingeweht, frohes neues Jahr, rief er, prostete uns zu und hechtete in den Pool. Er glitt quer hindurch, stemmte sich am gegenüberliegenden Beckenrand hoch, nahm ein Badelaken und wand es sich um die Hüfte. Judith gab er ein Doppelküßchen auf beide Wangen, frohes Neues, Mama, sagte er zu ihr, nahm sich sein Glas von der Fensterbank, ging zu mir, sagte, laß uns anstoßen, Partner, und wir stießen an. Er legte seinen Arm um meine Schulter und sagte, danke für alles, Partner. Wir stießen an und schenkten uns unsere Gläser ein weiteres Mal voll. Es war ein guter Abend. Als ich am nächsten Morgen fröstelnd in den Handtüchern erwachte, hätte ich nicht mehr mit Sicherheit sagen können, wie ich da hingekommen war, und Frankie war verschwunden. Wahrscheinlich noch vor Tagesanbruch, aber das ist nur so eine Vermutung.

Er kam wie gesagt erst ein paar Tage später wieder, mitten in der Nacht. Wir schliefen allesamt tief und fest, Frankie weckte mich als ersten. Er war gespenstisch bleich, die Lichter des Pools, die wir auch nachts anließen, Frankie hatte es uns nicht verboten, und es gefiel uns, huschten in grünlichen Wellen über ihn, sein Umriß vor der Wand wie der eines Chamäleons. Frankie schüttelte mich, er riß mich aus Träumen von Farnen und zu Städten getürmtem Granit.

Er war bleich und ernst und angespannt, ich schlug die Augen auf, und Elektrizität übertrug sich auf mich, ich war hellwach und unterdrückte ein Husten. Licht nicht anschalten, Mädchen wecken, Ordnung machen, wir müssen sofort verschwinden, fünf Minuten, und ich hoffe, wir kommen noch weg. Adrenalin fährt durch und über mich hinweg wie Wellen in giftigem Grün, ich weiß nicht, ob Sie das kennen, aber in Momenten der Gefahr nimmt alles die Distanziertheit und Opaleszenz eines Aquariums an, die Zeit zögert, jede Bewegung erfolgt überdeutlich. Ich weckte Emma, ich weckte Judith, ich hielt ihr den Mund zu, bis sie wach war und zuhörte, ich sagte nur wenige Worte. Dann war ich in meinen Kleidern, hatte meine Habe zusammengeworfen. Wir räumten mit wenigen trainierten Handgriffen auf, selbst Judith, es war nicht schwer, gemäß Frankies Anweisung hatten wir stets peinliche Ordnung gehalten, er hatte ihn antizipiert, diesen Moment. Ich erinnerte mich daran, daß jeglicher Friede immer ein trügerischer sein würde und im nächsten Augenblick möglicherweise vorbei, und wissen Sie was, ich mochte den Gedanken, nein, ich liebte ihn.

Frankie war nach fünf Minuten zurück, wir waren bereit. Er löschte das Licht des Pools, die Wellen verebbten, der Ozean gefror und erstarrte. Keine Silhouetten gegen die Glasfront, sagte er, wir gehen jetzt, wir rennen nicht, habt ihr euren Kram. Wir nickten, wortlos. Frankie legte den Arm um Judith, um sie vor Panik zu bewahren. Gehen, nicht rennen. Ruhig und langsam. Wir gingen, ruhig und langsam, jede Bewegung präzise. Ich sah in die winterliche Nacht, sah nach Schatten in den Schatten, nach Schützen in den Hecken, nach Gespenstern im Gras.

Die Türen des Legends waren bereits entriegelt, wir warfen unsere Habseligkeiten in den Kofferraum, Frankie schäferte Judith auf den Beifahrersitz, Emma und ich reagierten automatisch, glitten rechts und links auf die Rücksitze. Frankie ließ den Motor an, die Scheinwerfer aus, reichte uns das Klebeband, wir rissen Streifen ab und klebten sie uns über die Augen. Wir fuhren nicht schnell davon, nicht mit quietschenden Reifen oder so, sondern zügig-kontrolliert, ich fühlte es und fühlte mein Herz schlagen in jeder Haarwurzel und -spitze, ich wußte nicht, welche Gefahr im Dunkeln lauerte, ich sah sie nicht, aber ich konnte sie spüren. Nach geschätzten zwanzig Minuten hieß uns Frankie das Klebeband abnehmen, sorry, sagte er, ihr wißt, das ist nötig, lebensnotwendig unter Umständen, wir wollen nicht riskieren, daß ihr sie zu diesem Ort zurückführen könntet, ihr wißt, daß ich euch bedingungslos traue, aber ihr wißt auch, sie bringen jeden zum Reden, ausnahmslos jeden. Wir nickten, wir wußten es. Ich hustete unterdrückt, sonst blieben wir still, bis Frankfurt.

In Frankfurt fuhr Frankie von der Autobahn ab und in die Stadt hinein. Irgendwo, in einer leeren Straße, von der ich kaum hätte sagen können, ob sie im Norden oder Süden der Stadt lag, hielt er an. Draußen war es kalt und dunkel, und es war nichts dort. Frankie hielt. Emma, sagte er. Im Schein der Armaturen sah ich Emmas Profil, ihr Auge glühte wie das einer Graie. Frankie reichte Emma einen Umschlag und ein Fitzelchen Papier. Wir können nicht, sagte Frankie, seine Stimme hallte durch den Wagen wie durch einen Dom, riskieren, alle miteinander über die Grenze zu gehen und zudem noch diesen Umschlag dabeizuhaben. Deswegen teilen wir das Risiko. Auf dem Papier steht eine Adresse, sofort auswendig lernen, dann vernichten. Der Umschlag muß nach Wien. Hier hast du 150 Euro, mehr kann ich dir nicht geben, aber ich traue dir zu, du schaffst das. Unauffällig, sehr, sehr vorsichtig, du weißt. In drei Tagen hole ich dich in Wien ab, um Punkt 12:00 Uhr mittags vor dem Stephansdom, wenn wir uns verpassen, alle zwei Stunden, also um 14 Uhr, 16 Uhr, und so weiter, bin ich nach 24 Stunden noch nicht da, ist irgendwas schiefgelaufen und du bist auf dich allein gestellt, tauch unter, laß dich nicht erwischen, bleib in Bewegung. Wiederhol das. Ich wiederholte. Ich wiederholte Emma, ich wiederholte Umschlag, ich wiederholte, *du schaffst das*. Ich würde es auch schaffen, wußte Frankie das nicht? Emma wiederholte, Wien, in drei Tagen, unterwegs nicht erwischen lassen, 12 Uhr Stephansdom, Ausweichzeiten alle zwei Stunden, nach 24 Stunden ohne Rendezvous abhauen und durchkommen. Gut, sagte Frankie, gut. Das Raumzeitgewebe riß mit dem Geräusch zähen Zellophans. Er sah Emma, nicht mich, sah Emma an, sagte, und was fällt dir so ein zu Wien? Emma lächelte, ich sah sie im Profil, sie entblößte ihren Zahn und sagte, Sitz der Internationalen Atomenergiebehörde und der

OPEC. Gut, sagte Frankie und lächelte breit, sehr gut, vergiß nicht die UN-Sonderorganisation für Industrielle Entwicklung. Okay, sagte Emma, in ihrem Gesicht klaffte ein Grinsen wie ein Abgrund. Drei Tage, sagte Emma, wir sehen uns, sie öffnete die Tür des Legends und war fort. Draußen waren Leere und Kälte und sonst nichts, ich dachte kurz, ich sollte ihr meinen Mantel geben, tat es aber nicht, sie hatte den Umschlag, sie hatte den Auftrag, sie hatte alles und brauchte meinen Mantel nicht, und ich hatte nichts außer ihm. Durch die geöffnete Wagentür war Megaira hereingeglitten, hatte neben mir Platz genommen, machte sich so breit, daß mir kein Platz mehr blieb. Sie lachte leise, es klang wie Quadratmeilen vertrockneter Gräser, die im Wind rascheln. Der Wind war sehr kalt, und die Heizung des Legends vermochte nichts dagegen auszurichten. Bis kurz nach München und kurz vor der Grenze, als Frankie mit mir an einer Raststätte einen Automatenkaffee trinken ging; Judith schlief und war von Frankie mit einem unserer fasrigen alten Schlafsäcke zugedeckt worden. Frankie legte mir eine Hand auf die Schulter, in seiner anderen dampfte der Kaffee aus einem Pappbecherchen, du verstehst, sagte er, daß ich Emma schikken mußte, sie ist die Unauffälligste von uns, sie wird es unbeobachtet schaffen, mit ihr rechnet man nicht, du bist zu exponiert, es wäre zu riskant gewesen, und ich verstand, es lag ja in kristalliner Klarheit vor mir, gänzlich offensichtlich, ich hätte mich verlacht, es nicht eher begriffen zu haben, aber ich mußte husten. Frankie klopfte mir auf den Rücken, obwohl ich mich nicht verschluckt hatte, er sagte, ich weiß, einfach ist es nicht, aber du mußt mir vertrauen, und das tat ich. Megaira fuhr verstohlen wie ein blinder Passagier an Bord mit über die Grenze, und es war bereits hellichter Tag, als wir zurück waren in dem Haus in Unterach.

Über den Bergen jenseits des Sees lagen tiefe graue Wolken mit einer scharfgezogenen Unterkante. Wir betraten das eiskalte Haus, und es war, als seien wir nie weggewesen. Etwas Erschreckendes lag darin, gleichzeitig ein gewisser Trost. Alles war so ungewiß in unserem Leben, man zeigte sich geneigt, das armseligste Stückchen Vertrautheit als Heimat zu begrüßen. Die getäfelte Decke senkte sich trotzdem auf mich wie ein Sargdeckel. Wochen und Monate warfen ihre Schatten voraus, lichtlose Höhlen am Fuße des Atlas, in denen die Sonne nicht scheint oder der Mond, zehrender Stillstand. Mühle und Maupassant, Sankt Georg, Sankt Christopherus, Sankt Bartholomäus, Sankt Nimmerlein. Gräser, endlose Gräser. Wissen Sie, daß ich irgendwann, ich kann Ihnen den genauen Zeitpunkt nicht benennen, ihn herbeizusehnen begann, den großen Showdown, den finalen? Die Schüsse, die mir durchs Fleisch fahren würden. Die, die kämen, mich niederknien ließen, mir die kühle Mündung in den Nacken drückten und mir ein Projektil ins Zentrum meines so überaus lästigen Hirnes schössen. Die mich mitnähmen in einen lichtlosen Keller aus Beton am Fuße des Atlas, und mich auf die letztgültige Probe stellten, so daß ich endlich, endlich herausfinden könnte, was ich taugte, wie groß und haltbar und substantiell sie nun sei, die Hingabe, um die ich rang, jeden Tag, jede Nacht. Ich begann, mir einen furiosen Abgang zu wünschen, ein Fanal, das alles rechtfertigen würde, *going down in flames*, so was in der Art, Sie wissen. Sie mögen schmunzeln, aber tief drinnen wissen Sie, was ich meine. Nennen Sie's das Jeanne-d'Arc-Prinzip, nennen Sie's *Braveheart*, egal, im Grunde wissen Sie sehr wohl, wovon ich rede. Ein Märtyrer ist ein Zeuge, das ist die Bedeutung des Wortes, ein Zeuge ist eine Person, die über die eigene Wahrnehmung aussagen soll. Zeugnis abzulegen, kommt einem Bekenntnis gleich, ein Bekenntnis ist die dem eigenen Identitätsbewußtsein und zur Abwehr von Irrlehren dienende Zusammenstellung des Glaubensinhalts. Identität ist ein komplexer Begriff, im mathematischen Gebrauch ist eine identische Abbildung eine Abbildung, die jedes Element auf sich selbst abbildet. Ich hätte mich gerne bekannt, in einem finalen Moment. Ich hätte gern bezeugt, mit allem und meinem Blut. Katharsis, griechisch *Reinigung*, zwischen Katalepsie und Katjuscha. Ich mußte noch lange warten, denn nichts wird einem geschenkt, und was einem geschenkt wird, ist meistens nichts wert. Nur Hingabe verleiht Wert. Das ist richtig so, aber sehr anstrengend. Ich wartete und vertraute auf Frankie, jederzeit bereit, Zeugnis abzulegen, mit meinem Leben oder meinem Tod.

Zunächst aber brachten wir die Heizung in Gang. Ein feuchtes zerfleddertes Heftchen erklärte uns, wie. Im Schein der Taschenlampe knobelten wir es gemeinsam aus, Frankie und ich, ich fühlte mich versöhnt, Megaira saß unter tiefhängenden Zweigen einer alten Ulme im Schnee, und Judith schlief im vorderen Schlafzimmer des ersten Stocks. Die Heizung sprang mit einem tiefen Knurren an, sie sprang mit fast zuviel Normalität an für meinen Geschmack, es ist nicht einfach, sich von Qual und Erregung des Ausnahmezustands zu verabschieden, auch wenn sich das für Sie jetzt verdreht anhören mag. Am übernächsten Tag öffneten wir die Fensterläden, anscheinend konnten wir uns das leisten, ich fragte nicht, ich hämmerte die verrosteten Riegel mit einem kleinen schweren Hämmerchen zurecht, das ich im Keller gefunden hatte, der Holzstiel war schimmlig. Nachdem wir die Heizung in Gang gebracht hatten, tranken Frankie und ich einen Schnapsrest von irgendwo aus der Küche, er sagte mir, er werde sich um Judith kümmern müssen, ich sei, währenddessen, für Emma verantwortlich, für eine ruhige, wachsame, unauffällige Existenz, ob er sich auf mich verlassen könne, zweifelsohne, versicherte ich ihm, könne er das, und ich träumte von Feuer und Sturm und Blei. Ich bekam das Zimmer mit dem durchgebogenen Boden und konnte im Bett nicht schlafen, schließlich legte ich mich im Morgengrauen mit meinem Schlafsack auf die Dielen, um nicht zu vergessen, worum es eigentlich ging.

Judith begann zu waschen. Sie wusch die allgegenwärtigen Tischdeckchen, sie wusch Bettzeug, Handtücher, Geschirrtücher. Sie wusch die rattigen Matten aus den beiden Badezimmern. Sie spannte Schnur zwischen den Schränken in der Stube, aus der Küche sirrte die Waschmaschine mit einem hohen, grillenhaften Ton, in regelmäßigen Abständen fiel die Heizung ein und grollte. Nach etwa vierundzwanzig Stunden war das Haus warm, nach weiteren zwölf waren es auch die Fußböden, kurz darauf ging Frankie, bis dahin hatten wir Schach miteinander gespielt, ich hatte jedes Spiel verloren, ich konnte mich nicht konzentrieren. Judith wusch und hing Krams über Schnüre und Heizkörper. Frankie fuhr nach Wien, um Emma zu holen. In Wien waren Leben und Dämonen, und Judith wusch die rot-weiß karierten Polsterbezüge aus Küche und Stube. Ich schlief diese Nacht wiederum auf dem Boden, Megaira mir zur Seite wärmte mich, ich hatte den Heizkörper ausgedreht. Es gab keine Thermostaten, wissen Sie, nur simple Schrauben. Frankie kam wieder und brachte Emma mit, Emma glühte wie ein dürrer Draht Wolfram, sie sah sehr müde aus und sehr glücklich. Judith und ich hatten nicht miteinander geredet. Ich las, was sie tat, weiß ich nicht. IAEO, Ikarus, Ikea. J'accuse, Jakobiner, Jorinde und Joringel. Es roch im ganzen Haus nach nasser Wäsche. Ich ertrug es, als Frankie kam, daß er ging, ertrug ich nicht mehr.

Wir schlugen uns nur kurz, ich hatte nicht mehr Chancen als beim Schach, trotzdem ging ich, soweit ich mich erinnere, wohl dreimal zu Boden und stand wieder auf. Frankie ließ mir die Zeit, aufzustehen, ich stemmte mich am groben Putz der Flurwand hoch, Haut blieb hängen, als ich gegen das Treppengeländer fiel, lösten sich hölzerne Streben aus dem wackligen Konstrukt. Erst als ich liegenblieb, blieb ich liegen. Wichtige und notwendige Eingeweide erschienen mir geborsten, der Schmerz reinigt, wissen Sie, ich hatte mich nie geschlagen, ich hatte etwas verpaßt. Ich stand deswegen auf und auf, dreimal mindestens, weil ich es nicht enden lassen wollte. Frankie nicht gehen lassen wollte, nicht mit Judith, solange er mich schlug, war er konzentriert auf mich. Sein Gesicht gerann zur Rechten in

Purpur, meinetwegen, die Freude, etwas zu bewirken, Judith feixte, ich sah es gleich einem Poster, an die Wand gepinnt, ich hätte auch sie geschlagen, aber Frankie kam mir zuvor und brach mir, wie ich annehme, eine Rippe. Treppenhausstreben wie Mikado, ein Knochenorakel. Der Geschmack von Blut, zerrender Schmerz und soviel Adrenalin, es scherte mich nichts. Mikado: erlauchtes Tor. Ich ruinierte mir die Hände, ich hatte nie schlagen gelernt, es wurde Zeit. Ich rang nach Luft, alles war entbranntes Fiasko, ich wünschte, Frankie würde mich töten, ich kam wieder hoch, erst als ich nicht wieder hochkam, kam ich nicht wieder hoch. Aquariumszeit, dicht, opal und luzide. Die Kacheln des Flurs rechteckig braun, unattraktiv gemustert, Staub, Haare, Dreckbröckchen von unseren Schuhen. Vor meinem Atem flohen Flusen. Eine Rippe stach, wußten Sie, daß wir aus Knochen bestehen? Wir bestehen aus so wenig sehr Durchschaubarem, es ist eine konstante Beleidigung. Ich war auf Luft scharf, sie machte sich rar, das Miststück, das kleine. Die Flusen verließen das sinkende Schiff, ich besah es mit Interesse und sank. Granitene Wogen, Ozeane aus Gras. Tidenhub und verlorene Kargo. Frankie barg mich, Emma assistierte, Judith lachte schrill wie eine Waschmaschine im Schleudergang.

Auf dem Stuhl konnte ich mich nicht halten, ich kam auf dem Küchenlinoleum zu sitzen, Frankie vor mir, die Mädchen hatte er ausgesperrt, er drückte ein Papierchen gegen seine blutige Lippe. Der Wind wehte Dünensand über alles, und Gräser erwuchsen mir, ich erblindete, denn Frankie hatte uns unser Auge genommen.

Eine indifferent graue Wolkendecke mit scharfer Unterkante senkte sich über die Gipfel. Senkte sich in die Täler. In den Tälern lebt man sein Leben so lange, bis es einem nicht mehr genug ist. An die Fenster, ich bin mir fast sicher, schlug Regen. *Sadness like water, raining down.* Megaira ist eine Katze, sie schnurrt und ist die letzte Freundin, die ich habe. Ich öffne ihr eine Dose Whiskas, und das Geräusch, das eine brechende Rippe macht oder ein brechendes Herz, ist das von reißendem Zellophan. Es ist banal, das ist es, leider. Was wäre nicht banal? Was ließe sich bezeugen? Ich bezeuge graue Gräser, die ineinanderrauschen wie kosmische Hintergrundstrahlung und die Leere des Universums. Ich bezeuge Büffel, grollend wie Waschmaschinen ziehen sie über die Steppe, nur in den Tiefen abgelegener Bergwerke fängt man, hat man Glück, ein Neutrino. Sie sind flüchtig wie ungnädige Katzen. Alles zerrinnt wohlig in Bewuchs, Frankie schlägt mich hart ins Gesicht. Die Auflösung erhöht sich schlagartig von 72 auf 300 dpi, druckfähig. Okay, sagt er, kürzen wir's ab. Ich arbeite normalerweise, sagt er, nicht mit Kaspern, ich hätte euch längst loswerden sollen, mein Fehler. Mir fehlt aber die Zeit für deine Scheiße. Mir fehlt auch die Kraft und die Lust. Also, sagt er, machen wir's kurz, bist du dabei oder nicht, wenn nicht, dann geh, und zwar jetzt, ich kann nicht arbeiten mit dieser Kinderkacke, fuck, das ist so hart da draußen, enweder bekomme ich von dir Loyalität, oder du scherst dich zum Teufel, fuck, *get over yourself*, also hör auf, dir leid zu tun und gib mir, sagt er, eine Ansage, wie hätten wir's denn gerne, wie? Wie?

Ich habe mich längst zum Teufel geschert, ich bin bereits zurück, ich kasper nicht, ich bin ernst wie Gras, ich bin lange *over myself*, der Teufel hat drei goldene Haare, ich wäre jederzeit bereit, es zu bezeugen, wenn mich nur jemand fragte, ich wäre jederzeit bereit, es zu leugnen, selbst unter Strom, gehen könnte ich nicht, denn meine Beine sind Kautschuk oder Linoleum, als ich lache, schmerzt meine zerschlagene Fresse, wie hätte ich's denn gern, ganz gewiß nicht anders, ich bin so loyal, gurgle ich heraus, es sollte dir angst machen, Frankie, ich bin gar nichts sonst mehr.

Er setzt sich neben mich auf den Boden, sagt, okay, sagt: okay, vergräbt sein lädiertes Gesicht in seiner Hand. Sagt: Okay. Es riecht nach nasser, schwerer Baumwolle. Es schmeckt nach Blut.

Ich sage, okay. Des Teufels Haare sind aus Blut, Baumwolle und Erz. Frankie wird gehen, und er wird wiederkommen, denn er ist wie die Gezeiten. Ich bin loyal zu Frankie, wie es das Meer zum Mond ist. Wenn ich nur felsenfest genug bin, werde ich bezeugen dürfen. Eines Tages. So wird es kommen. Wenn ich nur stetig bleibe. Okay sage ich, und Frankie schwindet. Wie der Mond. Der Mond ist immer da, auch wenn man ihn nicht sieht. Die Hintergrundstrahlung des Universums auch, alles ist immer da, man sieht es nur nicht, man kann und darf aber darauf vertrauen. Man kann sich getrost niederlegen, auf das Linoleum, ein Auge müßte man nicht schließen, Frankie hat es mitgenommen, wir haben nur eins, da muß man sparsam mit umgehen, wie mit allem, das knapp ist. Das darf man sich nicht neiden, weil, es nützte ja nichts. Ich schließe die Lider über leeren Höhlen und lasse das Gras, das Gras allüberall sein. Ruhe kehrt ein über blindgeborenem Getier, ich werde schlafen und auf den Mond warten, auf den Sinn, jemand wird eine Decke über mich gelegt haben, stelle ich am nächsten Morgen fest, aug- und zahnlos und mit zerkrumpeltem Brustkorb, das Linoleum reicht mir verspielte, verpixelte Muster, hübsch, denke ich, wie hübsch. Wie hübsch für einen ganz blöden Boden. Wenn Sie mich fragen, wie ich mir des Teufels Küche vorstelle, würde ich sagen, genau so.

JUDITH XVI / O-TON 09'20''

Der Frühling dieses Jahres war anstrengend, aber es kehrte so etwas wie ein bißchen Normalität ein. Frankie und ich wohnten in einer kleinen Wohnung in einem Außenbezirk von Linz, unsere Tarnung war die eines ganz normalen jungen Ehepaares. Ich bekam eine neue Identität, Frankie ließ sie mich auswendig lernen, jeden Tag mehrere Stunden, ich war Lena Wolff, vormals Altenberg, geboren am 17. Oktober 1983, ich lernte die Namen und Geburtsdaten meiner Eltern und Geschwister, meine neue Biographie, Frankie fragte mich ab, wieder und wieder, manchmal riß er mich mitten in der Nacht aus dem Schlaf und ließ es mich aufsagen, manchmal mehrmals pro Nacht. Bald machte ich keine Fehler mehr, und Frankie war zufrieden mit mir, er war stolz auf mich. Ich mußte ihn Alex oder Alexander nennen, auch wenn wir alleine waren, vergaß ich es, wurde er sehr ärgerlich, ich vergaß es sehr schnell nur noch sehr selten. Er hatte zwei Eheringe für uns besorgt und, zur Tarnung, einen Job angenommen, er verkaufte Autos. Das erzählte er mir, ich verließ die Wohnung selten, nur, wenn ich zum Arzt oder mit Frankie spazierenging, weil ich die Bewegung brauchte. Ich bekam endlich meinen Arzt. Als Privatpatientin war das teuer, ich führte ein schreckliches Gespräch mit meinen Eltern, wir mußten auf beiden Seiten des Telefons weinen, ich konnte ihnen natürlich nicht sagen, wo ich war, ich sagte ihnen auch nichts von meiner Schwangerschaft, aber sie verstanden, es handelte sich um eine Notlage, sie nahmen einen hohen Kredit auf für mich. Es brach mir das Herz, glauben Sie mir, aber was sollte ich tun, ich mußte an meine Tochter denken. Ich trug die lang ersehnten Ultraschallbilder immer bei mir. Sie sah schon so groß und wie ein richtiger Mensch aus. Frankie hatte mir schließlich Bücher besorgt, über das Stillen, die Entwicklung der ersten zwölf Lebensmonate, solche Dinge, es war ein bißchen Normalität eingekehrt nach all dieser Zeit. Angst hatte ich trotzdem. Ich hatte tagsüber Angst, daß Frankie nicht wiederkäme, man ihn erwischt hätte. Sie zu mir in die Wohnung kämen, die Tür aufbrächen, mich mitnähmen als das perfekte Druckmittel gegen Frankie. Wenn er nachts nicht zu Hause war, lag ich wach und horchte auf jedes Geräusch. Wenn er zwei Tage oder länger wegblieb, war ich mir sicher, sie hätten ihn, sie hätten ihn in dem Keller aus Beton, in irgendeinem finsteren, rechtlosen Land irgendwo, oder seine Leiche läge bereits auf dem Grunde der Donau. Es waren grauenvolle Sequenzen, die sich in diesen Nächten vor meinen Augen abspielten, ich hätte mir sehnlichst einen Fernseher gewünscht, um meine nächtlichen Schreckgespenste durch andere Bilder zu verscheuchen. Aber ich konnte nur wach liegen und auf die Geräusche lauschen, hören, ob sie kämen, mich zu holen.

Frankie würde ihnen vielleicht gesagt haben, wo ich war. Irgendwann brechen sie jeden, er hat uns das oft genug eingetrichtert. Obwohl man sich nicht vorstellen konnte, daß das auch für Frankie galt. Aber vielleicht hatten sie ihn einfach beobachtet, ein paar Tage lang, dann wußten sie von dieser Wohnung, von mir, wußten, ich war hochschwanger. Die Implikationen liegen auf der Hand, nicht wahr?

Doch sie kamen nicht, in all diesen langen, schrecklichen Nächten, und Frankie war stets nach einigen Tagen zurück. Hatte ich nicht Angst um mich und um ihn, dann hatte ich Angst vor der Geburt. Vor den Schmerzen, vor Komplikationen. Ein Krankenhaus kam natürlich nicht in Frage, ich hatte eine Hebamme, der wir von natürlicher Hausgeburt vorlogen und von Abneigung gegen die Gerätemedizin. Dabei hatte ich kein bißchen Abneigung gegen die Gerätemedizin, ich hatte hingegen panische Angst vor Schmerzen und Komplikationen. Ich wollte eine Periduralanästhesie und einen OP gleich nebenan, nur für den Fall. Statt dessen lächelte ich Hanna, meine Hebamme, tapfer an und schwadronierte davon, daß Frauen schließlich seit hunderttausend Jahren Kinder kriegten ohne das ganze Brimborium. Ich war stolz auf mich. Ich war tapfer. Ich führte meine Undercoverexistenz makellos bis zum Letzten. Ich trug in diesem Frühling Hippie- und Ökoklamotten, nicht nur, weil die billig waren und über den Schwangerschaftsbauch paßten, sondern auch, um Lena mit ihrem Fimmel für natürliche Geburten und dem ganzen Zurück-zur-Natur-Scheiß authentisch zu leben. Ich glaube, ich war nicht schlecht, wissen Sie, ich habe sicherlich ein gewisses Talent zur Schauspielerei, an meiner

Schule in der Theater-AG der Oberstufe spielte ich oft tragende Rollen. Ich war gut, denke ich. Auch als Lena. Da Hanna zu uns nach Hause kam, dekorierte ich unsere Wohnung mit ein bißchen Esokram, billigem Zeug, sehr viel Haushaltsgeld bekam ich nicht von Frankie, aber ich hatte ein paar Tücher über die alten Sessel drapiert, einen Gipsbuddha hingestellt, tibetanische Poster aufgehängt, ich kaufte drei verschiedene Motive für zusammen sieben Euro, eines für die Küche, eines fürs Wohnzimmer, eines fürs Schlafzimmer. Daneben ein Kruzifix, die es in Österreich ja an jeder Ecke günstig gibt. Ein paar Stunden vor Hannas Besuchen brannte ich manchmal ein Räucherstäbchen ab. Ich fand, mit den spärlichen Mitteln, die mir zur Verfügung standen, gab ich eine glaubwürdige Lena ab, ein bißchen spinnert, aber nicht zu sehr, gerade eben plausibel. Ich begann, selbst an Lena zu glauben, obwohl ich mit Esoterik oder Ökoquatsch niemals was am Hut gehabt hatte. Aber es trug als netter Nebeneffekt dazu bei, unsere Wohnung, die wir möbliert gemietet hatten, wohnlicher zu machen, eine Wohltat nach all unseren vorangegangenen tristen Behausungen. Ich begann ihn fast zu mögen, den Krimskrams. Ich begann an Lena zu glauben. Bis zum 14. April.

Am 14. April kam Sophie zur Welt. Mag ja sein, daß Frauen seit hunderttausend Jahren Kinder ohne Brimborium kriegten, aber Menschen starben auch hunderttausend Jahre lang an Blinddarmentzündungen oder an der Pest. Es war ein Horrortrip, sage ich Ihnen. Kommen Sie bloß nie auf die Idee, an einer natürlichen Geburt sei irgendwas Natürliches. Solche Schmerzen sind absolut unnatürlich, wer das behauptet, soll mal schön seine nächste

Zahnwurzelvereiterung auf natürlichem Wege ertragen. Ich stellte fest, Frankie hat recht. Hätte mich Hanna in diesen Stunden nach Frankies Identität und Auftrag ausgefragt, ich hätte mit Freuden alles verraten, ich hätte ihn verraten, mich, den Aufenthaltsort von Christoph und Emma und von mir aus auch noch die Formel zur Herstellung waffenfähigen Plutoniums mit Zutaten aus dem Heimwerkermarkt. Ich hätte alles gesagt, nur damit die beschissenen Schmerzen aufhören.

Aber Hanna fragte natürlich nichts, sie sagte bloß Quatsch wie *atmen* und *pressen*, und zwischendrin sagte sie mit gedehntem österreichischem Akzent *brav* und tätschelte mich. Frankie, den ich immer noch Alex zu nennen schaffte, stellen Sie sich das vor, war mir keine große Hilfe. Er betrachtete das Schlachtfeld mit distanziertem Interesse, irgendwann wäre es mir lieber gewesen, er wäre gegangen, ich schämte mich plötzlich, daß er mich so sah, irgendwann war mir auch das und wirklich alles scheißegal, irgendwann war Sophie da. Schon komisch, es fühlte sich an, als müsse ich einen Elefanten gebären, ein Monstrum, das gesamte verdammte Alpenvorland, und dann war's bloß dieses zauberhafte winzige Kind gewesen. Ich war so glücklich. Sie war so süß. Ganz zerknautscht und voller Glibberkram und mit putzigen schwarzen Härchen auf dem kleinen, zerdellten Kopf. Frankie war auch glücklich, überglücklich. Vor der Geburt hatten wir uns nicht einigen können, wie wir sie nennen, ich war für Sophie, Frankie plädierte auf Lara, aber als ich sie in den Armen hielt und Hanna mich fragte, wie sie denn nun hieße, die kleine Maus, sagte ich, Sophie, und Frankie zog den kürzeren, er konnte in Gegenwart Hannas ja schlecht eine

Szene machen, außerdem, fand ich, war ich hier gerade durch die Hölle gegangen, für ihn war's bloß ein *spectator sport* gewesen, ich hatte das Recht darauf. So hieß Sophie Sophie, und sie war endlich da, am 14. April. Und in diesem Herbst wird sie schon eingeschult, ist das zu glauben?

EMMA XVI / O-TON 01'21"

Wissen Sie, was wohl das größte Problem mit Christoph ist? Es fehlt ihm die Geduld. Es mangelt ihm an Glauben. Er war ungeduldig. Er war im Grunde immer noch der Schuljunge, dessen großer Schuljungentraum, ein Spion zu sein wie James Bond, wie Frankie, wie aus seinen albernen John-Le-Carré-Romanen, deren Inhalt er mir nacherzählte, wenn wir mal wieder nichts zu lesen hatten, obgleich ich daran nur mäßig und milde belustigt Anteil nahm, am liebsten sofort und gleich in Erfüllung gehen sollte. Er war nicht gut darin, sich zu gedulden. Obwohl Frankie uns versprochen hatte, er würde sich, sobald der Auftrag es zuließe, um unsere weitere Ausbildung kümmern, blieb Christoph unruhig. Manchmal, wenn ich es war, die mit Frankie wegging, zweifelte ich daran, ob man ihn alleine lassen könnte. Waren wir zusammen, paßten wir aufeinander auf, besser, paßte ich auf ihn auf, auf mich aufzupassen, war nicht nötig, das besorgte ich, glauben Sie mir, durchaus selbst. Aber Christoph wurde unruhig, wurde eifersüchtig, er begriff nicht, daß es Teil der Prüfung war, das Warten, die Geduld. Christoph war dem kaum gewachsen. Natürlich nannte er sich damals nicht Christoph, wir lebten beide mit einer Legende, aber ich werde Ihnen ganz sicher nicht verraten, wie diese Legenden lauteten, keinesfalls, obwohl ich nicht mal glaube, das wäre von Bedeutung. Ich werde es einfach aus Prinzip nicht tun, als kleine Fingerübung, als Etüde, nur damit Sie nicht vergessen, daß unsere Plauderei hier nicht mal im entferntesten einen Punkt berühren wird, der von Wichtigkeit sein könnte. Genausogut könnten wir uns über das Wetter unterhalten, wenngleich ich dazu wenig beizutragen habe, ich komme ja nur selten raus, kleiner Scherz. Lachen Sie doch ein bißchen, finden Sie nicht, daß das ein recht geistreicher kleiner Sarkasmus war?

CHRISTOPH XVII / O-TON 08'48''

Es war ein hartes Jahr, auch wenn in vielerlei Hinsicht alles tausendfach einfacher war als in den beiden vorangegangenen. Das eben machte es für mich so schwierig. Die Normalität. Emma und ich hatten neue Legenden bekommen, wir fragten sie uns gegenseitig ab, stundenlang, so, wie Frankie es uns beigebracht hatte, unsere Daten, unsere Biographien. Ich war Patrick Jaenisch, 3.August 1982, sie war Friederike Bruns. Wir redeten uns nie anders an als mit unseren Tarnnamen. Im späten Frühling besorgte Frankie mir einen Hilfsjob bei einer Truppe, die Bäume fällte, Bäume pflanzte, Bäume beschnitt und Baumstümpfe aus dem Erdreich fräste. Ich der Hiwi, ich schleppte Geäst, zurrte Stammsegmente zusammen und zerrte sie mit Hilfe einer Drahtseilwinde über Grundstückshänge hinauf oder hinunter. Ich hielt Seile, mit denen wir Äste koordiniert zu Boden fallen ließen, ich lernte den Umgang mit der Motorsäge und zerkleinerte große Stücke in kleine Stücke.

Es war nicht schlecht, ich war viel draußen, obwohl ich nur bei dementsprechender Auftragslage einsprang. Die Firma Roither – *Schlägerer* nennen sie das, finden Sie das nicht putzig? – kam aus einem entfernteren Ort namens Straßwalchen, so blieb eine gewisse Anonymität gewahrt. Unser Haus lag außerhalb des Dorfzentrums, wir grüßten auf der Straße, wenn wir zum Spar-Markt einkaufen gingen, die Leute, die uns entgegenkamen, aber wir blieben für uns. Im Winter war das Kaff nahezu verlassen, doch je weiter das Jahr voranschritt, um so mehr bevölkerten sich die Häuser mit Sommerfrischlern, um so weniger fielen wir auf. Meinen Arbeitskollegen erzählte ich, wir wären deutsche Studenten, die sich ein Sabbatical genommen hatten – ich mußte den Begriff «Sabbatical» erklären –, um der Großstadt zu entfliehen. Friederike war meine Freundin. Wir träumten den Traum vom Landleben und wollten dies zunächst für ein Jahr ausprobieren. Ich hoffte inständig, es würde nicht mehr als ein Jahr dauern. Ich hatte Angst, es könnten Jahre werden.

Mindestens die Hälfte meines Lohnes als Hilfsschlägerer, ich bekam ihn schwarz, natürlich, legten wir zurück für Frankie. Mit dem Rest führten wir unser Leben. Problematisch war es, wenn wir etwas brauchten, das es nicht bei Spar, beim Trafikanten oder bei der Bäckerin gab, den drei Geschäften im Ort, denn die zwanzigminütige Fahrt ins nächstgrößere Dorf Mondsee kostete haarsträubende 5,80 Euro hin und zurück, wir versuchten lieber zu trampen. Ich kaufte mir dort in einem Laden mit Ramschklamotten billige Turnschuhe, beschissene Qualität, mir taten ständig die

Knie weh wegen den Dingern, und ich begann zu laufen, den Berg hinter unserem Haus hinauf, jeden Tag ein Stückchen höher. Ich überredete Friederike, mit mir zu laufen, dafür übte ich mit ihr Tai-Chi, und wir lernten gemeinsam Russisch. Bei der Bäckerin kauften wir das verbilligte Brot vom Vortag. Sie fragte uns, was wir hier täten, ich erzählte vom Sabbatical und was das sei. Wir liefen über eine Stunde die Straße entlang, um zu dem Bergmassiv auf der gegenüberliegenden Seeseite zu gelangen, und wanderten einen Tag lang darüber hinweg. Wir lernten und lasen. Zwischendrin warf ich Geäst auf den Anhänger des Traktors und zersägte störrisches Holz zu gehorsamen Schnipseln. Im August mußten wir für zwei Wochen das Haus räumen, wir putzten akribisch und zogen für diese Zeit in ein Zelt auf dem Campingplatz, so blieben wir in der Nähe, und ich mußte meinen Job nicht suspendieren, nach zwei Wochen durften wir zurück, im Haus hatte jemand gewohnt, ich nehme an, die Eigentümer verbrachten ihre Sommerferien dort. Es hatte meistens geregnet. Ich lief auch im Regen. Unser Zelt war stets feucht gewesen. Wir freuten uns über die Rückkehr ins trockene Haus. Es war dann, als wären wir nie weggewesen. Wir machten weiter. Wir hielten uns bereit. Ich sägte, mit der Hälfte des Geldes kauften wir ein. Der Spar-Markt war teuer, aber der nächste Aldi, sie nennen's Hofer, lag weit weg an der Ausfallstraße von Mondsee, praktisch unerreichbar. Ich hätte gern wenigstens ein Fahrrad gehabt. Unser Ort bestand aus einer weitläufigen Ansammlung alpiner Architektur und hübscher Jahrhundertwendevillen, schrulliger Fünfzigerjahrebauten und grausliger Apartmenthäuser aus den Siebzigern. Im Februar war es eine Geisterstadt, im Sommer öffneten sich überall Rolläden und Fensterläden, die Gasthäuser belebten sich und auf dem See tummelten sich Boote. Es war hübsch, wissen Sie. Der See und die Berge und das Dorf sind wunderschön. Unser Leben, trotz des ewigen Geldmangels, war ein ganz normales Leben, und beileibe kein schlechtes. Ich mochte meinen Job, ich fand ihn, wie soll ich sagen, so urwüchsig. Es war das Leben von Friederike und Patrick in ihrem Sabbatical. Ich gewöhnte mich daran. Es begann auf mich den Eindruck zu machen, als würde sich nichts mehr daran ändern. Und das war ein schreckliches Gefühl. Nein, das Schreckliche daran war vielmehr, daß es mir nicht mehr schrecklich erschien, ich mich darin einrichtete, und das konnte es nicht sein, was ich gewollt hatte. Oder? War ich Patrick, wurde ich Patrick, war ich Patrick geworden, konnte ich mich mit dem hier zufriedengeben, nachdem ich alles geopfert hatte, durch so viel Scheiße gegangen war, darauf gebrannt hatte, mich zu beweisen, zu *bezeugen*, in dem Leben, das Christoph versprochen war, einem schnellen, harten, aufregenden Leben voller Intensität und Bedeutsamkeit? Das Frankie mir versprochen hatte, auf das ich mir, wie ich fand, mittlerweile ein Anrecht erworben haben sollte?

Es gab Tage, an denen ich es kaum aushielt. Es gab Tage, an denen ich es nur zu gut aushielt, das machte mir Sorgen. Es gab lange Tage, an denen Frankie mit Emma verschwand, an denen Emma dort draußen, in der Welt, in die ich eigentlich gehörte, ich, Christoph, nicht Patrick, sinistre Abenteuer erleben durfte, während ich Ulmenäste sägte, Buchenäste sägte, Fichtenäste sägte, Ahornäste sägte, Birnbaumäste verlud.

Sicher, es gab auch die guten Tage für Christoph. In Wien, in Genf. Aber es waren wenige, und die Intervalle dazwischen dehnten sich aus wie Erdzeitalter. Ulmenwälder wuchsen unterdessen und Buchen. Machiavelli, MI5, MIT, Moiren. Genf war ein schlichter Kurierauftrag. In Wien ließ mich Frankie an einer Parkbank zurück und sagte, ich solle auf ihn warten, unbedingt, ohne Deadline, wenn nötig eine Woche lang, ich wartete 81 Stunden, die Nächte waren schon sehr kalt, und es war ein eigenartiger Ort, Böhmischer Prater hieß er, ein verlotterter, morbider kleiner Vergnügungspark, zu dem wir durch ein Industriegebiet liefen und durch kränkliche Wälder. Die meisten Vergnügungen schienen schon seit Jahrzehnten geschlossen, im Spätherbst liefen noch ein paar müde Karussells, in denen Väter in Trainingsanzughosen und mit schwarzen Schnurrbärten ihre Kinder absetzten, während sie selbst Dosenbier tranken. Ich wartete 81 Stunden. Ich war so glücklich, Patrick entkommen zu sein, ich hätte auch gewartet bis zu meinem 81sten Geburtstag oder bis ins Jahr 2081.

JUDITH XVII / O-TON 27'38''

Waren Sie schon mal in Bratislava? Also, wissen Sie, das mag ja für den Touristen sehr hübsch und interessant sein, aber mit einem sechs Monate alten Kleinkind läßt sich Angenehmeres vorstellen. Ich wünschte, wir wären in Linz geblieben, oder hätte es nicht Wien sein können? Wien liegt, ich wußte das vorher gar nicht, direkt nebenan. Ist das nicht, als esse man absichtlich den Knorpel und lasse das Filet liegen? Ach, ich mache Witze, wissen Sie, das tue ich, weil es in Wahrheit furchtbar war.

Die ersten Monate in Linz sind wirklich schön gewesen. Ich hatte Sophie, so klein und hübsch und unbegreiflich und warm und lebendig. Ich dachte, auch Frankie wäre glücklich. Ich war's. Ich war nicht mehr allein in den Nächten. Ich würde nie mehr allein sein. Wenn ich nicht schlafen konnte, sah ich ihr beim Schlafen zu und hörte sie atmen. Sie quengelte mich wach, und ich nahm sie an meine Brust. Es hat mich gar nicht gestört, wenn sie mich weckte. Ich band mir Sophie mit einem der Hippietücher vor den Bauch und ging spazieren. Alles war wunderbar und draußen Sommer, und unser Gipsbuddha strahlte vor Freude, wenn er sie sah.

Bis zu dem Tag im Herbst, als Frankie nachts kam und wir innerhalb einer Stunde packen mußten. Meine kleine bunte Wohnung zersplitterte wie ein kaputtes Kaleidoskop. Ich durfte nichts mitnehmen. Ich hätte so gerne den Buddha behalten, er hatte immer gelächelt, er lächelte so, wie Sophie inzwischen zu lächeln begann. Alles fiel in Scherben. Er hieß mich, von den Fenstern fernzubleiben. Draußen, wo der Sommer einem grauen, welken Regen gewichen war, gab es die Möglichkeit von Präzisionsgewehren im Dunkeln. Plötzlich war all das wieder da, überrollte uns, trat das wenige platt, was wir gehabt hatten. Ich weinte lautlos und packte, was wir brauchten, was Sophie brauchte. Alles andere stopfte ich in große grüne Plastikmüllsäcke, und es wollte mir das Herz brechen, damit es das nicht tat, knotete ich mir Sophie mit dem Hippietuch davor, wir besaßen immer noch keinen Kinderwagen, hätten wir einen besessen, hätten wir ihn vielleicht sowieso nicht mitgenommen. Ich weinte, mußte aber tapfer sein, wenn wir in Gefahr waren, reagierte ich besser besonnen, es ging schließlich nicht nur um mich. Ich küßte den Buddha auf seine Glatze, er lächelte traurig. Frankie warf die Müllsäcke in die Container im Hinterhof, ich wartete mit Sophie im dunklen Treppenhaus, wie sollte ein Kind so leben können. Ich wäre weggelaufen, wäre Frankie nicht der einzige gewesen, der für unsere Sicherheit sorgen konnte. Und uns geschah nichts, tatsächlich, wir stiegen rasch in den vorgefahrenen C 230, der im Halteverbot stand, fuhren davon, auf der A1 Richtung Wien. Im Wagen kämpfte ich gegen einen hysterischen Anfall, aber behielt mich unter Kontrolle, ich wußte, Frankie hätte das nicht gern gesehen. Ich wollte ihn nicht auch noch damit belasten. Immerhin hatte er uns da rausgebracht. Uns gerettet. Er sorgte für mich und seine Tochter. Es wäre nicht fair gewesen, ihm noch mehr zuzumuten. Er wäre ärgerlich geworden, ich kannte ihn.

Ich hoffte, wir würden nach Wien fahren, stellt man sich Wien nicht schön und romantisch vor? Aber wir fuhren nach Bratislava und lebten da ein halbes Jahr in einem Loch. Alles war grau, als mache die Sonne einen Bogen um Bratislava, als wäre dort immer Winter und nie etwas anderes. Auch Linz war nicht die Fifth Avenue gewesen, vielleicht hätte ich selbst das Bratislava-Loch irgendwie aufhübschen können, aber es war, als sauge etwas mich aus. Als kämen aus den schwarzen Nächten und den grauen Tagen Vampire, die mich befielen, unsichtbar, wenn ich nur kurz die Augen schloß, und alles aus mir heraussaugten, alle Freude, alle Gründe, die man hätte haben können, überhaupt aufzustehen. Sophie saugte meine Milch, die Vampire saugten alles andere. Ich sagte mir oft, ich sollte einfach hinausgehen, irgendwas kaufen, etwas Farbiges, einfach nur zwei Meter buntbedruckten Stoff für das räudige Sofa, ein paar Blumen. Irgendein kleines lustiges Dingsda zum Spielen für Sophie. Aber es machte mir angst, alles machte mir angst. Die Stadt, die Menschen, die Sprache, der Regen und der Himmel, der grau wie ein Gehirn war und fett auf den Straßen lag. Vom Küchenfenster konnte man ihn sehen, aber wer hätte das gewollt. Das Schlafzimmerfenster ging in einen Hinterhof hinaus. Manchmal, ich muß es zugeben, ließ ich Sophie lange weinen, bis ich mich aufraffen konnte, sie zu windeln oder zu stillen. Manchmal hörte ich nur den Regen, bis ich zu ertrinken meinte. Anfangs versuchte ich noch, uns etwas zu kochen, dann unterließ ich es. Der Regen war so solide, man konnte sich vielleicht davon ernähren. Wer weiß? Ich jedenfalls bekam keinen Hunger mehr, mich nährte der Regen, oder waren es die Vampire? Manchmal, wenn Sophie weinte und ich wirklich, wirklich aufstehen wollte, betrachtete ich meine Arme und Beine, und sie waren ferne Kontinente, zu denen keine Landbrücke bestand, sosehr ich mich auch mühte. Ich bemühte mich wirklich, wissen Sie. Aber der Regen nagelte mich nieder mit seiner Wucht, und die Vampire saugten schmatzend das Mark aus meinen kleinsten Knöchelchen.

Meine Therapeutin spricht von etwas wie einer postnatalen Depression, ich will jetzt nicht sagen, sie hätte unrecht, aber, wissen Sie, die war nicht da. Eine postnatale Depression klingt nach etwas Klinischem, Übersichtlichem. Nach etwas, was sie begreifen kann. Aber wie es in Wahrheit gewesen ist, im farblosen Garnichts von Bratislava, das kann sie sich nicht vorstellen. Da waren Vampire und Gespenster und Männer in himmelgrauen Autos mit Präzisionsgewehren auf der anderen Straßenseite und mein Kind, das weinte, ohne daß ich dagegen etwas hätte tun können. Daran war nichts klinisch. Definiert. Das war einfach nur tonloses strömendes Grauen.

Haben Sie das, diese Sorte wiederkehrende Alpträume? In denen wieder und wieder dasselbe geschieht, und es ist nur um so schlimmer, weil Sie wissen, Sie kennen es schon, es passiert wieder, und genau wie zuvor werden Sie nichts dagegen tun können? Wie der Klassiker, man will weglaufen, ist aber gelähmt und kann sich nicht bewegen? Den hatte ich übrigens auch ein, zwei Mal, mein eigenes wiederkehrendes Motiv sind aber zwei Männer, die mich verfolgen, sie tun das schon seit meiner frühesten Kindheit, ein langer Dünner und ein kurzer Untersetzter, das klingt albern, doch sie sind das inkarnierte Böse, ich flüchte vor ihnen, seit ich klein bin, ich könnte eigentlich fliegen, aber dann, wenn sie ganz nah sind, kann ich die Schwerkraft nicht überwinden, sie zerrt an mir wie Kaugummi unter der Sohle, ich ringe um jeden Zentimeter, während die Männer näher und näher kommen, und sie sind wahrlich nichts als Entsetzen.

Wieder und wieder geschieht dasselbe. Frankie kommt. Das Zimmer ist mit Grau lackiert, einer dichten klebrigen Schicht. Sophie liegt neben mir, so muß ich nicht aufstehen, ich lasse sie über das Bett robben und fange sie, bevor sie fällt. Der Regen hat aufgehört, die Stille ist um so dickflüssiger. Frankie sagt, wir sind in Schwierigkeiten. Ich denke an meinen Buddha und lächle, ich meine, *what else is new.* Ich lausche dem Echo des Regens nach, es hat sich im Hinterhof verfangen wie eine Fliege, die gegen die Scheiben summt. Frankie sagt, wir müssen weg, ich weiß das und summe auch. Ich summe ein Lied, ich summe Sophie oft Lieder vor, um das Geräusch des Regens zu übertönen. Und dann nimmt Frankie mir Sophie weg.

Er nimmt sie mir weg. Ich versuche sie in meinen Arm zu reißen und zu fliegen, aber die Schwerkraft läßt mich nicht, ich bin zu schwach, und Frankie kommt näher und näher. Ich weiche aus, zurück, ich weiche irgendwohin, aber da ist nur Regen. Er redet, und ich summe lauter, um ihn nicht hören zu müssen. Aber zu summen ist zu leise, deswegen schreie ich. Und Sophie schreit auch. Sie ist so schwer geworden, jeden Tag wächst sie, wahrscheinlich haben wir deswegen keine Chance gegen die Schwerkraft. Gegen Frankie. Frankie verfügt über mehr Schwerkraft als zehntausend Sonnen. Frankie nimmt sie mir weg.

Ich schreie, bis Frankie mich ohrfeigt, damit ich nicht mehr schreie, deswegen höre ich auf damit.

Dann redet er, ich bemühe mich, zuzuhören, aber das Geräusch des Regens ist so laut, es droht alles zu tilgen. Er sagt, sie ist unsere Tochter, ist ihr Leben nicht wichtiger als alles andere. Das ist es, zweifellos, darum nicke ich. Oben in den Ecken laufen Wände und Decke zusammen in rechten Winkeln. Hörst du mir zu, sagt Frankie, ich nicke, ich höre ihm zu, ich bemühe mich zumindest, ich versuche es wirklich, nur rauscht der Regen so sehr. Ich muß sie in Sicherheit bringen, sagt Frankie, verstehst du das. Ich halte Sophie an meinem Herzen, sie ist warm und unglücklich, ich summe, um sie zu beruhigen, ich überlege, was ich eigentlich summe, mir fällt nach kurzem Nachdenken ein, es ist ein Lied, von dem ich nicht weiß, woher ich es kenne, es ist ein schönes Lied, ich kann nicht den ganzen Text, aber Teile davon lauten: Gehe nicht, oh Gregor, gehe nicht zum Abendtanz, zauberische Mädchen machen irgendwas dort, weiße Hand von Schnee braut dir Tee aus Zauberkräutern. Ich singe leise den Text, soweit ich mich an ihn erinnere. Verstehst du das, sagt Frankie und faßt mein Kinn.

Ich verstehe das. Ich nicke. Er muß sie in Sicherheit bringen. Ihre Sicherheit ist wichtiger als alles andere. Ich kann nicht fliegen. Das liegt am Regen. Frankies Schwerkraft ist die eines sterbenden Sterns. Ich gebe ihm Sophie. Er nimmt mir Sophie weg. Wenn ich sie loslasse, fliegt sie vielleicht, sie ist ja noch so klein, sie wiegt weniger als eine Feder, sie wird ganz einfach fliegen, hoch über alle Wolken hinaus, da scheint dauernd die Sonne, und sie ist unerreichbar. Wichtiger als alles andere ist ihre Sicherheit. Das ist so wahr wie die Zeit, die Schwerkraft, wie Sophie. Er nimmt sie, und sie schmiegt sich an ihn. An ihren Vater. Ihr Vater bringt sie in Sicherheit. Ich wünschte, Gregor ginge nicht zum Abendtanze, aber er tut es trotzdem.

Entschuldigen Sie. Nein, ich brauche keine Pause, aber ich würde furchtbar gerne noch eine rauchen, darf ich, ich gebe Ihnen gerne das Geld dafür, oder ziehen Sie's einfach von meinem Honorar ab, oder so, okay?

Wir verschwanden, wir verschwanden nach Wien, nur für wenige Wochen. Ich konnte die Sonne nicht ertragen und mochte nichts essen, Frankie fuhr mit mir zu einem Ort mit dem sonderbaren Namen Mürzzuschlag, dort gab mir ein Arzt in weißen Gesundheitsschuhen etwas, das mir half, ich konnte aufstehen, und die Vampire verschwanden.

Vielleicht lag das aber auch am Sommer. Ich habe Wien als sehr grell in Erinnerung. Wir blieben, ich sagte das ja eben schon, nur wenige Wochen, dann zogen wir nach Stuttgart. Man war hinter uns her, aber meine Medikamente milderten die Ängste, die mit schweren Schritten in den Nächten hinter den Türen aufmarschierten.

In Freiburg schmiß ich das Zeug ins Klo, und es dauerte höchstens zwei Tage, und alle waren zurück. Der große Dünne, der kleine Untersetzte und die Angst. Nur auf Frankie wartete ich etwa 48 Stunden länger. Als er kam, wollte ich ihn umbringen. Als ich ihn umbringen wollte, blieb er sehr kühl und fragte mich, ob ich Sophie wiedersehen wollte oder eher nicht.

Sophie hatte gelächelt wie Buddha, ich erinnerte mich. Sie hatte winzige Händchen mit echten Nägeln daran, und ihr Haar war heller geworden. Sie machte lustige Geräusche und versuchte, mir damit etwas zu sagen. Ich wußte nicht, wo sie war. Ich wußte, sie war in Sicherheit. Aber wo war in Sicherheit? Ich hätte inzwischen sagen können, wo Mürzzuschlag liegt, aber wo lag in Sicherheit? Ich konnte Frankie nicht umbringen. Mehr denn je war es entscheidend, daß niemand Frankie umbrachte, denn mit ihm ginge das Wissen zugrunde, wo die Sicherheit liegt, und das dürfte man keinesfalls riskieren.

Ab und zu arbeitete ich. Wir brauchten das Geld. Meine Eltern hatten das Letzte gegeben, was sie konnten, Frankie besorgte im Gegenzug, um mir eine Freude zu machen, ein Foto von Sophie. Sie war inzwischen blond, ist das zu glauben? Sie war blond und in Sicherheit, und es ging ihr gut. Ist das nicht das Wichtigste?

Die Fotos dieser Frau entdeckte ich in der Pension, die

wir in Köln bewohnten. Er sagte, sie spiele bei der Gegenseite und er erpresse sie damit, das klang glaubwürdig, jedenfalls, wenn Sie die Fotos gesehen hätten.

Wir kehrten noch einmal in das verfluchte Bratislava zurück und hausten dort zu viert für einige Monate. Ich sah Christoph und Emma ein letztes Mal wieder. Sie huschten wie Schemen durch die Tage, ich bestand darauf, daß Frankie sie einsperrte, was er tat, trotzdem hörte ich sie durch die dünnen Wände wispern. Die Wände waren wie Haut, wie Schorf über Wunden. Sophie war in Sicherheit, ich auch, Christoph und Emma mußten klopfen, wenn sie zum Klo wollten, ich war nicht immer in der Laune aufzustehen, warum sollte es ihnen besser gehen als mir. Ich war schwanger. Ich sagte es Frankie nicht.

In Salzburg war ich lange allein. Ich kellnerte aushilfsweise, Frankie kannte die Besitzerin des Beisls. Als Frankie nach Wochen wieder auftauchte, mußte ich ihm nichts sagen, er wußte es. Man mußte mit Frankie nicht viel reden, er wußte Dinge einfach, das ist die Wahrheit. Ich hauste in der Dachkammer eines ihrer Häuser in Thalgau, in den Untergeschossen brachen sie immerzu Wände heraus, um dort Apartments zu schaffen. Nur meine Nachbarwohnung unterm Dach war noch bewohnt, von einer freundlichen gertenschlanken Nutte aus irgendeinem Ostland. Wir grüßten uns im Treppenhaus, zu den Gelegenheiten, bei denen wir uns begegneten.

Als ich Frankie wieder begegnete, war ich müde, und er wußte es. Er wußte alles, und ich war müde, nicht vorbereitet, ich hatte mir keine Gedanken gemacht. Sophie würde wahrscheinlich schon laufen. Frankie war zurück, vielleicht mit fünfhundert Scharfschützen auf seinen Fersen, und wissen Sie was, es scherte mich nicht die Bohne. Irgendwo war Sophie, blond, und lief auf ihren kleinen knubbligen Beinchen und würde mich nicht erkennen. Mein Zimmer war aufgeräumt und karg, wie immer, wenn ich arbeitete, ging der Löwenanteil meines Geldes an Frankie, ich hatte nicht viel. Meine wenigen Kleider hingen in dem Sperrholzschränkchen, über meinem Bett hing ein Kruzifix, das wohl von meiner Vermieterin stammte, daneben das Foto von Sophie. Die Dachschrägen waren geweißt, auf dem Boden ein bunter Flickenteppich. In mein Erkerfenster schien der Mond, wenn er voll war und niedrig stand. Frankie kam, setzte sich auf meinen einzigen Stuhl und wußte es.

Und ich wußte es. In meinem Bauch lebte Lara oder Leander, Lilly oder Johann, ich konnte ihn spüren, und ich würde ihn mir nicht wegnehmen lassen. Er würde nicht in Sicherheit gehen. In Sicherheit war zu weit weg. Der Mond warf dem Stuhl Spinnenbeine auf die Dielen, und ich hatte zuvor nicht so recht über all das nachgedacht, aber jetzt, als ich es tat, war ich mir urplötzlich sehr gewiß. Jetzt, wo Frankie mich wortlos taxierte. Kennen Sie das Gefühl, dieses Gefühl aus den Alpträumen, daß immer und immer wieder dasselbe geschieht, und obwohl Sie sich dessen ganz genau bewußt sind, können Sie ihm keinen Einhalt gebieten, müssen es nur wieder passieren lassen und wieder?

Vielleicht konnte ich nicht fliegen, aber vielleicht konnte ich gehen. Wir würden gehen, ich und Leander, ich und Johann oder Lilly. Und sollten wir deswegen sterben, dann wäre das schrecklich, aber zumindest begreifbar. Und scheiß' auf alles andere.

Ich nahm mir die zerknitterte Zigarette, die ich von einem meiner Gäste abgestaubt hatte, bitte, nicht daß Sie jetzt glauben, ich hätte in meiner Schwangerschaft geraucht, natürlich, und ich möchte, daß das auch die Zuschauer mitbekommen, rauchte ich *nicht*, ich rauchte allerhöchstens eine oder zwei während all dieser Zeit, deswegen war die Zigarette so zerknüllt, weil ich sie schon seit Tagen mit mir rumtrug. Aber in diesem Augenblick zündete ich sie mir an. Ich wollte nicht mal inhalieren, ich blies bloß Frankie den Rauch ins Gesicht. Ich sagte, Fuck you, Frankie.

Ich sagte, Fuck you, Frankie.

Frankie schwieg.

Ich sagte, Fuck you, Frankie. Aus meiner Tasche nahm ich den Umschlag mit meinen Trinkgeldern des Abends und warf sie ihm ins Gesicht. Deins, sagte ich, werd glücklich damit. Und das war's jetzt. Den Rest behalt' ich. Lara, Leander, allen Rest behalten wir. Dann stand ich auf und wußte, ich mußte jetzt gehen, wenngleich man um diese Uhrzeit aus Thalgau sicher nicht wegkam, andererseits, ich trug noch mein Beislröckchen, wenn jemand noch herumfuhr, würde er mich mitnehmen. Wenn keiner kam, würde ich laufen. Egal wohin. Frankie würde mir Leander nicht wegnehmen. Keinesfalls. Ich ginge in die Schweiz. Die Schweizer sind reich und gütig und haben gute Luft und Schokolade.

Frankie nahm mich in den Arm und küßte mich. Er küßte mich lange. Wir schaffen das schon, sagte er. Er strich mir die Haare aus dem Gesicht, ich roch bratfettig und nach Abwasch, ich wußte das. Er küßte mich, seine Hand lag auf meinem Rücken, als gehörte sie dorthin und nirgendwohin sonst. Mit der anderen griff er in meinen Nacken, kraulte mich dort, begann mich dann, als wir aufhörten uns zu küssen, sanft zu massieren. Ich schloß die Augen, und Frankie strich mir über mein ganzes Gesicht, langsam, andächtig. Die Wahrheit ist, kein Mann ist jemals so zärtlich und leidenschaftlich gewesen wie Frankie. Er löste meine hochgesteckten Haare, vergrub sein Gesicht darin, dann legte er meinen Kopf an seine Schulter und hielt mich. Lange. Er küßte mich, flüchtig, auf mein Ohr, flüsterte, wir schaffen das schon, wir schaffen es, streichelte mich im Nacken, wo ich erschaudere, weil's so zart und zauberhaft ist, dann küßte er mich auf den Hals.

Kennen Sie das aus Ihren Träumen, wenn etwas wieder passiert und wieder, und Sie selbst sind nur ganz erstarrt und können nicht anders, als es passieren zu lassen?

Frankies Lippen fanden meinen Mund, meiner fand seinen, es geschieht wieder und wieder, ich beiße ihn nicht, sondern schubse und sage, fuck you, Frankie.

Frankie sieht furchtbar traurig aus, aber alles geschieht wieder und wieder, ich bin hunderttausendmal hier und jetzt gewesen, und er wird mir Leander nicht nehmen. Ich bin es müde. Ich bin müde, ich hatte eine lange Schicht.

Du gehst nicht, sagt Frankie. Du bist nur müde und hattest eine lange Schicht. Frankie hat recht, weil Frankie immer recht hat. Der Mond, der große runde, wirft Sprossenfensterschatten an meine Wand. Ich bin es leid, darin Fadenkreuze zu sehen. Frankie küßt mich. Der Mond geht auf und unter. Wieder und wieder, kennen Sie das Gefühl?

Ich sage, fuck you, Frankie, ich habe dreißig Euro in meiner Tasche, ich werde schon klarkommen. Ich gehe nicht zurück.

Geh nicht, sagt Frankie, ich liebe dich.

Ich hasse dich, sage ich, stoße ihn weg und gehe zur Tür. Alles ist real, in der Realität ist man nicht paralysiert, deswegen kann ich gehen, ich gehe zur Tür. Frankie ist schneller. Geh nicht, sagt er, ich bitte dich, ich liebe dich. Ich sage, fuck you, und er schlägt mich.

Ich bin darauf vorbereitet. Alles geschieht wieder und wieder. Ich trete ihm in die Eier, Frankie sackt zusammen, ich drehe den Schlüssel, der noch steckt, im Schloß. Zerre die Tür auf, Frankie kauert daran, ich gewinne einen Spalt, aber als ich mich durchzwängen will, wirft sich Frankie dagegen, es klemmt mir den Unterarm knapp oberhalb des Handgelenks ein und schmerzt wie irre. Ich ziehe meinen Arm zurück, Frankie tritt mir die Beine weg, ich falle auf die Knie, es tut schweineweh, aber nur wie von fern, ich habe nicht mal nachgedacht, habe ihm nur, mit beiden Händen zu einem Klümpchen geballt, die Nase gebrochen. Frankie stöhnt und krümmt sich, ich rappel mich hoch, an die Tür, an die Tür, aber er liegt davor, ich krieg sie nicht auf, ich kriege sie nur einen kleinen Spalt auf, und er wirft sich wieder dagegen, wieder und wieder geschieht alles, aber diesmal bricht es mir die Finger meiner linken Hand.

Ich schreie, alles ist Schmerz, Schmerz wirft mich zurück in den Raum, Frankie steht mir gegenüber, seine Augen sind groß und blau und tief, wie sie es immer waren. Ich will sie ihm ausstechen, mit den Fingern meiner unverletzten Rechten, bekomme ich, weiß ich in zähen Sekundenbruchteilen, meine Finger in seine Augen, ist es vorbei, aber ich bin zu langsam. Er schlägt meine Hand weg, dann schlägt er mich irgendwo ins Gesicht, wo all meine Wahrnehmung zu wackeln beginnt, ich finde mich wieder in den Trümmern meiner Schranktür. Alles droht grau zu werden, aber wenn ich es grau werden lasse, dann wird es niemals enden. Ich taste mit meiner heilen Hand nach irgendwas, das einzige, ich habe so wenig, ist eine Mineralwasserflasche aus Glas, die neben meinem Bett steht, ich habe sie zerbrochen und Frankie ins Bein gerammt, nachdem er mir das erste Mal in den Bauch getreten hatte und bevor er es zum zweitenmal tut.

Frankie knickt ein und blutet, es ist wie moderne Kunst, all das verwaschene Grau mit den rotblutigen Akzenten darauf, alles schreit, und ich wahrscheinlich auch, und wenn ich eine Arterie erwischt hätte, aber das habe ich sicher nicht, ich fahre mit dem Flaschenrest in sein Gesicht, aber er ist, er ist das immer noch, schneller, schlägt mir die Flasche aus der Hand, schlägt mich hart, und mein Kopf haut irgendwo gegen, vor der Sekunde, in der ich das alles merke, versuche ich die Knöchel der heilen Hand in seinen Kehlkopf zu stoßen, wenn ich ihm seinen Kehlkopf, aber ich erwische ihn zu schwach, ich versuche auf die Beine, aber er tritt mich, das erste Mal verfehlt, ich schreie und steche nach seinem Auge, ich trete, ich treffe das Schienbein, denke ich, er läßt kurz nach, ich versuche freizukommen und zur Tür, er hält mein Bein, und ich bin am Boden zurück wie eine Molluske, ich trete nach was immer ich treffen kann, ich treffe, sein Griff lockert sich, ich trete nach, fast die Tür, aber Frankies Hände an meinem Hals, mein Kehlkopf und die Luft und Frankie auf und über mir und viel stärker, die Luft, wo ist sie hin, ich sterbe, und währenddessen winde ich mich ganz langsam nach links, Mond, der Mond wird in den Zeugenstand gebeten werden, und bin ich so weit nach links geglitten, verlagern sich die Gleichgewichte, ich ramme meinen Ellenbogen gegen Frankies Kopf, alles bricht, ihm und mir, ich huste und er hat mich losgelassen, ich huste, und mit meiner Hand zufällig der Flaschenhals, ungezielt nach Frankie, dessen Atem ich spüre, irgendwo im Gesicht, vielleicht mit Glück, die Tür, er hat mich losgelassen, die Tür, aber losgelassen hat er mich nicht, er hat mich und schlägt mich, bis der Mond geht, weil ihm das alles wirklich unangenehm ist, und ohne den Mond ist alles erst grau, dann dunkel, dann sehr fern.

EMMA XVII / O-TON 02'08''

Ob wir zu dritt irgendwann irgendwo miteinander lebten? Ach, gibt es Lücken in Ihren Rekonstruktionen? Wissen Sie, was mir diese Frage verrät? Daß Sie Frankie nicht oder noch nicht zum Reden gebracht haben. Sehen Sie, möglicherweise halten Sie mich ganz zu Unrecht für ein unter Drogen plapperndes Dummchen. Möglicherweise ist es umgekehrt, und ich rede nur deswegen mit Ihnen, weil ich darauf warte, daß Sie sich verraten. Ich ziehe Rückschlüsse von Ihren Fragen auf die Situation. Ein mageres Mittel, aber viele Optionen habe ich hier ja nicht, etwas in Erfahrung zu bringen, also fragen Sie nur munter drauflos. Also, wo waren wir stehengeblieben? Tja, was hat Ihnen denn unsere gute Judith erzählt? Unsere gute Judith ist doch sicherlich mehr als freudig dabei, Ihnen ihr kleines gebrochenes Herzchen auszuschütten. Nur, Frage: Halten Sie Judith für eine glaubwürdige Zeugin? Oh, ich bin mir sicher, sie hat viel zu erzählen, aber glauben Sie, sie sagt die Wahrheit, ja? Na, ich will Ihnen in Ihren Glauben bestimmt nicht reinreden, Sie dürfen natürlich glauben, was Sie wollen. Judith hat nichts davon erwähnt? So, so. Na, dann wird es auch nicht so gewesen sein. Oder? Und falls ich Ihnen jetzt sagte, rein hypothetisch, wie immer werde ich nichts bestätigen oder dementieren, wir beide lebten ein gutes Dreivierteljahr gemeinsam mit Frankie in einer großen deutschen Stadt, da es eine rein hypothetische Stadt ist, brauchen wir uns mit der Frage nach einem Namen nicht aufhalten, und, nur so als Spekulation, Frankie und ich lebten zusammen und arbeiteten an unserem Auftrag, während Judith vielleicht bloß stier und stoned von ihren Medikamenten um Frankies Aufmerksamkeit winselte wie ein verblödeter kleiner Welpe? Frankie anflehte, sie nicht vor die Tür zu setzen? Sich geweigert hat, weiterhin für ihr vormals ach so hochheiliges Kind zu sorgen, nicht mal mehr dazu war sie gut, selbst darum mußte Frankie sich selbst kümmern, weil sie hoffte, ohne das Kind könne sie meinen Platz einnehmen und gemeinsam mit Frankie arbeiten? Nur mal angenommen, ich würde Ihnen etwas Derartiges erzählen, würden Sie es glauben? Würden Sie glauben, daß in diesem Falle Judith Gründe haben könnte, Ihnen das zu verschweigen? Und, Gegenfrage: Halten Sie mich für eine glaubwürdige Zeugin? Meinen Sie, ich sage Ihnen die Wahrheit? Na?

CHRISTOPH XVIII / O-TON 33'52"

Patrick lebte etwa ein Jahr. Dann wurde ich Martin. Martin lebte ein gutes Dreivierteljahr bei Nicola. Ich war zurück auf einem Dachboden, aber kein Vergleich, diesen hatte Nicola zu einer kleinen Einliegerwohnung ausgebaut, mit Kochnische und Bad. Sie war Anwältin und bewohnte dieses nette Vororthaus in Stuttgart. Ich bin mir eigentlich sicher, sie war eingeweiht, sie machte mir gegenüber immer wieder Andeutungen, auf die ich nicht einging, ich war von Frankie instruiert worden, nicht zu reden, also redete ich nicht. Ihre Instruktionen müssen genauso gelautet haben, nur hielt sie sich weniger strikt daran, man merkte ihr an, daß sie nicht so lange dabei war wie wir, sie hatte noch viel zu lernen. Daß sie nur Frankies Freundin war, glaubte ich nicht, dann hätte sie nicht Bescheid gewußt. Ich nahm an, er brauchte sie irgendwie für seinen Auftrag. Als Anwältin verfügte sie vielleicht über Möglichkeiten, die er nutzen konnte. Ich fragte ihn nicht danach, dieses Wissen gehörte zu den Bereichen, von denen ich nicht notwendigerweise Kenntnis haben mußte, wohingegen es äußert kritisch hätte werden können, wenn man es aus mir herausholte. Ich nehme auch an, er brauchte ihr Geld. Das ist nur eine Vermutung, wenn er bei ihr war, blieb ich in der Dachwohnung, aber ich rechnete es mir aus. Von meinen Eltern mußten wir insgesamt etwa 200 000 erhalten haben, aber damit war das Ende der Fahnenstange auch ungefähr erreicht, ich meldete mich nicht mehr bei ihnen, ich wußte nicht, was ich ihnen noch hätte erzählen sollen, ich wußte nicht, ob sie mich suchen ließen, ich hatte ihnen gesagt, sie würden damit mein Leben in Gefahr bringen, aber ich war mir nicht sicher, ob ich ihnen vertrauen konnte. Martin gärtnerte, auf Nicolas Vermittlung hin, in der Nachbarschaft und erhielt seinen Stundenlohn in bar. Ich gärtnerte gut, von Bäumen verstand ich inzwischen eine Menge, und zum Unkrautjäten braucht man schließlich keinen

Hochschulabschluß. Mein Geld gab ich größtenteils Frankie, ich benötigte ja kaum was, Miete zahlte ich nicht, und mit Nicola hatte ich eine Abmachung, ich besorgte für uns die Einkäufe, was ihr gelegen kam, ihrer langen Arbeitszeiten in der Kanzlei wegen, sie zahlte meine mit. Zudem bot sie mir an, von ihr Bücher zu leihen, ich tat das zwar, aber in ihrem Bücherschrank gab es kaum was nach meinem Geschmack.

Martins Existenz unterschied sich quälend gering von der Patricks. Weniger Bäume. Mehr Unkraut. Weniger Emma. Zu Nicola hielt ich Distanz, mir schien das professionell. Ich wollte nicht allzuviel von ihr wissen. Es hätte uns nur gefährdet. Es hätte mir möglicherweise zu denken gegeben. Die Wahrheit ist wohl, ich wollte mir keine Gedanken machen. Mir hatte unser altes, knarzendes Haus in Österreich mit den bröselnden Decken und den Stockflecken besser gefallen als das Stuttgarter Vorortparadies. Stuttgart ist irgendwie, wie soll ich sagen, nicht das, was man sich als natürliches Habitat von Spionen vorstellt, oder? Vielleicht ist es darum die perfekte Tarnung, auch in Harburg, ich weiß nicht, kennen Sie Harburg, das ist ein wirklich ganz ödes Spießerörtchen, vermutet man ja nicht die weltgefährlichste Terrorzelle. Und trotzdem. Es gibt wenige Dinge, bei denen Sie sich unheroischer fühlen als beim Blumenzwiebeln setzen. Ich tat es beileibe nicht ungern, ich könnte mir sogar vorstellen, so was in der Art zu machen, nach dem Prozeß, bis Gras über die Sache gewachsen ist und ich mir klar darüber bin, wie es weitergehen soll. Aber das gehört natürlich nicht hierher, entschuldigen Sie.

Ich vermißte Emma. Emma konnte einem das Gefühl

geben, jede Minute, auch noch die ödeste, sei Teil einer Schlacht und besitze Wichtigkeit. Emma ist ein elektrischer Weidezaun. Sie hat nie wieder eine Zigarette angerührt, wissen Sie, und sie hat nie gern gegessen, aber disziplinierter als ich. Sie hat niemals gezweifelt. Ich verstehe nicht, was Frankie an Judith fand, Emma hätte so viel besser zu ihm gepaßt, es war ganz und gar offensichtlich, ich glaube übrigens auch, das ist etwas, was Emma nie verwinden konnte. Sie fand sich mit allem ab, in bewundernswerter Weise, aber damit wohl nicht. Denke ich jedenfalls. Redet sie mit Ihnen? Ich habe einmal versucht, sie zu besuchen, man hatte mich darum gebeten, aber es war völlig zwecklos.

Ich freute mich, sie dann wiederzusehen. Es war wie immer eine Nacht-und-Nebel-Aktion, es muß Sie mittlerweile langweilen, aber für mich war es jedesmal erschreckend und wunderbar, als sei man ein Auto mit einer leeren Batterie, und Frankie erscheint plötzlich mit dem Überbrückungskabel, und alle Zeit, die zu einem Halt geronnen war, springt wieder an, und das Leben, das wirkliche Leben, kommt in Gang und geht sogleich von null auf hundert.

Er holte uns beide, er fuhr inzwischen eine silbergraue C-Klasse, er setzte Nicola in Wien mit einem Umschlag und einem Auftrag ab, Wien, Sitz der Internationalen Atomenergiebehörde und der OPEC, nicht zu vergessen die UN-Sonderorganisation für Industrielle Entwicklung, ich hatte es nicht vergessen, und auch Megairas gehässiges Kichern klang sehr vertraut in meinen Ohren.

Ihre Instruktionen mußte sie vorher erhalten haben,

als ich nicht dabei war. Frankie und ich fuhren weiter über die slowakische Grenze. Es fühlte sich gut an, wieder mit Frankie unterwegs zu sein. Es fühlte sich echter an als meine beschissenen Blumenzwiebeln. Ich war mir sicher, ich hatte nie gezweifelt. Ich wünschte, wir könnten einfach durch den Schneeregen und das bleischwere Morgengrauen weiterfahren bis geradewegs nach Wladiwostok, nach und durch Sibirien und bis ans Ende allen Zweifels. Ich dachte, jetzt ginge es endlich los, ich hätte mich in meiner fünfjährigen Probezeit bewiesen und wir führen ans Ende der Welt und über den Abgrund hinaus. Ich wollte einen Auftrag. Ich wollte eine richtige falsche Identität. Ich hatte meine Hingabe mehr als bezeugt, ich hatte unter Beweis gestellt, ich war fähig, eine Tarnexistenz über Monate und Jahre aufrechtzuerhalten. Ich wollte eine Waffe. Ich hatte Blumenzwiebeln und Giersch satt. Ich wäre im Zweifelsfalle bereit, für irgendwas zu sterben, solange es nur einen Sinn ergäbe. Ich führe mit Frankie geradewegs in die Hölle, aber wir fuhren nur bis Bratislava. Das ist so etwa fünfzig Kilometer hinter Wien.

Emma. Und Judith. Auf etwa vierzig Quadratmetern. Ohne Frankie, Frankie blieb nicht lange, ich nehme an, er kehrte nach Wien zurück, um Nicola zu treffen und mit ihr irgendwelche wahnsinnig wichtigen Informationen auszutauschen. Und Megaira. Von wegen, ich hatte kein Mädchen mehr. Frankie schloß die Wohnung ab. Ich hatte drei Mädchen, aber nur Megaira war mir treu geblieben über all diese Jahre. Vierzig Quadratmeter, ein kaputter Warmwasserboiler und viel zuwenig Kohle, um unseren Ofen adäquat zu heizen.

Ich dachte an Apsley und Ernest, ich trug sie nach wie vor bei mir, bei jedem Aufbruch waren sie die ersten, die unters Notwendige fielen. Beides Paperbacks, sie zerfledderten, vor allem *South*, das unter einer lausigen amerikanischen Billigbindung litt, und ich rationierte Kohle und Vorräte. Judith sah grauenvoll aus und hatte ihre Haare in ein Zerrbild einer Frisur verkämmt, sie warf sich, sobald Frankie weg war, mir an den Hals und umschlang mich wie ein alternder Alkoholiker seine Spritbuddel. Sie brabbelte auf mich ein, wie es mir gehe, was ich getan hätte in all der Zeit, ob ich wüßte, wie es um unseren Auftrag stünde. Sie versuchte, mich zu küssen, ich wandte meinen Kopf rechtzeitig ab, und ihre Lippen glitten über meine Wange, hinterließen Lippenstiftspuren, und ich mußte an Nacktschnecken denken. In Unterach, auf den brösligen Stufen zum Haus, klebten in den regnerischen Sommertagen Dutzende Nacktschnecken und hinterließen schillernde Spuren im Moos. Ich war nett zu ihr, brachte sie ins Bett, sie nahm irgendwelches Zeug, was vielleicht erklärt, warum sie so sediert wirkte, ich deckte sie mit einer Decke und einem unserer Schlafsäcke zu, es ist bemerkenswert, fast alles ging irgendwann irgendwo verloren, wurde zurückgelassen, zerfaserte oder landete in einem Container, aber die Schlafsäcke begleiteten uns lange, es war ein Schlafsack, den ein sehr ferner Hamburger Student, den ich mal kannte, vor wohl einer Dekade gekauft hatte, als er anfing, ein bißchen herumzureisen und auf Rockfestivals zu campieren. Nachdem Judith Ruhe gab und leise röchelnd schnarchte, was sie zuvor nie getan hatte, ich nahm an, es lag an den Medikamenten, deren Einnahme Emma auf, wie ich weiterhin annahm, Frankies Geheiß, überwachte, schliefen Emma und ich vor dem auskühlenden Ofen miteinander. Sie gab wie immer keinen Laut von sich, man hörte nur den Graupel, der auf die Wellblechabdeckung unten im Lichthof klatschte wie hundert zart geworfene Nacktschnecken.

Es ging ein paar Tage gut, wissen Sie, oder ein paar Wochen, so gut halt, wie man es unter den gegebenen Umständen erwarten konnte. Der Graupel ging in Schnee über, der Schnee machte kein Geräusch, er erstickte nur die Stadtgeräusche, so, wie Schnee es eben fertigbringt, Stadtgeräusche zu ersticken, wissen Sie, was ich meine? Man kann Schnee sozusagen hören im Negativen. Negativismus, ablehnende Haltung oder negative Einstellung als Grundhaltung, meist als Trotzverhalten in bestimmten Entwicklungsphasen auftretend; auch: Widerstand psychisch Kranker sowohl gegen äußere Anregungen als auch gegen innere Antriebe. OPEC, Oase, Omega. Der Schnee macht immer noch ein lauteres Geräusch als Emma, wenn sie kommt. Wahrscheinlich kommt sie einfach gar nicht. Klimax: Steigerung, Höhepunkt. Ich fütterte unser Öfchen mit der Tagesration Kohle, hörte dem Schnee bei seiner Erzeugung von Abwesenheitsgeräuschen zu und fragte mich, ob wir nicht bereits jenseits von Steigerung und Höhepunkt waren. Ob die Zeit nicht längst begonnen hatte, uns auf ein Normalnull niederzuschmirgeln, wegen dem ich unmöglich hier sein konnte. In unserem Ofenraum turnte Emma ihre Tiger, trug sie zu sehr fernen Bäumen, in Wladiwostok vielleicht, ich kannte jede

Bewegung, ich beherrschte jede Bewegung. Ich begann zum dritten Mal mit meinem Russischlehrbuch von vorn, ich hätte mich jedem Wladiwostoker Baum höflich vorstellen können, otschen priatna swami pasnakomitzja, wissen Sie, wie lange es dauerte, mir das zu merken? Ich hätte ein neues Lehrbuch gebraucht. Einen Auftrag. Eine Waffe. Eine Gelegenheit.

Aber ich begann, es zu vergessen. Alles zu vergessen. Otschen priatna Dingsda. Wladiwostok ist sehr fern, und ich begann zu bezweifeln, daß ich jemals dorthin gelangen würde. Daß ich jemals irgendwohin gelangen würde. Ich war bis P gekommen. Parabellum, Paradies, Paradoxon, Paralyse, Paranoia, Parapluie. Der Schnee ging in Regen über, die Winter wurden jedes Jahr wärmer. Ich blieb übrig. Ich war der Omega-Mann. Nach Omega kommt eigentlich nichts mehr, es ist der letzte Buchstabe im griechischen Alphabet. Im Deutschen folgt auf O das P und auf Bratislava vermutlich gar nichts mehr.

Judith schmiß sich an mich ran, als wäre ich tatsächlich der Omega-Mann. Wahrscheinlich brauchte sie ein Alphamännchen, jetzt, wo Frankie nicht da war. Möglicherweise war sie eifersüchtig auf Emma, war sie immer gewesen. Leider erinnerte sie mich an die grau-gesichtigen, weißäugigen Kreaturen, die Charlton Heston bei Einbruch der Dunkelheit durch die leere Stadt jagten.

Charlton Heston hatte diese Schaufensterpuppe, mit der er sprach, ich hatte Emma, die im Reiherlüften und Tigertragen erstarrte, sich zeitlupenhaft bewegte und langsam einem unsichtbaren, zukünftigen Feind irgendeinen tödlichen Reiher servierte. In Österreich hatte es mich nicht gestört. Es hatte mir gefallen. Es hatte eine sinistre, meditative Schönheit besessen, eine entrückte Konzentration. Hier und jetzt empfand ich es als dämlich, und ich fragte mich, ob ich nicht dämlich war. Judith trug ein abgewetztes Röckchen und schmiß sich vor mir in nuttige Posen. Aus dem Lehrbuch für Huren-Tai-Chi, die Möse zum Baum tragen, die Möpse spreizen und zu den Bergen blähen. Die Lippen stülpen. Die Wimpern klimpern. Das Laub nach der Sonne richten, heliotrop: was sich zur Sonne hinwendet.

Nur war ich als Sonne so unglaublich fehlbesetzt. Draußen klimperte der Regen auf dem Wellblech arhythmisch gegen Judiths Wimpern an, und irgendwo in meinem kleinen Hamsterhirn begriff ich, es war Zeit zu gehen. Nicht aufzugeben, es gab nichts, wahrscheinlich, was aufzugeben wäre, es war nur einfach an der Zeit zu gehen. Es war einfach nur zu Ende. Judith war am Ende. Wissen Sie, um die Wahrheit zu sagen, ich empfand nicht mehr viel für Judith. Sie war nur ein graugesichtiger blinder Spiegel. Und eventuell spielte doch hinein, daß ich einen Rest von Verantwortung fühlte. Jetzt, wo Frankie nicht da und mit der Verantwortung nach Wien entschwunden war. Ist es nicht so ein tiefinnerlicher Impuls, Verantwortung zu übernehmen für seine Frau oder seine Frauen? Ich wollte Judith nicht anfassen, beileibe nicht, aber ich dachte, ich müsse sie hier rausholen, das vielleicht. Wer, wenn nicht ich. Ich war der Omega-Mann. Es blieb ja sonst nicht besonders viel. Wir hatten nicht mal mehr genug Kohlen.

Ich berief einen Kriegsrat ein. Ein bißchen so sah es

aus, indianisch, wir liefen in der meist zu kalten Wohnung eigentlich dauernd mit Wolldecken oder Schlafsäcken wie Ponchos um uns gewickelt herum, und auch das kam mir bekannt vor. Wissen Sie, dies mag eines der Probleme gewesen sein, jegliche Form von Routine, selbst die abstruseste, irrlichtert einem nach der x-ten Wiederholung Normalität vor. Und Normalität ist wohlfeil und ebensogut oder besser oder zumindest bequemer anderswo erhältlich. Mit meinen Squaws saß ich vor meinem Ofen und sagte, okay, laßt es uns aussprechen, ich sage das jetzt, und ich sage, nichts führt hier irgendwohin. Es führt nicht weiter. Wir sind bei Omega angekommen und drüber hinaus, wir sind bei P, wir werden jetzt gehen. Wir werden jetzt entweder über die Grenze gehen, natürlich, dürfen Sie nicht vergessen, hatte Frankie unsere Papiere, oder wir gehen hier zu irgendwem, einem Konsulat, irgendwas muß es doch geben, ein blödes Goethe-Institut, egal, irgendwie wird es weitergehen, ich breche die Tür auf, das krieg ich schon hin, und dann sind wir erst mal weg. Und dann gucken wir, was kommt.

Ich wußte nicht, was kommen würde. Ich würde lügen, wenn ich das behauptete. Ich wußte nicht, ob wir uns in Luft auflösen würden, ob sich alles in Luft auflöste, wußte nicht, ob man uns nicht tötete, erschösse, erschlüge, ob wir nicht angezwackt an Autobatterien oder Starkstromkabel in unterirdischen Kellern landeten, ich hätte nichts sagen, versprechen, hoffen oder ausschließen können, aber es war mir egal, solange nur irgend etwas passierte. Wissen Sie, als die *Endurance* sank, ist Shackleton mit seinen Männern über das Eis aufgebrochen, obwohl es aussichtslos erschien. Er hat nicht auf irgendwas gewartet. Als sie ans offene Wasser gelangten, sind sie mit ihren drei winzigen Booten über das Meer gefahren. Als sie Elephant Island erreichten, war der erste Strand nicht sicher, und sie haben sich zu einem zweiten durchgeschlagen. Und als ihm klarwurde, daß sie auch dort zugrunde gingen, hat er die Jaimes Caird 700 Seemeilen bis nach South Georgia gesegelt, und das ist eigentlich gar nicht machbar. Und dann gingen sie über das Gebirge, was erst recht nicht machbar war. Sie warteten nicht. Sie handelten. Oh ja, ich hatte Angst. Aber Frankie hatte mich zu gut instruiert. Ich war bereit, zu gehen und nötigenfalls zugrunde zu gehen. Ich sehnte mich danach. Ich hatte bloß nicht mit meiner Mannschaft gerechnet.

Meine Mannschaft meuterte. Das hatten sie bei Shackleton nie getan. Auch bei Scott nicht, Cherry-Garrard hätte nicht im Traume daran gedacht. Die wußten schon, weswegen sie damals keine Frauen an Bord nahmen.

Emma sagte nichts, sie wiegte sich nur vor dem Ofen zu einem Rhythmus, den niemand hörte. Judith lachte schrill. Alles an ihr war damals entweder zu schrill oder zu stumpf. Sicher, schnappte sie, geh nur. Geh, laß dich umbringen. Superheldman, tret doch die Tür ein, du brichst dir bestimmt erst mal den Fuß, und dann kommst du noch hinkend fünf Meter weit oder fünf Minuten. Und selbst wenn sie dich nicht kriegen, Frankie kriegt dich, das ist sicher. Mach doch, versuch's doch. Sie griente mich an mit leerweißen Augen und grauem Gesicht, ich war tatsächlich der Omega-Mann. Draußen ging der Regen auf eine entvölkerte Stadt nieder. Das geht mich nichts an, sagte Emma, stand auf und verließ das Zimmer. Judith war ganz Fratze. Ich wollte es für sie tun, verstehen Sie. Nein, vielleicht wollte ich es in Wahrheit für mich tun. Ich weiß es nicht. Ich wollte es tun, egal, wieso, weil ich nach South Georgia segeln wollte und etwas bezeugen und zugrunde gehen, und ich wollte, soviel ist sicher, mehr bezeugen als eine Blumenzwiebel, ich wollte mehr töten als eine Faust voll Giersch. Judith meckerte, auf den Dächern und Straßen meckerte der Regen, und ich dachte nicht, ich gehöre hier noch hin. Der Gran Paradiso ist 4061 Meter hoch, die Todeszone beginnt in etwa doppelter Höhe. Um dorthin zu kommen, muß man Normalnull verlassen. Will man nicht auf Elephant Island sterben, muß man nach South Georgia segeln. Ich würde zurückkommen, um meine Mannschaft zu retten. Das hat Shackleton getan, er holte seine Männer von Elephant Island, dann holte er seine Ross-Sea-Truppe. Die Überlebenden. Er hat niemals abgewartet. Natürlich, ich war nicht der Leiter der Expedition. Aber ist der Leiter nicht mehr erreichbar, müssen die Subalternen zu handeln beginnen. Wie Æneas Mackintosh, gestrandet in der Ross Sea. Ich weiß, Sie können mir nicht folgen, entschuldigen Sie. Ich jedenfalls wollte nicht warten, bis das Eis mich zermalmte oder der Regen oder die Tage und Jahre. Ich würde nach South Georgia segeln, und wenn ich dabei umkäme. Pawlow, Pirmasens, Pizarro, Purgatorium. Die Tür ging nach innen auf und war hoher, schwerer, massiver Altbau, Judith hatte recht, ich bräche mir die Knochen.

Ich mußte es anders angehen. Das Schloß war antik, in hunderttausend Jungsbüchern kann man solche Schlösser aufknobeln, nur, geht das auch in echt? Ich kramte fiebrig in unserer Schublade mit den Küchenuntensilien, fand ein blechernes Gäbelchen, dessen Zinken sich verbiegen ließen, fand aus irgendeinem Grund eine Stricknadel, ging damit am Schloß prökeln.

Judith verfolgte jede meiner Bewegungen wie ein Spukgespenst. In ihre Decke gehüllt, stand sie herum und schrie geisterhafte Prophezeiungen in die leere Luft. Ich beachtete sie nicht. Ich würde sie retten kommen, später. Ich verbog Gabelzinken und stocherte und hoffte, irgendeine Intuition würde mir begreiflich machen, wie so ein Schloß funktioniert. Ich fand einen Widerstand, der mir umgehend wieder entwischte, es hatte ein ganz leises Klack gemacht, mein Herz sprang einen kleinen Hoffnungsgalopp, dann war mir die Mechanik erneut entglitten.

Was mir wohl auch entglitt, war Judith. Ich hatte das Gäbelchen in die Ecke gepfeffert und frustriert *fuck* geschrien oder gedacht, als ich danach griff, hatte Judith es in der einen Hand und das große Brotmesser in der anderen. Du läßt das jetzt, sagte sie und richtete das Messer auf mich. Du läßt das jetzt einfach. Sie mekkerte und flatterte nicht mehr, und ihre weißen Augen waren aus kilometerdickem und ewigem antarktischem Eis. Ich werde, sagte sie, das nicht zulassen. Hart, besonnen, unzweifelhaft. Du wirst uns nicht aufs Spiel setzen, mich nicht und Frankie nicht und nicht Sophie. Du wirst den Scheiß jetzt hinlegen und VERDAMMT NOCH MAL RUHE GEBEN, mit diesen Worten schwang sie ihr Messer nach mir, ich wich ihm mühelos aus, aber trotzdem. Sie hat recht, sagte Emma, trat hinter Judith, nahm ihr das Messer weg, trug es zum Baum, nein, behielt es in der Hand. Du hast recht, sagte Emma zu Judith, du hast das gut gemacht, jetzt laß es okay sein und geh zu Bett, du bist müde.

Du auch, sagte sie zu mir, und wissen Sie was, sie hatte recht. Und ich hätte die Tür sowieso wohl niemals aufbekommen. Der Gran Paradiso ist ungefähr 4060 Meter zu hoch für mich. South Georgia 700 Meilen zu weit. Und ohne Frankie bin ich vielleicht nichts, vielleicht ist das die Wahrheit über Frankie. Emma nahm mich am Arm, ohne ihr Messer loszulassen, führte mich zu unserem Lager, legte sich später neben mich, ohne mich willentlich zu berühren, und ich hatte begriffen, daß ich nicht derjenige bin, der nach South Georgia käme oder irgendwohin. Ohne Frankie. Ohne irgendwen. Allein. Der bin ich nicht, und das ist wahrscheinlich leider die Wahrheit über mich.

JUDITH XVIII / O-TON 14'10"

Nein, es geht wieder, entschuldigen Sie, es geht schon, danke, es geht schon. Danke, das ist wirklich nett, haben Sie auch Feuer, wirklich, es ist okay, nein, wir müssen keine Pause machen, lassen Sie es uns zu Ende bringen. Mir geht es okay, wirklich. Ich schaff' das. Es ist nur doch schmerzhafter, als ich gedacht hätte, aber das ist okay. Vielleicht muß man manche Dinge einfach ausbrennen. Das war so etwas, was Frankie manchmal sagte, oder war es Emma? Ja, Emma, richtig, nein, ich sah sie nur noch einmal wieder, erwähnte ich das nicht vorhin, damals, als wir wieder zu dritt zusammenhockten, in Bratislava, das war das letzte Mal, was mit den beiden vorher oder in den nächsten Jahren geschah, kann ich Ihnen nicht sagen. Was habe ich über Bratislava gesagt? Nein, ich glaube, da muß ich mich geirrt haben. Entschuldigen Sie. Wissen Sie, es ist so lange her.

Bratislava zum zweiten, Bratislava Reloaded. Ich erinnere mich wahrscheinlich nicht gern, wissen Sie. Lassen Sie mich nachdenken. Die Wohnung war noch kleiner als Bratislava 1.0, sie hatte nicht mal eine Küche, aber der Himmel war immer noch so zentnerschwer wie zuvor. Frankie kam nachts, er kam mit Emma, kam mit Christoph. Sie standen in dieser Wohnung wie von einem Ufo heruntergebeamt nach zwanzig Jahren Vivisektion durch außerirdische Männlein. Sie waren fertig, wissen Sie. Emma jenseits von gut und böse, klar. Und Frankie ging weg und ließ uns alleine.

Christoph vogelscheuchte durch die Wohnung, tat sich wichtig, tat Dinge, auf die es nicht ankam. Wir ließen ihn, er fühlte sich dadurch besser, schätze ich. Wir fühlten uns alle nicht besonders gut. Nun ja, für Emma kann ich nicht sprechen. Emma befand sich wirklich außerhalb, wissen Sie. Christoph hingegen spielte sich als Hilfs-Frankie auf. Warum nicht. Er heizte den Ofen. Warum nicht?

Ach, ich weiß, ich rede Bullshit, ich seh es ja an Ihrem Blick und höre es mir selbst an. Ich sage das wahrscheinlich, weil ich immer noch unglaublich wütend auf Christoph bin. Darauf, wie er mich reingeritten hat, er ist es gewesen, ohne ihn hätte ich Frankie niemals kennengelernt, Frankie war sein bescheuerter Freund aus seinem bescheuerten

Blue Lou's. Es macht mich alles so wütend. Wie Christoph, als wir uns in Bratislava wiedersahen, hinter mir her war, auf Schritt und Tritt, aber feinsäuberlich erst dann, wenn Emma schlief, oder wenn sie ihr hirntotes Tai-Chi turnte. War sie dabei, gab Christoph den Menhir. Sobald sie im Nebenzimmer stattfand, atmete er mir in den Nacken, faßte mich an, machte und tat, als wären die letzten fünf Jahre niemals gewesen. Er plusterte sich auf, unser Superheldman. Ganz offensichtlich hat er es nie schlucken können, daß ich ihm den Laufpaß gegeben hatte. Er umgurrte und, während Emma in eine andere Richtung guckte, bebalzte mich, hat jemals ein Mann eine Abfuhr akzeptieren können?

Ich sollte und würde Ihnen jetzt gerne erzählen, daß mich das kaltließ. Ich würde das mir selbst gern erzählen. Aber die Wahrheit ist, ich schnappte danach wie ein ertrinkender Fisch. Das ist vielleicht armselig, aber es ist die Wahrheit.

Versetzen Sie sich in meine Situation. Gut, vielleicht liebte ich Frankie, ich will das nicht abstreiten. Aber er hatte mir mein Kind weggenommen. Er hatte gedroht, mich zu töten. Und ich war wieder schwanger. Ich wußte es, ich brauchte keinen Test, ich wußte es, noch bevor meine Periode ausblieb, etwas verändert sich im Körper, in den Brüsten, etwas passiert. Ich hatte es auch bei Sophie gewußt. Und es passierte wieder. Dieses alptraumhafte Gefühl, daß etwas wieder und wieder passiert. Bratislava war wie ein Alptraum, in Glas geblasen, wie in einem von Emmas Glasdingern aus Murano.

Doch nur in Alpträumen kann man sich nicht bewegen. Im wirklichen Leben schon. Ich bin nicht stolz darauf, aber, um Ihnen die Wahrheit zu sagen, ich ging auf Christoph ein. Ich wußte, ich würde es niemals allein schaffen, hinaus aus all diesem Wahnsinn. Frankie hatte Sophie, irgendwo in einer fernen, schwammigen Sicherheit, er hatte gedroht mich zu töten, und draußen lauerte sowieso vielleicht der Tod. Oder auch nicht. Ich konnte es nicht wissen. Ich würde es allein nicht schaffen. Meine allerletzte Chance war Christoph. Er war meine Chance und, ehrlich gesagt, er schuldete mir was.

Ich wartete, bis Emma zu Bett gegangen war. Ich warf meine Medikamente seit Tagen ins Klo, ich tat so, unter Emmas Augen, als nähme ich sie, schob sie in die Backentasche, spie sie aus, sobald Emma wegsah. Ich bin nicht bescheuert, ich merkte, was das Zeug mit mir machte. Es hielt mich ruhig. Ich spie es aus und tat ruhig. Ich hatte, wissen Sie, viel zu verlieren. Ich hatte bereits ein Kind verloren. Spionageromantik lag hinter mir. Ich brauchte Hilfe. Der einzige, der dafür in Frage kam, war Christoph. Als Emma weg war, balzte er wie ein rolliger Kater. Ich ließ ihn mich küssen. Dann schob ich ihn weg und sagte ihm, daß wir fliehen müßten. Der Ofen erkaltete und machte knakkende Geräusche. Man konnte der Wärme beim Versikkern durch die Mauern zuschauen, und draußen regnete der Regen. Christoph guckte perplex. Aber Christoph ist immer windelweich gewesen, und ich war mir nicht zu schade, zu bitten, zu betteln, zu flehen. Zwischendurch küßte ich ihn. Er küßte so hungrig, als hätte er seit Jahren keine Frau mehr gesehen, vielleicht hatte er das nicht. Er wollte sich gegen die Tür werfen, aber das wäre vergeblich gewesen, sie ging nach innen auf, ich war mir dessen bewußt, ich wohnte hier schon ein bißchen länger. Und wir durften keinen Lärm machen. Ich schmiegte mich an ihn, ich wisperte in sein Ohr, so würde es nicht funktionieren, ich küßte ihn auf seinen Hals. Er ließ seine Bastelutensilien fallen, mit denen er sich stundenlang nutzlos am Schloß beschäftigt hatte, umfaßte mich, drückte mich gegen den Türrahmen, schob meinen Rock hoch, fummelte und friemelte, nahm mich, so gut er eben konnte. Ich stöhnte und keuchte und atmete, so gut ich nun wiederum konnte, wisperte, er wäre derjenige, der uns hier rausbrächte, wer, wenn nicht er, er schaffe das, er sei schließlich nicht irgend jemand, er schenke uns die Freiheit und beschütze mich draußen vor allen Gefahren. Ich sagte das prophylaktisch, noch war ja nicht mal die Tür auf. Ich faßte ihn da an, wo ich wußte, daß man Christoph anfassen muß, ich kannte ihn schließlich. Er schmolz in meinen Händen. Dann sagte Emma, und was genau macht ihr da?

Wir ließen einander los, ich schob meinen Rock herunter und strich mir die Haare aus dem Gesicht. Ich hielt, den Medikamenten und der Situation zum Trotz, immer auf meine Erscheinung, ich frisierte und schminkte mich, ich bestand auf einem Deo und rasierte mir Achseln und Beine, man geht unter, gäbe man das auf. Christoph zerrte seine Hose von seinen Knöcheln hoch, sie schaffte es bis knapp übers Knie. Er stierte Emma an wie Frau Lot, nur mit heruntergelassenen Hosen.

Ich will eigentlich nicht stören, sagte Emma, solange ihr nur fickt, wohl bekomm's, soweit ihr das innerhalb dieser vier Wände tut; falls ihr aber erwägt, die Angelegenheit zu verlassen, werde ich das entschieden nicht dulden. Sie lehnte, ihre Decke über sich geworfen, scheinbar entspannt im Türrahmen und hielt das große Küchenmesser salopp in ihrer Linken. Emma ist Linkshänderin, müssen Sie wissen. Sie hielt es da einfach nur so. Der Ausdruck in ihren Augen, als betrachte sie etwas in weiter Ferne oder unter einem Mikroskop, Emma schien nie zu blinzeln, wissen Sie, aber ich wußte, wie sehr sie mich haßte, alles war Lüge und Fassade, sie hätte dieses Messer gerne in mich gerammt, wie wir dort standen, wußte ich, daß sie wußte, mit diesem einen Messer erwischte sie nicht nur mich, sondern auch Frankies zweites Kind, und mir war klar, das würde ihr gefallen. Ekstatische Befriedigung verschaffen. Es gab Momente, in denen ich Emma ansah und glaubte, sie wäre zur Selbstverbrennung fähig, aber würde kein Benzin benötigen, sondern entzündete sich nur aus sich selbst heraus. Christoph zerrte seine Hose bis zu den Hüften hoch, Emma hob gedankenverloren das Messer, tippte es sich gegen die Nase und sagte, vielleicht sollten wir ein bißchen schlafen gehen, meinst du nicht? Sie wandte sich um, Christoph folgte ihr. Sie hatte zu Christoph gesprochen. Er folgte ihr. Zu zweit hätte sie keine Chance gegen uns gehabt. Frankie war nicht da, nein, gegen Frankie hat man keine Chance, das ist klar. Aber gegen Emma, ich bitte Sie. Gegen Emma. Doch Christoph knickte ein und gab klein bei. Einfach so, ganz grundlos. Seine ebenso verknickte Gabel lag zu meinen Füßen. Wahrscheinlich hätte er das Schloß sowieso nicht aufgekriegt. Aber er hatte ja nicht mal wirklich versucht zu kämpfen. Ja, um die Wahrheit zu sagen, ich trage ihm das nach. Er ist so eine gottverdammte Memme. Ja, ich hatte auf ihn gehofft. Ich wußte, allein könnte ich es nicht schaffen. Er ließ mich im Stich. Und ich begriff, ich war allein, von Frankie mal abgesehen, und würde es bleiben. Es ist eine harte Lektion, ich kam nicht umhin, sie zu lernen. Das ist wohl die Wahrheit, man ist ganz allein und sieht besser zu, wie man damit klarkommt.

EMMA XVIII / O-TON 04'28''

Bratislava? Hm, lassen Sie mich überlegen. Klingt nach Schaschlikgerichten, finden Sie nicht? Oh, das meinen Sie, verstehe, könnte schon sein. War vielleicht in Bratislava, richtig. Könnte aber auch Zagreb gewesen sein, oder war's Bornholm? Hannover-Langenhagen? Was erzählen sie? Oh sicher, Fluchtversuche, selbstverständlich, das klingt glaubwürdig. Judith und Christoph auf der Flucht, Sie sind sicher, daß Sie diese Informationen von den beiden haben und nicht von Herrn Doktor Richard Kimble? Na, dann wird es wohl stimmen. Judith, gerade Judith. Wissen Sie, was die Wahrheit über Judith ist? Wäre Frankie ins Flugzeug nach Neuseeland gestiegen, wäre Judith zu Fuß hinterhergerannt. Wobei sie, muß man sagen, durch ihre Medikation nicht nur angenehm unanstrengend wurde, sie war zeitweise nahezu im Wachkoma. Wenn ich nicht aufpaßte, haute sie sich viel zu viel von dem Zeug hinter die Kiemen. Nicht, daß es mich etwas angegangen wäre, aber Frankie hatte mir explizit aufgetragen, sie daran zu hindern, ich gab ihr nach seinen Anweisungen nicht mehr als die empfohlene Dosis, sie konnte jammern und heulen und schmeicheln, soviel sie wollte, das ging bei mir zum einen Ohr rein und zum anderen raus. Blöd, wie sie war, hätte sie sich sonst versehentlich mit einer Überdosis ins Nirwana geschossen. Das wäre nicht wünschenswert gewesen, zum einen hingen wir ja doch an ihr, zum anderen hätte eine

Leiche ernsthafte und unnötige Probleme aufgeworfen. Insofern wäre sie Frankie vielleicht nicht nach Neuseeland hinterhergeschwommen, sondern hätte statt dessen nur lethargisch zwei, drei Jahre in der Nase gebohrt. Sie hätte sich jedenfalls eher entleibt und entbeint, als auch nur daran zu denken, Frankie zu verlassen. Wir alle hätten das, das ist die Wahrheit. Auch über Christoph. Mal abgesehen davon, daß Christoph die Weltmeisterschaften in Antrieb und Eigeninitiative nicht gewinnen wird, glaubte er an die Sache, das muß man ihm lassen, er glaubte daran so vehement und mit ganzem Herzen wie ich. Oh, ich kann mir schon vorstellen, daß er solche Geschichten erzählen könnte, wobei ich Sie nicht vergessen lassen möchte, daß ich wiederum nichts von dem, was Sie mir erzählen, für bare Münze nehme. Aber sicherlich, es ist ganz und gar vorstellbar, daß Sie ausnahmsweise nicht lügen. Würde eine solche Story nicht ein irgendwie heroisches Licht auf ihn werfen? Wissen Sie, Christoph wollte immer ein Held sein, und ganz offensichtlich ist er nie einer geworden. Vielleicht aber erzählt er Ihnen so was ja bloß, um sich bei Ihnen lieb Kind zu machen. Er könnte denken, er stimme Sie milder, wenn er behaupte, er hätte bereits mit dem Gedanken gespielt, abtrünnig zu werden oder gar überzulaufen. Erhöht so eine Geschichte die Chancen, daß Sie ihn mit Samthandschuhen anfassen? Glauben Sie an seine Kooperation? Glauben Sie ihm? Erzählen Sie mir diese Stories, um mich glauben zu machen, die anderen kooperierten? Um mich zu demoralisieren? Um mir zu bedeuten, ich sei die einzige, die Frankie noch nicht verraten hat, während die anderen bereit seien, ihn sogar noch rückwirkend zu verraten, ohne mit der Wimper zu zucken oder der Wahrheit die

Ehre zu geben oder auch bloß einen halben Silberling zu verlangen? Und wenn dem so wäre und ich es glaubte, glauben Sie, das mache mich weich oder nicht vielleicht sogar härter? Was meinen Sie, a.) oder b.)? Es ist ein Multiple-choice-Test, Sie brauchen einfach nur anzukreuzen. Verlassen Sie sich ganz auf Ihre Intuition, wenn Sie sich immer noch nicht sicher sind.

CHRISTOPH XIX / O-TON 39'47"

Es war einer dieser ganz normalen Aufträge, soweit man bei unseren Aufträgen überhaupt irgendwie von normal sprechen kann. Ich erledigte ihn so routiniert, wie ich das inzwischen eben tat. Ich wartete auf meinen Kontakt bei der Ankunft für Auslandsflüge im Frankfurter Flughafen, natürlich war ich aufgeregt, wie immer, andererseits, es war nicht der erste Flughafen, an dem ich stand, ich hatte das in Schiphol getan und in Köln-Bonn. Flughäfen waren aufregender als die meisten anderen Orte, besonders, wenn ich lange Zeit warten mußte, es bestand immer die Gefahr, auffällig zu werden und dem Sicherheitsdienst auf den Schirm zu geraten, Sie wissen, wie hysterisch die dort sind. Andererseits hatten Frankies Kontakte die Neigung, nicht aufzutauchen. Umgekehrt hatte ich schon manchmal einen Umschlag oder ein Päckchen irgendeinem Barkeeper in die Hand gedrückt, der nicht nach internationaler Spionage oder nach Topmafiaangestelltem aussah. Ich stand jedenfalls in Frankfurt rum, hielt meine Augen nach den Sicherheitsbeamten offen, den zivilen vor allem, aber bemerkte nichts Verdächtiges. Als Erkennungszeichen hatte ich zwei Rosen dabei, eine rote und eine gelbe, ich war stolz darauf, es war meine Idee gewesen, Frankie hatte zuerst nur eine rote vorgeschlagen, aber ich gab zu bedenken, daß in der Empfangsmeute wahrscheinlich jeder zweite Hansel eine rote Rose dabeihätte, Frankie gab mir recht, knuffte mich, sagte, hey, gut mitgedacht, Partner. So stand ich dort mit meinen zwei Rosen, die mich vermuten ließen, ich warte auf eine Frau, die paar Mal, wo ich einen Kontakt tatsächlich getroffen hatte, hatte es sich meistens um eine Frau gehandelt, ich hoffte, es wäre eine, man fühlt sich doch ein bißchen blöd, muß man einen Mann mit zwei Rosen begrüßen, auch wenn man auf so was vielleicht keine Rücksicht nehmen darf. Er oder sie sollte jedenfalls, nach Frankie, mit der 14:35-Uhr-Maschine aus Amsterdam landen. Ich spähte vergeblich nach auffälligen Menschen in Zivil, ganz schön armselig, nicht wahr, sieht man es mal so.

Es war eine Frau, die schließlich in den Zollkontrolltüren auftauchte, ihr standardisiertes schwarzes Rollköfferchen im Schlepp, sie hatte offensichtlich nur Handgepäck dabei, was mich, wenn ich mich recht erinnere, verwunderte, wie will man heutzutage mit ausschließlich Handgepäck reisen, man darf ja nicht mal seine Zahnpasta einpacken, ganz abgesehen von all den Tiegelchen und Cremchen und Parfüms und Haarsprays, die eine Frau so benötigt, ich dachte, sie müsse viel professioneller sein, als sie aussah. Sie sah überhaupt nicht professionell aus. Sie sah auch nicht aus wie eine von Frankies Frauen. Sie war viel zu alt. Sie sah aus wie eine Mutti. Ich hätte nie gedacht, sie könnte mein Kontakt sein, ich bemerkte sie lediglich, weil ich mich bemühte, alles so gut wie möglich zu beobachten. Und sie war stehengeblieben, suchte mit nervösen Augen die Wartenden ab, ohne daß irgendein alternder Herr, eine erwachsene Tochter auf sie zugeeilt wäre, deshalb fiel sie mir auf. Dann fiel ich ihr auf. Sie kam mit zögerlichen Schritten und Rollkoffergeräuschen direkt auf mich zu, im Gegensatz zu ihrem Handgepäcksköfferchen wirkte sie selbst so unfaßbar unprofessionell, ich drehte mich um, aber die hinter mir stehenden Menschen sahen durch uns hindurch und zu den Türen hin, aus denen die Passagiere der 14:35-Uhr-Maschine von Amsterdam kleckerten.

Die Frau hingegen steuerte mich an und blieb vor mir stehen. Alex? sagte sie leise, sie hatte einen holländischen Nuschelakzent. Ich nickte, sagte, guter Flug, keine Turbulenzen?, das war das Codewort, sie drückte mir viel zu schnell und viel zu auffällig einen prallen Briefumschlag in die Hand. Ich reagierte gewieft, ließ den Umschlag in meine Jackentasche verschwinden, faßte sie an den Schultern und gab ihr zwei flüchtige Wangenküßchen rechts und links. Für jeden Beobachter würde es aussehen, als begrüße ich meine Mutter. Schön, daß du da bist, sagte ich laut genug, um alle Umstehenden davon in Kenntnis zu setzen. Komm, ich ließ meine Hand an ihrer rechten Schulter, wollen wir erstmal einen Kaffee trinken. Ich griff, guter Sohn, der ich war, nach ihrem Rollköfferchen, gab ihr die Blumen und steuerte sie aus der Menge hinaus und mußte feststellen, wie wenig gewieft ich doch war.

Ich hatte den Mann nicht bemerkt und den zweiten

erst recht nicht. Sie waren aus dem Nichts aufgetaucht, und Mutti entglitt meinem Arm. Würden Sie bitte mitkommen, und es ist für uns alle wirklich besser, wenn Sie kein Theater machen, kommen Sie einfach nur mit. Sie hatten mich beide angefaßt. Es ist schockierend, wissen Sie, wenn zwei fremde Männer einen plötzlich so anfassen. Sie sahen nach nichts aus, einfach zwei Typen, einer im Anzug mit Krawatte, einer in Anorak, letzteren hatte ich möglicherweise mit seiner Frau unter den Wartenden gesehen, aber das hätte auch ein anderer gewesen sein können, der genauso aussah.

Ich hatte diese Situation seit zehn Jahren antizipiert. Ich reagierte automatisch. Ich riß mich los, stieß die Umstehenden beiseite und rannte, sie würden niemals schießen, nicht in einer belebten Ankunftshalle wie dieser, es bräche umgehend die Mutter aller Massenpaniken aus, selbst wenn sie schössen, träfen sie nicht mich, nur die berühmten und ubiquitären *innocent bystanders*, sie würden, je nachdem, zu wem sie gehörten und wie weit die Verstrickungen reichten, entweder selbst vom Sicherheitsdienst neutralisiert werden, oder der Sicherheitsdienst wäre eingeweiht. Schießen sie, oder brauchen sie mich lebend? Vielleicht schießen sie nicht, weil ich ihnen tot nichts mehr verraten kann, und weil sie nicht mich wollen, sondern Frankie, und ich trage nichts bei mir, was ihnen einen Hinweis geben könnte auf Frankie. Irgendeinen Hinweis. Es gibt nichts, was mich verrät, als Christoph, Alex, irgendwen. Ich war niemand. Ich war alle und der Garnichtmann. Ich rannte, sie schossen nicht, konnten es nicht riskieren, ich glitt durch die Türen, bevor sie sich schlossen, oder hatten sie sich schon geschlossen und ich warf mich durchs Glas, so daß es um mich herum splitterte und funkelte, als liefe ein Kind durch einen Rasensprenger an einem heißen Tag, ließ mich in ein Taxi fallen, rief, *geben Sie Gas!* und entkam? Ich entkam nicht. Ich rannte, stieß Menschen beiseite, stehenbleiben oder wir schießen, rief man, ich blieb nicht stehen und man schoß, man schoß auf mich die lang ersehnten Schüsse, das Projektil ins Zentrum meines so überaus lästigen Hirns. Nein, das nicht, denn ich gehe ja in Zeitlupe zu Boden und schmecke Blut und starre auf die Leuchtkörper an der Hallendecke und höre meinen Atem ungewohnt blubbern in meiner Brust und sollte aufstehen, bin aber am Boden festgetackert, in die Fliesen versikkernd, und sollte sterben, bevor man mich wieder zusammenflickt und zum Reden bringt. Sollte man nicht für solche Gelegenheiten eine Zyankalikapsel besitzen, einen falschen, imprägnierten Zahn, auf den man beißt, gehört sich das nicht so?

Stehenbleiben, und ich blieb stehen, zog die Waffe, die mir Frankie niemals gegeben hatte, schoß auf den im Anzug, schoß ihn nieder, schoß ein weiteres Mal, wurde getroffen, wurde ein weiteres Mal getroffen und verglühte beim Wiedereintritt in die Atmosphäre.

Würden Sie bitte mitkommen, ich antworte lächelnd und ganz ruhig, oh, gibt es ein Problem, worum handelt es sich denn, lassen Sie mich nur kurz mit meiner Mutter reden, ich entwinde mich dem Anzugmanngriff und bin bei der Frau, die sich nur ein paar Meter hat entfernen können, sie muß eine Doppelagentin sein, sonst hätte dies hier niemals passieren können, das ist meine einzige Chance, sie werden nicht das Leben einer ihrer Agentinnen riskieren, ich reiße sie an mich und halte ihr die Waffe, die ich niemals von Frankie bekam, an die Halsschlagader und sage, wissen Sie, es ist für uns alle wirklich besser, wenn Sie jetzt kein Theater machen, und ich gehe langsam, die Frau vor mir wie eine breite lebendige Krawatte, zum Ausgang hin.

Ich erwische Mutti nicht mehr, denn Mutti ist von anderen Agenten blitzschnell abgeschirmt worden, aber ich erwische statt dessen irgendwen anderen, eine hübsche junge Frau, die wie Franka Potente aussieht, ich sage, es sei jetzt besser, wenn niemand Theater mache, gehe rückwärts, die junge Frau vor mir, zum Ausgang, muß dort nicht in ein Taxi hechten, weil kein Taxifahrer der Welt Gas gibt, wenn man ihm sagt, *geben Sie Gas!*, denn die junge Frau hat einen Kleinwagen, mit dem wir flüchten und entkommen.

Oder ich stecke mir, weil gerade niemand anderes greifbar ist, einfach die Waffe, von der ich immer geträumt habe, in den Mund und drücke ab. Sollte man nicht einen Sprengstoffgürtel haben, den man bei solchen Gelegenheiten zünden kann?

Ich hatte diese Situation seit zehn Jahren antizipiert. Ich ging mit den Männern. Ich machte kein Theater. Es wäre mir mit einem Male so erschreckend lächerlich vorgekommen. Alles war vollkommen und ganz und gar irreal. Ich ging mit den Männern, sie waren beide bewaffnet, wenn man darauf achtete, konnte man es erkennen, unter Anzug und Anorak. Und es gab weitere, eine Frau und ein anderer Kerl hatten Mutti aus der Gefahrenzone entfernt, eine dritte Dame stieß zu uns. Gemeinsam brachten sie mich in einen lichtlosen Keller aus Beton am Fuße des Atlas, um mich auf die letztgültige Probe zu stellen.

Der Keller war kein Keller, er war nicht lichtlos und nicht aus Beton, aber am Fuße des Atlas lag er. Ein Büro der Flughafenpolizei am Fuße des Atlas. Sie legten mir Handschellen an, durchsuchten mich, fanden nichts, nur den Umschlag von Mutti, im Umschlag war sehr viel Geld, ich zuckte mit den Schultern, ich sagte, sie habe mir das gegeben, ich wüßte nicht, wieso, ich wollte bloß höflich sein. Sie fragten mich nach meinem Namen, ich war derzeit Falk, wußte aber nicht, ob Falk schon zu heiß sein könnte, und griff auf Dierk zurück, Dierk Heidkamp, gebürtig aus Elmshorn, der einer Freundin versprochen hatte, ihre Mutter vom Flieger abzuholen, und es müsse sich wohl um eine Verwechslung handeln. Ich blieb sehr ruhig und erzählte von Dierk, seine Freundin hieß Franka, ich dachte mir das aus, ich improvisierte, ich weigerte mich, die Telefonnummer von Dierks Eltern rauszurücken, obwohl ich sie immer noch wußte, in Filmen schreien sie nach einem Anwalt, ich hatte das tausendmal gesehen, aber was hätte ich einem Anwalt sagen sollen? In anderen Filmen ist alles klar, und sie rezitieren ausschließlich ihren Namen und ihren Dienstgrad, ich wünschte, ich könnte einfach nur das tun, und dann werden sie gefoltert. Würden sie mich foltern? Im Büro der Flughafenpolizei wohl nicht. Auch auf dem Revier, in das sie mich dann brachten, schien es mir unwahrscheinlich. Wissen Sie, man stellt sich das alles vor, jahrelang, dann plötzlich hat es eine so deutsche Normalität. Es war sehr verwirrend. Vielleicht wäre ich, auf irgendeine irre Art, mit lichtlosen Betonkellern besser klargekommen.

Ich blieb bei Dierk, obwohl mir spätestens auf dem Revier klarwar, man würde nicht an einen Irrtum glauben und mich nicht gehen lassen. Irrtümer legt man nicht in Handschellen. Sie sprachen mich mit Alex an, aber zu Alex fiel mir nichts ein, ich war nie Alex gewesen, ich mußte nicht mal über eine Lüge lügen, Alex war nur mein Codename für diese eine, die letzte, diese so unglaublich schiefgelaufene Operation gewesen. Sie zeigten mir ein Foto von einer Frau, die ich nie gesehen hatte, und fragten mich, wo sie sei, da ich sie nie gesehen hatte, konnte ich stundenlang wiederholen, ich hätte sie nie gesehen. Sie hieß Marijke Jansen, der Name sagte mir nichts. Ich sagte: Der Name sagt mir nichts. Sie fragten, ob ich Alex sei, ich sagte, nein, ich sei Dierk, Dierk Heidkamp, und ich würde ihnen ja schrecklich gerne helfen, aber ich wisse nicht wie und würde langsam müde.

Ich wurde langsam müde. Und sie wiesen mir nach, daß es keinen Dierk Heidkamp gab. Ich lachte über ihren Computerfehler. Ich säße schließlich vor ihnen. Ich sagte, ich wolle gehen, Franka mache sich bestimmt Sorgen um mich und sie würden einen Heidenärger bekommen, ich fragte nach ihren Namen und Dienstnummern, sie fragten nach Franka, ich sagte, ich weigere mich, ihnen von Franka auch nur den Nachnamen zu sagen. Sie stellten Dierk in Frage, ich sagte, ich sage gar nichts mehr und schwieg.

Ich wünschte, Frankie hätte mir mehr beigebracht. Das habe ich mir all diese Jahre immer gewünscht. Ich wußte nicht recht, was ich tun oder lassen oder sagen sollte, nachdem mir Dierk entglitten war, schien es mir die beste aller schlechten Möglichkeiten, einfach meine große Klappe zu halten.

Auch am nächsten Tag schwieg ich. Sie tischten mir Geschichten auf. Das kam nicht unerwartet, Frankie hatte uns gesagt, sie würden das tun. Er hatte uns beigebracht, sie würden lügen, und sie würden gut lügen. Eine gute Lüge, hatte ich von Frankie gelernt, entfernt sich von der Wahrheit nur genausoviel wie nötig; verbiegt die Wahrheit; wird nicht vollständig aus dem Leeren gegriffen, sondern solide in Realität und Glaubwürdigkeit verankert. Ich hörte mir an, was sie sagten, taxierte die Typen, versuchte, Muster zu erkennen. Der Kerl von Interpol, angeblich von Interpol, machte auf Bad Cop, was aber mit einem holländischen Akzent wenig bedrohlich wirkt. Gibt es etwas Niedlicheres und Rührenderes als einen holländischen Akzent? Außerdem hatte ich diese Marijke Dingsda noch nie gesehen, da konnte er sich auf den Kopf stellen, einen Holzschuhtanz aufführen und Käse machen. Die anderen behaupteten, vom BKA zu sein, sie erzählten mir Geschichten, ich hörte höflich zu und schwieg. Vielleicht waren sie vom BKA, wir wußten ja, daß Frankie längst von unserer eigenen Seite gejagt wurde, sie konnten alle nur erdenkbaren Stories über ihn ans BKA gegeben haben, um sich deren Unterstützung zu sichern. Wahrscheinlich lag bei jedem Dorfpolizisten ein Fahndungsbefehl nach Frankie vor, wegen Kuhumkippens oder Trunkenheit am Steuer. Ich zweifelte nicht an ihren Möglichkeiten.

Ihre Story war die traurige und erschreckende Saga von Marijke Jansen, die an der Marburger Uni irgendeine Assistentenstelle innegehabt hatte, bevor sie von der Bildfläche verschwand, den Kontakt zu ihren liebenden Eltern abbrach, für einen Geheimdienst angeworben wurde und in den Untergrund ging, von wo aus sie bei ihren Eltern irgendwann dringend 30 000 zum Überleben erbat, was ihre Mutter, die dumme Punze, dazu brachte, all meine neuen Freunde zu aktivieren und über die gute Marijke auszuhandeln, sie bekäme das Geld, aber nur, wenn sie, Mutti, es ihrem Agentenführer Alex persönlich überbringen könnte.

Eine gute Lüge entfernt sich von der Wahrheit nur genausoviel wie nötig, verbiegt sich und hurt mit der Wahrheit, läßt sich nieder auf der Realität wie auf einem glattgespannten Laken. Ich weiß das. Meine neuen Freunde wußten es auch. Und trotzdem hätte ich Frankie ohrfeigen können für seinen unbedachten Lapsus. Denn irgend jemand hatte einen Fehler begangen, ich konnte es nicht gewesen sein, ich hatte nur brav mit meinen zwei idiotischen Rosen zur richtigen Zeit am richtigen Treffpunkt gestanden und auf meinen Kontakt gewartet. Was immer schiefgelaufen war, lag nicht an mir. Lag es an Frankie? Es konnte nicht an Frankie liegen. Frankie machte keine Fehler, nicht, solange ich ihn kannte, und das waren immerhin fast zehn Jahre. Ich merkte, ich begann, falsch zu denken. Ich merkte, ihre Lügen waren gut. Von dieser ganz glaubwürdigen Sorte, über die man nachzudenken beginnt. Fehler. Ich merkte, meine Gegner waren Profis, ich merkte es rechtzeitig, ich lächelte höflich, und ich schwieg.

Am dritten Tag hatten sie mir Christoph aufgetischt, sollte ich sagen, exhumiert? Ich blickte auf das verwaschene Foto eines properen jungen Mannes, der ein Familienfeiergrinsen auf dem Gesicht trägt und mit verblitzten Augen in eine Kamera starrt. Er war nie fotogen gewesen. Ich kannte ihn nicht näher als Marijke Dingsda. Das Foto war in einem Restaurant aufgenommen worden, in dem er zum soundsovielten Geburtstag seiner Mutter Fisch aß, seine Schwester war extra aus Winterthur angereist, nein, das war Jonas' Schwester, die aber schien nicht eingeladen, das Foto war ein Ausschnitt, wer neben ihm saß, ließ sich nur vermuten. Ich zuckte höflich mit den Schultern und schwieg. Ich bekam langsam Routine darin. Besonders originell war es vielleicht nicht, aber etwas Besseres fiel mir nicht ein.

Am vierten Tag tischten sie mir meine Eltern auf. Leibhaftig. Sie identifizierten mich aufs hysterischste. Natürlich erkannte auch ich sie sofort, nur waren sie so erschütternd alt geworden. Natürlich ließ ich mir nichts anmerken. Ich wußte, ich durfte mir nichts anmerken lassen, ich würde sie möglicherweise in tödliche Gefahr bringen, ich durfte nicht. Meine Mutter trat ganz nah an mich heran, ich roch ihr Parfüm und eine Duftnote von alter Frau darunter, sie wollte mich wohl umarmen, ich mühte mich, mein ganzes Sein, meine komplette Person auf einen kleinen, harten Reaktorkern herunterzufahren, der mit telepathischer Strahlung aussandte: tu's nicht, laß es, faß mich nicht an, erkenn mich nicht, geh weg, bring dich in Sicherheit. Sie färbte sich die Haare, sie war kleiner als ich, ich sah es an ihrem Scheitel, wo die Farbe herauswuchs und graue Wurzeln hinterließ. Sie nahm mich nicht in den Arm, sie legte mir nur ihre Hand auf die Brust, auf die Wange und sagte, Christoph?

Ich sagte, zu meinen diversen BKA-Freunden, oder zu welchem Dienst sie nun gehören mochten, ich verstünde das Ganze nicht, kenne diese Leute nicht, sei es müde, könnten wir zu etwas anderem übergehen, und wirklich, ich hätte in diesem Moment den Starkstromanschluß jederzeit vorgezogen.

Ich bekam ihn nicht. Ich durfte mich nicht beweisen. Ich erhielt niemals die Chance herauszufinden, was ich wirklich getaugt hätte. Am nächsten Tag kamen sie mir mit Emma und Judith. Zwei Vermißtenmeldungen, ähnlich der meinen. Erwartungsgemäß, Judith kannten meine Eltern gut, sie war damals von diesem fernen jungen Fisch essenden Mann fast so etwas wie die inoffizielle Verlobte gewesen. Von Judith mußte man auf Emma geschlossen haben. Vielleicht auch von den Fotos aus einem Ottensener WG-Zimmer. Vielleicht hatten sie die Fäden anderweitig geknüpft, ausgehend von unseren unzuverlässigen, verräterischen Eltern, von irgendwas. Sie waren gut, man muß es ihnen lassen. Aber das hatten wir immer gewußt. Es hatte zu den Dingen gehört, die mich durchhalten ließen, zu wissen, wir traten gegen wirklich große Gegner an. Wir hatten in all diesen Jahren nicht ins Leere hinein operiert. Wenn ich jemals gezweifelt haben mag, dann wurde mir hier und jetzt klar, daß Frankie uns nichts als die Wahrheit gesagt hatte. Nur meine Chance, die bekam ich nicht. Stattdessen hatte ich einen Anwalt bekommen, einen sogenannten Anwalt, von dem ich wußte, er gehörte zu ihnen, es war ein Trick, er war die *Good-Cop*-Variante, der in die Zelle geschmuggelte Kumpel, von dem sie sich erhofften, ich würde mich ihm früher oder später anvertrauen. Ich weigerte mich, mit ihm zu reden, ich schwieg, als das nicht half und er nicht ging, legte ich mich auf den Boden, schloß die Augen und machte mich steif. Ich verharrte so, wartete darauf, daß man mich schlagen würde, was man nicht tat, aber man entfernte den sogenannten Anwalt. In den Hungerstreik war ich schon am dritten Tag getreten, aber das, natürlich, würde noch ein wenig länger brauchen, bis es einen Effekt erzielte. Der zweite Anwalt schiffte sich im Kielwasser von Christophs Eltern ein, ich verfuhr mit ihm wie mit dem ersten, es half, ich war nicht gänzlich hilflos. Ich hätte auch dem gegnerischen Geheimdienst in die Hände fallen können, der Mafia, man hätte mich ausfliegen können in irgendein Folterland, ich hatte Glück gehabt, ich war, von allen Netzen, die nach uns fischten, im harmlosesten hängengeblieben, dem der Handlanger der offiziellen deutschen Behörden. Vorerst jedenfalls. Ich würde es irgendwie durchstehen. Ich aß nicht, ich verstand Emma, nicht zu essen, macht stark, ich schwieg, ich lächelte, ich wünschte nur, ich hätte die Möglichkeit gehabt, vierzig oder sechzig oder viertausendsechzig Kilometer zu laufen, ich hätte es getan. Ich hätte es gekonnt. Ich hätte mir die Waffe, die Frankie mir niemals gegeben hat, in den Mund gesteckt und abgedrückt, und sie hätten ihre Auguren die Antworten auf all ihre Fragen in meinen Innereien lesen lassen können. Ich hätte ihnen viel Spaß dabei gewünscht und wäre einfach verschwunden.

Ich konnte nicht verschwinden. Ich war müde, aber der Hunger hielt mich wach. Ich war dankbar dafür. Ich hätte mir selbst die Schmerzen zufügen wollen, die sie mir verweigerten. Sie redeten, sie kamen mir mit meinen Eltern, mit Judith, wieder mit meinen Eltern. Sie gaben mir eine ausgedruckte E-Mail meiner Schwester, Christophs Schwester, zu lesen, ich sah's nicht an, sie schoben mir, aufs Geratewohl, wie es schien, Fotos und Geschichten zu, ich kannte keine, schwieg, immer wieder fingen sie von der ominösen Marijke an, die ich nach wie vor noch nie gesehen hatte, sie kamen mir mit Christoph, irgendwann konnte ich nicht mehr schweigen, weil ich keinen Namen und Dienstgrad zur Verfügung hatte, sagte ich: Heliotrop, was sich zur Sonne hinwendet. Identität, eine identische Abbildung eine Abbildung, die jedes Element auf sich selbst abbildet. Katharsis, griechisch für *Reinigung*. Megaira, die Neidische, eine der drei Erinnyen oder Furien, die Zürnenden, nebst Tisiphone, Rächerin des Mordes, und Emma, der Unablässigen. Negativismus, ablehnende Haltung oder negative Einstellung als Grundhaltung, meist als Trotzverhalten in bestimmten Entwicklungsphasen auftretend; auch: Widerstand sowohl gegen äußere Anregungen als auch gegen innere Antriebe. Zeuge, die ursprüngliche Bedeutung des Wortes Märtyrer. Omega, letzter Buchstabe des griechischen Alphabets.

Nach Omega kommt nichts mehr außer P. Ich war Jonas gewesen und Michael und Falk, nur in Wladiwostok war ich nie. Meine Mutter war ergraut und färbte sich die Haare. Sie redeten und klangen verdammt überzeugend. Weil ich auch irgendwas sagen mußte, erzählte ich ihnen den Plot vom Omega-Mann, einer von denen kannte den Film sogar. Sie fragten mich nach Alex und meinten Frankie, ich erzählte ihnen vom Gran Paradiso, der 4061 Meter hoch ist und von dessen Gipfel es scheint, als sehe man die ganze Welt. Sie fragten mich, ob ich das alles glaube. Ich erzählte ihnen von Shackleton und der Endurance. Ich erzählte ihnen die Handlung von Rocky I. Einer aus der mitfühlenden Liga legte mir die Hand auf die Schulter und sagte, wissen Sie, wir wissen, Sie sind nicht der Schurke hier, Sie sind das Opfer. Ich sprang ihn an, aber es gelang mir nicht, ihm weh zu tun, sie waren alle so verdammt professionell. Sie waren so verdammt glaubwürdig. Ich war müde, sie blieben freundlich und mitfühlend und auf eine distanzierte Art nett. Ich fragte sie, ob sie wüßten, daß Glas fließt, jederzeit, jede Fensterscheibe tut das, sie nickten und fanden es interessant. Ich hatte überlegt, ob ich versuchen sollte, aus dem Fenster zu springen, nur lag der Vernehmungsraum im vierten Stock und das Glas sah überraschend unflüssig aus. Ich erzählte, daß man, wenn man denkt, man könne nicht mehr, noch über vierzig Prozent seiner Kraftreserven verfüge. Ich erzählte, wenn man dann weiterlaufe, werde einem irgendwann schwarz vor Augen. Sie erzählten, es gäbe mindestens zwei weitere Fälle von Anwerbungs- beziehungsweise Erpressungsversuchen, die denen von Marijke und uns ähnelten, und nirgendwo hätte sich eine Verflechtung mit einem Geheimdienst gezeigt. Sie fragten mich, ob ich in den letzten zehn Jahren denn etwas Geheimdienstrelevantes getan hätte. Ich dachte an Giersch und redete von Graien, sie zeigten sich freundlich interessiert und fragten erneut, ob ich das glaubte. Ob ich das alles wirklich glaubte.

Glaubte ich das? Ich glaubte nichts anderes. Man hätte mich fragen können, ob ich glaubte zu atmen.

Ich begann, russische Verben zu konjugieren, soweit sie mir noch einfielen. Idu, idiosch, idiot, idiom, idiotje, idut. Ich gehe, du gehst, er geht, wir gehen, ihr geht, sie gehen. Das heißt wirklich so. Idiot doscht heißt: Es regnet.

Ich ging nicht, ich blieb, es regnete, der Vernehmungsraum war keineswegs so fensterlos, wie man ihn aus *24* oder *CSI* kennt. Oder kannte. Ich bin mit den Fernsehserien weit hinterher, was ich damals sah, das kennt ja heute keiner mehr.

Jack Bauer aus *24* folterten sie dauernd, er gab niemals auf. Mich folterten sie gar nicht, sie redeten nur auf mich ein, und meine Mutter war alt geworden und plump und hatte ganz fassungslos ausgesehen. Ob ich es glaubte? Vielleicht hatte ich gezweifelt. Hatte ich gezweifelt? Wenn ich gezweifelt hatte, warum hätte ich dann weitermachen sollen? Hätte ich in Bratislava gezweifelt, warum hätte ich weitergemacht? Hätte ich fünf Jahre weitergemacht aus dem einzigen Grund, weil ich schon fünf Jahre nichts anderes getan hatte? Aus Gewohnheit? Aus Trotz? Weil sich mir nichts anderes bot? Weil zu zweifeln bedeutet hätte, alles, was war, was ich war, für null und nichtig zu erklären? Weil ich einfach beschlossen hatte, nicht zu zweifeln, es nicht wollte? Sie sagten, es sei nicht real, aber ich glaubte ihnen nicht, ich meine, was ist schon real? Die Welt ist jahrhundertelang flach gewesen, solange die Leute daran glaubten. Gott hat so lange existiert, gestraft und belohnt, wie man an ihn glaubte. Derzeit ist die Welt rund, aber auch das ist möglicherweise nur vorübergehend. Vielleicht hatte ich Frankie schon damals in Wilhelmsburg nicht geglaubt, vielleicht habe ich ihm nie geglaubt. Vielleicht griff ich nur nach dem einzigen Strohhalm zu einem echten Leben, der mir jemals würde gereicht werden. Vielleicht habe ich nichts davon geglaubt. Und war nur zu klug oder zu dumm, es abzulehnen. Glauben: Eine der Weisen des Für-wahr-Haltens; im Gegensatz zum Wissen das nicht methodisch begründete, im Gegensatz zum Meinen dennoch zweifelsfreie Für-wahr-Halten, Ausdruck vollkommener Überzeugung; beruhend auf interpersoneller Gewißheit. Ich hatte über zehn Jahre eine vollkommene Überzeugung besessen. Jetzt wollte man sie mir wegnehmen. Ohne mich bezeugen zu lassen, einfach nur so. Prosaisch, man bot mir Kaffee an, den ich ablehnte. Ich lehnte alles ab, aber weil sie keine Ruhe gaben, erzählte ich ihnen noch den Plot von Rocky II. Dann begann ich Lieder zu summen, die mir gerade einfielen.

Erkenntnis: durch geistige Verarbeitung von Eindrücken und Erfahrungen gewonnene Einsicht. Erkenntnis tötet den Glauben grausamer als die Katze die Maus, und genau wie diese spielt sie vorher lange mit ihrem Opfer. Ich redete, ich erzählte, ich sang und ich schwieg. Dann begann ich von vorn. Sie sahen und hörten mir dabei zu. Ich hörte mir zu.

Und dann, als ich nichts mehr zu singen und zu sagen wußte und auch von Rocky III schon berichtet hatte, erzählte ich es ihnen. Erzählte ich ihnen die Wahrheit über Frankie. Das war in der Nacht des sechsten Tages, am siebten hätte ich eigentlich ruhen müssen, nur war nichts mehr übrig von mir, das hätte ruhen können.

JUDITH XIX / O-TON 14'20"

Wie soll ich es beschreiben. Es läßt sich schwer beschreiben, ich glaube nicht, daß Sie oder die Zuschauer sich das vorstellen können. Vielleicht war's ein bißchen so, wie man es auf kitschigen Illustrationen der Zeugen Jehovas sieht, mit denen kenne ich mich andeutungsweise aus, zwischenzeitlich hatte das aus komplizierten Gründen zu unserer Tarnung gehört, aber ich will nicht abschweifen, ich meine diese Sorte Illustration, wo die düstere Wolkendecke, die ich immer mit dem Himmel über Bratislava assoziert habe, auch Jahre später noch, in der Mitte aufreißt, ein Lichtstrahl gleißend fällt, aus dem Wolkenloch die Hand Gottes kommt und einen einfach aus all dem irdischen Elend herauspflückt. Aber so war es natürlich nicht. Es war ganz anders. Es war in einem der hunderttausend Löcher, die ich in diesen Jahren bewohnt habe, bewohnen mußte, die mich Frankie zu bewohnen zwang, wir waren eingesperrt, ich und Wiebke, die bestimmt nicht Wiebke hieß, das war mir klar, aber ich nannte sie Wiebke, und sie nannte mich Nora, meine damalige Legende, Nora Hilmer. Wir lebten in dieser Wohnung, wir verstanden uns nicht besonders gut, es war okay, wissen Sie, aber sie war einfach viel jünger als ich, Mitte Zwanzig schätzte ich, was hätten wir uns schon groß zu sagen gehabt. Sie sprach mit holländischem Akzent, ich war mir nicht sicher, ob Wiebke überhaupt ein holländischer Name war oder ob Frankie gepfuscht hatte.

Andererseits, Frankie pfuschte nicht. Und Frankie kam nicht.

Frankie kam nicht. Ich wußte, es konnte dauern, bis Frankie kommt, nichts hatte ich jemals getan, als auf Frankie zu warten, nichts konnte ich besser. Niemals hatte er mich länger warten lassen. Wir warteten, ich brachte es Wiebke bei. Beziehungsweise Marijke, wie ich jetzt weiß, aber für mich wird sie wohl immer Wiebke bleiben. Ich war nett zu ihr, wissen Sie, sie war ja noch so jung. Sie hatte so viel Angst. Angst, daß man käme, um uns zu holen. Sie war, wie ich gewesen war. Sie war hübsch. Ich war nett zu ihr, wenn sie den Lagerkoller kriegte. Ich kannte das und half ihr darüber hinweg. Ich paßte auf sie auf. Das war notwendig. Ich machte ihr behutsam klar, sie würde uns alle gefährden, wenn sie sich nicht in den Griff bekäme. Mich, Frankie, sich selbst. Von meinen Kindern erzählte ich ihr nichts, es waren die Kinder Judiths, nicht Noras, und es ging sie nichts an. Ich war nett zu ihr und paßte auf sie auf. Wir paßten aufeinander auf. Ich war nett. Aber es wurde täglich schwieriger. Alles. Wir hatten kaum noch etwas zu essen, und wir konnten nicht hinaus, Frankie hatte es uns untersagt, Frankie hatte uns eingesperrt, Geld besaßen wir sowieso keines, und ich wußte nicht, in welcher Stadt und in welchem Land wir uns befanden. Wir tranken viel Wasser gegen das Hungergefühl, ich hoffte, wir wären in einer Stadt, in der man das bedenkenlos tun konnte, andererseits hatte ich inzwischen begriffen, daß man an so vielem nicht stirbt, vor dem sich die normalen Leute grausen. Ich wünschte, wir hätten Zigaretten gehabt, nichts hilft besser gegen Hunger. Wir wurden dünner, Wiebke wurde sehr dünn, sie war von Anfang an sehr dünn gewesen, ich war nicht mehr ganz so schlank wie früher, wahrscheinlich liegt das an den beiden Schwangerschaften. Von zuviel Wasser wird einem übrigens schlecht. Wir machten uns schließlich mit dem letzten, was wir hatten, zwei Mahlzeiten am Tag, wir nahmen sie als Mahlzeiten zu uns, weil das weniger deprimierte, wir besaßen noch eine Dose voll Zucker, eine angebrochene Packung Mehl, eine halbe Tüte Popcorn und Ketchup. Zu Mittag gab es ein Glas Zuckerwasser, einen Teelöffel für jeden, zum Abendbrot einen Eßlöffel Mehl, mit Wasser zu Teig verrührt, angerichtet auf einem Teller, für jeden drei Popcorn, weil drei eine gute Zahl ist, in den Rest Ketchup gestippt. Es ging. Irgendwie. Es würde gehen müssen, bis Frankie zurückkam.

Aber Frankie kam nicht. Er kam nicht, und wir hatten Angst. Und warteten.

Wir warteten darauf, was kommen mußte. Worauf ich seit zehn Jahren gewartet hatte. Auf die Schritte vor der Tür. Die Schritte, die im Treppenhaus nicht nur kurz verharrten und dann wieder verklangen. Nicht die, denen ich zehn Jahre lang nachgelauscht hatte.

Sie kamen am hellichten Tage. Diese Tatsache erschreckte mich zutiefst. Ich hatte nicht damit gerechnet. Daß sie sich das trauen würden. Ich war unvorbereitet. Jede Nacht hatte ich auf sie gehorcht, und sie kamen einfach, ganz unverhohlen, am hellichten Tage. Sie klopften an die Tür, sie riefen, machen Sie auf, keine Angst, wir haben Frankie, wir tun Ihnen nichts, Sie sind in Sicherheit. Sie klopften. Die Hand Gottes fuhr durch einen jehovamäßigen Wolkenspalt und riß uns die Herzen raus. Ich hatte seit zehn Jahren darauf gewartet, und nun wußte ich nicht, was ich tun sollte. Ich starb einfach bei lebendigem Leibe und stand starr. Wiebke schob reflexhaft einen spiddligen Stuhl unter die Türklinke, sah selbst, wie zwecklos dies sein würde, zerrte am Kommodenschränkchen, fauchte mich an, hilf mir, ich half ihr, wir zerrten die Kommode vor die Tür, hörten bereits, wie sie sich am Schloß zu schaffen machten, zogen uns zurück in die Küche, warum die Küche, ich weiß nicht, es war keine Zeit zu denken, vielleicht begriffen wir instinktiv, daß sie das beste Bollwerk bot, zu den anderen Zimmern gab es keine Schlüssel mehr, die Messer in den Schubladen, der Küchentisch, den wir unter der Türklinke verkeilten. Dann stürmten wir zum Fenster. Sahen vom Fenster an der glatten Fassade hinunter und wußten, wir saßen in der Falle wie Ratten. Hier würde es enden. In Comics verknoten sie Bettlaken, aber in Wirklichkeit möchten Sie nicht an einem Bettlaken aus dem vierten Stock baumeln. In Wirklichkeit kommt man als normaler Mensch wahrscheinlich nicht mal mit einem Seil heil runter. Ich war nicht mehr sportlich. Wie auch, ich hatte seit Jahren keinen Sport mehr treiben können.

Wir hörten, wie sie die Flurkommode quietschend beiseite schoben wie ein lästig kläffendes Hündchen. Wenn wir springen, sagte Wiebke, bekommen sie uns nicht lebend. Ich hätte sie nicht aufgehalten, denke ich, aber ich hätte es selbst nicht getan. Sie waren an der Küchentür. Ich riß das größte Messer, das wir hatten, aus der Küchenschublade, Wiebke folgte meinem Beispiel, und wir stellten uns an die Wand. Alles hatte Überdeutlichkeit angenommen und schien mit Zeitverzögerung zu passieren. Zehn Jahre hatte ich mir diesen Moment in allen Farben und Varianten vorgestellt, und doch war ich nicht bereit, bewegte ich mich wie durch transparenten Honig, in dem merkwürdig luziden Horror, der Alpträumen innewohnt. So würde es enden. Wie oft hatte ich mich gefragt, wann, wo und wie es enden würde. Es endet hier. Mit dem Rükken zur buchstäblichen Wand. Sie werden über unsere Messerchen lachen. Wir werden nicht springen. Was wird dann kommen. Der Folterkeller? Foltern sie mich vor Frankies Augen, versuchen sie es umgekehrt, haben sie unsere Kinder? In diesem Moment danke ich Frankie aus ganzem Herzen dafür, daß unsere Kinder in Sicherheit sind, sind sie es noch, haben die sie schon? Gleich haben sie zumindest mich, denn sie brechen die Tür auf. Was wird dann kommen? Und werde ich es ertragen können? Wir hätten springen sollen, aber nun ist es zu spät, denn sie brechen die Tür auf. So endet es. Alles, was mein Leben war. So endet es fern von Frankie. Das ist nicht fair.

So endete es. Der Mann an der Tür hielt die Waffe in der Hand, die ich erwartet hatte, zehn Jahre lang, er steckte sie umgehend weg, das erwartete ich nicht. Er war jünger als ich, oh Gott, ich war alt geworden, ohne daß ich es gemerkt hätte. Ich war Mitte Dreißig und hatte zwei Kinder, die ich nicht kannte. Ich sah nicht mehr so aus wie Wiebke. Marijke. Ich sah nicht mal mehr aus wie Judith. Ich habe den Job, von dem ich geträumt hatte, nie angetreten. Statt dessen war ich eine Topspionin geworden und stand mit dem Rücken zur Wand. Und wußte, als ich den jungschen Typ sah, der seine Waffe hastig wegsteckte und mit uns redete, als wären wir wagemutige Kätzchen, die sich auf die Äste eines zu hohen Baumes verirrt hatten, daß sie uns nicht in einen Folterkeller bringen würden. Sie bringen uns auf ein Revier und bestellen uns Pizza und ein Arzt untersucht uns, und währenddessen ist eine bestellte

Psychologin dabei, nur um sicherzugehen. Der Mann hat seine Waffe weggesteckt, ist okay, sagt er, ist okay, Sie sind in Sicherheit, miezmiez, niemand tut Ihnen etwas. Sein Vorgesetzter schiebt sich an ihm vorbei, Judith, sagt er, Judith, Marijke, wir haben Sie überall gesucht, Ihre Eltern warten auf Sie, sie machen sich große Sorgen, geht es Ihnen gut, es ist vorbei, Sie sind in Sicherheit, kommen Sie, lassen Sie uns gehen, kommen Sie, gehen wir, und das ist der Moment, wo sich die Zimmerdecke spaltet und Gottes große schwielige Hand durch den gleißenden Spalt greift und mich einfach hinauspflückt aus dem ganzen irdischen Elend und aus den schwelenden Trümmern dessen, was noch vor zehn Minuten mein ganzes und einziges Leben gewesen ist.

EMMA XIX / O-TON 15'34''

Was wollen Sie denn bitte davon wissen, Sie waren doch dabei, Sie persönlich vielleicht nicht, aber das wird wohl sicherlich en detáil in Ihren Akten stehen. Macht Ihnen das jetzt irgendeine Form von sadistischer Freude¿ Gut, fein, von mir aus, wenn Sie damit oder dabei feucht werden, so soll es sein. Nun denn, ein weiteres Mal fürs Protokoll. Frankie hatte mich zu dieser Wohnung gebracht, die ich nicht eigentlich zu sehen bekam, er hatte mich instruiert, daß ich kein Deutsch oder Englisch spreche, also sprach ich auch keines. Sie redete, wenn sie mir Essen brachte, immer wieder mit mir, in einfachen, kindersprachlich simplifizierten Wortfetzen, ich starrte ihr mit freundlichem Lächeln entgegen, ich durfte nichts verstehen, ich verstand nichts. Kein Wort. Ich hielt es konsequent durch, die drei Wochen oder so, in denen ich in diesem Badezimmer eingesperrt war. Wo hätte das Problem gelegen? Ich schlief zusammengerollt auf der Badematte, ich hatte ausreichend Trinkwasser aus dem Hahn, wenn sie mir das Essen mit ihren gestammelten Schlagwörtern reichte, lächelte ich und schüttelte mein Haupt. Ein Spaß war es bestimmt nicht, in diesem engen, kleinen, gekachelten Raum, aber wissen Sie was? Ich hatte mich so lange vorher, eine solche Ewigkeit schon gegen Spaß entschieden, ich hatte erkannt, Spaß ist wie Krebs, er frißt einen von innen auf, zersetzt jede Zelle, alles, was mal das Eigene gewesen ist, und ersetzt es durch krankhafte Geschwulste. Glauben Sie wirklich, es hätte mir irgend etwas ausgemacht, mal drei Wochen auf einer Badezimmermatte zu schlafen? Ich hätte auch drei Wochen auf einem Holzkohlegrill geschlafen, es wäre mir egal gewesen, und hätte mich meine wohlfrisierte Kerkermeisterin nach meinem Befinden beim Rösten gefragt, ich hätte ihre Sprache nicht gesprochen. Das, wissen Sie, ist die Wahrheit über mich. Sie können's glauben oder lassen, es könnte mir gleichgültiger nicht sein, wichtig ist, daß Frankie es weiß, und Frankie weiß es, ich bin mir sicher.

Wie es war, ein weiteres Mal fürs Protokoll: Ihre Leute stehen vor der Tür. Ich höre sie, höre sie genau. Ich höre das frisierte Weibchen, dem Frankie, wie ich weiß, gesagt hat, ich sei in einem Zeugenschutzprogramm, sie erfindet Ausreden und erzählt Geschichten, macht sie nicht mal schlecht für das, was sie ist. Und ich weiß, Sie sind da. Ich habe das seit zehn Jahren erwartet, wissen Sie, Sie kamen nicht überraschend. Sie waren ja immerhin seit zehn Jahren hinter uns her, mit all dem Apparat, der Ihnen zur Verfügung steht, ich finde es nach wie vor beachtlich, daß Sie uns nicht eher haben kriegen können, all diese Jahre. Wir waren gut. Frankie war gut. Wir alle waren das.

Aber einmal würde es enden. Das ist mir immer klargewesen. Wir kämpften gegen alle und auf verlorenem Posten, früher oder später gingen wir zugrunde. Unweigerlich. Die Vorstellung hatte ich schon vor zehn Jahren akzeptiert. Um die Wahrheit zu sagen, ich hätte es mir vielleicht dramatischer gewünscht. Zwingender. Ich wünschte, Sie hätten mich irgendwo erschossen, ich wünschte, ich hätte noch ein paar von Ihren Leuten mitnehmen können. Das, ehrlich gesagt, würde mir heute noch gefallen, wenn ich Sie so ansehe. Nehmen Sie's nicht persönlich.

Ich hörte Ihre Leute vor der Tür, sie nahmen sich die Zeit, mit der Frau zu diskutieren, sie gaben mir die Zeit, ich nutzte sie. Sie würden mir die Kugeln nicht gönnen, warum sollten sie, ich saß in der Falle, durch das Badezimmerfensterchen wäre kein Wiesel entwichen, und natürlich wollten sie mich lebendig. Nur lebendig könnte ich Ihnen etwas erzählen. Könnten Sie mich unter der Folter dazu bringen, die Wahrheit über Frankie letztendlich doch herauszuschreien. Das wäre eine Möglichkeit gewesen, wissen Sie, eine Wahrscheinlichkeit sogar. Frankie hat immer wieder betont, daß jeder bricht, ich, Sie, selbst er, man kann jeden brechen. Ich bezweifele es nicht. Alle sind wir fehlbar und menschlich. Aber ich konnte das vermeiden.

Die Rasierklingen lagen im Schrank, ich hatte lange schon eine davon für mich beiseite geklaubt, nur für den Fall, daß die Frau oder irgendwer anders sich daran erinnert hätte, keinem läßt sich trauen, man ist ganz allein, dies ist eine der Lektionen, die ich gelernt hatte.

Draußen vor der Tür die Stimmen, die Ihrer Leute wurden zusehends ungeduldiger. Ich würde Frankie nicht verraten. Ich würde nichts und niemanden verraten und mir einiges ersparen. Ihnen zum Beispiel das Flugbenzin, mich außer Landes zu bringen, kleiner Scherz, Sie sind, muß ich zwischendurch mal konstatieren, wirklich außerordentlich humorlos. Ich verrate niemanden, ich gebe nicht auf. Ich schneide tief in meinen rechten Arm, ich schneide längs, nicht quer, ich bin ja kein Dilettant, und mein ganzes Leben ergibt Sinn. Es tut nicht weh und blutet, aber ich weiß, daß ich die Arterie nicht erwischt habe, es ist nicht einfach, wissen Sie, es liegen unübersichtliche Sehnen und Zeugs davor, ich dachte eigentlich, ich hätte schon tief genug geschnitten, aber offensichtlich fehlt mir die Chuzpe, offensichtlich begehe ich Anfängerfehler, das sollte ich nicht, und das werde ich nicht, und ich werde nichts verraten, gar nichts und mich ganz bestimmt nicht.

Ich schneide tiefer, ohne den erwünschten Erfolg, ich tue es ein drittes und ein viertes Mal, dann zeigt es Wirkung. Es hat auch vorher schon sehr geblutet, aber der Unterschied ist deutlich. Sie wird sich wohl eine neue Badezimmermatte kaufen müssen, aber von den Kacheln geht es sicherlich ab. Die Kacheln sind weiß, die Badematte grün. Schilfgrün. Komplementärkontraste. Ich bemerke den Fehler, mit meiner starken Hand angefangen zu haben, jetzt muß ich mit rechts weitermachen, und rechts ist wirklich arg zerfleddert. Aber ich weiß nun, wie es geht. Ich schneide entschieden und tief dahin, wo ich die Ader vermute, mein anatomisches Wissen hat in den letzten Minuten sehr gewonnen, ich brauche nur fünf oder sechs Anläufe. Dann hat alles seine Richtigkeit, und ich kann mich entspannen. Das Frauchen draußen diskutiert tapfer und verschafft mir die Zeit, die ich brauche, ich hätte es ihr nicht zugetraut, wissen Sie, sie sah gar nicht danach aus. Plötzlich, weil meine Blicke schweifen, sie schweifen zum aparten Designerwasserhahn, bin ich sehr durstig und hätte gerne noch etwas getrunken, aber der Zug, leider, ist wohl abgefahren. Ich bin, anscheinend, der Ground Zero einer kapitalen Sauerei. Ich möchte das nicht auffeudeln müssen, aber das muß ich wohl nicht. Ich muß wahrscheinlich gar nicht mehr viel, nicht, wenn das so weitergeht. Es ist sehr interessant, wissen Sie. Es strengt nicht mal an. Es gibt wenig, verrate ich Ihnen, was mehr relaxt als auszubluten. Und frage ich mich, ob es das wert ist, fragen Sie sich, natürlich frage ich mich das, es ist eine Frage, die auf der Hand liegt, wenn Sie in einem stylisch gekachelten Badezimmer Ihr Blut und Ihr Leben verlieren, und ich sage Ihnen, alles ist es wert, solange Sie daran glauben, und falls nicht, werde ich in wahrscheinlich fünf, zehn, fünfzehn, zwanzig Minuten aufhören, an irgendwas zu glauben, weil ich dann einfach aufhören werde. Ich bin ganz heiter und höre meinem Herzen beim Jagen zu, es pumpt Blut und begreift nicht, das dumme Ding, daß es das hinauspumpt auf all diese weißen Kacheln. All diese weißen Kacheln. Ich würde eigentlich, denke ich, gerne verbrannt und über dem Meer ausgestreut werden, nur kommt dieser Gedanke zu spät, wem sollte ich es sagen. Es ist ja keiner da, nicht mal Frankie, aber vielleicht wird Frankie es wissen, alles. Vielleicht auch nicht, vielleicht bin ich allein. Vielleicht ist das letzte, was ich sehe, diese rauhputzgeweißte Badezimmerdecke, das ist natürlich wenig erstrebenswert, ich wende den Kopf und glaube, wissen Sie, nicht an einen Gott oder eine Wiedergeburt, ich habe noch nie an irgend etwas geglaubt. Deswegen war es gut, an Frankie zu glauben, wenigstens eine Zeitlang. Vielleicht noch zwei, drei, fünf Minuten. Ich hätte nicht sterben mögen, ohne jemals an irgendwas geglaubt zu haben, sei es nur für zwei, drei, vier Minuten. Solange werde ich noch glauben, das ist zu schaffen. Nur wäre es schön, dabei etwas anderes zu sehen als die Kacheln und die Unterseite der Waschbecken. Ich wende meinen Kopf und erhasche einen Blick auf mich im großen Spiegel, aber ich bin noch nie meinem Spiegelbild ähnlich gewesen, und ich denke, drei, zwei, ich begehe vielleicht einen ernstlichen, nicht zu reparierenden Fehler, einen großen grauenhaften, den ich dringend korrigieren sollte, weil mir nicht mehr viel Zeit bleibt, ihn zu korrigieren, weil ich vielleicht so nicht enden will, auf lauter weißen Kacheln, die mir, wohin ich meinen Kopf auch wende, hämisch und kachelkühl bezeugen, sie seien das letzte, was ich jemals sehen werde, sie seien die einzigen, die von mir erzählten, mit genau der Beredsamkeit, die sich von Kacheln erwarten läßt, und die mich fragen, woran ich mehr glaube, an gekachelte Badezimmer oder unseren großen nebulösen Auftrag. Und ich habe an den niemals geglaubt, ich glaubte mein Leben lang nur an Kacheln und an den Herbst und die Jahreszeiten, an Schwer- und Corioliskraft, ich glaubte daran, daß Glas fließt und Blau und Gelb Grün ergibt. Ich glaubte daran, daß wir allein sind und nicht sinnvoller als Bettmilben, ich glaubte an die Schwerkraft und daß unsere Sonne verglühen und erkalten wird. Ich hatte mal daran geglaubt, daß sich Schönheit malen ließe und uns das Herz brechen könnte, dies aber glaubte ich schon lange nicht mehr. Ich wußte, es gibt weder Sinn noch Hoffnung, worauf und weswegen auch, Hoffnung ist immer schon ein Geruch gewesen, nach Parfüm oder gebackenem Brot oder nach jemandem, den man kennt, es ist immer Betrug gewesen, denn in Wirklichkeit ist alles trostlos und ganz und gar ohne Sinn, wie konnte ich mich glücklich schätzen, einen Sinn erhascht zu haben, einen kurzen, flüchtigen, ich verdankte ihn Frankie, und er muß, mein Sinn, ja auch nicht mehr länger halten als zwei, drei Minuten.

Zwei Minuten oder eine. Ich wünschte nur, es wäre nicht alles so voller Kacheln. Wäre ich kitschaffiner, schriebe ich mit meinem Blut eine letzte Botschaft. Ich könnte, ehrlich gesagt, mehrbändige Romanzyklen schreiben mit all diesem Blut. Nur habe ich nichts zu sagen. Und bin auch eigentlich zu müde, um mir etwas Geistreiches auszudenken. Zwei, eins, als ich schon auf nichts mehr zu hoffen gewagt habe außer kachelkalter Leere, kommt das Meer. Wo warst du so lange, Meer, frage ich, es entschuldigt sich mit Ebbe, ich lass' es gut sein, denn es kommt mit der Flut, mit großen grauen schaumgekrönten Wogen, leckt an den gekachelten Gestaden, brandet zurück, brandet, kommt mich holen, nimmt mich mit, davongespült, ich denke, na, geht doch, es ist wohl das letzte, was ich denke, bevor das Meer mich mitnimmt, groß, grau, fühllos und dauerhaft, bevor ich sterbe, bevor sie die Tür aufmachen oder eintreten, bevor das Meer mich mitnimmt und wir miteinander branden gehen, an kalten und leeren Küsten, über denen eine dunkelrot geschrumpfte Sonne aufgeht, an Küsten, an denen nichts ist und nichts mehr kommen wird und wo jeder erfröre außer uns.

CHRISTOPH XX / O-TON 11'56"

Der Rest der Geschichte ist Ihnen bekannt, na ja, soweit sie halt bekannt ist. Die ganze Wahrheit über Frankie wird wahrscheinlich nie herauskommen, die Ermittler gehen davon aus, daß nicht alle Opfer jemals aufgespürt werden. Es lebte ja nicht jeder im Untergrund, soweit ich weiß, führten diese Sekretärin und Nicola und die Frau, bei der Judiths Kinder aufwuchsen, ein, wenn man von Frankie mal absieht, halbwegs normales Leben. Wenn man von der Mafia- und Spionagebedrohung mal absieht. Von Frankies Drohungen. Und dem Geld. Der Optiker, der sich später meldete, hat ja sogar von sich aus die Reißleine gezogen.

Nachdem sie mich kleingekriegt hatten und ich auszupacken begann, gingen sie systematisch daran, die ganze Story zu entwirren. Nach den Protagonisten zu suchen. Es dauerte, bis Frankie selber ihnen ins Netz ging. Er und ich hatten zwar einen Rendezvoustermin am Abend nach der Flughafensache, mit drei Ausweichzeiten, 20 Uhr, 22 Uhr, 0 Uhr, aber keinen mehr am Tag darauf, geschweige denn eine Woche später, und wie immer besaß ich weder Telefonnummer noch Adresse von Frankie. Ich bin der Garnichtmann gewesen. Wenn ich aufflog, gab es keine Möglichkeit, sie zu Frankie zu führen, so hatten wir es immer gehandhabt. Frankie wußte, was er tat. Wahrscheinlich wußte er, daß ich nicht länger als eine Woche durchhalten würde, wenn es hart auf hart kommt. Wenn ich ehrlich bin, schäme ich mich deswegen. Ich bin froh, daß ich ihn nicht selbst habe treffen müssen, um ihm vor den unsichtbaren Augen der Kameras und BKA-Typen einen Judaskuß zu geben und Geständnisse für's versteckte Mikro zu entlocken. Das blieb mir erspart, ich bin wirklich dankbar dafür.

Wahrscheinlich hätten sie noch viel länger nach ihm gefahndet, wenn sich nicht seine Schwester auf die ersten Presseberichte hin gemeldet hätte. Frankie hatte zwischenzeitlich auch ihr gegenüber mit seinen Geschichten angefangen und mehrfach die beiden Kinder kurzfristig bei ihr geparkt, und als auch noch der Optiker auftauchte, begann ihm seine ganze Welt um die Ohren zu fliegen. Wie einem Jongleur, der exzeptionell gut ist und deswegen, aus lauter Eitelkeit und Selbstgewißheit, mit mehr und mehr Bällen jongliert, bis ihm dann doch der erste entgleitet. Der erste war Marijkes Mutter gewesen. Der nächste Ball, oder vielleicht sollten wir das Bild wechseln und von Dominosteinen reden, war ich. Auch wenn ich nicht viel sagen konnte. Mehr als Nicola konnte ich, dachte ich, ihnen nicht geben. Aber sie waren Profis, sie arbeiteten mit dem wenigen, was sie von mir bekamen. Mein Zimmer wurde selbstverständlich nicht von Frankie bezahlt und die Miete nicht überwiesen, aber sie warteten einfach bis zum Monatsanfang, so erwischten sie die Sekretärin. Und in ihrem Badezimmer Emma, wie es heißt, ist Emma nur sehr knapp mit dem Leben davongekommen, aber das sagte man mir erst später. Die Sekretärin hielt, ich erkundigte mich, immerhin vier Tage durch, bis sie auspackte. Mit mir waren sie währenddessen nach Salzburg geflogen, in Begleitung zweier Österreicher in Zivil fuhren wir nach Unterach, und ich identifizierte dort das Haus. Was sich als eine ziemliche Sackgasse erwies, sein Besitzer war schlicht ein uralter Schulfreund und guter Kumpel von Frankie. Es kränkte mich zutiefst, die Vorstellung, daß Frankie neben dem ganzen Wahnsinn der vergangenen Jahre immer noch so etwas wie einen guten alten Kumpel besaß, können

Sie das verstehen? Die Frau mit den Kindern flog durch einen Tip aus der sogenannten Bevölkerung auf. Frankies Schwester besaß Schnappschüsse von den Kindern, sie liefen in der Presse neben den Fotos von Judith und Emma und dem von Frankie. Es ist dasjenige gewesen, was Ihnen hier vorliegt, das von unserer Zwischenprüfungsfeier. Wir sehen so jung aus darauf, wir alle. Frankie mußte glauben, ich hätte es ihnen gegeben, dabei stimmte das nicht, es kam von meinen Eltern, meine Eltern hatten meine Wohnung, beziehungsweise mein Zimmer in Ottensen schließlich aufgelöst. Aber das konnte Frankie nicht wissen. Er würde die Zeitungsberichte lesen und glauben, ich hätte ihn verraten. Ich hatte ihn verraten. Insofern war das mit dem Foto eigentlich auch egal.

Frankie selbst erwischten sie schließlich über seine Schwester. Erstaunlich dumm von ihm, nicht wahr, ich meine, wer hätte denn die Fotos der Kinder rausgerückt, wenn nicht seine Schwester. Er rief sie an und erzählte, er hätte in Notwehr einen Agenten umgebracht, deswegen fahndeten sie jetzt mit Hilfe dieser Zeitungsente nach ihm, und er brauche Geld von ihr, um sich ins Ausland abzusetzen. Er war schlau genug, sie nicht persönlich treffen zu wollen, er behauptete, das bringe sie in Gefahr, er war nicht schlau genug, nicht mehrmals mit demselben Handy anzurufen, er vergaß alles, was er uns beigebracht hatte. In seinem GPS hatte er die Adresse der Wohnung gespeichert, in der sich Marijke und Judith aufhielten. Der Vollidiot. Wie konnte ihm so etwas passieren. Die beiden sollen halb verhungert gewesen sein. Sie besaßen einen Schlüssel und wären trotzdem beinahe verhungert. Man mußte die Tür eintreten. Marijke hielt, wie sie sagen, drei Tage bei den Vernehmungen durch, Judith erwartungsgemäß keine fünf Minuten. Emma hält immer noch durch. Die Frau mit den Kindern schaffte es fast drei Wochen. Drei Wochen. Dreimal so lange wie ich. Ich empfand bohrenden Neid. Megaira gab mir einen Abschiedskuß, und ich vermißte sie, wie ich so vieles vermißte. Wie ich eigentlich alles vermißte, weil mir nichts mehr blieb und ich nicht wußte, was jetzt käme, ob nach all dem überhaupt noch etwas kommen konnte. Was, bitte schön, soll denn jetzt noch kommen, frage ich Sie, können Sie mir das sagen, wer wird mir das sagen können?

Nein, ich habe mit keinem der anderen Betroffenen bislang geredet, vielleicht sollte ich das, vielleicht werde ich es eines Tages tun. Derzeit kostet mich, ehrlich gesagt, der Prozeß meine ganze Kraft. Gegen Frankie auszusagen, fühlt sich immer noch nicht gut an. Es fühlt sich grauenhaft an. Ich komme mir vor wie Judas. Ist es nicht erstaunlich, daß er bei seinen Geschichten bleibt, selbst wenn sie sich vollkommen verheddern? Meinen Sie, er glaubt vielleicht, er sage die Wahrheit? Manchmal bin ich plötzlich selbst versucht, das zu glauben. Daß er recht hat, und es ist alles nur ein Showprozeß, damit sie ihn anhand der ganzen Anklagen von Betrug und Entführung und Erpressung verschwinden lassen können. Erst in ein gewöhnliches Gefängnis, aus dem er dann ein paar Monate später, wenn tausend neue Schlagzeilen die öffentliche Erinnerung an ihn ausradiert haben, eines Nachts verlegt wird, in eine andere Haftanstalt, in der er nicht ankommen wird, weil der Wagen statt dessen zu einem Flugplatz gefahren ist, auf dem eine kleine diskrete Maschine bereits auf ihn wartete. So wird Frankie verschwinden. Uns alle hätte man nicht verschwinden lassen können, wir sind zu viele. Es hätte haufenweise lose Enden gegeben. Unsere Familien, die holländische Polizei, zwei Kleinkinder, Frankies Schwester, Frankies Frauen und der Optiker und diejenigen, die sich bislang nicht gemeldet haben und von denen man nicht mal weiß, wie viele es noch sein könnten. Sieht man es so, konnten sie uns nur mit dieser Story alle kriegen. Daraufhin haben sich der Optiker und die anderen gemeldet und auch die Nachbarn der Frau mit Judiths Kindern. Daraufhin haben wir alle, die einen früher, die anderen später, willig ausgepackt. Mit Ausnahme von Emma. Daraufhin hat Frankies Schwester kooperiert. So haben sie Frankie gekriegt. So haben wir alle geredet und werden jetzt schweigen und keine Fragen stellen, denn es sind ja sämtliche Fragen erschöpfend beantwortet. Es ist die eleganteste aller denkbaren Lösungen, nicht wahr. Die perfekte. Wenn man es so sähe, meine ich. Apropos Fragen, haben Sie noch welche, wenn nicht, ich bin ziemlich müde, können wir jetzt Schluß machen? Es gibt ja, denke ich, auch eigentlich nichts mehr zu sagen über Frankie.

JUDITH XX / O-TON 03'43''

In weitere Details möchte ich, Sie werden das verstehen, nicht mehr gehen, nicht vor der Kamera, Sie wissen, es wird nach dem Strafprozeß das Sorgerecht verhandelt werden, und Sie können sich wohl unschwer vorstellen, in welch schwieriger und schmerzhafter Situation ich mich befinde. Ich sehe meine Kinder derzeit nur stundenweise und unter Aufsicht. Wie qualvoll, wie grausam das ist, begreifen wohl nur die Mütter unter den Zuschauern, Sie, die Sie Mütter sind, begreifen das, oder? Sie können mich verstehen. Wie ich gelitten habe, wie ich das immer noch tue. Ich will ja gar nicht viel, ich will nur ein bißchen Verständnis. Ein bißchen Mitleid vielleicht. Ich will meine Kinder zurück. Ich habe so viel verpaßt, ich habe eigentlich alles verpaßt, und niemand kann es mir zurückgeben. Ich weiß, daran läßt sich nichts mehr ändern. Auch wenn man es sich noch so sehr wünscht. Nichts wird helfen, man kann nur weitermachen. Nicht helfen, aber vielleicht lindern würde, wenn jemand sagte, es tut mir leid. Frankie, meinetwegen selbst Christoph. Emma. Vielleicht trägt diese Reportage dazu bei. Daß irgend jemand da draußen Mitgefühl empfindet, damit ich nicht so allein bin. Mehr, weiß ich, kann ich ja gar nicht verlangen. Was ich mir, wenn ich ganz ehrlich bin, auch wenn das häßlich ist, wünschen würde, ist, daß es die Todesstrafe für jemanden wie Frankie gäbe. Man mir gestattete, in der ersten Reihe zu sitzen. Die Videoaufzeichnung davon für jeden im Netz zu sehen wäre. Ich weiß, das ist ein häßlicher Gedanke, aber es ist, leider, die Wahrheit. Töten sollte man ihn und ihm einen Pfahl ins Herz rammen und seinen Kopf abschneiden und seinen Mund mit Knoblauch füllen, bevor man ihn begräbt. Ich hoffe wenigstens, er kommt nie wieder frei. Jemand wie Frankie darf niemals freikommen. Nicht mal als Greis. Wenn man ihn schon nicht töten kann, darf man ihn zumindest nicht wieder freilassen. Ich hoffe, die Leute begreifen das, denn es ist die Wahrheit. Jemanden wie Frankie hätte es niemals geben dürfen, und jetzt, wo es ihn nun mal leider gegeben hat und man nichts mehr dagegen tun kann, muß er einfach nur aufhören. Er muß aufhören, wissen Sie, er muß einfach nur aufhören. Aufhören, können wir aufhören?

EMMA XX / O-TON 01'54''

Tja, und so sind wir am Ende der Geschichte angelangt, die Ihnen ja durchaus bekannt war. Ich hatte dort unter meinem letzten Decknamen als Penelope gelebt, Penelope Lincke, wie Sie wissen, ich war dort unerfreulicherweise nicht gestorben, dank Ihnen, besten Dank auch, Sie haben mich mitgenommen, Sie haben mich zusammengeflickt, Sie haben mich identifiziert, nun bin ich hier, seit geraumer Zeit, in der Sie mich mit unerfreulichen Personen wie Sie selbst beschicken, unter immer neuen Vorwänden. Polizisten, Ärzte, Schwestern, Mitinsassen, Journalisten, wir haben es ja eigentlich fast alles durchdekliniert, oder⸮ Haben wir nicht schon fast alles durch⸮ Mir kommt es so vor. Korrigieren Sie mich, wenn ich mich irre. Und haben Sie, Gegenfrage, haben Sie begonnen, mich kleinzukriegen⸮ Haben Sie das⸮ Sind Sie der Meinung, ich wäre irgendwann auch nur ansatzweise nah daran gewesen, Ihnen die Wahrheit über Frankie zu erzählen⸮ Sie brechen mich nicht. Es heißt, jeder bricht, mag sein, nur kann ich mir das derzeit kaum vorstellen. Aber wir werden es herausfinden, nicht wahr⸮ Wir sind doch am Ende der Geschichte angelangt, und es hat Ihnen nichts geholfen, also, was tun wir jetzt⸮ Gehen wir zu Strom über und Schmerz, oder immer noch nicht⸮ Immer noch nicht, Sie enttäuschen mich, aber gut, mir soll es recht sein. Was dann, beginnen wir von vorn⸮

Fein, beginnen wir von vorn. Mir soll es, wissen Sie, recht sein, ich habe nichts anderes zu tun. Ich habe nichts anderes mehr. Beginnen wir von vorn, was ist, können Sie noch? Wenn Sie eine Pause möchten, sagen Sie es, kein Problem, danach machen wir weiter, beginnen wir von vorn, lassen Sie uns über Frankie reden, warum nicht? Sagen Sie, was Sie hören möchten, und ich werde es Ihnen nicht sagen. Beginnen wir von vorn, und sehen wir, wer von uns müde wird. Und dann, wenn Sie noch können, reden wir über Frankie. Was ist, können Sie noch? Ich warte. Wollen wir nicht, was meinen Sie, wollen wir nicht weitermachen und endlich anfangen? Fangen wir am Anfang an, reden wir über Frankie. Das wollten sie doch, also lassen Sie uns beginnen. Ich warte. Wenn Sie soweit sind, sagen Sie es einfach. Dann fangen wir an. Okay?